O Divórcio dos Meus Sonhos

Clare Dowling

O Divórcio dos Meus Sonhos

Tradução
Marcia Heloisa Amarante Gonçalves

Copyright © 2006, Clare Dowling

Título original: *My Fabulous Divorce*

Capa: Simone Villas-Boas
Foto de capa: Peter Dazeley/GETTY Images
Foto da autora: Barry McCall

Editoração: DFL

Texto revisado segundo o novo
Acordo Ortográfico da Língua Portuguesa

2011
Impresso no Brasil
Printed in Brazil

CIP-Brasil. Catalogação na fonte
Sindicato Nacional dos Editores de Livros, RJ

D778d	Dowling, Clare
	    O divórcio dos meus sonhos/Clare Dowling; tradução Marcia Heloisa Amarante Gonçalves. – Rio de Janeiro: Bertrand Brasil, 2011.
	      434p.: 23cm
	
	    Tradução de: My fabulous divorce
	    ISBN 978-85-286-1493-0
	
	    1. Romance irlandês. I. Gonçalves, Marcia Heloisa Amarante. II. Título.

11-1185	CDD – 828.99153 CDU – 821.111(415)-3

Todos os direitos reservados pela:
EDITORA BERTRAND BRASIL LTDA.
Rua Argentina, 171 – 2º andar – São Cristóvão
20921-380 – Rio de Janeiro – RJ
Tel.: (0xx21) 2585-2070 – Fax: (0xx21) 2585-2087

Não é permitida a reprodução total ou parcial desta obra, por
quaisquer meios, sem a prévia autorização por escrito da Editora.

Atendimento e venda direto ao leitor:
mdireto@record.com.br ou (21) 2585-2002

Para minha mãe

AGRADECIMENTOS

Agradeço especialmente a Sean, Ella e Stewart, por interromperem minha rotina de trabalho, mesmo desejando que não tivesse sido com tanta frequência. A Clare Foss, pelo seu incentivo, orientação e dicas sobre como lidar com filhos endiabrados. A Darley Anderson e a todos na agência. A Donal Blake, por ter sugerido um título incrível, embora eu não o tenha usado no final. Obrigada a Sarah Webb e a todas as Irish Girls — é ótimo saber que não se está sozinha. E um superobrigada a Pamela, por ler praticamente todos os livros que são publicados e preferir os meus!

Capítulo Um

Jackie estava atrasada para encontrar-se com Dan. Desconfiava que estivessem fazendo seis meses de namoro e queria ter tido tempo para conferir. Mas a floricultura estivera um caos naquele dia e Lech, o garoto que fazia as entregas, havia confundido os pedidos novamente e entregado um buquê de rosas vermelhas com um vistoso cartão onde se lia "Eu Te Amo!" para uma velhinha que tinha morrido na véspera. Já a coroa de flores fora entregue em pleno restaurante, onde almoçava um jovem casal em seu terceiro encontro. Bem, vocês podem imaginar. Jackie fora obrigada a colocá-lo sob observação, o que era uma vergonha absurda, mas o que ela poderia fazer? A Flower Power estava começando a dar lucro e ela não podia admitir erros como esse em sua loja.

Enfim! Abanou o rosto e saiu apressada, tentando avançar o mais depressa que podia com suas botas vermelhas novas. Ela *sabia* que era um equívoco; nem gostava tanto assim de vermelho. E os saltos eram altos demais — uma rajada de vento na hora do almoço quase a fizera sair voando —, mas quando as viu na vitrine da loja, lhe pareceram algo que uma empresária moderna e *sexy* usaria. Ou uma prostituta.

Contemplou as botas, insegura. Mas ainda assim podia ser perdoada. Afinal de contas, era uma novata mesmo, engatinhando em sua carreira como empresária. Estava certa de que suas roupas iriam chegar a um consenso, mais cedo ou mais tarde. E seu visual não parecia de maneira nenhuma desencorajar os clientes da loja; eles sabiam que, ao comprarem um buquê, estavam pagando por muito mais do que meras flores. Não iria insultá-los aparecendo para trabalhar de avental azul-marinho e mocassim.

E lá estava Dan! Sentado à mesa favorita deles, perto da janela do Le Bistrô. Ela sentiu um frio na barriga. Ele também a viu e seu rosto largo, moreno e sóbrio se alegrou na hora. Jackie ficou tão contente por haver alguém no mundo que ganhava a noite só de olhar para ela que sentiu uma vontade ridícula de sair cantando "The Hills Are Alive With The Sound of Music", como na abertura de *A Noviça Rebelde*. Não diria nada a Dan, é claro. Aprendera que era melhor não sair contando tudo que pensava e sentia para os homens. Eles não retribuíam nem metade! Não, Jackie desenvolvera um espaço privê em seu âmago, distante, inatingível e exclusivamente seu.

Esperou uma pausa adequada no trânsito antes de se apressar na direção dele. Dan parecia tenso, com o rosto contraído, observando-a pela janela do restaurante. Por algum motivo, ele ficava agoniado vendo-a atravessar ruas e fazendo vitaminas de fruta no liquidificador.

Ela abriu a porta do restaurante e acenou para Fabien, o dono.

— *Bonsoir!* — cumprimentou ela, como de costume. — *Ça va?*

— *Bien, bien* — respondeu Fabien, no tom resignado de sempre. De vez em quando ele tentava falar com ela em inglês, mas Jackie estava determinada a fazer sua parte para contribuir com as relações entre Irlanda e França, de modo que eles não passavam dessas duas frases há dois anos.

Dan levantou-se para cumprimentá-la. Ela notou com certa tristeza que ele estava mais arrumado do que o normal. Havia também um inegável volume no bolso de seu paletó: ele provavelmente havia comprado um presente pelos seis meses de namoro, o que faria com que ela se sentisse ainda pior.

— Oi — disse ele, inclinando-se para beijá-la. Ele tinha quase dois metros de altura, com coxas absurdamente grossas. Mas não era alto de um jeito *bizarro*, ela acrescentava depressa ao descrevê-lo para seus amigos. Nenhum deles o havia conhecido ainda. Não, ele parecia mais um herói de filmes de ação; havia sido jogador de *rugby*, caramba! — até que algumas fraturas múltiplas e um pâncreas estourado o tiraram literalmente da jogada. "Quando vamos conhecê-lo?", todos perguntavam. "Em breve", Jackie sempre respondia, mas nunca marcava nada.

Ele parecia tenso, ansioso. Tamborilou os dedos no cardápio e ajeitou-se na cadeira.

— Então — disse ele.

Não restava a Jackie outra opção a não ser abrir logo o jogo. — Dan, eu me esqueci, está bem? Desculpa, mas tive uma semana frenética... Mas, olha, prometo que vou te compensar. Podemos ir para Paris no próximo fim de semana, que tal? Só nós dois. — Emma iria surtar. Ela estava encarregada da escala de serviço e vivia acusando Jackie de inventar folgas de uma hora para outra. Depois de trabalhar setenta horas na semana anterior! Mas Emma não queria mais saber de homens, não saía com um desde 1998 e não entendia nada sobre jantares românticos e fins de semana de sexo selvagem em outra cidade.

Agora que estava pensando melhor a respeito, Jackie percebeu que não poderia viajar para Paris na semana seguinte. Elas tinham um casamento agendado e Emma cismava que não tinha o bom gosto de Jackie.

— A não ser que você esteja ocupado, é claro — arriscou ela, esperançosa. Normalmente havia algo imundo rolando nos fins de semana, envolvendo arremessos e bolas.

Dan respondeu, delicadamente: — Por que Paris? Não que eu esteja criticando.

— Bem, para comemorar nossos seis meses de namoro.

— Ah — disse ele.

Pela expressão no rosto dele, percebeu na hora que fizera papel de boba, ou estava prestes a fazer. Mas agora era tarde para recuar. — Eu estou confundindo a data?

Ele refletiu um pouco antes de responder. — Tecnicamente, foi quarta-feira passada.

— Caramba! Bem, paciência, agora já foi. — Paris não ia rolar. Eles sequer tinham saído na noite de quarta. Ele quis ver um documentário na televisão sobre as eleições em Cuba; nem era sobre os bastidores de um filme pornô ou algo assim.

— Desculpa, Jackie.

— Tudo bem.

Ela mergulhou no cardápio, sentindo-se presunçosa e exposta. E pensar que há um minuto se gabara de ter aprendido alguma coisa na vida! Toda crente e convencida, certa de que nenhum homem ia lhe passar a perna novamente. Não passara noites e noites chorando e enchendo a cara de vinho, remoendo seus erros e jurando jamais repeti-los? E lá estava ela, de volta à estaca zero. Para falar a verdade, às vezes se perguntava se não estaria até mesmo regredindo. A ideia era tão deprimente que ela achou que podia se dar ao luxo de pedir brócolis com suflê de três queijos e que se danassem as calorias!

— Não está tudo bem — disse Dan, preocupado. Estava tentando segurar a mão dela, querendo agradar. — É que é difícil acreditar que já se passaram seis meses desde que seu pneu traseiro estourou.

Estava longe de ser o começo mais romântico de um namoro. Lá estava ela, encalhada na estrada no auge do inverno, com cinco dúzias de cravos no banco de trás murchando rapidamente. Dan surgira correndo no meio do breu, como um herói loiro, o suor deixando sua pele reluzente e usando o short mais justo e brilhante que ela já vira na vida, do tipo que não fabricavam mais desde os anos oitenta. Ele lhe dissera que sabia trocar pneu muito bem e ela mentira dizendo que sabia também, com medo de ele achar que ela era mais uma donzela precisando ser socorrida por um príncipe. Então eles descobriram que ela não tinha sequer um estepe e ficaram no escuro esperando o caminhão de reboque, ele todo torto no banco do carona e ela remexendo nervosa a marcha, só para perceber depois que na verdade era o joelho dele.

Ele disfarçou o constrangimento dela com um falso espirro. Várias vezes. Então seus olhos foram ficando cada vez mais inchados e ele perguntou, numa voz estranha e engasgada: "Por acaso tem alguma flor aqui no carro? É que eu sou alérgico".

Ele a convidou para sair na Emergência do hospital, assim que recebeu uma dose de esteroide na veia e voltou a respirar.

— Tem certeza? — perguntou ela. — Eu sou florista.

— E daí? Sou gerente bancário — retrucou ele, corajosamente. — Tenho reuniões com clientes, bato na mesa e digo coisas como: "Só nos últimos seis meses, seus interesses comerciais tiveram um crescimento de cem por cento!". Aposto que você não vai querer sair comigo agora.

— E por que não? — perguntou ela, ganhando tempo. Era uma das suas novas regras: ir enrolando, em vez de se jogar como um cãozinho carente e faminto para o primeiro homem decente que a convidasse para sair. Às vezes se sentia meio falsa, mas considerava aquilo um mecanismo de defesa necessário; Jackie Ball deixando de ser frouxa.

13

— Não sei — respondeu ele. — Tenho a impressão de que posso ser muito chato para você.

— Tenho certeza de que não é — garantiu ela, mesmo tendo suas dúvidas.

— Olha, você não faz ideia de como isso vai render, essa história de eu ter ido parar no hospital com alergia por causa das flores. Vou contar isso durante *anos*. Sou esse tipo de chato.

Ela deveria ter recusado. E todo o tempo que passara construindo seu espaço privê? Mas é possível sair com ele e manter uma distância, sussurrou uma voz em sua cabeça. E, para ser sincera, ela estava cansada de ser boazinha, pura e comedida, e ele tinha braços grandes, firmes, musculosos, daqueles perfeitos para um abraço. Então ela deixou o coração falar mais alto do que a razão — mais uma vez — e, disparando um olhar malicioso para um enfermeiro que estava se aproximando cheio de esperança, disse: — Eu preparo o jantar.

E, num piscar de olhos, lá estavam eles, seis meses depois. Não que alguém além dela estivesse contando os dias, é claro.

Mas Dan, após alguns momentos de reflexão, disse: — Você também esqueceu. Para falar a verdade, você já chegou aqui se desculpando por nem ter lembrado.

— Eu não falei...

— Você disse que teve uma semana frenética. Que ia me compensar, como se eu fosse um problema. Francamente, até tentou me subornar com uma viagem a Paris!

— Você está distorcendo tudo!

— Se ainda fosse pelo menos Viena! — bufou ele. — *Paris*.

Jackie sentiu as bochechas pegando fogo. Eles estavam tendo sua primeira discussão de verdade. Não haviam tido nenhum desentendimento até aquele momento, por mais simples que fosse. Às vezes ela achava que eles pareciam um pouco com aqueles casais de comercial de margarina, sorridentes, carinhosos, um verdadeiro retrato de amor e harmonia. Mas não fora justamente isso o que a atraíra nele? A sensação de conforto que ele lhe inspirava? Com Dan, não havia nenhuma dúvida, nenhum conflito; era a melhor maneira de evitar falsas expectativas e amargas decepções.

Mas naquela noite tinham colocado as manguinhas de fora. Talvez fosse mesmo do que estavam precisando. Dar uma agitada. Ver se aguentavam o tranco. Pensando nisso, ela contra-atacou: — Pelo menos tentei compensar de alguma maneira! Você não deu a mínima!

— Dei, sim senhora — rebateu ele.

— Como? — indagou ela. Vamos ver se ele consegue superar uma viagem para Paris.

— Eu ia te pedir em casamento.

Por um segundo, ela quase olhou para trás, para ver se era alguma brincadeira de Fabien. Mas Dan estava falando sério.

— O quê? — perguntou ela.

—Tinha até *planejado* ficar de joelhos e fazer tudo da maneira mais romântica e adequada possível — disse ele, mal-humorado. Depois, aparentemente lembrando-se da ocasião, ele se empertigou na cadeira, pigarreou e, muito pomposo, perguntou: — Jackie Ball, você me concederia a honra de se casar comigo?

— Bem, eu... É uma surpresa e tanto, Dan. — Para dizer o mínimo. Casamento era a última coisa que passava pela cabeça de Jackie. A última das últimas. Era uma ideia ainda mais remota do que pisar um dia na Lua ou abrir uma filial da sua loja.

— Imagino — disse ele, conformando-se depressa com a ideia de que ela não iria dar gritinhos de alegria e agarrá-lo por cima da mesa.

— Olha, eu sei exatamente o que você está pensando. Você está pensando: está cedo demais, eu mal conheço esse cara! Ele me leva para fazer os piores programas do mundo, como assistir a jogos de *rugby* na chuva, e ainda acha que quero passar o resto da minha vida com ele? Ele nem se lembrou dos nossos seis meses e acha que eu vou aceitar? E ainda tem um chulé de matar! — Calou-se por um instante. — Peraí, isso está saindo totalmente diferente do que eu tinha planejado.

— Dan...

— Por outro lado, a temporada de *rubgy* não dura o ano inteiro. Não dura nem seis meses. E tem outros pontos positivos — prosseguiu, enumerando com os dedos —, eu tenho um emprego, um carro, uma casa, um seguro... Será que eu mandei o formulário?... Ainda tenho bastante cabelo e prometo te amar, te respeitar e te obedecer para o resto de nossas vidas. E te concedo a posse completa do controle remoto. Que tal?

— Ai, Dan.

— Não estou gostando do seu tom de voz. Parece que está tomando coragem para me rejeitar.

— Não é isso.

— Não é isso, o quê? Você não vai me rejeitar ou não vai se casar comigo? Pode falar logo, eu aguento. Pode acertar aqui — disse ele, apontando para a ponta do seu queixo amplo e quadrado.

— Ai, Dan.

—Você só sabe dizer isso!

Ela respirou fundo. — É que casamento é um passo muito importante, entende? — Mais uma tática idiota para ganhar tempo. Ela devia mesmo ser a pior das criaturas. Totalmente desprezível. Mas como poderia ter imaginado que ele ia surgir com um pedido de casamento? Ela achava que... Bem, o *que* ela achava? Estava claro desde o início que aquele não seria apenas mais um jantar. Da parte dele, pelo menos; ela já estava bem grandinha para detectar os indícios. Não adiantava nada discorrer sobre espaços privê internos quando sequer tinha sido franca com ele.

Dan não percebeu que ela estava se sentindo culpada. — Jackie, estou com trinta e seis anos. Quero me estabilizar com a pessoa certa. Quero comprar uma casinha bacana longe do tumulto da cidade e converter o sótão em um quarto de brincar. Quero trocar minha BMW por uma minivan... não ri, não... ter um casal de filhos e, se ainda me sobrar energia, talvez um cachorro também. Ele ia se chamar Biff, ou então Edward.

—Você está batizando o cachorro antes das crianças?

— Então você topa ter filhos comigo?

— Não topei nada! — Mas, do modo como ele colocou, tudo parecia tão sensato. Tão sedutor e completo, como um dos "pacotes" que ele vivia montando no trabalho. E ele estava oferecendo tudo, assim, de graça, ainda com um cachorro de brinde. Como alguma mulher, pelo menos na sua idade, poderia resistir?

Mas ela disse: — Dan, tem algo a meu respeito que você não sabe.

— Com certeza — respondeu ele. — Assim como tem coisas a meu respeito que você não sabe também. Todos nós temos nossa cota de podres no passado — disse ele, olhando aflito para algo atrás dela.

— Dan, é sério.

— *Monsieur? Mademoiselle?* — cumprimentou Fabien, trazendo champanhe em um balde de gelo. — Deixe-me ser o primeiro a parabenizá-los. — Ele parecia levemente constrangido no papel de anfitrião romântico e tossiu, discreto.

— Muito cedo — sussurrou Dan, fazendo um gesto para que ele se afastasse. Fabien partiu depressa, olhando para Jackie como se ela estivesse louca por não agarrar a oferta com unhas e dentes, enquanto ainda era tempo. Até ele devia saber que ela não encontraria algo melhor.

Houve um breve momento de silêncio depois que ele se afastou, como se o entusiasmo tivesse morrido.

Dan então disse: — Jackie, eu sei que você já foi muito magoada, sabe? Não precisa ser nenhum gênio para deduzir. O modo como você se fecha e cruza os braços, exatamente como está fazendo agora, e por mim tudo bem, sabe? As pessoas se magoam. *Eu* já fui magoado. Levei um pé na bunda no fim de ano, quer pior? Não vou citar nomes, mas quem é sabe. Levou meses para eu me recuperar. — Jackie sabia que ele estava exagerando um pouco. Ele era um cara realmente doce. — Mas, poxa, agora estamos juntos. Esquece o lance dos filhos ou da casa, de repente você não quer filhos, nem uma casa, talvez queira morar em um barco, tudo bem, a gente conversa sobre isso depois. O que eu quero mesmo dizer é que te amo. Nunca conheci alguém como você. E acho que teríamos um futuro brilhante juntos. Se você quiser.

— Eu *quero*...

— Então isso é um sim?

— Bem, acho que é.

—Você aceitou.

— Eu sei.

—Você aceitou! Ela aceitou!

— Mas Dan...

— Não quero ouvir mais nenhum "mas". Declaro todos os "mas" oficialmente banidos até amanhã. — Ele se curvou sobre a mesa para beijá-la e Jackie sentiu toda a sua vida sendo sutilmente corrigida e ficando no lugar certo. Meu Deus. Ela ia se *casar*. Com um sujeito chamado Dan. E o pior, ela encampara a ideia! Completamente. Estava cansada de homens em que não pudesse confiar.

Agindo num impulso e para selar simbolicamente o compromisso, ela declarou em voz alta: — Eu te amo, Dan Lewis, e não me importo de todos escutarem!

Na verdade, ninguém escutou; estavam todos ocupados demais dando garfadas em seus pratos para tomarem conhecimento do pequeno drama que se desenrolava na mesa lateral. Mas Fabien estava observando atento e saiu às pressas para buscar o champanhe novamente na cozinha.

— Espero que caiba. — Dan sacou uma aliança e Jackie perdeu o fôlego. Era um anel clássico, livre de modernismos e modismos, apenas cinco diamantes de peso erguendo-se orgulhosos. Transformava instantaneamente todas as suas joias em algo parecido com aquelas coisinhas de enfeite que vêm dentro de saquinhos surpresa. Algumas tinham vindo mesmo, mas ela não se importava mais.

— Não venha reclamar que gastei muito, está bem? — disse ele. — Em primeiro lugar, sofro só de pensar, e em segundo, você vale cada centavo.

Foi então que ela começou a chorar. Ela sempre foi do tipo que chora de soluçar (chegou a ficar quase desidratada depois da morte do dr. Green em "Plantão Médico"), mas raramente de alegria. Pelo menos não nos últimos tempos.

— Assim vou acabar chorando também — disse ele, mas era óbvio que estava feliz da vida.

Ela se encarregaria das flores para o casamento, é claro. Rosas vermelhas e brancas por toda parte, até mesmo no seu buquê! Ou seria muito exagero? Afinal, queria sugerir paixão, não um banho de sangue. Mas não ia se contentar apenas com rosas brancas ou junquilhos amarelos ou cor-de-rosa, como sempre aconselhava. "Quanto mais simples, menor a chance de errar", ela costumava garantir às noivas nervosas. Como se seguisse seus próprios conselhos. Estava pensando em margaridas, centenas e mais centenas, talvez até mesmo espalhadas pelo chão.

Mas Dan era alérgico. Droga. Ela era uma florista que não teria flores em seu próprio casamento. Ia ter que moldar algumas com papel crepom, como nos vídeos do Barney.

—Vamos escolher uma data — disse Dan.

— Uma data?

— É assim que funciona, Jackie.

— Eu sei, é que... Pensei que fôssemos curtir essa fase primeiro — disse ela, passando a unha na parte interna do pulso dele de um modo que sempre lhe dava cócegas.

Mas ele não estava predisposto a distrações. — Não quero um daqueles noivados longos.

— Não.

—Tenho uma tia que ficou noiva por dezenove anos.

— Isso é absurdo.

— Daqui a três meses, então — declarou ele.

Ela fez um ligeiro cálculo mental. Era completamente impossível. Mas respondeu: — Está bem!

O clima de romance daquela noite os deixou passionais, de modo que pularam o jantar e saíram depressa do Le Bistrô para a cama, onde Dan bateu todos os recordes e depois se deitou de barriga para cima, realizado. Ela estava na dúvida se o aplaudia ou não.

— Da próxima vez, não tira as botas de puta, não — disse ele, sonolento, aninhando-se no ombro dela.

Ela esperou até ele começar a roncar. Depois, levantou o braço dele e saiu de fininho da cama. Desceu as escadas até a sala de estar, fechando a porta sem fazer ruído, e caminhou na ponta dos pés até a escrivaninha. Foi só então que percebeu que tinha esquecido o número do telefone. Que coisa! Podia visualizar direitinho o aparelho: um telefone sem fio preto moderno, com um formato bastante semelhante a um pênis avantajado, com centenas de teclas complexas e uma secretária eletrônica acoplada. Ao terminar de usá-lo, você podia recolocá-lo na base — um suporte elegante, que acomodava o aparelho perfeitamente e emitia um bip curto quando ele era encaixado.

O efeito de toda aquela tecnologia movida à testosterona era arruinado por um quadro grande e um tanto cafona do Sagrado Coração, pendurado sobre a mesa. Pois aquela havia sido a casa dela também; *ainda* era a sua casa, ou pelo menos metade dela, mesmo que tivesse deixado de ir à missa há anos e não conseguisse lembrar o número do telefone de jeito nenhum. Seria alguma espécie de truque ardiloso do seu subconsciente para apagá-lo? Não. Era pouco provável que seu subconsciente tivesse algum senso de humor e, além do mais, ela mal conseguia se lembrar do seu número de telefone atual, que dirá de um que deixara para trás há um ano e meio.

De repente, teve um lampejo de memória. Tinha o número seis repetido três vezes: o número do demônio. Ele rira da superstição dela na época. E veja como no final das contas ela não tivera razão! Agora teria que falar com ele, se explicar. E sempre tinha dificuldade para se expressar quando estava nervosa! Ao passo que ele, por outro lado, era um homem que jamais se alterava, e possuía um arsenal de ditos sarcásticos e desanimadores para todas as ocasiões. O que ele diria diante daquela novidade? Depois que parasse de rir, é claro.

Já dava até para imaginar. Ele provavelmente tacharia como um ato de suprema impetuosidade. Ou impulsividade. Ou qualquer outra palavra começando com "i" que ele costumava usar quando se referia a ela. Tudo bem, ela também tinha seu próprio estoque. A maioria começando com a letra "f". Só de pensar, Jackie já estava toda tensa e estressada. Lembrou-se de que precisava ficar absolutamente calma, o que não seria nada fácil. Não podia cair em nenhuma armadilha. Nem se deixar levar pela culpa, que, além do mais, deixava sua voz (que já era aguda por natureza) estourar a escala Richter. Bastava seu cabelo soltar da fivela, o que sempre acontecia, para ela se metamorfosear em uma bruxa histérica e estridente. "*Menos*, Jackie", dizia ele, naquele tom irritante que lhe dava vontade de lhe sentar uma frigideira na cabeça.

Pelo menos podia contar com a vantagem de pegá-lo de surpresa. Ensaiou primeiro mentalmente algumas maneiras de começar a conversa. "Oi, Henry! Sou eu, Jackie!" Não. Ela não o suportava, pelo amor de Deus! Melhor algo mais sóbrio: "Você deve saber do que se trata. Temos assuntos pendentes." Ele ia cair na risada se ouvisse isso.

Por fim, tirou o telefone do gancho e discou o número depressa. Ele começou a tocar do outro lado da linha, no lar que haviam dividido em Londres. Pelo menos ela tentara transformá-lo num lar, com seus abafadores de bule de chá, almofadas étnicas e um tapete lindo que comprara numa feira e que destoava violentamente da cartela de cores de Henry. Quanto a Henry, ele não movia uma palha, a não ser para reclamar que ela estava entupindo a casa de coisas e deixando tudo uma bagunça. Aprendera desde o início que ele era autossuficiente. Henry não parecia precisar das coisas, pelo menos não como ela precisava.

Então, para que se dar ao trabalho de construir um lar com ela? Afinal, na cabeça de Henry, ele continuava sendo gloriosamente livre e solteiro.

Imaginava que ele devia ter redecorado a casa em dois tempos depois de ela ter ido embora. Devia estar tudo com jeito de homem, desarrumado, cheirando a mofo. Há meses que ele não devia abrir uma janela, e visitas desavisadas iam cair duras no chão, com falta de ar. A tampa da privada deve ter voltado ao seu devido lugar, levantada, e ele deve ter recolocado a televisão atravancada no meio do quarto. E seu mundo entrara nos eixos novamente.

— Alô? — Era ele. Ele sempre atendia ao telefone como se estivesse esperando um operador de telemarketing do outro lado da linha.

O choque de ouvir aquela voz depois de um ano e meio fez com que todo o discurso ensaiado de Jackie imediatamente fosse apagado de sua memória. Sua boca estava tão seca que ela teve que descolar a língua do céu da boca antes de dizer, com uma voz gutural: — Henry! Hum, oi, sou eu, Jackie. — Então, não querendo soar presunçosa — afinal de contas, já fazia algum tempo —, achou de bom-tom se identificar: — Sua mulher.

Mas a voz dele continuou calma e impassível. "Sinto muito, no momento não posso atender a sua ligação, deixe seu recado que ligarei para você quando puder."

Ele não se despedia no fim da mensagem. Típico. Seria educado demais, normal demais. Em vez disso, ouvia-se apenas um bip abrupto e rude.

Jackie perguntou a si mesma por que o fato de ele não estar em casa a surpreendera. Afinal de contas, era noite de sexta-feira. Ele devia estar trabalhando. Ou então na inauguração de algum barzinho da moda com o pessoal do jornal. Ou talvez até mesmo na cama com alguém, sem querer ser perturbado. Vivendo como se nada tivesse acontecido. Como se Jackie tivesse sido apenas uma mera interferência em sua vida e agora a transmissão tivesse voltado ao normal.

Sem dizer uma palavra, devolveu silenciosamente o telefone ao gancho.

Capítulo Dois

Jackie acreditava de verdade que quase tudo podia ser dito com flores. Algumas pessoas viam nisso um clichê, é claro, mas ela então fazia um teste, pedindo ao cliente que pensasse em qualquer coisa que quisesse dizer.

— Ah, sei lá... Queria que o meu marido fizesse as compras no mercado. Aposto que não dá para dizer *isso* com flores.

Jackie não deixava a peteca cair. — Bem, o último buquê que você enviou para ele funcionou?

— Nunca mandei um buquê.

— Que vergonha! Já imaginou a cara dele se você mandasse? Aposto que ele ia fazer as compras rapidinho!

— É, talvez...

Evidente que a maioria das pessoas queria dizer as mesmas coisas, como "Parabéns", "Meus Pêsames" ou "Quer Namorar Comigo?". E, levando isso em consideração, Jackie desenvolvera uma gama de arranjos temáticos. Para recém-nascidos, ela criara um lindo buquê chamado "Bem-vindo, Bebê", em rosa ou azul. Havia um buquê de "Meus Sentimentos" para velórios, o mais vendido da loja. Algumas de suas frases mais específicas, como "Olá, Novo Vizinho!" e seu buquê irmão "Gostei muito de te conhecer", estavam difíceis de engrenar e Emma vinha tentando convencer Jackie a descontinuá-las. Mas, otimista incurável, ela estava confiante de que em breve acabariam tendo uma boa saída.

Às vezes, ao abrir a porta da loja pela manhã e sentir o aroma das flores frescas vindo cumprimentá-la, sentia que ser florista era quase uma vocação. Em que outro trabalho esperariam que ela marcasse com arranjos especiais nascimentos, mortes, romances, aniversários de casamento, Dia das Mães, dos Pais ou buquês para noivas? Pensando bem, todo o espectro da experiência humana passava por sua loja diariamente, solicitando seu talento.

E ela sabia fazer praticamente tudo com flores: toucas, guirlandas, até mesmo mosaicos. O pedido mais estranho havia sido um trenzinho, mas Jackie aceitou o desafio e criou vagões individuais, com botões de cores diferentes, e todos ficaram impressionadíssimos. Lech, o rapaz que fazia as entregas, chegou mesmo a comentar que era uma pena não existir um prêmio para "Arranjo de Flores Mais Original", pois Jackie seria certamente contemplada com ele.

Naquele dia, especulava se deveria inaugurar uma nova linha: "Eu Sinto Muito". Ou "Ops! Menti Para Você". Quem sabe até mesmo "Por Favor, Volte Para Mim".

Havia contado a Dan pela manhã, assim que acordara. Esperava que ele fosse ficar possesso. Mas ele não dissera uma palavra sequer; simplesmente calçara os tênis, enfiara seu short e batera em retirada para dar uma corrida. Jackie se consolara refletindo que aquilo não era nada extraordinário; ele costumava correr muitos quilômetros após uma reunião estressante com a diretoria, até mesmo nos períodos mais ingratos do inverno, surgindo da sombra de arbustos espessos e assustando as pessoas na estrada. Mas duas horas depois, ainda não tivera sinal dele. Foi então que uma amiga ligou — engarrafada num trânsito a uns dezesseis quilômetros de distância — para dizer que ele acabara de ultrapassá-la a toda, na direção das montanhas Dublin. Jackie esperou o quanto pôde, depois teve que sair para o trabalho.

— Não creio que ele possa sobreviver muito tempo usando apenas um shortinho em altitude elevada — comentou Emma. — Muito menos durante a noite. Acredite: estará em casa na hora do chá. — Mas ela dissera isso sem olhar para Jackie, montando aplicadamente uma coroa de flores. Enquanto o talento de Jackie eram os buquês extravagantes de casamento, a especialidade de Emma eram os arranjos trágicos, e ela era capaz de montar uma coroa de primeira em exatos nove minutos. Era uma tarefa que ela desempenhava de modo tão entusiasta que a Flower Power praticamente já monopolizava a demanda dos dois asilos da região.

—Você acha mesmo? — perguntou Jackie.

— Bem, não posso afirmar com certeza, é claro. Afinal de contas, nem *conheço* ele.

— Ah, Emma. Eu não imaginei que ele fosse me pedir em casamento, está bem? Foi algo que me pegou totalmente de surpresa.

— Igual da outra vez então, né?

Ai. Jackie não podia acreditar que Emma ainda estivesse magoada. Aquilo é que era guardar rancor, o resto era brincadeira! A loja naquela época não passava de um sonho distante, uma fantasia. Não ia sequer se chamar Flower Power; Emma havia sugerido Blooming Marvellous. Mas, assim que elas entraram em contato com o banco e começaram a correr atrás de todo tipo de papelada, Emma — justamente a mais sensata — entrou numa ansiedade tão grande que começou a ter palpitações e um médico avisou que ela não tinha estrutura para negócios. Mas, de algum modo, Jackie levara toda a culpa pelo fracasso do empreendimento por "ter se mandado para Londres e casado com aquele cara".

Bem, ela havia feito exatamente aquilo. Mas era o que as pessoas faziam quando estavam apaixonadas! Eram tomadas por uma espécie de loucura, e o senso prático — que nunca fora o forte de Jackie — era totalmente descartado. Pessoas apaixonadas faziam coisas extravagantes, tolas e imprevisíveis, sobretudo quando uma delas morava em outro país e os finais de semana já não bastavam. Quem deveria abrir mão de toda a sua vida em prol do outro nem chegou a ser uma questão: Jackie era uma florista aspirante a empresária, e Henry, bem, Henry era Henry Hart.

Quando ela se recordava daquilo tudo... De sua ingenuidade e de seu agudo senso de abnegação. A noção ridícula de estar prestes a viver uma tremenda aventura romântica que culminaria em uma aconchegante felicidade em Londres. Quando, na verdade, um relacionamento a distância seria ideal para Henry. Apenas os momentos bons, sem as exigências do cotidiano. Ele podia transar com ela o fim de semana inteiro e depois despachá-la junto com sua carência em um voo noturno aos domingos. Talvez ainda estivessem juntos.

— Não fique chateada comigo, Emma — suplicou ela.

Emma a encarou rigidamente com seus olhos castanhos. Tudo nela era rígido e castanho, do cabelo curtinho até os bicos dos seus sapatos baixos e sensatos. Era o tipo da pessoa para quem você ligaria se sua casa estivesse pegando fogo ou se fosse procurado pela Receita. Em um romance de Enid Blyton, ela seria aquele personagem que prepara cervejinha e sanduíches com patê para o lanche.

— Eu nem conheço o Dan — disse ela. — Não estive com ele nem uma vez sequer. Vai ver você não me considera *interessante* o bastante para ele. Vai ver acha que eu só sei falar sobre margaridas e herbicidas, e não conseguiria acompanhar uma conversa sobre a Nasdaq, o Dow

Jones ou... ou... a taxa de câmbio do euro! — Ela apanhou uma tesoura de poda e a brandiu perigosamente no ar.

— Ai, Emma.

— Posso não ser a pessoa mais ousada do mundo, mas sei me virar muito bem. — Seu pescoço estava duro e retesado e ela atacou as coroas com tanta violência que começou a abrir buracos nas folhas com a tesoura.

— Até contar para ele que eu ainda estava casada, não quis te colocar numa situação em que você seria obrigada a mentir.

Emma deu um muxoxo, mas que podia ser traduzido por estou-disposta-a-ser-convencida.

— É sério. Imagina se eu marco um programa bem bacana para nós três e te peço para *não* contar nada para ele?

— Isso é — disse ela, finalmente concordando.

— E vamos combinar: você mente muito mal.

Na época em que dividiam um apartamento, Jackie certa vez pedira a Emma para dizer a um namorado que ela não estava em casa. Emma insistiu com ele "ela não está, ela não está", mas sua mão se ergueu involuntariamente — no que ela mais tarde descreveu como uma "força sobrenatural" — e apontou para o quarto, onde Jackie estava escondida atrás da porta.

— Então. Você não vai me parabenizar? — perguntou Jackie, em tom descontraído. — Abrir uma garrafa de champanhe?

Mas Emma parecia um pouco preocupada. — Como ele é? O Dan? Falando sério.

— Ele é maravilhoso, Emma. Sei que, quando o conhecer, você vai cair de amores por ele.

— É que ele parece estar longe de ser o seu tipo, Jackie. O cara joga *rugby*!

Verdade. Mas aquilo era típico de Emma: tão arraigada em suas convicções! Rígida, inflexível, sem jamais considerar alternativas, como gerentes de banco — que podiam ser tão interessantes, ao seu próprio modo, quanto jornalistas londrinos bem-sucedidos como Henry.

— E desde quando as pessoas têm que se ater a um só tipo? — perguntou Jackie, dando uma risada e anotando mentalmente que devia evitar que Dan estivesse usando uma das suas camisas listradas de *rugby* quando fosse conhecer Emma, ou com um molho de chaves pendurado no cinto.

Lech entrou na loja, voltando de uma entrega e fazendo tilintar o sininho na porta. — O couro do carro está tão quente que eu estava grudando no assento — declarou ele, alegre. De fato, havia manchas redondas de suor sob as axilas da sua camiseta branca e justa. Emma franziu os lábios. Ela já acusara Jackie de tê-lo contratado só pela aparência. Só porque ele era italiano! No fim das contas, ele era polonês e não tinha uma gota de sangue italiano em seu corpo atarracado e musculoso. Sua mãe, no entanto, era natural da Espanha e havia conhecido seu pai na Convenção Mundial de Plantadores de Batata, nos arredores de Varsóvia, e fora amor à primeira vista. Eles fixaram residência perto da fronteira com a Ucrânia, onde plantaram batatas, tiveram filhos e foram felizes para sempre. Mas a vida na fronteira ucraniana não era muito promissora para jovens poloneses que pareciam italianos e tinham sangue espanhol, embora ele realmente se considerasse europeu por definição. Por isso, decidiu se mudar para a Irlanda. Para ganhar muito dinheiro e conhecer muitas mulheres. Alguns amigos poloneses que tinham se mudado antes dele disseram que as irlandesas eram muito gostosas. Foi então que ele olhou para Jackie e depois para Emma, que nesse ponto da interminável entrevista estava apertando firmemente as laterais da sua cadeira, deu uma risada e exclamou: — Estou brincando! E acrescentou, com sinceridade: — Em relação às mulheres. A parte do dinheiro é pra valer. Tenho mais dois empregos: entrego pizzas e panfletos. Mas posso arrumar tempo para vocês.

Pelo menos tem senso de humor, Jackie argumentara mais tarde com Emma. Mas Emma tomara uma implicância instantânea com o rapaz. Ele era muito efusivo, muito autoconfiante, muito ambicioso, muito tudo. E aquelas camisetas brancas horríveis que ele usava! Quem ele achava que era, Marlon Brando? Ela parecia ofendida só de olhar para ele e insistiu em errar seu nome de propósito até ele ser obrigado a dizer que a pronúncia correta era "Lek" e não "Leche".

— Sabe, Jackie — disse ele. — Estava pensando no cara com quem você é casada.

— Henry?

— Eu poderia arrumar alguém para dar fim nele para você — ofereceu. — Conheço uns camaradas aí. Ia custar uns cinco mil euros, mais ou menos.

Após um breve silêncio de choque, ele deu uma gargalhada.

— Estou brincando!

— Eu não *acreditei...*

— Acreditou, sim! Tinha que ver a sua cara! — Ele abriu um sorriso tão radiante que era difícil não sorrir de volta.

— Nunca se sabe — respondeu ela. — Eu podia ter aceitado.

— O cara é um monstro, né? — Ele perguntou, solidário. — Você merece alguém legal, Jackie. Alguém que traga paz ao seu coração. Alguém que te toque *aqui* — disse ele, tocando seu peito largo e moreno com o polegar.

Emma interrompeu: — Estas encomendas já estão prontas para entrega. Assim que você puder.

Aquilo encerrou o assunto. — Está bem — respondeu ele, retesando um pouco os ombros. Ele apanhou as encomendas. — Espero que você tenha anotado os endereços com uma letra mais legível desta vez.

E saiu batendo a porta.

— Você ouviu isso? — perguntou Emma, indignada. — Ele está tentando me culpar pelos pedidos trocados!

— A sua letra *é* um horror, Emma.

— Eu anotei tudo direito.

— Tudo bem, mas você podia pegar mais leve com ele. Ele está se esforçando tanto.

Mas Emma sentenciou: — Ele está no período de experiência. No fim do mês, acho melhor mandarmos ele embora. — Então, como se disposta a abordar de uma só vez todos os temas desagradáveis, ela emendou: — E Henry? Não que eu queira falar sobre ele, longe de mim.

Mas Jackie estava preparada para a inclusão de Henry na pauta e respondeu: — Pode falar à vontade. — Estava satisfeita por parecer tão casual; indiferente até, dado seu encontro perturbador com a voz dele na secretária eletrônica na noite anterior. O tempo realmente é uma coisa maravilhosa. Ora, ela podia até mesmo cruzar com ele na rua na hora do almoço e acenar alegremente!

— Bem, você continua casada com ele, Jackie.

— Sem dúvida. Mas vou pedir o divórcio, é claro. O quanto antes. — Era o que ela queria ter conversado com ele na noite anterior. Mas, ao constatar que ele jamais se dera ao trabalho de ligar uma única vez desde que ela partira de Londres, para que ser tão cortês? Ele ficaria sabendo pelo seu advogado. — Assim que tudo estiver terminado, Dan e eu vamos ficar livres para nos casarmos.

— Deve ser estranho — comentou Emma — se divorciar e se casar novamente tão depressa.

— Henry foi um erro — retrucou Jackie, convicta. — Não vou passar o resto da vida remoendo isso. Conheci a pessoa certa agora e não há motivo para ficar protelando. Muito menos por causa de Henry.

— Sim, desde que as coisas entre vocês dois tenham realmente terminado.

— Vou me casar com outra pessoa, Emma. Quer mais ponto final do que isso?

— Não é o fim do mundo, Jackie — disse Dan.

— Não? — Ela o examinou atentamente, em busca de uma reação. Ele estava sentado no sofá, ainda usando o short que vestira pela manhã.

Ela não sabia se ele tinha ido assim para o escritório, nem se tinha mesmo ido trabalhar. Mas o importante é que ele estava lá, estava em casa.

Ele continuou: — Obviamente, eu preferia ter ficado sabendo desde o início, mas agora que já sei, talvez você possa me inteirar de todos os detalhes.

— Está bem — respondeu ela, humildemente. — O que você gostaria de saber?

— Vamos começar com esse tal de Henry — disse ele, cruzando suas pernas nuas para adotar uma postura intencionalmente madura. — O seu marido.

Ele era de fato incrível! Não havia um traço sequer do Dan Desesperado, que descobrira ser o apelido dele no rubgy.

— Ele é praticamente meu ex-marido, o divórcio não deve demorar para sair. — Ela arriscou um palpite. — Creio que em questão de semanas. — Ora, não havia filhos, nenhum investimento conjunto de valor e nenhum bem, exceto a casa dele. Na certa, seria apenas uma questão de assinar no canto inferior de alguns documentos, devolver chaves e outras coisas do gênero.

— E quanto tempo vocês foram casados? — indagou Dan.

— Um ano. Uma coisinha de nada! — Por algum motivo, ela estava usando um tom de voz alegrinho, o mesmo que reservava para crianças pequenas e clientes difíceis.

— Sei. — Ele acenou com a cabeça, como se tudo aquilo fosse pouco interessante para ele.

— Olha, Dan, a coisa toda foi um erro desde o princípio, só que eu não me dei conta disso na época. — Ela deu uma risadinha. — Henry e eu, vou te contar, éramos o casal mais inadequado possível. Sério, você não conseguiria encontrar duas pessoas mais diferentes no mundo todo! Ele nem gosta de sapatos!

Dan sorriu educadamente e pediu: — Conte-me mais sobre ele. Só para eu conseguir visualizar melhor.

— Henry? Ah, ele... Ele é escritor. — Foi a palavra menos ofensiva que lhe ocorreu. — Ele é bom de garfo. Come feito um porco. E não modera na bebida também. — Aquilo não era de todo verdade, mas ela deixou estar. — Dan, realmente sinto muito por não ter te contado antes. Acho que tive medo da sua reação. Não imaginei que você ia ser assim tão incrível.

Mas ele ignorou o elogio e perguntou: — Como ele é fisicamente?

— O quê?

— Henry.

— Você quer saber como ele é fisicamente?

— Mera curiosidade — disse ele, com um sorriso um pouco envergonhado. — Por acaso ele se parece comigo?

Jackie sorriu. Enquanto Dan era grande, moreno e afável, Henry era algo magro, seco e malvado, do tipo que ficaria por trás de um vidro reforçado no zoológico, para ser alimentado a distância, com avisos de cautela máxima. — Posso te garantir categoricamente que ele não tem nada a ver com você.

— O que você quer dizer com isso? — retrucou Dan, num tom que deixava claro que seu bom humor havia evaporado.

— Como assim?

— Ele é mais bonito, é isso?

Aquilo tudo não passava de um teatro. Ela percebeu que um músculo proeminente saltava em seu maxilar do mesmo modo que atores canastrões faziam para demonstrar sua irritação nos filmes.

— Não! Só quis dizer que vocês são muito diferentes...

— Mas aposto que você preferia ele. — O músculo do maxilar agora estava afetando seu olho. Ele piscava sem parar enquanto esbravejava: — Ou então vai ver que foi sua personalidade carismática, é isso? Ou ele tinha um belo saldo bancário? Um pau maior do que o meu?

— Dan! Já chega.

Ele se recostou novamente no sofá e cobriu os olhos. Parecia uma criança grande tentando sufocar os soluços de birra. Após um momento, resmungou um pedido de desculpas abafado pelas mãos.

— Tudo bem.

— Estou tentando formar uma imagem desse cara na minha cabeça. Esse cara que, até hoje, eu sequer sabia que existia. O cara com quem você *se casou*. — Ele esfregou a mão no rosto. — Achei que saber mais sobre ele ia me deixar melhor. Mas não funcionou.

Jackie sentiu um aperto no peito. — Olha, não importa como é a aparência de Henry, o que me atraiu nele, nada disso. O que importa é que acabou. Já estava acabado antes mesmo de nos conhecermos.

Mas Dan estava longe de ser consolado. — Por que você não me contou logo então? Eu te contei sobre todas as minhas ex-namoradas. — Foram duas noites e vários álbuns de fotografias. E consultas ao agora defunto caderninho preto para conferir os nomes direito. — O fato de ter escondido isso de mim me leva a achar que você ainda sente alguma coisa por ele.

— Não sinto.

— Então por que você não me contou logo?

— Já disse, não era a hora certa...

— Ah, não me venha com essa palhaçada de novo.

— Dan!

— Sabe, desde o primeiro dia eu sabia que havia algo de errado. Que você estava escondendo algo de mim. Todas as namoradas normalmente aparecem com meia dúzia de amigos para te avaliar. Você não parecia ter um amigo sequer! Também não cheguei a conhecer sua família. Você me relatou minuciosamente tudo que fez na vida, desde que aprendeu a andar até três anos atrás e, de repente, nada! Bem, agora eu sei o motivo. Henry. — Ele estava tão alterado que começou a suar novamente.

Jackie disse, concentrada: — Sabe, Dan, já lhe ocorreu que posso não ter te contado porque queria deixar isso para trás? Será que isso é tão ruim assim? Depois de um ano de um casamento falido, talvez eu quisesse começar do zero e não ficar remoendo essa história toda. — Ela própria estava se sentindo um pouco afogueada. — Você faz ideia de quantas horas eu passei falando sobre Henry? Quantos dias da minha vida dediquei a ele? O quanto da minha existência esse cara consumiu até o dia em que cheguei a me perguntar se existia vida antes dele e pensei: chega! E foi então que decidi deixar o passado para trás.

— Jackie...

— Eu sei, não te contei a verdade. Eu errei. Mas não foi porque estava tentando te enganar, ou por ainda gostar dele. Quando te conheci, me senti eu mesma, Jackie Ball, e não a metade de um casamento falido. Gostei dessa sensação, Dan. Não vou me desculpar por isso!

Dan pareceu um pouco assustado. — Não precisa me bater.

Aquilo quebrou um pouco o gelo. Ela deu um muxoxo e sentou ao lado dele no sofá. — Desculpa por não ter te contado antes. Mas Henry é passado. Estou com você agora.

— Acho que isso é o que realmente importa — disse ele. — E, para sua sorte, não me incomodo com artigos de segunda mão.

Por um momento, ela pensou que ele estivesse falando sério. Depois, lhe deu um empurrão de brincadeira. — Palhaço.

Será que a tensão havia mesmo evaporado? Jackie pensou que talvez fosse apenas uma questão de esperar ele se acostumar com a ideia.

— O divórcio vai sair depressa — prometeu ela. — E depois, nem eu nem você vamos ter que pensar em Henry novamente.

Capítulo Três

Nada disso. Vai demorar pelo menos mais uns quatro anos - declarou Velma Murphy, a advogada. - É a lei irlandesa. E, mesmo assim, eles não gostam de conceder divórcios.

Jackie estava perplexa. — Quatro anos? Não acredito.

— Está bem — ganiu Velma. —Vou provar. — E ela se pôs a caçar algo sobre sua mesa caótica.

Jackie interveio: — Não, Velma, tudo bem, não precisa...

Velma parecia se ofender com facilidade. Mas era especialista em divórcio e pelo menos seu anúncio no jornal da cidade trazia as palavras *Rápido!*, *Confidencial!* e *Orçamento Grátis!*.

Em circunstâncias normais, Jackie não teria ido por aquele caminho. Parecia um pouco ordinário. E Emma recomendara que ela procurasse um escritório de advocacia no Centro, uma daquelas firmas caras em prédios cinzentos e sóbrios. Mas a foto no anúncio foi o que chamou a atenção de Jackie. Nela, Velma aparentava ser uma respeitável senhora de quarenta e poucos anos. O cabelo estava todo preso para trás e havia certa tristeza em seus imensos olhos, como se ela já tivesse passado por aquilo e pudesse compreender o sofrimento. Mesmo perdida entre uma miríade de anúncios de carros usados e videntes, a foto de Velma se destacava por sua integridade e humanidade.

Somente quando chegou ao apertado escritório de Velma, onde foi abruptamente recebida por uma mulher baixinha e muito gorda, de idade indeterminada, é que Jackie se deu conta de que ela não era a pessoa do anúncio.

— Ah, aquela é Susan — explicou Velma. — Ela me ajuda como digitadora três vezes por semana. Não quis espantar os clientes. — E, lançando um olhar ríspido, arrematou: — A imagem conta muito hoje em dia, não é?

Velma finalmente encontrou o que estava procurando e leu em voz alta, num tom bem lúgubre: — "Pela lei do divórcio irlandesa, os requerentes devem estar separados e morando em residências distintas por quatro dos cinco anos estipulados, anteriores ao início do processo". — Ela balançou a cabeça. As pelancas na papada sob seu queixo sacudiram. — Desumano. É a única palavra para isso. Ninguém está pedindo um procedimento semelhante ao dos Estados Unidos, onde você pode conseguir um divórcio em meia hora, como se estivesse pedindo um Big Mac. Isso é absurdo. Mas quatro anos? — Ela sacudiu o papel com desdém. — O que eles acham? Que depois de quatro anos, você vai milagrosamente se apaixonar de novo pelo imbecil que dormiu com a sua melhor amiga? Ou a besta quadrada que bebeu todas as economias da sua conta conjunta em duas semanas de férias na Tailândia com os amigos?

— Henry nunca chegou a...

— Semana passada veio uma mulher aqui: o marido tinha mania de anotar num caderninho a hora em que ela saía de casa e a hora que voltava. Chegava ao cúmulo de registrar quanto tempo ela passava no telefone com as amigas!

— Que horror — comentou Jackie. Ela sabia que não devia se deixar envolver, mas era inevitável. Além do mais, comparado àquilo tudo, seu próprio casamento parecia um sucesso estrondoso.

Velma assentiu com a cabeça, com uma expressão severa. — Você acha que ela vai se apaixonar novamente por esse amorzinho de pessoa três anos depois de estarem separados? Você acha que ela sente tanta saudade do caderninho que está disposta a lhe dar uma segunda chance? Diabos, não. Tudo que ela quer agora é se esparramar numa praia na Espanha, bebericando um coquetel e comemorando sua liberdade! — Ela pareceu estar prestes a dar um murro no ar, mas se conteve. E prosseguiu, em um tom mais moderado: — É claro que tem muita mulher por aí que não presta. Recebo muitos maridos aqui também, eles ficam sentados exatamente onde você está, chorando feito bebês por causa de algo que as mulheres falaram no café da manhã. As mulheres são diferentes, aí é que está. Normalmente, são provocações verbais. Se você tivesse alguém falando que você é um fracassado deprimente e ridículo todos os dias, durante vinte e cinco anos... — Ela deixou a frase morrer, balançando a cabeça, como se sentisse na pele o sofrimento de cada separação no mundo.

— Imagino — disse Jackie, começando a ficar um pouco deprimida. Tinha chegado àquele lugar tão entusiasmada, acreditando que ia encerrar aquele capítulo de sua vida em dois tempos e seguir em frente. Tinha prometido a Dan; ele estava sentado no carro do outro lado da rua naquele exato momento, verificando a disponibilidade do salão de um hotel para a recepção de casamento deles.

— Não está muito cedo para isso? — perguntara ela.

— Não se quisermos garantir os melhores lugares. — Ela viu que ele estava correndo o dedo por uma lista de castelos e casas de campo. Ela havia imaginado uma tarde mais íntima em um hotelzinho.

— Eles parecem meio... grandes — argumentou ela.

— Bem, provavelmente vamos ter uns duzentos convidados — disse ele.

— Duzentos!

— Sem contar com as pessoas que moram no exterior. — Ele olhou para ela. — Tudo bem para você?

— Não tinha percebido que ia ser um casamento *high society*.

Ela estava sendo sarcástica, é claro, mas ele respondeu: — Bem, vai ser, sim. Claro que vai. Meu pai ainda é muito importante na indústria farmacêutica.

Aquilo explicava por que a mãe dele tinha um olhar tão inexpressivo.

— Só vou me casar uma vez, Jackie. — Então ele se ruborizou e disse: — Desculpa.

— Não precisa se desculpar, Dan. — Aquele ainda era um assunto um pouco delicado entre eles. Na noite anterior, quando uma matéria sobre divórcio fora anunciada no telejornal, os dois se precipitaram rapidamente sobre o controle remoto. Ele estava demorando um pouco mais do que imaginara para se acostumar àquela situação.

— Quanto tempo você acha que esse lance do divórcio vai demorar? — perguntou ele. — Caso o pessoal do castelo queira saber.

— Três meses — respondeu ela, despretensiosa. — Quatro no máximo.

E agora lá estava ela, contemplando a realidade de quatro *anos*. Dan ia ficar decepcionadíssimo. No entanto, haveria tempo de sobra para conseguir uma matéria com alguma revista de celebridades, pensou ela, debochada.

— O que ele fez? — perguntou Velma, gentilmente.

— Hã?

— Henry. Pela sua cara, aposto que ele andou se metendo com jogos.

— Não.

— Ah. — Ela pareceu desapontada. — Normalmente consigo adivinhar. Ontem adivinhei um bígamo.

— Bem, Henry não *fez* nada desse tipo — desconversou Jackie.

— Olha, você não precisa ficar envergonhada. Acredite, eu já ouvi de tudo. Cada história que eu nem te conto! Nem poderia, é claro, é tudo confidencial. — Ela parecia quase frustrada por isso. — Então? — insistiu ela, aguardando uma resposta.

Jackie sentiu-se pressionada a confessar alguma infração odiosa de Henry, algo dramático e vagamente repulsivo. Será que Velma fazia uma espécie de triagem de clientes, na qual apenas evidências grotescas de maus-tratos conjugais garantiriam lugar na sua agenda? E o pior: se Jackie não apresentasse nada, ia parecer que estava defendendo Henry, uma ideia tão insuportavelmente pavorosa que ela lamentava não poder anunciar que o havia flagrado na cama com uma cabra.

Velma detectou sua hesitação e prosseguiu, com delicadeza: — O que foi? Ele te traiu? Tudo bem, não há razão para se envergonhar. É a coisa mais comum do mundo. Não leve para o lado pessoal...

— Ele não me traiu — interrompeu Jackie.

— Ah. Está bem.

Jackie acrescentou, educadamente: — No fim das contas, não éramos compatíveis.

— Hãaa — disse Velma, com ares de sabedoria. — A síndrome da água e óleo. Muito comum também. Até acredito que os opostos *realmente* possam se atrair, mas eles também podem acabar provocando lesões corporais graves um no outro. Francamente, você olha certos casais e se pergunta em que mundo eles estavam quando acreditaram que poderiam ser felizes juntos. Estou falando daqueles que não conseguem sequer concordar com o *local* onde será realizado o casamento, dá para acreditar?

39

— Será que dá para a gente ir adiantando as coisas? — interrompeu Jackie. — É que meu noivo está me esperando no carro. Está muito quente hoje e acho que não deixei uma janela aberta para ele.

Velma desculpou-se: — Sinto muito. Às vezes me deixo levar pela amargura. — Ela prontamente consultou seus papéis. — Agora que você mencionou um noivo — manda ver, menina! —, posso deduzir que não está a fim de esperar quatro anos para conseguir o divórcio, não é?

— Não tenho outra escolha, tenho?

— Sempre se pode dar um jeitinho. Nenhum dos meus clientes precisou esperar quatro anos — declarou Velma, convencida. — O meu divórcio mais rápido saiu em três semanas.

— Três semanas!

— Antes que você se empolgue, foi um daqueles casamentos hippies numa praia no Haiti que não havia sido registrado direito. — Alguma chance de você não ter registrado o seu direito? — perguntou ela, esperançosa.

— Infelizmente, fizemos tudo dentro da lei — respondeu Jackie, num tom arrependido.

— Certo. — Ela começou a eliminar itens em uma lista. — E por acaso algum dos dois era casado na época e omitiu o fato?

— Não.

Ela pigarreou. — E suponho que o casamento tenha sido consumado...

— Hã-hã. Várias vezes — respondeu ela, tentando soar minimamente conservadora.

— Só estou conferindo, não precisa me dar detalhes. — Mais um item eliminado. Ela ergueu o lápis e o bateu de leve contra seus dentes irregulares. — Nossas alternativas estão começando a diminuir. — Ela passou para o próximo item da lista, fazendo uma pausa antes de perguntar, com toda delicadeza: — E você tem certeza absoluta de que ele está vivo? Henry?

— Hein?

— É claro que esperamos que ele *esteja*, mas as coisas iam caminhar infinitamente mais rápido se, por exemplo, ele... não estivesse.

— Liguei para ele anteontem em Londres e caiu na secretária eletrônica.

— Ah. — O item final foi riscado e Velma aparentava ter perdido o ânimo. Provavelmente, estava reconsiderando a palavra "Rápido!" em seu anúncio. Sentada escorando o queixo gordo com uma das mãos fechada em punho, ela encarava um certificado emoldurado na parede atrás de Jackie, como se aguardasse uma inspiração. Jackie olhou para trás, esperando ver um sofisticado diploma de Direito. Mas era apenas um atestado de que Velma havia participado de uma maratona de leitura local. Não havia nenhuma evidência visível de qualquer qualificação adequada.

— Londres — disse Velma de repente. — Você falou com ele em Londres?

— Não, caiu na secretária eletrônica.

— Quem estava em Londres? Você ou a secretária eletrônica?

— A secretária. Ele mora lá. É inglês.

— E por que você não disse isso antes! — exclamou Velma, apanhando um bloco de anotações.

— Você não perguntou.

— Há quanto tempo ele mora na Inglaterra?

— Desde sempre. Eu mudei para lá quando nos casamos.

— E ele continua morando lá desde que você o largou há um ano e meio? — Velma estava prestes a explodir, como um detetive que enfim se aproxima de sua derradeira pista.

— Eu não o larguei, eu fui embora porque...

— Está bem, está bem, não vamos nos prender nos detalhes. O que importa é que você pode pedir o divórcio pela lei inglesa! — declarou Velma. — Eles são muito mais razoáveis lá. — Num gesto súbito, ela se debruçou sobre a mesa e segurou a mão de Jackie com sua mão quente e surpreendentemente macia. — Não se preocupe. Vou tirar o filho da mãe do seu caminho antes que você possa dizer "divórcio instantâneo".

Henry não suportava primeiros encontros. Mesmo assim, lá estava ele em um, com uma garota chamada Charlie. Normalmente, aquilo já seria o suficiente para dissuadi-lo. Mas Dave, do caderno esportivo, dissera que ela era ótima — "uma lufada de ar fresco", o que o dissuadira mais ainda — e ela de fato aparecera naquela noite com um decote bastante atraente. Preferia que ela estivesse mais composta, pois não estava acostumado a ver seios — pelo menos, não nos últimos tempos — e temia encará-los o tempo todo ou pior, avançar neles por cima da mesa.

Ela estava cada vez mais calada. Mais um pouco e ia arriscar uma conferida no relógio. Já haviam conversado sobre filmes, livros, família e, por ideia dela, sobre o momento mais constrangedor na vida de cada um. Naquele ponto, o encontro estava se transformando em mais um dos típicos de Henry.

— Está gostando da comida? — perguntou ele. Que pergunta mais idiota!

— Está boa, obrigada.

Ela inquietou-se na cadeira e ele pôde perceber que ela estava se sentindo ludibriada. Dave devia ter dito que ele valia a pena e a moça devia estar constatando que fora muito barulho por nada. Como se ele tivesse pedido a Dave que metesse o bedelho em sua vida amorosa! Mas não adiantava nada frustrar as expectativas alheias bancando o deprimido *em tempo integral*. Um sujeito que desaba em prantos o tempo todo tende a estragar o ambiente rústico do trabalho. Então, todos enchem a cara e fazem sexo e fingem não estar nem aí.

Mas ele insistiu, esforçando-se mais daquela vez: — Não posso escrever isso na minha resenha. "Boa."

Ela ergueu os olhos, desconfiada. — Você veio avaliar este lugar? Dave não me disse nada. Pensei que estivéssemos aqui só para jantar.

— Ah, estou sempre avaliando — disse ele. Teria soado rude? E, mesmo que tivesse, por que se preocupar? — Então, vou perguntar outra vez, está gostando da comida?

— Não quero fazer parte da sua avaliação...

— Por que não? Sua opinião vale tanto quanto a minha. — O que não era exatamente verdade. As pessoas não queriam ler resenhas gastronômicas escritas por leigas como Charlie. Não queriam nem ler resenhas gastronômicas escritas por especialistas qualificados. Com o passar dos anos, Henry chegara à deprimente conclusão de que ninguém sequer queria ler sobre comida. Na verdade, a última coisa que interessava às leitoras da sua coluna era comida. Críticas mordazes, sim; a consistência do pudim, não.

Descobriu que sua intuição estava correta quando, há um ano, seu editor o advertira de que estava dando muito espaço para comida. "Basta fazer um apanhado em linhas gerais no último parágrafo e dar sua nota." Que não podia ser muito alta, por sinal. Haviam lhe dito que as críticas, para fazerem sucesso, não podiam ser melosas. Então, Henry perguntara ao seu editor, num tom sarcástico, se preferia um toque mais ácido e ele assentira efusivamente.

O mais surpreendente é que a estratégia funcionara. A reputação de Henry como um crítico impossível de se agradar solidificou-se. Os leitores da sua coluna se multiplicaram à medida que ele ia consolidando seu posto de *enfant terrible* da crítica gastronômica. Seus colegas não nutriam um pingo de respeito por ele, é claro; uma concorrente o chamara publicamente de animal e ele próprio não podia fazer outra coisa senão concordar. Mas aquilo não tinha a menor importância, já que ele roubara metade dos leitores dela. Ele ocupava uma posição de poder e não havia um restaurante na cidade que não lhe estendesse o tapete vermelho, caso ele se dignasse a visitá-los.

— Seja maldosa — ensinou ele para Charlie. — Seja cruel. Os leitores vão adorar. — Era a fórmula secreta: dar aos leitores o que eles queriam.

Ela riu. — Está bem, então. — E, abaixando a voz, receando ofender alguém, ela disse: — Para falar a verdade, meu bife estava meio sola de sapato.

— Hã-hã. — Ele anotou a observação discretamente com um lápis em um pequeno bloco.

Ela tentou espiar. — O que você escreveu aí?

— "Bife tão velho que poderia ter passe de idosos nos ônibus". — O comentário dela se transformara em uma ofensa no papel. Mas ela riu e achou engraçado. Hilário, até. Tinha dentes muito bonitos.

— Continue — incentivou ele. Sentiu-se mais relaxado.

— O bife dava pra encarar, não fosse essa massa em cima.

— O ravióli de bacon e repolho?

— O que era *aquilo*? Tudo bem, não sou nenhuma *expert* em comida; para falar a verdade, não costumo sair para jantar. Prefiro ir a algum pub, tomar uns drinques, me divertir. E, quando saio, normalmente gosto de ir comer uma pizza... Mas massa em cima da carne? Para mim, isso só pode ser piada!

— Concordo plenamente.

— Sério?

— Sério. E, se você não se importar, meu título vai ser: "Se a carne é fraca, a massa é morta".

Houve uma pausa e em seguida ela riu. — Entendi.

— Bem tosco e antipático.

— Gostei.

— É péssimo! O editor-assistente provavelmente vai acabar mudando. Ou, pior, não vai mudar uma palavra.

Ela riu outra vez. Aquele encontro estava se saindo um sucesso. Precisa lembrar-se de agradecer a Dave por ter insistido para ele tentar. Dave tinha razão, só era preciso voltar à ativa. De que adiantava ficar remoendo o que não deu certo? Ele tinha uma bela casa, um emprego incrível (dependendo do ponto de vista) e bastava estalar os dedos para as mulheres aparecerem, fazendo fila (segundo Dave, depois de algumas cervejas, esforçando-se para incentivá-lo). Já estava mais do que na hora de começar a apreciar o que tinha. Porque uma coisa era certa: *ela* não estava se martirizando desde que fora embora, há um ano e meio. Tinha até finalmente montado sua loja de flores. Dave ficara sabendo disso pela melhor amiga da cunhada da prima da mulher dele, Dawn, que, pelo visto, tinha bons contatos com floristas irlandeses.

Então ela conseguira o que queria. Henry ficou surpreso. Ela era uma daquelas pessoas que caíam de amores por alguma ideia, normalmente numa conversa regada a vinho, mas no dia seguinte não tinham mais o entusiasmo necessário para se levantar da cama e colocá-la em prática.

Pois ela que abrisse o que quisesse. Ele não estava nem aí. Há meses que não tinha uma noite tão agradável, sentado diante de Charlie, com seu cabelo dourado e sua blusa bem justa.

— Você devia usar um ditafone — disse ela, com conhecimento de causa, enquanto ele fechava o bloco de anotações e o guardava no bolso, discretamente. — Estaríamos perdidos lá no escritório se não fossem os ditafones. Se você quiser, consigo te arrumar um com desconto.

— Você é muito gentil, obrigado. Mas não quero chamar a atenção — disse ele.

Ela pareceu um pouco confusa.

— Eles não sabem que estou aqui hoje — acrescentou ele, num sussurro teatral. Viu? Ainda podia ser brincalhão.

— Ahhhh — sussurrou Charlie. Ele teve uma vontade súbita de beijar aqueles lábios carnudos e rosados. — É porque você é famoso?

— Não sou famoso — retrucou ele, modesto.

— Dave disse que você é. Mas eu nunca ouvi falar em você. — E depressa acrescentou: — Espero não ter te ofendido.

O sorriso dele murchou levemente; ainda tinha orgulho, ora. — De modo algum.

— Dave disse que você é respeitadíssimo na área — disse ela.

— Bobagem dele.

— Que você pode fechar restaurantes com uma única crítica negativa. Disse que você era conhecido como o Carniceiro de Notting Hill. Como um sujeito na Broadway que encerra qualquer temporada teatral só com uma crítica ruim.

— Isso é besteira — disse Henry, esforçando-se para não soar impaciente, embora acreditasse piamente que fechar certos restaurantes, caso pudesse *de verdade*, seria um serviço de utilidade pública. — Eu só não anuncio a minha presença porque, quando eles sabem que um crítico está para chegar, capricham na faxina, anunciam código vermelho na cozinha e me servem a melhor comida que já provei na vida.

— Então a crítica não é uma crítica de verdade? — perguntou ela, entusiasmada, ou fingindo estar.

— Exatamente. É uma regra minha. Eu nunca, sob hipótese alguma, revelo minha identidade.

— Então como você faz? Reserva usando um nome falso?

— Sempre. Hoje foi Don Corleone.

Ela caiu no riso. — Espero que eu não seja tachada de mafiosa então.

— Não sei. Normalmente, não janto acompanhado.

—Você janta sozinho?

— Assim posso me concentrar melhor na comida.

— Por que, estou te distraindo? — perguntou ela, inclinando a cabeça para o lado.

— Um pouco.

— Sabe — disse ela —, não acredito que você seja Carniceiro de lugar algum.

— Não?

— Acho que você no fundo é doce. Sempre adivinho essas coisas.

— Uma vidente? Meu Deus! — Ele girou os olhos e ela riu novamente.

De repente, ele teve uma intuição boa sobre aquele encontro. Charlie era exatamente o tipo de mulher que ele precisava: divertida, confiante, disposta a aproveitar a vida. Nada complicada. Porque a vida dele às vezes já parecia complicada demais. Ou talvez fosse ele quem complicasse as coisas. Mas tinha a impressão de que com Charlie não se sentiria inadequado o tempo todo.

— Charlie, sou casado — disse ele, sem rodeios.

Meu Deus! Devia pelo menos ter esperado até a *sobremesa*! Ver se sua intuição estava mesmo certa. Quem sabe ela não estava tramando uma desculpa esfarrapada para cair fora em cinco minutos? E agora que ele havia aberto o jogo e dito que era casado...

— Eu sei — respondeu ela, despreocupada.

Dave dissera: "Pelo amor de Deus, não conte a ela, não há necessidade de contar no primeiro encontro." Mas aquilo seria apenas acrescentar outra camada de falsidade em sua vida; tinha a impressão de que estava chegando num ponto em que mais uma coisinha seria o bastante para fazê-lo explodir e sair correndo pelo escritório sem roupa ou algo do gênero — o que seria um choque muito pior.

De qualquer jeito, Dave se enganara. Charlie não se importava se ele estava casado ou não. E por que se importaria? Não era problema para ninguém. A não ser para ele.

O clima amistoso oferecido por Charlie mais três copos de vinho o deixaram comunicativo, e ele completou: — Não pretendo me casar novamente. Nunca mais.

Ela olhou para ele e disse: — Poxa, esta é a uma declaração bastante radical.

— Eu sei. O problema é que eu não concordo com essa coisa.

—Você não *concorda*?

— Com o casamento. — Estava no seu púlpito imaginário agora, ainda mais relaxado, arrematando a resposta com aquele sorriso irônico que era sua marca registrada. — Não quero abusar da sua paciência, mas o casamento é fundamentalmente falho em pelo menos sete níveis diferentes. Eu fiz até um gráfico, se você quiser ver depois. Para começar, é uma forma de aprisionamento emocional. E não é sequer dedutível do imposto de renda. — Queria parecer engraçado, mas, ao mesmo tempo, inabalável em sua convicção.

Charlie não entendeu. — Tudo bem, mas não acho que eu esteja aqui hoje com você preocupada com os meus impostos.

— Não, eu sei disso. Não estava insinuando nada, estava apenas me valendo de um exemplo de como o casamento não pode funcionar. Como não funciona. — Sentiu que estava cavando sua própria cova. — Olha, só quis esclarecer as coisas de uma vez, está bem? Por isso estou te dizendo tudo isso logo.

— Caso eu esteja sentada aqui rezando para você me pedir em casamento? — Seus lábios já não pareciam tão delicados.

— Não. Não! E você não ia mesmo querer se casar comigo.

— Para falar a verdade, acho que não ia querer mesmo — disse ela. — Nenhum homem antes falou sobre impostos comigo no primeiro encontro.

Ele realmente estava conseguindo estragar tudo. — Está vendo só? Sou péssimo candidato a marido. Não sou de falar muito, já me disseram, não sei me abrir e compartilhar minhas emoções, seja lá que diabos é isso. — Ele deu uma risada. — Sou grosso, não faço a metade que me cabe do trabalho doméstico, solto gases... Roubo. O tempo todo. — Geralmente, cardápios, mas roubava coisas em hotéis também.

Ela parecia um pouco enojada. — Mas você ainda acha que eu quero transar com você? Depois de tudo isso?

— O quê? Não! Não é isso que estou sugerindo.

— É exatamente o que você está sugerindo. Já que não quer casar, não foi isso que você disse? Não que eu quisesse, Deus me livre! Então, sejamos francos, você só está procurando alguém para sexo.

— De jeito nenhum! — Havia interpretado Charlie totalmente errado. Observou, abismado, ela apanhar a bolsa e recolher o xale das costas da cadeira. Ela o achara um imbecil. E, naquele momento, ele só podia concordar.

— Charlie, só porque não acredito mais em casamento não significa que não queira um relacionamento sério. Eu quero.

Ela bufou. — Você não imagina quantas vezes já ouvi isso.

— Reconheço que estraguei tudo. Só estava tentando ser honesto com você. Charlie, por favor, espere.

A garçonete se aproximou, alerta. — Está tudo bem, senhora?

— Pode deixar, está tudo bem — respondeu Henry.

Mas Charlie se levantou com o dedo em riste e, apontando acusatoriamente em sua direção, anunciou a plenos pulmões para que o restaurante inteiro pudesse ouvir: — Esse cara aqui é um crítico de restaurantes!

Depois, girou nos calcanhares e partiu.

No fim, Jackie decidiu escrever uma carta.

Caro Henry,

Você deve estar surpreso por receber notícias minhas depois de tanto tempo.

Estou escrevendo para dizer que, em vista do nosso colapso matrimonial, acho que o melhor a fazer é colocar de vez um ponto final no divórcio. Se você estiver de acordo, como tenho certeza de que está, aconselho procurar um advogado para representá-lo. Estou enviando o cartão da minha advogada, para mais informações.

Ficarei extremamente grata se você puder me responder o quanto antes.

Cordialmente,
Jackie

Depois, já que dali em diante tudo seria resolvido pelos respectivos advogados e era improvável que se comunicassem novamente, ela decidiu acrescentar:

PS: De vez em quando, leio as suas críticas. Espero que esteja tudo bem com você.

Ficou satisfeita com a carta. Parecia educada, neutra e direta. Não havia nenhuma mancha de tinta sugerindo que ela havia chorado copiosamente enquanto escrevia — o que não havia feito. Conseguira resistir à tentação de incluir coisas irrelevantes, embora tivesse ficado bastante tentada a perguntar se ele se incomodava em enviar os brincos de ouro que ela havia esquecido. Tinha quase certeza de que haviam ficado no pequeno arranjo de *pot-pourri*, na estante do quarto. De todo modo, era bem provável que já tivesse ido para o lixo. Ele não suportava *pot-pourri*, velas aromáticas ou qualquer coisa que tilintasse com o vento. O cara não sabia viver.

O único "porém" era o cartão de Velma, uma vergonha. Parecia ser filho único, porque ela o entregara a Jackie com muita relutância e estava todo sujo, dobrado nas pontas e com o que parecia ser um furo de cigarro no verso. Aquilo não ia intimidar Henry — ou seu exército de advogados londrinos — nem de longe.

Mas o importante era que a carta representava o pontapé inicial em todo o procedimento. Dera o primeiro passo, que todos diziam ser o mais difícil. A verdade é que nem *precisava* ter escrito uma carta. Era um gesto voluntário de maturidade. Ela podia ter deixado que os papéis do divórcio fossem parar na porta dele sem aviso. Ele não precisava saber que ela desfrutara longas horas de prazer e vingança imaginando a cena: a expressão de perplexidade no rosto dele ao abrir o envelope, seguida por profunda angústia. Seus gritos de sofrimento. Depois, cego pelas lágrimas, rolaria acidentalmente pela escada e receberia o trágico diagnóstico: paralisado da cintura para baixo, incapaz de andar ou fazer sexo novamente. A cena terminava com ela abrindo uma brecha em sua agenda para uma visitinha de caridade num centro de reabilitação qualquer, onde ele infernizara tanto os funcionários que eles empurravam sua cadeira de rodas para um canto todas as manhãs e o deixavam apodrecendo lá o resto do dia. Então, Jackie surgiria deslumbrante, usando um vestido vermelho e saltos altíssimos e trazendo uvas. Ela abriria um sorriso vitorioso e diria: "Bem, Henry, a culpa é toda sua!"

Por Deus, era tentador. Mas havia superado aquele tipo de pensamento mesquinho nos últimos dezoito meses. Relendo a carta, ficou admirada ao constatar como parecia madura, equilibrada. Como não guardava rancor, apesar de tudo, enquanto ele devia estar se remoendo em seus remorsos. Isso se ainda pensasse nela. Não movera um músculo para entrar em contato depois que ela partira, nem mesmo para enviar uma conta, nenhum telefonema, nem um maldito cartão de Natal.

Pegou o corretivo líquido e apagou a última linha. Não torcia para que estivesse tudo bem com ele. Não mesmo.

Capítulo Quatro

— Não sei por que você não contou que vai se casar novamente - disse sua irmã Michelle.

— Porque ele não tem nada a ver com isso — respondeu Jackie, aérea. — De todo modo, não quero que ele pense que estou pedindo o divórcio só porque quero me casar de novo. Quero que pense que estou pedindo o divórcio porque não suporto mais continuar casada com *ele*.

Aquela não era a mais pura verdade. Não queria confessar que temia que ele tivesse um ataque de riso.

Michelle estava impressionada. — Você é incrível, Jackie. Eu não teria conseguido me segurar. Eu teria dito: olha o que descolei depois de te dar um pé na bunda! Um executivo... o que mesmo?

— Gerente-executivo. — Jackie estava satisfeita com a aprovação de Michelle, embora não soubesse dizer o motivo. Provavelmente porque ninguém da sua família gostava de Henry. Ele jamais conseguira se reabilitar após seu primeiro comentário num almoço, quando disse que esperava que a comida da mãe dela estivesse à sua altura. No silêncio constrangedor que se seguiu, ele se esforçou em vão para se justificar: "Eu estava brincando. Foi uma piada comigo mesmo. É claro que não vou julgar sua comida... o cheiro está ótimo." Mais tarde, ele diria a Jackie que havia estragado tudo. Ela caíra na gargalhada, mas era verdade. Depois daquilo, sempre o olhavam com um discreto ar de desconfiança. No popular, não iam mesmo com a cara dele.

— Eu ia mandar até uma foto — continuou Michelle, com prazer. — Uma colorida, 10 x 15. Nela, eu estaria enroscada em Dan. Talvez transando com ele ou algo assim. E ia escrever com hidrocor rosa-choque:"Marido número 2"! Depois ia ficar sentada no sofá dias seguidos, só imaginando a cara dele.

— Acho que ele não ia ligar muito.

— Todo homem fica incomodado ao saber que foi substituído — afirmou Michelle, com conhecimento de causa. — Henry só não ia demonstrar.

— De qualquer forma, não faz diferença — disse Jackie. — Ele não vai ser convidado para o casamento mesmo.

— Ah, convida, vai — implorou Michelle. — Eu achei que ia morrer de tédio no último casamento que fui. Os discursos se arrastaram por quase três horas, depois todo mundo encheu a cara e eu terminei transando com Gerry Butler porque não tinha nada melhor para fazer.

— O cabeleireiro da mamãe?

— É, mas fica quieta. Você sabe que ela ainda acha que eu sou virgem.

A sra. Ball voltou apressada da sala de estar para encher novamente as xícaras de chá. Suas bochechas estavam rosadas e, com tanta agitação, o arco que prendia seu cabelo havia deslizado, conferindo-lhe uma aparência de alguém levemente embriagado. Ela sussurrou: — Será que dá para vocês pararem de falar em Henry? Dá para escutar lá da sala. Dan está ficando bastante incomodado.

Elas olharam para Dan na sala de estar, empoleirado muito formalmente no sofá, conversando sobre furadeiras com o pai de Jackie. Até o momento, era o único assunto que tinham em comum. Mas era o primeiro encontro; certamente as coisas iam melhorar.

— Ele sabe tudo sobre Henry, mãe — esclareceu Jackie. — Ele aceitou numa boa.

— Não sei, não. Toda vez que ouve o nome de Henry, ele estremece — disse a sra. Ball, agitada. — E seu pai trocando os nomes toda hora também não está ajudando. Eu estava rezando para o chão se abrir e me engolir de uma vez. Ah, levanta daí, Michelle, você está sentada nos biscoitos.

Ela nunca ralhava com Michelle, que fez uma careta de espanto pelas suas costas. Jackie puxou uma cadeira na cozinha. — Mãe, senta aqui e relaxa um pouco, está bem? Deixa que eu levo o chá.

— Relaxar? Como é que eu posso relaxar? Você me liga na véspera avisando que vai trazer o noivo para almoçar! Nós nem sabíamos que você estava namorando. Pensávamos que estivesse ocupada ajeitando as coisas na loja e "mudando de rumo", como você nos explicou na Páscoa. Quando falei com você na semana passada, a grande novidade era que você ia alisar o cabelo, e agora *isso*. — Ela abandonou os biscoitos e deixou-se cair exausta na cadeira. — Sério, Jackie, não consigo te acompanhar desde que você tem cinco anos.

Michelle, fazendo-se de sonsa, observava a cena com interesse. Ela podia se dar àquele luxo. Era a queridinha da família, tendo se mantido firme nos estudos enquanto o resto se distraíra com carros velozes e mulheres devassas, de acordo com a sra. Ball. Tudo isso porque o irmão de Jackie, Eamon, há quinze anos, quando estava em Boston com um visto de férias, havia comprado um velho Mustang e arrumado uma mulher do Arizona. Eles acabaram se casando por lá, tiveram três filhos e ele agora dirigia um Mercedes, mas isso não impedia que a sra. Ball continuasse preocupada. Dizia em tom de lamúria que, desde que os filhos haviam nascido, nunca mais tivera uma noite de sono tranquilo. Ninguém podia dizer que não haviam começado com o pé direito! Todos amamentados no peito; matriculados nas melhores escolas; uma refeição saudável à mesa todas as noites, sempre no mesmo horário. Tiveram todas as oportunidades de se tornar adultos responsáveis, com empregos decentes, que não deixariam sua mãe arrancando os cabelos mesmo depois de atingirem a maioridade.

Mas Eamon definira um padrão para os irmãos e o coração da sra. Ball enchia-se se angústia ao constatar que, um por um, seus filhos haviam sistematicamente lhe decepcionado, recusando-se a fazer faculdade e a arrumar empregos estáveis, que garantissem uma boa aposentadoria. Em vez disso, levaram-na às raias do desespero tornando-se instrutores de ioga, floristas e "artistas performáticos" — como Dylan, na África no Sul. Ela continuava mandando remessas postais para pagar o aluguel dele. Haviam se metido com homens que não prestavam e com mulheres divorciadas — Dylan, outra vez — e pelos menos dois deles estavam vivendo abertamente em pecado, sem a menor intenção de casamento. Sem falar em Jackie, que estava fazendo o caminho oposto e se tornando uma noiva em série.

O sr. Ball podia não se importar, aposentado aos sessenta anos, às voltas com seus kits de reparos para o lar. Mas uma mãe jamais deixa de se preocupar, sobretudo uma mãe com filhos como os Ball.

Exceto Michelle, que Deus a abençoe, que nascera com oito anos de diferença dos irmãos mais velhos. Por descuido, é claro (o sr. Ball ainda não fora perdoado por isso), mas bonita que só e ainda por cima inteligente. Em quatro anos, ia se formar advogada, como a sra. Ball gostava de anunciar para quem quisesse ouvir. E o mais importante: era uma boa menina. Não se interessava por homens, drinques, drogas, nada disso. Tomava apenas uma aspirina nas noites de sábado, antes de sair de casa, para se precaver do barulho de alguns pubs, dizia ela. Normalmente não voltava para casa nessas ocasiões; dormia na casa de sua amiga Bernadette, explicava ela, onde tomavam chocolate quente e jogavam cartas. De todos os filhos, ela era a única com a qual a sra. Ball sentia que não precisava se preocupar.

E preocupação era algo constante em sua vida. Trazia no rosto centenas de minúsculas rugas, evidências das inúmeras noites de insônia que padecera por causa de seus filhos indisciplinados. Às vezes ficava tão nervosa que precisava se deitar, como a sra. Bennet de *Orgulho e Preconceito*. Na verdade, se ela trocasse o arco por uma touca, viraria a própria sra. Bennet, como Michelle costumava afirmar.

A sra. Ball virou-se para Jackie — a que lhe causara mais noites insones do que todos os outros juntos, talvez com exceção de Dylan — e suspirou. — Se bem que já devíamos estar acostumados com você a esta altura. Seu pai sempre dizia que com você em casa não se tinha um minuto de tédio. E, para ser sincera, nem sempre soava como um elogio.

Deve ter sido difícil criar tantos filhos — essa era a desculpa que Jackie recorria para abonar a mãe. — Tá, mas você gostou dele, mãe?

— De Dan?

— É, de Dan!

A sra. Ball olhou para a sala de estar. Após uma pausa, afirmou com surpreendente convicção: — Ele é um ótimo rapaz.

Ora, claro que era: preenchia todos os requisitos do Marido Ideal para a sra. Ball. Mas ter escolhido um homem que sua mãe aprovava pareceu um pouco inadequado para Jackie.

— Achei ele um gato — declarou Michelle.

Jackie então pensou: se Michelle gostou dele, não há nada errado com Dan. Nunca precisara usar os outros como parâmetro, mas depois de Henry não confiava mais na própria opinião. Afinal, houve um tempo em que o considerara o homem mais perfeito do mundo. Ledo engano.

— Ele tem algum irmão? — indagou Michelle.

—Tem. Quatro ou cinco, perdi a conta. — Ela os conhecera em um almoço arranjado às pressas para anunciar o noivado. Eles surgiram em carros imponentes e logo adotaram uma espécie de comportamento ritualístico, que incluía uma amistosa troca de socos nos braços e idas ao banheiro em que todos se engalfinhavam como jogadores lutando por uma bola. As mulheres deles eram todas loiras emperiquitadas chamadas Fiona, e se levantavam numa versão atemorizada de Ola sempre que Jackie cruzava suas botas vermelhas.

Dan achara graça mais tarde, dizendo que ela provavelmente havia lançado moda e que no próximo encontro todas estariam imitando seu estilo. Mas, desde então, Jackie aposentara suas botas.

— Algum bonito? — perguntou Michelle.

A sra. Ball virou-se para Jackie: — Pelo amor de Deus, não incentive sua irmã, só falta um ano para ela se formar. O orientador disse essa semana mesmo que ela nasceu para os tribunais.

— Já sabe, se algum dia vocês matarem alguém, é só me ligar — disse Michelle.

— Não diga isso! — exclamou a sra. Ball, estarrecida: mais uma preocupação. Dirigindo-se a Jackie, emendou: — Nem pense em convidá-la para ser dama de honra novamente. A última coisa que ela precisa agora é de distração. Se bem que não creio que você vá repetir toda aquela pompa e circunstância, não é?

Jackie ouviu tudo o que a mãe tinha a dizer, sorrindo, e depois respondeu: — Não, estávamos pensando em casar aqui na garagem mesmo, se papai se desfizer de algumas daquelas caixas de tralhas.

— Espero que você esteja brincando — disse a sra. Ball, embora jamais soubesse quando Jackie falava sério. — Leve os biscoitinhos, está bem, Michelle? E diga que temos mais, se ele quiser repetir. — Mais biscoitinhos! Ela realmente simpatizara com Dan.

Michelle afastou-se com a bandeja.

— A senhora parece cansada, mãe — observou Jackie, num tom apaziguador.

— E estou mesmo. Com essa história de almoço e tudo mais. Não estou reclamando nem nada, mas tive que mandar seu pai ir comprar um frango ontem, às sete da noite. Um bem grande, eu especifiquei, mas você sabe como é o seu pai sem óculos, e foi por isso que terminamos com um peru assado. Em pleno julho! Imagine o que Dan deve estar pensando de nós. — Acalmando-se, ela virou-se para Jackie e perguntou: — Você tem certeza do que está fazendo, meu bem?

— Tenho.

— Estou um tantinho preocupada — confessou, valendo-se da palavra mais usada em seu dicionário.

— Preocupada exatamente com o quê, mãe?

— Bem, lá vai você começar tudo de novo.

— É só a segunda vez, mãe.

— Não vá ficar ofendida. Mas você sabe muito bem como você é. Você se lança nas coisas com tanto entusiasmo. Tanta energia! Eu admiro isso. Lembra daquele trabalho que vocês tiveram que fazer na escola? Costurar aquela colcha enorme? Eu sinceramente não entendia a finalidade daquilo, não ia caber em cama nenhuma mesmo, como disse seu pai na época. Mas lembra que você até ganhou um prêmio, por costurar o maior número de retalhos? Chegou a ficar com os dedos todos feridos, cheios de bolhas, por causa das agulhas! Você ganhou uma boneca Repolhinho. Ficamos tão orgulhosos de você.

A sra. Ball sempre falava naquele assunto, geralmente no Natal, após ter bebido uma ou duas doses de xerez. Como se ter ganhado uma Repolhinho tivesse sido o ápice da vida de Jackie, seu maior triunfo, e nada depois daquilo chegasse sequer aos pés em termos de vitória pessoal. Mas Jackie não queria criar caso com a mãe; simplesmente sorriu e disse: — Zorabelle.

— O quê?

— Era o nome da boneca.

— Ah, sim. Zorabelle. Só você mesmo, Jackie. Nós queríamos chamá-la de Jane. — E, por algum motivo, aquilo lhe soou engraçadíssimo e ela e Jackie tiveram um acesso de riso. Uma ficou instigando a outra até a sra. Ball dobrar-se na cadeira, com lágrimas escorrendo pelo canto dos olhos. — Ai, para! — suplicou ela, apanhando um lencinho para enxugar o rosto.

Dan surgiu na porta. Parecia contente em vê-las tão alegres.

— Queria saber onde vocês guardam o machado — disse ele.

A sra. Ball recompôs-se imediatamente e lançou um olhar furioso para o sr. Ball. — Espero que ele não tenha te incomodado muito — disse para Dan.

— Não, não.

— Porque às vezes eu mesma gostaria de dar uma machadada nele.

— Ele só estava me mostrando uma árvore morta no jardim — explicou Dan. — E eu me ofereci para ir lá cortar.

— Ah! Isso seria ótimo — disse a sra. Ball. — Eu morro de medo daquilo despencar e matar Michelle. Você sabe, só falta um ano para ela se formar em Direito.

— Sei, a senhora me contou — respondeu ele. Dan piscou para Jackie e saiu.

— Ele é um amor — declarou a sra. Ball. — Impossível encontrar defeito nele, por mais que você se esforce.

— Então quer dizer que tenho a aprovação da senhora?

— E desde quando você liga para a minha aprovação? — perguntou a sra. Ball.

— Queria tê-la mesmo assim, mãe.

A sra. Ball ajeitou o arco. — Só não quero ver você sofrendo novamente.

— Eu sei, mãe.

— As noites em que ouvi você chorar no seu antigo quarto, quando voltou da Inglaterra... Aquilo partia o meu coração. Eu disse ao seu pai: se ela ao menos *pensasse* um pouquinho antes de fazer as coisas...

— Pensasse no quê, exatamente? — indagou Jackie. — Que tudo podia terminar mal? Se fosse assim, ninguém faria nada na vida. E quem disse que eu não *penso* antes de fazer as coisas?

— Mas não pensa como nós pensamos.

O que, normalmente, significava aposentadoria, estabilidade financeira e economias precoces para manter-se num asilo. Jackie ficava com dor de cabeça só de imaginar.

A sra. Ball interpretou o silêncio da filha como irritação e apressou-se em dizer: — Ah, eu culpo ele também. Henry.

— Pelo fracasso que foi meu casamento?

— Eu disse para o seu pai: aquele sujeito virou a cabeça dela, o que não era lá muito difícil, convenhamos. Todos aqueles telefonemas, aquelas cartas, todas aquelas viagens dramáticas no fim de semana. Era como se vocês dois não estivessem no mundo real, como se estivessem vivendo num... planeta de amor! — Jackie estava pasma. A sra. Ball também, por isso acrescentou, com determinação: — Eu gostei de Dan. Dá para conversar com ele. Ele é alguém que lhe proporcionará um senso de estabilidade.

Aquele era o selo de aprovação definitivo. Para falar a verdade, o argumento da sua mãe lhe parecia desconcertantemente plausível, o que era raro — ter estabilidade com alguém, em vez de ficar se questionando, se esforçando para agradar e acabar sofrendo uma decepção.

A sra. Ball acrescentou, satisfeita: — E sabe do que mais, acho que você deu uma boa sossegada nesses últimos seis meses, desde que o conheceu.

— A senhora nem sabia que ele *existia* até ontem à noite — retrucou Jackie.

—Você não é fácil mesmo, Jackie — respondeu a sra. Ball. — Se eu tivesse dito que não tinha gostado dele, você ia ficar ofendida. Estou aqui falando que *gostei* e, bem, dá no mesmo.

* * *

— Seu pai tem um kit de ferramentas com 137 peças — comentou Dan, maravilhado, enquanto dirigia de volta para casa. — Já sei o que quero ganhar de Natal.

— Deixa disso, está bem?

Dan olhou para ela, surpreso. — Hã?

—Você pode parar de fingir agora.

— Não estou entendendo esse seu mau humor, Jackie. E eu disse a ele que conseguiria ingresso para um amistoso Irlanda-Argentina no mês que vem, se ele estivesse a fim de ir com a gente.

— Meu pai? Assistindo a *rugby*?

— Ele me pareceu bastante interessado.

— Ele fala por falar. Mas duvido que vá. Nunca vai.

—Vamos ver. E o peru que a sua mãe preparou! Incrível. Vou ficar uma semana sem comer.

Ela ficou muito desconfiada. — Dan, eu sei que você só está tentando me bajular, elogiando os meus pais. Fingindo que se divertiu muito hoje.

Dan manteve sua generosa nobreza. — Eles vão ser meus sogros pelos próximos Deus sabe quantos anos, Jackie. O melhor a fazer é começar com o pé direito.

Ela foi obrigada a abrir um sorriso. —Você é terrível.

— Não sou, não! Sério, achei eles legais.

— Eles são muito chatos — disse ela.

—Você acha? — perguntou Dan, genuinamente surpreso.

Ele gostou dos meus pais, pensou Jackie; era o segundo choque do dia, após ficar sabendo que sua mãe gostara dele. Vai ver que o problema era mesmo com ela. Talvez *realmente* não pensasse como as outras pessoas. Não que isso a beneficiasse em alguma coisa: já contava com um casamento falido no seu currículo. Talvez originalidade fosse um conceito superestimado; o melhor era dar-se por vencida e tocar a vida, como todo mundo. Adotar parâmetros normais não significava que não pudesse se divertir — bastava ver sua irmã Michelle. A esperança dourada da família, que conseguia sair totalmente do eixo toda semana e transar com homens inadequados. A diferença é que era sábia o bastante para não se casar com eles, abrir mão de sua vida e se mudar para Londres.

— Por que você não me contou quem Henry era? — perguntou Dan.

O surgimento de Henry em qualquer conversa era sempre um choque um tanto rude.

— Eu contei, sim — respondeu ela.

— Você não me disse que ele era crítico gastronômico. Nem que era quase famoso.

— Tenha dó, Dan.

— Até mesmo *eu* já ouvi falar nele, e olha que não sou chegado a esses lances de crítica de restaurantes. Para mim, comida é comida e pronto. Não aquela palhaçada chique que você precisa procurar no prato com um binóculo. — Ele olhou para Jackie. — Você me disse que ele escrevia, como se organizasse manuais de computador ou aqueles textos impressos nas caixas de cereal.

— Não achei que fizesse diferença.

— Seu marido ser um jornalista badalado de Londres?

— Ele não é um jornalista badalado.

— A foto dele sai no jornal toda semana! Não que eu compre esses tabloides — acrescentou ele, rapidamente. — E, mesmo que eu comprasse, seria só para ler o caderno de esportes.

— Henry é um crítico gastronômico que ficou conhecido por ser do contra, está bem? Ele escreve coisas cruéis e maliciosas e ainda ganha para isso. Grande coisa.

— Só acho curioso, sabe, você não ter mencionado isso. Vai ver achou que eu ia ficar com ciúmes ou algo assim.

— Não achei nada disso.

— Porque eu também tenho um bom trabalho, você sabe. Posso não ser *famoso*, mas estou indo bem. Não estou indo nada mal. — Se o queixo dele se projetasse mais um pouco para a frente, corria o risco de se deslocar. — Escrever sobre comida... Que tipo de trabalho é esse, afinal? — Pelo tom de voz dele, um trabalho bastante medíocre.

— Ele trabalhou como *chef* antes. Acho que foi uma evolução natural. — Não estava defendendo Henry. Estava apenas apresentando os fatos.

Dan reagiu com um sarcasmo ainda maior. — Então quer dizer que ele gostava de se exibir com um aventalzinho, preparando omeletes que derretem na sua boca? Olha, vou te dizer uma coisa, isso jamais seria um trabalho *para mim*.

E a comida dele não deixava dúvidas. O jantar regado a *curry* na noite anterior ainda dançava um balé indigesto no estômago de Jackie.

— Bem, gosto não se discute — disse ela, torcendo para que ele mudasse de assunto.

Não adiantou. — Imagino que você deva ter frequentado muitas festas. Estreias, noites de gala, tudo a que tem direito.

Jackie manteve um tom de voz calmo e equilibrado. — Sim, no início.

Costumavam sair todas as noites da semana. No começo, ela achara ótimo. Depois, começou a ficar cansada. Por fim, passou a desconfiar que saíam tanto simplesmente porque Henry não queria passar as noites sozinho com ela.

— Conhecendo várias celebridades e gente VIP, não é mesmo? — continuou ele. Estava verde de inveja.

— Dan, será que você pode olhar para a estrada, por favor?

— E todos aqueles cantores e músicos também, posso imaginar!

— Dan! Cuidado com o caminhão! — Ela foi obrigada a se agarrar no painel; eles quase bateram na traseira do caminhão. Ela acenou um pedido de desculpas para o motorista quando eles o ultrapassaram.

De volta ao seu lado da estrada, Dan murmurou: — Desculpa.

Ambos haviam levado um tremendo susto.

— Dan, você precisa parar com isso, entendeu? Não vamos chegar a lugar nenhum com essa conversa.

— Eu sei.

— Nós temos um casamento pela frente. Vamos nos casar! Quem se importa com Henry e o trabalho dele?

— Você tem razão. Sinto muito mesmo, Jackie. Acho que foi todo esse lance de conhecer sua família hoje. Eu me sinto um impostor, algo assim. É ruim pensar que esse Henry chegou lá antes de mim.

— Bem, isso é um fato. Mas minha família não suportava ele, se você quer saber.

— Sério? — perguntou ele, animando-se instantaneamente.

— Sério. Então, chega de Henry, está bem?

— Chega de Henry.

Satisfeito, ele esticou o braço e pôs sua mão imensa sobre a de Jackie. Por um instante fugaz, ela teve a sensação de estar sendo esmagada.

Capítulo Cinco

Lech disse que no país dele - não especificou qual - fazia parte da tradição oferecer uma grande festa sempre que alguém ficava noivo. Descreveu como família e amigos se aglomeravam, calibrados por uma quantidade generosa de comes e bebes, cantando um pouco bêbados e desejando felicidades à noiva.

— É uma festa de noivado — disse Emma, pouco amigável. — Está longe de ser uma tradição exclusivamente polonesa. Fazemos a mesma coisa aqui.

— Nesse caso, por que você não organizou uma para Jackie? — perguntou ele, num tom igualmente pouco amigável.

Por algum motivo, aquilo irritou Emma profundamente. Ela passou a semana inteira telefonando para os amigos de Jackie, depois fez reserva em um pub e encomendou rolinhos de salsicha e espetinhos de queijo.

— Mas eu não quero uma festa de noivado — protestou Jackie. Parecia dar um tom muito definitivo a tudo. — Além do mais, eu ainda nem me divorciei. — Não seria um pouco inadequado?

A família e os amigos de Dan certamente acharam que sim, já que ninguém pôde comparecer na data estipulada, devido a diversos outros compromissos, como consulta a um quiroprático que não podia ser remarcada e indisponibilidade de babás. Essa foi a desculpa de Big Connell e Fiona.

— Mas ela ainda nem teve o bebê, não é? — perguntou Jackie a Dan.

— Não, mas falta bem pouco. Acho que eles querem estar garantidos. — Mas ele parecia constrangido e chateado com aquilo tudo. Ninguém do seu lado poderia comparecer à festa, a não ser seu irmão caçula Rory. E ele sempre furava. Ao que parecia, era sua marca registrada.

— Vou ligar para eles novamente — decidiu ele. — Dizer que gostaria que viessem. Que *espero* que eles venham.

— Dan, escuta.

— Não! Vamos nos casar e eles não podem se dar ao trabalho de comparecer à nossa festa de noivado? Que tipo de recado querem mandar?

Um bem óbvio, pensou Jackie. Precisava dar um jeito naquela situação.

— Olha, eu nem *queria* uma festa de noivado — disse ela, elevando a voz. — Foi ideia de Lech. Eu preferia muito mais um... chá de panela!

— O que é isso? — perguntou Dan, cauteloso.

Jackie não tinha certeza, mas respondeu confiante: — É uma reunião na qual as amigas da noiva a presenteiam com coisas úteis para o casamento. Como torradeiras e diafragmas.

— E você queria isso?

— Eu adoraria! Mas se a festa de noivado for *realmente* importante para você...

— Para mim? Não, não.

— E você não vai ficar chateado de sermos só nós, mulheres?

Seu rosto era puro alívio. — Acho que posso lidar com isso. A gente capricha bastante no casamento, está bem?

— Ótimo!

Ficou satisfeita ao vê-lo alegre novamente. Andara preocupada, com medo de ele estar ficando obcecado por Henry. Mas a situação no carro, voltando da casa dos pais dela, parecia ter arrefecido os ânimos. Ele voltara a ser o Dan de sempre, tranquilo e empolgado com o casamento. Na verdade, ele se encarregara da maioria dos preparativos. Era um alívio para Jackie, mas ela não demonstrava; não parecia correto uma noiva estar tão pouco interessada. Ele lhe mostrava folhetos e listas de preços e ela pontuava com interjeições entusiasmadas, mas, de resto, não se envolvia com nada.

Emma mostrou-se entusiasmada quando informada que a festa de noivado virara um chá de panela só para mulheres. — Vou cancelar os espetinhos de queijo. E desconvidar Lech.

Mas, por azar, a data marcada era inviável para a maioria das amigas de Jackie. Pelo menos elas ofereceram desculpas mais plausíveis. Quando até mesmo Michelle deu para trás, dizendo que precisava estudar horrores para uma prova importante — embora Jackie pudesse jurar ter ouvido uma voz masculina ao fundo, quiçá duas —, o evento lhe pareceu um mau presságio.

— Vamos ao pub mesmo assim — sugeriu Emma, para consolá-la. — Vamos encher a cara!

Jackie ficou comovida. O máximo que Emma bebia era um chope.

— Adoro beber — declarou Lech, entusiasmado. Ele estava usando uma regata vermelha e seu braço direito estava altamente bronzeado depois de um dia inteiro para fora do carro sob o sol. —Vamos, garotas! Retoquem suas maquiagens, eu dou uma carona para as duas até o pub.

Elas olharam para o carro dele do lado de fora da loja — um Ford verde enferrujado de 1989 que geralmente cheirava a flores e pizza. Havia um coelhinho cor-de-rosa pendurado no retrovisor e um adesivo de mau gosto no para-choque (a única palavra que conseguiram distinguir de longe foi "Garotas"). O que só reforçava o argumento de Emma de que Lech era um péssimo cartão de visitas para a loja, que deveriam contratar alguém mais apresentável, que, de preferência, não cantasse as clientes na hora da entrega.

Jackie dizia que ela estava sendo um pouco injusta e que Lech não era assim; na verdade, eram as próprias clientes que se insinuavam para ele. Lech não demonstrara interesse em nenhuma delas, nem mesmo na mulher que enfiara uma rosa vermelha em sua camiseta na semana anterior, pedindo que ligasse para ela. Ele insistia que no fundo era romântico e que estava procurando a mulher certa.

E você *acreditou*, dissera Emma para Jackie na época.

— Obrigada — respondeu Emma, com frieza —, mas prefiro ir a pé.

Lech fitou-a demoradamente. — Desde que comecei a trabalhar aqui, tento ser legal com você. Falo com você, sou simpático. Mas parece que você tem algum problema comigo.

— Não tenho nenhum problema com você — retrucou Emma, num tom de voz controlado. — Mas é um evento só para mulheres.

— Mesmo que eu *fosse* mulher, você não ia querer minha presença!

Jackie não conseguia imaginá-lo como mulher. Dan, talvez, uma mulher robusta, jogadora de hóquei, com um maxilar bem definido. Henry daria um mulherão, obviamente, toda sexy e provocante, com coxas que jamais acabariam flácidas. Ele se daria bem, independentemente do sexo!

Voltou sua atenção para Lech, que estava querendo comprar briga com Emma. E observou, não sem surpresa, que Emma estava visivelmente alterada, com um rubor violento no rosto.

— Ou então você não gosta de poloneses, é isso? — perguntou ele.

— Quanta idiotice! — explodiu Emma.

— Muita gente boa nasceu na Polônia. O último papa era polonês e todo mundo sabe que ele era um cara legal!

—Vamos para o pub! — exortou Jackie, animada. Ela não queria que os dois chegassem às vias de fato.

Mas Lech acabara de lançar um olhar bastante sombrio para Emma.

— Acho que nós dois fomos vítimas de ideias preconcebidas. Porque vim para cá achando que os irlandeses eram muito simpáticos. Estava enganado.

Jackie apelou, em franco desespero: — A primeira rodada é por minha conta!

— Acho que não estou mais no clima de sair para beber. — Ele pegou as chaves do carro e foi embora.

Depois disso, Emma também não parecia estar muito no clima. Jackie menos ainda, mas a reserva estava feita e havia vários rolinhos de salsicha esperando por elas. Então foi até o banheiro nos fundos da loja, aplicou mais uma camada de batom e ajeitou o cabelo. Ele voltou imediatamente a ficar eriçado. Irritada, apanhou um lata de fixador extraforte na bolsa e mergulhou numa nuvem de spray.

Henry não havia respondido à sua carta. Não que ela esperasse que ele se desse ao trabalho. Bem, talvez sim. Que coisa! Afinal, não era todo dia que se recebia uma carta informando que sua mulher está pedindo o divórcio. Em termos de drama, batia facilmente contas de luz e ofertas imperdíveis de lojas de departamentos.

Jackie se viu checando a correspondência todas as manhãs, sem saber ao certo o que esperava encontrar. Obviamente, não seria nada muito alarmante, como uma resposta comprida, escrita às pressas em um só fôlego, implorando para que ela mudasse de ideia, pedindo desculpas e jurando amor eterno. Henry nunca foi de demonstrar suas emoções; Jackie normalmente tinha que decifrar um codificado arquear de sobrancelhas ou um discreto suspiro que tanto podia ser de alegria eufórica quanto de profundo desespero. No começo, achava que aquilo eram ossos do ofício; como crítico, tinha o dever de não demonstrar o que estava pensando até que sua coluna fosse publicada, e acabara por adotar aquela postura em todas as esferas da vida. O que, na época, lhe parecera muito *sexy*; todo aquele mistério e as horas que ela se deleitava tentando adivinhar o que passava pela cabeça dele. Descobriu depois que era apenas uma mania, provocada pela sensação de poder que se apoderava dele, e que, na maioria das vezes, seu rosto impassível não ocultava nada além de uma leve indigestão.

Ao passo que ela, por outro lado, sempre fora emocional até a raiz dos cabelos, segundo Henry. Envolvendo-se sem necessidade com animais abandonados e desconhecidos em shoppings e normalmente preocupando-se demais com a vida em geral. Por vezes, Jackie o flagrava olhando para ela como se lhe faltasse o mínimo de decoro. Mas imagine um mundo só de Henrys! Pessoas que zanzassem por aí parecendo enigmáticas, inescrutáveis e totalmente controladas. Não teria a menor graça.

Ora, sua recusa em responder a carta era apenas mais um exemplo: queria que ela ficasse encucada, na dúvida se ele havia recebido ou não, se tinha se mudado, se o carteiro a deixara cair sem querer em um bueiro qualquer. A melhor maneira de atingi-lo era ignorando-a por completo. Afinal, encarar a carta significava reconhecer que haviam tido uma vida juntos. Um passado em comum. Isso era outra coisa que ele não iria fazer.

O modo como podia desligar-se dela tão completamente deixava Jackie abismada. Depois de tudo que a havia feito passar! Ah, ele era um sujeitinho cínico e insensível — aliás, sempre fora.

Velma dissera que não tinha importância. Ela já estava prestes a entrar com a papelada do divórcio na Inglaterra e então tudo correria conforme o planejado. Pode marcar o casamento, tranquilizara ela. Jackie não queria; superstição talvez. Mas Dan encasquetara com o assunto e insistira tanto que ela finalmente acabara cedendo. Escolheram 14 de outubro. Iria casar-se de véu e grinalda, ainda que apenas no civil, e teriam três semanas de lua de mel.

— E vão viajar para onde, afinal? — indagou Emma quando estavam sentadas sozinhas no amplo cômodo no segundo andar do pub, diante de quatro bandejas de rolinhos de salsicha e uma de minipizzas, para garantir. A voz dela ecoava um pouco. Tudo parecia um pouco deprimente depois de tantos preparativos, mas nenhuma das duas iria admitir isso, é claro. — Para a Costa do Sol novamente?

— Ah, não — respondeu Jackie. — Estamos pensando em Montana. Ou, quem sabe, Nepal.

Fez-se um instante de silêncio.

—Vai depender do clima, naturalmente — emendou ela, um pouco aérea. — No inverno, pode ficar muito gelado, ainda mais em altitude elevada. Mas a paisagem é tão bonita! E os monges e tal, sem contar com o Everest, que Dan acha que talvez possamos escalar. Quer dizer, pelo menos até o campo base. — Ela mordiscou um rolinho, indiferente, e acrescentou: — Montana é espetacular. E tem o Yellowstone Park, para trilhas e tal. Parece que dá até para ver os ursos, se você ficar parada, bem quieta.

— Isso é ideia dele, não é? — perguntou Emma, sem rodeios. Era impossível tapeá-la.

— Não! Nós conversamos a respeito e decidimos que seria legal fazer algo um pouquinho diferente. Curtir a natureza.

— Mas Jackie — protestou Emma —, lembra quando apareceu aquele rato no depósito e você desmaiou? Como é que você vai dar conta de um urso num parque em Montana? Ou no meio de uma montanha?

— Não sei! — respondeu ela. E ainda teria que usar umas botas enormes, horrorosas, que Dan havia mostrado numa revista de ecoturismo. — Está bem, foi ideia *dele* — admitiu. Talvez tenha sido um erro não ter participado mais dos preparativos para o casamento. Agora estava condenada a uma lua de mel atlética.

— Espero que você não deixe Dan mudar quem você é, Jackie — advertiu Emma.

— Claro que não! — respondeu Jackie, mudando rapidamente de assunto: — E você, hein?

— Eu o quê?

— Emma, você tem andado muita esquisita de umas semanas pra cá. Está acontecendo alguma coisa?

Emma fez menção de negar, mas acabou admitindo: — Acho que foi toda essa história de casamento. Não me entenda mal, estou muito feliz por você e Dan. Mas é meio difícil para quem continua solteira como eu.

Jackie ficou surpresa. — Não imaginei que você estivesse querendo ter alguém. Você nunca me pareceu interessada nessas coisas.

— É, tem razão — refletiu Emma. — Mas isso não significa que eu não tenha minhas... necessidades. Como todo mundo.

Nunca haviam conversado sobre as necessidades de Emma antes. Jackie sempre tivera a impressão de que as únicas coisas de que Emma precisava eram pá e terra.

— Bem, você poderia encontrar alguém para...

— Transar? — completou Emma.

— É.

Emma torceu o nariz. — Mas não conheço ninguém. Tirando o meu vizinho e ele é bizarro.

— Pensa mais um pouquinho.

Ela pensou, contemplando o teto por alguns segundos.

— Tem certeza de que não está esquecendo alguém? Alguém que você vê todos os dias?

— Ah, é! O cara da loja na esquina, onde eu compro aquele sanduíche no almoço.

— Não! Lech.

— Lech?

Fez-se um breve silêncio. E então Emma disse: — Não acredito que você esteja me sugerindo Lech.

— E por que não? Vocês são loucos um pelo outro.

Emma a encarava com uma expressão de total incredulidade. — Eu não suporto Lech. Tudo nele me irrita. Mas nem que ele fosse o último homem da face da Terra! Como você pode achar que eu gosto daquilo? — Ela sacudia o cabelo, indignada.

— Foi mal — murmurou Jackie. — Eu obviamente interpretei mal os sinais.

— Posso estar desesperada, mas não para descer tão baixo!

Jackie não insistiu. Aquilo era apenas mais uma prova de como podia se enganar com as pessoas. O que era um tanto perturbador, tendo em vista que ela sempre acreditara que, quanto mais velha ficasse, mais sábia seria. Para falar a verdade, contava com isso; era essa certeza que a poupava de se preocupar com aposentadoria, fundo de pensão, essas coisas. Imaginava que já estaria tão sábia até lá que poderia ganhar a vida com novas invenções ou algo assim. Jamais contemplara a possibilidade de ir ficando mais burra. E só estava com trinta e quatro anos. Imagine aos setenta! Era uma ideia assustadora.

— Não sei como você pode achar que eu gosto de Lech.

— Já encerrei esse assunto, Emma.

— Hã.

— A não ser que você queira falar mais um pouco sobre ele.

— Eu, não! — respondeu ela, ruborizada. — Vamos pedir mais uma bebida ou o quê? — vociferou.

— Olha lá, hein! Você já tomou dois chopes.

— Pois posso perfeitamente dar conta de mais dois — rebateu Emma, desafiante.

Jackie de repente se sentiu muito contente por estar sentada com sua melhor amiga, fofocando sobre homens e ponderando se iam beber mais ou não. O fato de Henry não ter respondido a sua carta só poderia chateá-la se ela assim o permitisse. Construíra uma carreira nova, tinha um novo relacionamento e ia cortar Henry de sua vida tão completamente quanto ele a cortara da dele.

Pensou em Dan em casa preparando o jantar, conferindo os resultados esportivos na televisão, imaginando que horas ela estaria de volta. Esperando por ela.

Percebeu então como estava sendo egoísta. Completamente absorta em Henry, deixando Dan organizar o casamento inteiro sozinho! E ele estava sendo tão paciente; um homem menos dedicado já teria desistido há muito tempo, alegando que ela dava muito trabalho. Nem o constrangimento de ter que apresentar uma mulher casada para sua família o detivera. Sem contar que ele já esquecera completamente de Henry, ao passo que ela perdia seu tempo, em plena festa de noivado, matutando por que ele não respondera sua carta!

Iriam para o Nepal. O importante era estar com Dan. Com Dan e meia dúzia de guias xerpas, rumo ao campo base do Everest.

— Está rindo de quê? — perguntou Emma, desconfiada.

— Vou me casar — respondeu Jackie, abrindo um largo sorriso. — Estou feliz.

Pela primeira vez, desde que Dan fizera o pedido, ela realmente sentiu que as coisas estavam dando certo.

Dan estava em casa, no escuro, curvado sobre o controle remoto do videocassete, respirando ofegante. A pizza ao seu lado esfriava, enquanto as imagens corridas na televisão faiscavam pelo quarto. O som estava ruim e a iluminação era precária, mas não importava — aquele filme não fora feito para concorrer ao Oscar. Estava numa parte meio chata. Dan aguardava impaciente o recomeço da ação. A câmera sacolejou e em seguida girou num movimento panorâmico, antes de começar um lento zoom. Dan deslizou a língua nos lábios, debruçando-se para frente. *Ah, maravilha. Aí está. No ponto. Perfeito.* Ele apertou uma tecla no controle remoto, pausando a imagem.

Henry Hart olhava fixamente para Dan na tela. Usava um terno cinza e uma camisa branca e Dan podia jurar que seus dentes eram falsos. Mas, após dez anos de *rugby*, ele sabia reconhecer uma boa ortodontia e fora obrigado a reconhecer, ainda que a contragosto, que o sorriso reluzente de Henry não sofrera nenhuma correção. E aquela massa de cabelo! Toneladas de fios, que ondulavam e cacheavam, enquanto Dan a cada dia que passava perdia mais cabelo na escova. Mas o rosto não era assim tão perfeito, notou com satisfação; nenhum nariz romano ou ossos malares definidos, nada do gênero. Na verdade, o que mais chamava a atenção eram os olhos. Muito azuis, penetrantes e carismáticos — filho da mãe! Dava para entender por que uma mulher ficaria seduzida, é claro.

Por outro lado, Dan era mais alto — muito mais alto. Na verdade, comparado às pessoas à sua volta, Henry era bem baixo. Surpreendentemente baixo. Um mosquitinho! Mas, opa, espera aí, quando Dan adiantou um pouco a fita, percebeu que Henry na verdade estava reclinado — casual, sexy — em um dos bancos da igreja e, quando ele se ergueu, languidamente, exibiu seu quase um metro e noventa. Desgraçado. Dan imaginou como ele devia ser por debaixo do terno. Teria um corpo enxuto e rijo? Talvez estivesse começando a engordar. Sim, bastava lhe darem meia hora com Henry — no campo, obviamente — e ele descobriria que o outro não passava de um moleque frouxo criado em apartamento!

Ainda ofegante, Dan mordeu um pedaço da pizza gordurosa e fria e apertou novamente o *play*. Sabia que não devia estar assistindo àquilo. Ou devia dizer a Jackie que havia deparado sem querer com o vídeo do seu casamento enquanto procurava uma fita virgem para gravar *Os 101 Melhores Momentos do Rugby*. Não que ela tivesse escondido. Mas também não o deixara exatamente à vista.

Só queria saber como era o tal do Henry, só isso. Era uma curiosidade natural. Só cinco minutos e pronto. Poderia ser até mesmo catártico, ponderou ele, como arrebentar uma daquelas bolhas enormes nos pés depois de um treino.

O vídeo continuou mostrando aquelas cenas típicas de casamentos, enquanto a câmera acompanhava a evolução de Henry pela igreja. Dan pôde conferir suas costas largas e toda aquela cabeleira novamente, enquanto Henry era ladeado por parentes e convidados, a caminho do altar. Fizeram as gracinhas de sempre: "Boa sorte" e "Ainda está em tempo de mudar de ideia!". Henry sorriu, apertou a mão de um ou outro e fez alguns comentários que os fez rir bastante. Faça-me o favor, pensou Dan, não foi assim tão engraçado. Finalmente, após ter demorado uma eternidade desnecessária, ele chegou ao altar e postou-se ao lado de um sujeito grandalhão, meio gordo, também de terno. O padrinho. Dave, ele ouvira alguém o chamando antes. Eles deram um rápido abraço, uns tapinhas nas costas, depois Henry disse algo que fez com que os dois sorrissem. Um verdadeiro palhaço!

A câmera, graças a Deus, deixou Henry de lado e afastou-se para uma tomada lenta e pomposa dos convidados, cobrindo todas as fileiras, como se quisesse mostrar ao espectador: veja como o noivo é popular e importante! Veja quantas pessoas compareceram, da Irlanda, todas produzidas para o casório. Todas da Fleet Street, pensou Dan, com desprezo, embora jamais tivesse posto os pés na Fleet Street e sequer soubesse exatamente onde ficava. Mas sabia reconhecer pessoas de classe e aquela gente não tinha muita, apesar de suas roupas caras. A lista de casamento de Dan podia não estar lotada de celebridades, apesar de um primo de segundo grau ser um cantor sertanejo popular em sua cidade, mas ele tinha certeza de que nenhuma convidada sua iria aparecer com um vestido *daqueles.*

A câmera focou na mãe de Jackie, sentada na primeira fila, encolhida num cantinho do banco, como se estivesse com medo de que a qualquer momento alguém viesse lhe dizer que estava no lugar errado. E na igreja que frequentava, no casamento de sua própria filha! Dan sentiu pena dela. Havia diversos outros parentes à sua volta, enfiados em ternos novos, com narizes vermelhos e brilhantes. A sra. Ball, percebendo o olhar esmiuçador da câmera, empertigou-se em seu assento e ajeitou o vestido, que guardava uma curiosa semelhança com o usado por Dorothy em *O Mágico de Oz*, esboçando um sorriso forçado.

A única que parecia à vontade era Michelle. A câmera cortou para os fundos da igreja e lá estava ela, com seu vestido pêssego de madrinha, cheio de babados, dando uma escapulida para passar um recado a um dos padrinhos. Ela viu a câmera, sorriu e deu um tchauzinho. Boa menina, pensou Dan com veemência. Até onde sabia, ela estava do seu lado. Anotou mentalmente: preciso apresentá-la ao meu irmão mais novo, Alan.

Onde estavam os pais de Henry? Dan adiantou um pouco a fita. Seriam eles, na segunda fila? Pareciam muito simpáticos e modestos para terem gerado alguém como Henry. Mas a senhora tinha os mesmos olhos azuis e ambos tinham idade para isso. Estavam conversando animadamente sobre uma pequena placa de ouro, presa ao banco da frente, e a câmera aproximou o zoom para filmá-la.

— Rezem por Patricia O'Leary — leu a senhora em voz alta.

— Isso quer dizer que ela está enterrada aqui embaixo? — indagou o pai.

Ambos olharam para baixo do banco, como se esperando que os pés da morta surgissem do chão.

— Acho que quer dizer que ela doou este banco — disse ela.

— Ah! — exclamou ele. — Bem, vamos rezar por ela, seja lá o que for.

A câmera afastou-se, fechando em Emma, que Dan conhecera há poucos dias. Ela estava usando marrom, acredite se quiser. Mas, em meio àquele mar de rosas, vermelhos e roxos, a cor lhe conferia certa aparência de normalidade.

De repente, a câmera fixou-se atenta no altar, para acompanhar a chegada do padre, todo paramentado. E não vinha sozinho; dois outros padres logo se reuniram ao primeiro. Três padres para celebrar um casamento! Até mesmo os padres pareciam estar achando aquilo um exagero, pois olhavam aflitos para Henry, esforçando-se para ver se o reconheciam de algum lugar. Acabaram desistindo e migraram para seu lugar, atrás da plataforma, uma tarefa por si só árdua, graças à quantidade de coroinhas agrupados ao seu redor — dez, pelas contas de Dan — e as dúzias de arranjos de flores e centenas de velas, que naquele momento constituíam uma grave ameaça para as túnicas oscilantes dos padres. A impressão era de que um casamento da realeza estava prestes a ser realizado, pensou Dan, com certa crueldade.

Então, a câmera voltou-se novamente para Henry e foi desconcertante para Dan reconhecer sua própria aversão refletida por um breve momento nos olhos do rival. E então ele percebeu: a cerimônia havia sido organizada por Jackie. Todos os detalhes, incluindo a cantora bojuda que naquele momento aquecia as cordas vocais, preparando-se para a marcha nupcial de Wagner. E só Deus sabia o que a noiva estaria vestindo quando finalmente entrasse. O traje completo, sem dúvida, flanqueada por uma comitiva de damas de honra. Dan podia imaginar direitinho como aquilo tudo virara realidade; as horas folheando revistas de noivas, a pilhagem de temas e ideias disparatados e o circo todo montado com considerável despesa e grande entusiasmo. Mas que fiasco! Não tinha absolutamente nada a ver com Henry. Ele estava, como Dan podia agora perceber, quase imune a tudo, parado ao lado do seu padrinho, assistindo a todo aquele circo com seus olhos azuis impassíveis. E o que era ainda mais peculiar: até mesmo os convidados, os convidados *dele*, o pessoal da imprensa, parecia apartado dele, como se estivessem ali à sua revelia. Ele nem parecia gostar daquelas pessoas tanto assim. Na verdade, era difícil saber o que ele estava fazendo ali afinal, naquela igreja papagaiada, atolado num pântano de arranjos de mau gosto e convidados com os quais não parecia ter a menor afinidade.

Estava lá por Jackie.

Antes mesmo de a cantora emitir a primeira nota, antes mesmo de ela respirar fundo, Dan observou o modo como Henry virou-se em direção à entrada da igreja, por instinto. Via-se no seu rosto o quanto estava impaciente, louco para ver Jackie. Ele não olhou para a câmera, para os padres, para ninguém mais. Estava pouco se lixando para todos, Dan sabia. Na verdade, teria preferido uma igreja vazia, somente ele no altar, esperando por Jackie, sem nenhuma pompa e circunstância que pudesse desviar a atenção dela. O casamento era apenas algo a ser superado, um obstáculo, antes que pudesse pôr definitivamente as mãos em Jackie.

Dan estava rangendo os dentes sem perceber. Um pedaço de pizza parecia estar alojado na sua traqueia, mas ele não conseguia engolir. Estava grudado no sofá, vendo as portas da igreja se abrirem lentamente e o vislumbre fugaz de um vestido branco. A câmera não estava mais focalizando Henry, mas Dan quase podia ouvir sua odiosa respiração ficando cada vez mais ofegante enquanto ele esperava Jackie cruzar aquela porta e...

— Dan? Cadê você? — Era Jackie. Tinha chegado em casa.

Dan correu atrapalhado para desligar o videocassete. — Estou aqui!

Foi por pouco. Ela surgiu na porta da sala de estar. — O que você está fazendo sentado aí no escuro?

— Ah, você sabe, uma daquelas minhas enxaquecas. — Era difícil aparentar dor com uma gorda fatia de pizza na mão. Ele a devolveu. — Vem sentar aqui comigo e assistir, hã... — Ele olhou de relance para a televisão, para conferir que diabos estava passando. — Um programa sobre a língua irlandesa.

Ela sacudiu a cabeça, encantada. — Você assiste a programas incríveis.

— É, assisto — disse ele, modesto. — E a noitada foi boa?

— Foi. — Ela se aninhou ao seu lado e ele percebeu que estava um pouco bêbada. — Estive pensando, lá no pub. Em Henry.

Ele sobressaltou-se, um pouco nervoso. A pizza entalada voltou a fazer o caminho inverso, em direção à boca.

Jackie obviamente não entendeu o motivo de seu silêncio e continuou: — Não quero mais falar sobre ele. Sei que você tem feito um grande esforço para esquecer tudo. E está coberto de razão. Estou falando de *mim*.

Cheio de culpa, Dan limitou-se a assentir com a cabeça.

— Acho que não tive o mesmo êxito que você. Ele continua ocupando meus pensamentos e andei ignorando os preparativos do nosso casamento. Sinto muito, muito mesmo, Dan.

— Não ignorou, não.

— Ignorei, sim! Pulei fora e te deixei encarregado de tudo. Tenho sido a noiva mais relapsa do mundo. Mas isso vai mudar, eu prometo. Vou seguir o seu exemplo. A partir de agora, vou deixar Velma cuidar das coisas e não pensar mais nele! Nunca, nunca mais!

— Calma, não precisa ser assim tão drástica.

— De agora em diante, Henry Hart para mim morreu! — Ela afundou o rosto em seu ombro e deixou escapar um pequeno soluço. — Vamos ser muito felizes juntos, Dan.

— Eu também. Quer dizer, vamos, sim. — Por cima do ombro de Jackie, a luzinha vermelha do videocassete piscou — como se para ele! — e por um momento, Dan teve a impressão de que Henry Hart estava na sala.

Capítulo Seis

Por acaso, Henry naquele dia estava trabalhando em casa. Bem, ele quase sempre trabalhava em casa; descobrira que não era absolutamente necessário estar sentado a uma escrivaninha no olho do furacão para descrever o sabor de um molho *hollandaise*. Sexta-feira era seu dia de conferir a correspondência. O jornal sempre a enviava em um grande envelope pardo — naquela manhã, um volume tão pesado que fizera um estrondo ao chocar-se com o assoalho. E lá estava ele, examinando lentamente as opiniões, as divagações, os insultos e a justa indignação dos leitores britânicos. Pelo menos, os que liam a sua coluna. Ia escolher as cinco melhores. Não para *responder*, jamais respondia aquelas cartas, embora elas começassem esperançosas, com um "Caro Sr. Hart". Entregava direto para Rhona na segunda-feira, que as digitava, e eram publicadas ao lado da sua coluna no domingo subsequente.

Naquela manhã, Henry já havia selecionado duas do gênero quem-o-senhor-pensa-que-é, uma de uma mulher de Herefordshire cujo pub ele detonara há duas semanas (e com razão) e a outra de um camarada que alegava que Henry não tinha nenhuma aptidão jornalística formal. Ora, claro que não tinha, mas a questão não era essa. Ele era um sujeito que conhecia um pouco o universo gastronômico e não tinha medo de expressar sua opinião. Do modo mais contundente e insultante possível. E com seu peculiar toque de humor agridoce, acrescido por um tempero de linguagem vulgar. Essa era, basicamente, a descrição do trabalho de Henry — um trabalho mole, por sinal. Recebera um aumento substancial no ano anterior, renovara seu contrato por mais dois anos, tinha uma foto bastante lisonjeira ilustrando sua coluna e despesas inacreditáveis. Sem contar com o carro particular, exigência da qual os convencera. Não era nada fácil deixar aquele bando de redatores de matérias relevantes sobre política no chinelo!

Às vezes Henry abaixava a cabeça encostando a testa na escrivaninha, desesperado, tentando entender como havia ido parar naquela situação. Pior ainda: será que havia saída? E mesmo que houvesse, acaso o deixariam partir?

Naquele exato momento, o telefone tocou. Era sua agente.

— Henry! Sou eu, Adrienne.

— Ah, oi, Adrienne.

— Você andou se comportando muito, muito mal — censurou ela.

Henry sempre achava Adrienne um pouco estressada, mas ela parecia não notar. — Eu? — perguntou ele, cauteloso.

— Não banque o inocente comigo. Você sabe muito bem que devia ter enviado as provas do livro na quarta-feira.

— Sério?

Adrienne não se deixou abalar pela falta de memória de Henry e tratou de lembrá-lo, desnecessariamente: — Eles pagaram uma nota por esse livro, Henry. — Adrienne orgulhava-se daquele acordo em particular, uma vez que o conceito fora ideia sua: "Henry Hart — O Guia". Sua reputação dispensava a menção de palavras como "gastronomia", "restaurantes" e "crítico" do título. "Você é uma grife agora, meu bem!", comemorara Adrienne em um gritinho agudo. No livro, ele avaliava e julgava cem dos melhores restaurantes britânicos. Adrienne estava convicta de que, da noite para o dia, o livro dele ia deixar todos os outros guias gastronômicos para trás, talvez até mesmo — arriscara ela, abaixando a voz em sinal de reverência — o Egon Ronay e o Michelin.

Ao ouvir aquilo, ele lhe pedira para ir com calma. Mas ela insistira e acabara encontrando um editor que concordava com ela. Adrienne fechou um contrato de dois livros para Henry. Ele ainda não sabia ao certo como seria o segundo. "Henry Hart: Mais Um Guia" ou alguma idiotice do gênero.

— Vou ligar para a editora, juro — prometeu ele.

— Já liguei. E disse que você vai entregar segunda-feira de manhã, sem falta. - Estava eufórica. — Nove restaurantes já ligaram para lá semana passada querendo saber se estavam no guia! Dá para imaginar? Todos tremendo na base, ou de ansiedade ou de medo. Curiosos? Comprem o livro, disse a editora! — Ela explodiu numa gargalhada. Às vezes Henry achava que sua agente tinha um parafuso a menos. — Ah, alguma coisa me diz que esse livro vai ser um sucesso, Henry!

— Maravilha — disse ele. — Olha, estão tocando a campainha, preciso desligar. — Era sua desculpa padrão.

— Tudo bem — disse Adrienne. — O pessoal daquele *reality show* entrou em contato novamente; você tem certeza de que...

— Absoluta — respondeu Henry.

85

— Está bem — lamentou ela com um suspiro que podia ser traduzido como: você só pode estar louco.

— Outra coisa — disse Henry. — Estava aqui pensando. Você trabalha com poesia?

Fez-se um breve e espantado silêncio.

— Poesia?

— Isso, Adrienne, aqueles versos que podem ou não rimar.

— Eu sei o que é poesia. Mas não trabalhamos com nenhum tipo de literatura, você sabe disso. Simplesmente não vende. Quanto à *poesia...* — Ela fez outra pausa, ainda meio chocada. — Que tipo de poesia você tem em mente? Aquele tipo "vagando solitário como uma nuvem" e coisas assim?

— Não — respondeu Henry, esforçando-se para não perder a paciência. — Poesia moderna. De amor e tal. — Mais um silêncio do outro lado da linha. — Obviamente não sou eu quem escreve — explicou ele. — É um amigo meu. Fiquei de sondar pra ele.

— Ah! — exclamou Adrienne, parecendo bastante aliviada. — Cá entre nós, meu bem, diga para ele sair dessa. Pura perda de tempo. Ninguém mais quer ler poesia. Ele não vai conseguir ser publicado nem numa revista. Ele por acaso escreve romances policiais?

— Não — respondeu Henry.

— Porque uma boa história de crime eu talvez até conseguisse vender.

— Ele não escreve romances. Só poesia mesmo.

— Não esqueça de mandar as provas na segunda-feira.

— Pode deixar. — Desligou o telefone, sentindo uma onda familiar de desânimo. Agora seria obrigado a passar o resto do dia e do fim de semana revisando o material para o livro, relendo suas próprias críticas apenas ampliadas, a maioria começando com: "Esse eu realmente *detestei...*".

— Oi, mocinha — disse ele para a cadela, que surgiu na sala. Em boa hora, por sinal, já que ele queria mesmo dar uma geral e ver por que ela andara se coçando tanto na véspera. Fosse o que fosse, o melhor era catar o quanto antes.

A cadela, Shirley, lançou-lhe um olhar de piedade enquanto ele se agachava e começava a correr os dedos pelo seu pelo curto e áspero. Não encontrou nada, mas seria bom verificar novamente mais tarde, caso estivessem fazendo uma concentração no rabo.

— Também acho que a gente devia procurar um veterinário para examinar essa verruga atrás da orelha — disse ele. —Você sabe que essas coisas podem mudar de formato e bagunçar nosso coreto, não sabe?

Shirley suspirou.

— Está bem — respondeu Henry. — Mas não vamos poder ignorar isso para sempre.

Não lhe restava outra opção a não ser fazer um café e mergulhar no livro. Às vezes imaginava o que seus leitores iriam pensar se o vissem naquele estado; o esnobe, arrogante, impiedoso Henry Hart, o Carniceiro de Notting Hill, vagando pela cozinha de meias, recebendo piedade de um cachorro, hesitando, aflito, entre descafeinado e normal.

Sua correspondência pessoal chegara junto com a remessa do escritório e, assim que a removeu da mesa da cozinha para começar a revisar o material, bateu os olhos em uma carta no fundo da pilha.

Os papéis do divórcio. Soube na hora, pelo envelope, sentindo o peso com as mãos.

Deixou-se cair pesadamente na cadeira. O mais ridículo era estar chateado por terem lhe enviado por correspondência comum. Ora, pagava seus impostos, tinha até participado do Red Nose Day no ano anterior, e mesmo assim não era considerado digno de um frete rápido.

Shirley deve ter sentido a nuvem negra formando-se sobre a cabeça dele, pois ficou em posição de sentido, alerta. Talvez pudesse sentir que a carta tinha a ver com Jackie. Ah, aquelas duas, sempre de risinhos e galhofas, Jackie a empetecando com chapéus. Chapéus! Para um cachorro! E levando-a para passear no parque, num frio de rachar. Henry jamais saía com ela no período do inverno.

87

Divórcio.

Sabia que não tardaria a receber os papéis, é claro. A carta esquisita que chegara há algumas semanas o prevenira. A carta, pelo menos, fora escrita por Jackie de próprio punho — ainda que tivesse sido ditada pela advogada, a tal Velma Murphy. Era estranha, distante, bem diferente do estilo de Jackie. Ou, então, era consequência do surto. É, só podia ser.

Aquela era uma fantasia que Henry nutria; que Jackie o abandonara por conta de uma crise emocional inexplicável, que a tomara de supetão, como um ataque de tosse. Não era uma hipótese assim tão descabida, levando em conta o tipo de pessoa que ela era. Sempre tão volúvel e imprevisível, permanentemente afoita, cismando com uma coisa só para descartá-la em seguida; assim como fizera com ele, descartado como um leite que azeda da noite para o dia. Era uma mulher de excessos, de exageros, capaz de avaliações ruins e escolhas ainda piores (exceto por ele, obviamente) e, convenhamos, não era assim tão improvável que um belo dia o cérebro dela gritasse "Chega!" e pifasse de vez. E então ela partisse levando uma única mala, deixando um bilhete sobre a mesa onde se lia apenas "Adeus!" e voltando para Irlanda para se recuperar, tomar Sustagen, algo assim.

Às vezes, quando se permitia acreditar nisso, quase podia compreendê-la e até perdoá-la por tê-lo deixado de maneira tão chocante e abrupta. Havia uma explicação, um motivo. Uma pessoa naquele estado não podia ser responsabilizada pelos seus atos, não era?

Mas isso acontecia quando Henry estava de bem com a vida; quando cruzava com crianças alegres no parque ou via um anúncio de Coca-Cola e o mundo parecia momentaneamente acolhedor.

Quando estava se sentindo mais intransigente, como naquele momento, via a fuga de Jackie como o que de fato era: um exemplo bastante cruel da sua completa e absoluta instabilidade. Devia ter previsto tudo aquilo, desde o início; se não estivesse tão apaixonado, tão lisonjeado pela admiração e atenção incondicionais que ela demonstrava.

Um homem da sua idade já devia saber que algo assim tão intenso não é real, que, da mesma maneira que as pessoas se encantam, acabam se desencantando umas com as outras e que, por trás da superfície, não há muita coisa. Quando ela encheu o saco, quando decidiu que ele havia frustrado seus conceitos ridiculamente afetados de amor e casamento, simplesmente juntou suas tralhas e se mandou. Simples assim. Deixando-o junto com Shirley para trás, depois de terem sido usados.

— Eu continuo te amando — dissera ele para Shirley. — Nunca se esqueça disso.

Seu advogado instruíra que, por estarem morando em casas separadas há menos de dois anos, ela teria de alegar "comportamento irracional" por parte dele como motivo para o divórcio. Ou pelo menos fora isso o que um advogadozinho novato chamado Tom lhe informara. Ele estava substituindo Ian Knightly-Jones, que estava no tribunal lutando contra a Microsoft ou algo do gênero. Tom examinara sua mesa minuciosamente e dissera, num sopro de voz, que os juízes eram bem compreensivos, que os padrões eram flexíveis e que o comportamento irracional poderia não ser algo pessoal.

— Como assim, dizer que eu tenho chulé, por exemplo? — perguntou Henry.

— Hã, bem...

— Estou brincando.

— Ah, tá. Olha, é bem provável que seja algo um pouco mais específico do que isso. Alguns motivos comuns são, hã, não sei, dizer que você bebia até cair. — Ele estava tentando ser engraçado também e Henry não pôde resistir: ficou sério, deixando o outro sem jeito. — Eu não tive intenção de...

— Tudo bem. Eu não bebo de cair. Só nos fins de semana.

Tom apressou-se em dizer: — O dr. Knightly-Jones mandou dizer que estará de volta na próxima semana e que você não precisa nem abrir a petição do divórcio, se não quiser. Encaminhe para o escritório e ele fará isso por você.

Não abrir? A petição do seu divórcio? Perder todos os detalhes picantes, os exemplos de "comportamento irracional"? Pois ele não via a hora de abri-la! Era o caso de abrir também um pacote de biscoitos, tirar o telefone do gancho e mergulhar na diversão, sem interrupções.

Abriu o envelope de qualquer jeito e disse para Shirley: — Aposto que ela vai falar sobre o modo como eu dirijo. E que não sou tão sociável quanto ela gostaria. O que seria impossível, francamente. Acompanhar o ritmo dela é inviável. Não bastasse ser obrigado a ouvir os imbecis do escritório o dia inteiro; era só o que faltava ter que aturá-los fora do expediente. Quantas vezes tentei explicar, e você é testemunha disso, que preciso trabalhar de vez em quando? Que não dava para nós dois fazermos compras juntinhos o dia inteiro?

Shirley não pareceu convencida. Emitiu um ganido de preocupação.

— Está bem — disse Henry, calando-se. Apanhou a petição, abrindo-a. Foi um pouco chocante ver o nome dela na primeira página. Jackie Ball. Autora. E depois o nome dele, logo abaixo. Era ainda mais estranho, porque jamais tinha visto um pedido de divórcio antes. Aquilo simplesmente não entrava na cabeça dele: logo *Jackie*, mandando aquela papelada formal, impessoal, jurídica. Jackie, a Rainha dos Bilhetinhos de Post-It, dos pedaços coloridos de papel, dos telefones anotados com batom. Quanta diferença! Correu os olhos pelo texto, julgando tornar a tarefa mais fácil se conseguisse imaginar que estava apenas revisando o próprio trabalho. E funcionou na primeira página, que era apenas um apanhado de termos jurídicos, mas foi então que deparou com os motivos para o divórcio.

Incapacidade de participação ativa na vida familiar.

Havia um pequeno parágrafo exemplificando a alegação, nada muito grave, somente uma baboseira eufemística que não dizia realmente grande coisa. Nada que o fizesse grunhir de raiva e sair quebrando móveis.

Incapacidade de comprometimento emocional com o casamento.

Mais um pequeno parágrafo sobre o tema. Nele, ela o pintou mais descuidado do que negligente, como se tivesse deixado de cumprir uma tarefa, como aparar a grama. O que, por sinal, ele costumava esquecer-se de aparar *mesmo*. Começou a suspirar, aliviado.

Virou a página apressado, ansioso para ler o resto. Mas não havia resto. Seria possível? Somente aquelas duas acusações? Decerto eram sérias e podiam desferir um golpe mortal em qualquer casamento. Mas havia esperado... bem, mais. Todo tipo de pichação de caráter, mentiras deslavadas... Ela sequer mencionava suas oscilações de humor, que no final se haviam tornado intoleráveis, até mesmo para ele. Será que não havia notado? Ou talvez, àquela altura, ela não mais se importasse.

Sentiu-se vazio. Decepcionado, até. Não fazia o tipo de Jackie agir de modo tão comedido. E parecia estranho terminar um relacionamento tão volátil com uma listinha curta e antisséptica. Não parecia certo.

Jackie estava tentando escolher um vestido de noiva. Michelle faltara à aula para ajudar, tarefa que parecia resumir-se a arrastar um monte de cabides até o provador e devolvê-los aos seus lugares depois.

— Meu Deus do céu! — ela não parava de gritar. Saiu arrastando mais um. Precisou usar as duas mãos só para erguê-lo. — Olha, com este aqui você economiza no toldo. Dá para fazer a recepção debaixo da sua saia.

Emma também fora junto, muito relutante, apenas por insistência de Jackie, que alegara que ela era a dama de honra principal, já que a sra. Ball havia impedido Michelle de ocupar o posto.

— Não vou conseguir — insistira Emma. — Não com toda aquela gente olhando para mim.

— Não vão estar olhando para você. Vão estar olhando para mim.

— Então para que você precisa de mim lá?

— Porque você é minha amiga, Emma. Devia se sentir *honrada*!

Mas Emma ficara pálida e lacrimejante, de modo que Jackie fora obrigada a convidar uma prima, Chloe, para ser sua segunda dama de honra. Foi então que Michelle observou, não sem razão, que Chloe era a mais bonita da família — quiçá do país — e que Jackie devia ter tido a inteligência de convidar outra prima delas, Maureen, que era obesa. Mas Chloe não entendeu quando Jackie tentou descartá-la sutilmente e o resultado é que agora estava encalhada com uma dama que sem dúvida iria ofuscá-la. Para completar, a mãe de Chloe ligara para a sra. Ball e dissera algo — ninguém jamais descobriu o quê — que a deixou de bico calado por uma semana.

Como se tudo isso já não fosse complicado o bastante, Dan se viu obrigado a reajustar o equilíbrio do seu lado, convidando seu irmão PJ para ser padrinho, junto com Big Connell. Mas a mulher de PJ, Fiona, sentiu-se ofendida por ele ter sido chamado para tapar buraco e disse que se sentia menosprezada diante da outra Fiona, a ponto de mal poder olhá-la nos olhos no clube. Jackie pediu um milhão de desculpas a Dan por ter causado problemas familiares, mas ele parecera curiosamente impassível diante do constrangimento de Fiona, e lhe dissera apenas que ela podia ter quantas damas quisesse, pois ele a acompanharia com padrinhos — assegurara, inclusive, que, quando acabassem seus irmãos, tinha uma fila de primos de primeiro grau à disposição.

Tudo aquilo fez Jackie ter vontade de fugir para o Taiti e se casar na praia apenas com um par de cocos como testemunha. Mas sugerir algo mais informal estava fora de cogitação, sobretudo agora que ele havia acrescentado mais cem cabeças na lista, que aumentara para quatrocentos convidados.

— Você *conhece* essas pessoas? — Jackie começava a achar que a empolgação dele estava saindo dos limites.

— Claro que sim — garantira ele. — Bill, Cliff e Bugsy estudaram comigo. — Mais tarde ela ficou sabendo pela mãe dele que haviam estudado juntos no maternal, que ele não os via desde os cinco anos e que levara semanas tentando localizá-los. A mãe de Dan também parecia surpresa com a proporção que as coisas estavam tomando, o que era ainda mais estranho, já que há anos ela não manifestava nenhuma expressão facial, graças ao seu consumo de cosméticos. Durante uma de suas visitas mais falantes, o que era por si só um fato raro, ela revelara que Dan a azucrinara pedindo endereços de primos de terceiro grau na Austrália que ele queria convidar.

Ele estava realmente decidido a caprichar. Jackie enganara-se achando que era do tipo descansado. Não mesmo. Ficara pendurado ao telefone na véspera até meia-noite, tentando descolar com um conhecido o telefone de uma orquestra que tocava em todos os casamentos chiques da sociedade.

— Se a gente não conseguir, não tem importância — contemporizou Jackie.

— Como assim, você quer um DJ tocando Madonna até as quatro da manhã? — respondeu ele, um tanto ríspido.

Jackie gostava de Madonna. Gostava de DJs também — preferia, inclusive. Mas estava se dando conta de que não teria um em sua festa.

— Mas e o custo de tudo isso? — arriscou ela.

— Não se preocupe com dinheiro — disse ele, apanhando o telefone. — Por falar nisso, vamos chegar à recepção de helicóptero.

Jackie fez um lembrete mental: usar véu curto, para evitar que uma manobra contra o vento a decapitasse.

Michelle estava examinando os cabides. — Olha só esse aqui: estilo pastorinha. Você consegue se imaginar agarrando umas ovelhas com ele?

— Você vai ficar aí fazendo piada ou vai me ajudar? — retrucou Jackie, irritada.

Michelle ficou surpresa. — Ei, não vale a pena perder seu senso de humor por ele, Jackie. — Era a primeira coisa desfavorável que Michelle dizia sobre Dan. Jackie ficou na defensiva.

— O problema não é Dan, está bem? É que... — Ela sorriu sem muita vontade. — É que quanto antes terminarmos aqui, mais cedo podemos ir para o pub.

— Agora sim! — exclamou Michelle, satisfeita. Ela já tentara desviar a irmã para dois pubs no caminho.

Emma pelo menos estava levando as coisas mais a sério. Ergueu um vestido, para que Jackie pudesse inspecioná-lo. — Acho que esse tem mais a ver com você.

O vestido era decotado e esvoaçante, o tecido de *chiffon* provocaria um efeito etéreo e dramático, e a cor marfim destacaria lindamente o tom da pele de Jackie. Mas, droga, não ia servir! Não para um casamento com quatrocentos convidados, que ofereceria um jantar com sete pratos, com primos de terceiro grau e esposas encrenqueiras examinando cada centímetro da sua silhueta. A última coisa que Jackie precisava era da droga de um helicóptero levantando seu adorável e esvoaçante vestido baratinho, para exibir a todos os convivas sua lingerie comprada numa loja de departamento. Sentiu o suor brotando das axilas só de pensar na cena.

— Que tal darmos uma olhada na seção de vestidos de grife? — sugeriu.

Michelle e Emma entreolharam-se. — Eles custam dez vezes mais e quase não têm tecido — advertiu Emma.

— Olhar não custa nada — respondeu Jackie, partindo na frente. A vendedora as seguiu, mantendo uma distância discreta. Ela obviamente devia estar temendo que Jackie fosse surrupiar suas melhores peças.

A seção dos vestidos de grife era tenuamente iluminada, todos se comunicavam por sussurros e tinha um ar bem metido a importante. Antes que se dessem conta, já estavam diminuindo o tom de voz, e Michelle chegou até a verificar a sola dos sapatos, para se certificar de que não estavam sujos de cocô de cachorro, antes de prosseguir. Havia um manequim trajando um tomara que caia clássico que todas as Fionas certamente aprovariam, mas Jackie não queria passar o casamento inteiro preocupada com um vestido ops-caiu, que poderia deixá-la de peito de fora durante os brindes.

— Olha quantos colchetes nas costas. Já pensou Colin Firth desabotoando um a um na sua noite de núpcias? — sussurrou Michelle.

— Ou Dan, é claro — corrigiu Emma, diplomaticamente.

Dan jamais manipularia aquelas coisinhas delicadas com seus dedos enormes. Começaria a exclamar "droga" e "inferno" e teria que acender as luzes.

Jackie não entendia como tudo havia se tornado tão complicado. Ou pelo menos, como parecia estar. Talvez não estivesse mergulhando de cabeça — e apenas boas intenções não bastavam. E Dan não tinha culpa por ter uma família enorme, inúmeros contatos profissionais e tantas pessoas que parecia ávido em impressionar. Ele não poderia ser culpado por querer fazer daquele um dia inesquecível. E lá estava ela, embromando na hora de escolher um vestido, o que — parando para pensar — era a única tarefa que precisava cumprir para o casamento. Dan encarregara-se de todo o resto.

—Vou experimentar — decidiu ela. Podia arrumar uma fita crepe para segurar os peitos e rezar para que ela suportasse a pressão da hélice. Não que a reza fosse ajudar muito se a fita cedesse.

Emma examinou seu rosto. — Você não precisa fazer isso hoje, Jackie.

— Preciso, sim! Sério. Pelo visto, já está tarde demais para encomendar um vestido de noiva sob medida! Eles precisam de doze semanas para confeccionar a roupa, oito para possíveis alterações, três para que eu possa perder peso, duas semanas para outros consertos... — Então, antes que pudesse impedir, deixou escapar: — Da primeira vez não foi assim tão complicado.

Fez-se um silêncio estarrecido. Houve uma troca de olhares escandalizados e Michelle e Emma prenderam a respiração.

— Estou falando do vestido — consertou Jackie, calmamente. — Foi feito pela sra. Brady, lembra, Michelle? Foi bem mais simples do que toda essa procura.

As duas respiraram aliviadas.

— É — disse Michelle, sem muita convicção. — Mas não era chique como *esses* aqui, Jackie.

Olhando em retrospecto, não fizera a menor diferença. Jackie lembrava-se apenas de como estivera empolgada e absolutamente feliz. Mas fazer comparações era ridículo. Afinal de contas, aquele era o seu segundo casamento. Era normal que as coisas caíssem um pouco na rotina.

— Acho que é esse lance de ser branco — disse ela, em consideração às meninas. — Não me soa adequado, parece que estou querendo passar por virgem.

— Virgem! — exclamou Michelle, bufando. — Posso garantir que você não vai encontrar uma única virgem aqui na loja.

Várias noivas desviaram o olhar, culpadas. As mães pareciam chocadas. A mão da vendedora pairava sobre o botão de emergência.

— Não sei por que você tem sempre que ser tão cínica, Michelle — sibilou Jackie.

Michelle lançou um olhar lânguido à sua volta. — Eu simplesmente não acredito nessa baboseira de felizes para sempre.

— E imagino que sou um exemplo ambulante de fracasso — retrucou Jackie, ríspida.

— Não. Para falar a verdade, você se deu bem. Conheceu não apenas um, mas dois caras com os quais cogitou passar o resto de sua vida. Eu não consigo conhecer um que me faça cogitar ficar para o café da manhã.

— Quando o homem certo chegar, você vai saber. — Sentiu-se meio artificial, repetindo clichês.

— Como? Vou saber como?

— Não pergunte a mim — disse Emma.

Michelle insistiu: — Eu sei que você não suporta Henry agora, mas o Dan, por exemplo. O que você sentiu quando vocês se conheceram? Foi assim uma paixão avassaladora?

— Hum, não exatamente. Na verdade... — Não podia dizer que haviam ficado um tentando convencer o outro de que ele era chato demais para ela. E, mesmo assim, aquilo fora apenas no primeiro dia.

Depois, foi ótimo. Fantástico! — Ah, olha só, quando acontecer, você vai saber. — Decidiu parar por ali.

Mas Michelle parecia bem desanimada. — Eu sinceramente não creio que vá sentir isso por ninguém.

— Claro que vai. É só continuar procurando.

— Eu continuo, mas, a esta altura, está difícil deparar com um homem com quem ainda não tenha transado — reclamou Michelle.

— Onde é que você arruma esses caras? — indagou Emma, de repente, tentando parecer casual. — Quero dizer, existe um lugar específico que você frequenta? Para encontrar homens para transar?

Foi então que a vendedora avançou, pisando duro. — Posso ajudar vocês em alguma coisa?

— Pode — respondeu Michelle, com firmeza. — Estamos procurando um vestido para um segundo casamento.

— Ah — disse a vendedora, compreendendo imediatamente. — Para você?

—Você só pode estar brincando — respondeu Michelle.

A vendedora emparelhou ao lado de Emma. —Você?

— Longe disso — respondeu Emma, ofendida.

— Para mim — confessou Jackie, relutante. Todas se viraram, lançando um olhar de simpatia para ela. A vendedora examinou-a de cima a baixo, como se a medisse mentalmente.

—Você já cogitou tule? — perguntou ela.

— Não — respondeu Jackie com franqueza.

—Tente imaginar.

Jackie obedeceu. Teve uma rápida visão de si mesma, talvez com um véu discreto, caminhando ao encontro de Dan até o altar; tudo parecia perfeito e o tule tinha caído muito bem — alguns convidados faziam "Oh!" e ela se sentia satisfeita, apesar do tecido lhe pinicar um pouquinho. Então ela atingia metade do caminho e via Dan, virando-se para admirá-la...

Só que não era Dan. De algum modo, sua mente o substituíra por Henry.

Horrorizada, ela disse depressa: — Olha, acho que vou deixar isso para depois.

— Se você não gosta de tule, podemos tentar um cetim.

— Não. Obrigada. De verdade — disse ela, saindo às pressas da loja.

Capítulo Sete

Jackie conheceu Henry num pub em Londres. Foi um daqueles encontros casuais, que jamais teria acontecido se Emma não fosse tão pão-dura e não a tivesse obrigado a pegar o metrô em vez de um táxi. Estavam saindo da Sociedade Britânica de Horticulturistas, de volta ao seu hotel mixuruca, e acabaram descendo na estação errada. Foi por isso que, depois de um dia inteiro batendo perna numa exposição de flores, acabaram parando em um pub chamado Cripta, totalmente perdidas e carregando duas begônias, uma palmeira tropical e algumas samambaias.

— Será que não tem um King Edward mais adiante? Ou um Horse & Hound? — indagou Emma, olhando apreensiva à sua volta. A iluminação do pub era vermelha, erótica e a música vibrava. De vez em quando, seu rosto era iluminado por luzes estroboscópicas que destacavam suas sardas.

—Vamos ficar aqui — disse Jackie, decidida. Gostara do lugar; havia um quê de perigo, a sensação de que qualquer coisa poderia acontecer — o que, após um dia inteiro zanzando por jardins artificiais com Emma, era bastante excitante. E, em todo caso, precisava descansar os pés, espremidos e castigados severamente em um par de escarpins que não haviam sido projetados para cobrir longas distâncias. Qualquer distância, para falar a verdade. Quando ia aprender a usar sapatos confortáveis? E como ia passar com a palmeira pela aeromoça no dia seguinte?

— Essa fumaça de cigarro não vai fazer bem às plantas — disse Emma, aflita, colocando suas preciosas mudas na bancada do bar e afastando um cinzeiro, resoluta. — Mas a viagem até que foi bastante proveitosa. Eu anotei todas as minhas ideias para quando abrirmos nossa própria floricultura. — Ela prontamente sacou um bloco de notas. Jackie esforçou-se para parecer interessada. Emma era admirável: tão séria, compenetrada; enquanto Jackie examinava o local, com a língua pendurada, louca por uma bebida.

O pub estava lotado. Os outros fregueses pareciam minuciosamente perfilados e bebiam depressa. Muitos pareciam se conhecer e as mulheres acenavam umas para as outras de maneira efusiva. Jackie nunca vira tanto brilho labial no mesmo bar. Sua própria maquiagem jazia em ruínas embolotadas ao redor do queixo, e sua capa de chuva — tão ousada e vermelha pela manhã — estava molhada e com a barra suja de lama. Paciência. Desviou o olhar das mulheres vistosas para uma gangue masculina no canto, tomando cerveja no gargalo e flexionando seus músculos sob camisas de grife. Certamente haviam competido para ver quem conseguia acumular mais gel no cabelo.

— Para — ciciou Emma, acompanhando o olhar de Jackie.

— O quê?

— Eles podem interpretar mal.

— Só estou olhando.

— Não está, não. Está emitindo todos os sinais possíveis. Sutileza não é seu forte, Jackie.

Francamente! Desde quando sorrir era crime? Mas Jackie jamais soubera ser recatada com o sexo oposto, muito menos bancar a difícil. Não por falta de tentativa; passara horas na frente do espelho ensaiando expressões de enfado e treinando sua visão periférica. Mas ficava com dor de cabeça e sentia-se falsa e tola.

Os homens retribuíram o olhar e Jackie virou-se depressa, para não aborrecer Emma. Além do mais, examinando melhor, concluiu que tinham um ar meio cafajeste. — Não vejo mal nenhum, Emma. E faz séculos que não ficamos com ninguém. — Estava sendo diplomática. Ambas sabiam que, no caso de Emma, eram milênios, sem luz no fim do túnel, ainda por cima.

Emma curvou os ombros sob seu casaco marrom, na defensiva. — E veja o *seu* último — disse ela.

— Está bem, está bem — Jackie foi obrigada a concordar. Em abril tivera um casinho breve e insatisfatório com um professor universitário que imaginara denso e profundo, daqueles com quem se podia discutir o significado da vida às quatro da manhã compartilhando uma garrafa de Bourbon. Mas ele gostava mesmo era de cheeseburger, dormia indecentemente cedo e tinha uma obsessão por *Buffy, a Caçadora de Vampiros* que beirava o bizarro.

— Nós não combinávamos — justificou ela.

— Você se daria melhor se escolhesse com mais cuidado — disse Emma.

— Como assim?

— O problema é que você se lança nos homens com... sei lá, uma "aura" sobre eles.

101

— Uma aura! — Essa era nova.

Emma não costumava enveredar por conversas sobre homens, namoros e afins. Normalmente, preferia discutir gerânios. Mas, naquela noite, estava decidida a dar sua opinião.

— É verdade. Você nunca escolhe os homens com algum embasamento útil, tipo "ah, ele é bonito, tem um bom trabalho, é incrível na cama". Não, você se apaixona pelos caras porque eles têm um olhar triste, um jeitão rebelde, porque são pseudofilosofos ou se parecem com James Dean.

Claro que ela não podia deixar de tocar no assunto. — Ele era *realmente* parecido com James Dean — insistiu Jackie, resoluta. Não era culpa de ninguém se o sujeito em questão não conseguia articular duas sentenças decentes e só lembrava James Dean quando a luz estava fraca. Bem fraca.

— Você segue o impulso — prosseguiu Emma. — É incapaz de parar para pensar.

Por que as pessoas viviam dizendo isso para ela? Por "pensar", leia-se avaliar. Ponderar, analisar, medir, estimar, calcular — tudo que Jackie não sabia fazer direito — até que a última gota de espontaneidade e paixão fosse eliminada! Estaria Emma de fato sugerindo que parceiros em potencial deveriam ser julgados de acordo com uma lista idiota de requisitos? Que o amor poderia ser encomendado sob medida?

— Não vou ficar com uma pessoa só porque ela tem um emprego, um carro ou um rosto que não me faça gritar — disse ela, muito alto. — Senhor Confiável, Senhor Certinho.

— Vai ficar com quem então? Um idiota qualquer com uma aura?

— Vou escolher alguém que faça meu coração bater mais forte! — disse ela, grandiloquente.

Sabia que o verdadeiro amor a estava esperando, em algum lugar. Caso contrário, por que haveria tantas canções sobre ele? Tantos filmes românticos? Tanta literatura, arte e poesia dedicada àquele sentimento avassalador? Bastava esperar que ele apareceria.

— Por favor! — Jackie acenou para o barman.

Ele se aproximou devagar e com certa arrogância, pensou Jackie. Ainda assim, era jovem, distinto e um colírio para os olhos.

— Vocês estão com o pessoal da festa particular? — perguntou ele, deixando claro que sabia que não estavam.

— Hã?

Ele olhou as mudas de relance. — Ou só estão aqui pelas flores?

— O quê? — rebateu Emma, áspera. Ela virava uma fera quando alguém depreciava sua profissão. Uma vez dissera que ser florista era trilhar um caminho solitário — assim como cabeleireiras, atrizes e astrólogas. E quiçá planejadores de casamento, que sequer eram levados a sério. Jackie rebatera que, com tanta gente à margem, o caminho deixava de ser solitário.

— Não sabíamos que era uma festa particular — respondeu Jackie.

Ele arqueou a sobrancelha, descrente. — Há uma corda vermelha barrando a porta.

— Bem, passamos por cima.

— Eu sei. A câmera filmou vocês duas. — Ele esticou o pescoço para arrebitar ainda mais o nariz para elas. — Vou ter que pedir para irem embora. É só para os convidados do *Globe*. A editora-assistente está indo embora. Norma Jacobs.

Esperava que elas dissessem "Norma! Mas é claro!" e agissem como se soubessem. Mas não estavam assim tão desesperadas por um drinque, fora um dia longo e Jackie encerraria a noite de bom grado, não fosse uma rajada gelada de vento que se entrelaçou em suas pernas quando a porta do pub abriu de supetão. Um sujeito alto, com cara de poucos amigos e visual meio amarrotado entrou e, ignorando cumprimentos de todos os lados, marchou direto para o bar.

— Deus me livre — murmurou Emma, protegendo suas preciosas plantas do vento.

O sujeito não estava sozinho — atrás dele vinha um cara baixinho, gordinho e nada atraente — e parecia exasperado.

— Não adianta ficar se culpando, Henry — disse ele.

Henry. Jackie repetiu o nome mentalmente, enquanto ele passava por elas sem sequer um olhar, deixando as palmeiras trêmulas no seu encalço. Encarapitou-se em um banco mais adiante. O melífluo garçom prontamente abandonou Emma e Jackie e precipitou-se na direção dos recém-chegados.

— Quanta educação — reclamou Emma.

O barman nem precisava ter perdido seu tempo. Henry o ignorou por completo. Coube ao seu amigo pedir as bebidas, enquanto Henry olhava para o além, soltando fogo pelas ventas. Jackie nunca conhecera um homem que soltasse fogo pelas ventas nem sequer acreditava que eles existissem fora das novelas, mas Henry era a prova viva de que eram reais.

Emma também o fitava. Bem, era difícil desviar o olhar. — Reconheço que ele é um pão. — Ela ainda empregava termos como "pão", junto com "boate" e "transa".

— Se você gosta desse tipo — disse Jackie, como quem não quer nada, muito embora gostasse.

Além de soltar fogo pelas ventas, ele esgueirava-se ocasionalmente, para lançar um olhar torturado pelo pub. Toda vez que a porta se abria, ele a fitava com seus olhos incrivelmente azuis, como se ansiasse por uma fuga. E o lugar estava lotado de loiras fumando cigarros compridos e fininhos, praticamente nuas! Só Deus poderia saber o que despertaria o interesse de um homem como Henry. Um homem que, naquele momento, estava acendendo um cigarro e saboreando sua angústia silenciosa e carismática.

— Caramba — comentou Emma. — Vai ver que o cachorro dele morreu.

Assim que o barman serviu-lhe sua bebida — uísque, naturalmente —, ele o bebeu em um só gole, mergulhando em seguida na fossa.

Jackie não conseguia tirar os olhos dele. Como bem dissera Emma, sutileza não era o seu forte. Que trágico! Quanta profundidade. Já se via alimentando fantasias de resgatá-lo do inferno particular que o consumia, de consolá-lo entre seus seios tamanho 46. Ele deve ter sentido seu olhar lascivo sobre ele, pois de repente ergueu a cabeça e cravou seus olhos azuis nela por um segundo, fazendo o mundo de Jackie frear ruidosamente. Sentiu como se ele tivesse tatuado o nome dele em seu peito.

Do seu lado, Emma estava falando algo como "Vamos, né? Não vão nos servir aqui mesmo".

Jackie não respondeu.

Emma, sempre atenta às catástrofes iminentes, olhou severamente para ela e disse: — Meu Deus. Você não vai se apaixonar por ele, vai?

Tarde demais. Já havia se apaixonado.

No canto do bar, Henry se detestava pela primeira vez na vida. Não estava sendo melodramático; não era apenas um momento fugaz de autodepreciação, aquele tipo de irritação consigo mesmo que passa em trinta segundos. Com isso, estava acostumado: possuía uma lista interminável de defeitos. Acordava de mau humor, por exemplo, e seu temperamento só podia ser classificado como rude. Os amigos diziam que suas piadas geralmente passavam do ponto e ele jamais lembrava o aniversário da própria mãe. Além disso, havia transado com uma garota num passado longínquo e jamais ligara para ela. De modo geral, não cultivava ilusões a seu respeito. Mas nos quesitos realmente importantes, como honestidade, lealdade e justiça, sentia que não deixava a desejar. Podia encarar seu reflexo no espelho pela manhã e nada tirava seu sono, a não ser um prazo apertado e, talvez, Mandy, da publicidade (para quem sempre ligava no dia seguinte bem cedo).

Não conseguia tirar a carta da sua cabeça, palavra por palavra.

Prezado Sr. Hart,

O senhor já parou para pensar no que uma crítica negativa pode fazer a um restaurante? Alguma vez já refletiu sobre as pessoas que passaram a vida inteira trabalhando para montar um negócio, que o senhor consegue destruir com apenas duas linhas impensadas? Consegue perceber que, por sua culpa, pessoas ficam desempregadas, têm suas reputações arruinadas, perdem seus negócios familiares da noite para o dia? Espero que o senhor consiga dormir bem à noite.

Bem, agora, nunca mais. Sem chance! Ficaria rolando na cama, perturbado, querendo se matar, tomar uma overdose no seu travesseiro de penas de ganso. Era o fim do sonho. Hora de encarar a realidade: ele era um desocupado. Um merda. Um babaca arrogante, malicioso, estúpido, egoísta, irresponsável, idiota, desmiolado.

— É o seu trabalho, Henry — consolou Dave ao seu lado, engolindo um punhado de amendoim com um gole de cerveja. — Você é um crítico, é a sua função.

— Ah, vá pastar.

— Não posso — disse Dave, desanimado. — Minha missão é te convencer a voltar.

— O quê?

— O pobre-diabo do RH disse que você pediu demissão.

— E daí?

— E daí que sou o único amigo que você tem no escritório e me pediram para te convencer a reconsiderar.

— Pode desistir, Dave.

— Deixa disso, Henry. Vamos encher a cara, conversar sobre isso, chorar um pouco, dormir e voltar ao trabalho amanhã de manhã, está bem?

Henry olhou demoradamente para ele. Dave achava de fato que ele estava exagerando.

— Eu fechei um restaurante, Dave.

— O que é uma boa coisa, levando em consideração o lixo que te serviram. Como foi mesmo que você chamou o enroladinho de salsicha deles? Ah, lembrei, embromadinho de salsicha. — Ele riu.

Henry arregalou os olhos. — Estamos falando de empregos aqui, Dave. *Chefs* de cozinha. Os funcionários do bar. Uma garçonete chamada Rose! — Uma lembrança da garçonete o servindo naquele dia lhe ocorreu e ele empalideceu. — E ela ainda por cima estava grávida.

Dave respirou fundo, impaciente. — Isso é problema deles, Henry. Se eles querem servir comida, têm que estar preparados para receber críticas construtivas.

Mas, de construtivas, não tinham nada. Nada de equanimidade. Como alguém pôde ter acreditado — inclusive Henry — que restaurantes provincianos e pequenos hotéis estariam preparados para críticos gastronômicos importantes, que viriam para compará-los a seus irmãos da cidade grande? Estavam longe de estar preparados, como o pobre coitado que lhe escrevera aquela carta (anônima, mas Henry podia ver o rosto dele. Podia quase sentir seu hálito). Henry experimentava uma vontade incontrolável de abaixar a cabeça, mas sua bebida estava chegando e todos iriam notar. Estavam todos presentes, claro, era a despedida de Norma. Henry não queria ir. Mas Dave insistira, alegando que era seu dever. Na semana seguinte, estariam todos ali por ele.

— Sabe qual é o problema? — perguntou Dave.

— Por favor, me esclareça.

—Você pensa demais.

—Já pensei muito sobre isso.

— Muito engraçado. Você está sempre analisando as coisas. Devia estar tirando proveito do seu trabalho. Se é que podemos chamá-lo de trabalho. Convenhamos: você é pago para descrever o que jantou na noite anterior. — Dave sempre parecia irreverente depois de duas doses.

Sem saber ao certo por que ainda se dava ao trabalho de responder, Henry disse: — É um pouco mais do que isso.

— Ah, sim, claro; você precisa especificar se a massa estava *al dente* e de que cor era a maldita sopa. Olha, eu leio as suas críticas, sei exatamente o que você precisa escrever. Eu próprio podia fazer o seu trabalho! Para falar a verdade, esquece tudo que eu te falei. Peça demissão mesmo. Vá embora! Vou assumir sua coluna, sair para jantar em espeluncas metidas a besta toda noite e ficar sentado tentando curar minha ressaca no dia seguinte, antes de escrever uma ou duas linhas a respeito.

— E eu vou me candidatar para o *seu* emprego — disse Henry. — Ficar parado em linhas laterais sob a nevasca, observando jogadores da terceira divisão arruinando um belo jogo, tentando anotar todos aqueles nomes estrangeiros impronunciáveis, blá, blá, blá.

— Não sei qual é a graça. É um trabalho duro. Jornalismo de verdade — rebateu Dave. — E eu não ganho a metade do que te pagam. Ganho *um oitavo* do teu salário. Não tenho sequer uma agente fodona na minha cola.

— Nem eu. — Como a notícia se espalhara? Sinceramente. Não havia segredos numa redação de jornal. Além do mais, Henry sequer falara com ela ainda, nem entendera o que ele — um crítico gastronômico — tinha para oferecer a uma agente grã-fina chamada Adrienne.

— Para falar a verdade — prosseguiu Dave —, eu não ficaria surpreso se essa história toda se revertesse a seu favor.

— Como assim? — Henry estava aturdido.

— Você fechou um restaurante, Henry. Não é qualquer crítico que consegue um feito desses. Quando a notícia se espalhar, e ela sempre se espalha...

Henry o fitou, friamente. — Você acha que eu quero tirar proveito *disso*?

— Ah, me poupe — retrucou Dave. — Se você realmente quisesse largar o jornal por causa disso, já teria largado. Esvaziava sua mesinha e se mandava. Não estaríamos sequer aqui conversando a respeito. — Ele apanhou sua bebida. — Então, relaxa e aproveita a festa, está bem?

Mudando de assunto, acho que Hannah está de olho em você. Se deu bem, hein...

Ele desapareceu bar adentro. Henry ficou sozinho, com um gosto amargo na boca. Dave conseguira: despojara-o do seu confortável manto de angústia. Agora, via-se forçado a tomar uma decisão: ou pedir sua demissão imediatamente e acabar com tudo de uma vez ou ficar naquela maldita festa e reconhecer que sua crise de consciência era meramente superficial.

Olhou ao seu redor, como se esperando que alguém decidisse por ele. Olhou para Norma, já bêbada, chorando e agindo como se aquelas pessoas fossem sangue do seu sangue e ela não pudesse sobreviver um dia sequer longe delas, quando na verdade estava partindo para a Espanha, para começar uma vida nova ao lado de um garotão de trinta anos. O grupinho de sempre de bajuladores à sua volta — mandando beijinhos uns para os outros quando, na verdade, disputariam a mesa de Norma aos tapas na segunda-feira de manhã.

Garrafas de vodca e cerveja começavam a escassear e Henry sabia que a festinha ia avançar pela madrugada. Não podia mais suportar nem um segundo sequer daquela farsa exagerada, superficial, barata e deprimente da qual acabara concordando em participar. Chega! Tudo tinha limite. Iria fazer jus às suas convicções. Além do mais, podia sempre arrumar um emprego como cozinheiro numa cantina escolar ou algo parecido. Trabalho honesto, por um salário honesto! Seria um alívio.

Encharcado por uma trôpega hipocrisia, bebeu seu uísque até o fim, bateu o copo contra a madeira do bar e ergueu os ombros. Era a hora de largar tudo, de uma vez por todas.

Havia alguém o observando por trás de uns vasinhos de plantas. As folhas enquadravam seu rosto e sombreavam seu pescoço, de modo que por um breve segundo Henry teve a impressão de que sua cabeça estava crescendo, como uma flor bela e exótica. Piscou — seria efeito do uísque? Não, lá estava ela novamente, surgindo das folhas para espiá-lo mais uma vez. Tinha cabelo encaracolado de uma cor indefinida e um rosto delicado e angular que comunicava uma franqueza, uma ousadia que chamava atenção. E que gargalhada! Estaria rindo dele? Empertigou-se, na defensiva. Ela continuava rindo ruidosamente, arremessando para trás aquela massa de cachos.

Seria ligada ao jornal? Se bem que teria lembrado se já a tivesse visto por lá. Além do mais, tudo nela — desde seu cabelo rebelde até sua capa vermelha e seus sapatos de gosto duvidoso — destoava das moças sofisticadas da redação. E ela era animada demais, espontânea demais para ser uma delas. Além disso, sua amiga usava galochas; prova bastante inequívoca de que nenhuma das duas estava envolvida com qualquer forma de mídia, a não ser talvez um programa de agricultura.

Observou-a com o canto dos olhos. Havia convencido o barman a lhes servir uns drinques e sentava encarapitada, as pernas cruzadas, uma delas balançando aqueles sapatos incríveis. Estava visivelmente contente por estar ali. Na certa, achando aquelas pessoas fascinantes! A maioria revirava o estômago de Henry — inclusive ele próprio. Sobretudo ele. Mas ela gostava deles. E, de repente, foi como se uma luz surgisse para Henry, tornando tudo mais suportável.

Então ela disparou outro olhar em sua direção e ele percebeu que também gostara dele. Por dentro, sentia explodindo um grito de "Oba", palavra esta que não usava à guisa de comemoração desde que tinha nove anos.

Mas ele já estava prestes a ir embora. Estava de saída. Afinal de contas, era a sua fibra moral que estava em jogo, um assunto de suprema gravidade. Além, é claro, de coisas menores como seu emprego, sua casa enorme, seu coupê, sua gorda conta bancária e provavelmente várias namoradas eventuais — elas não iam querer sair com um cozinheiro de cantina — e sua crescente reputação no universo gastronômico.

Não importava! Sua decisão já estava tomada.

Ergueu os ombros e atravessou o pub, pisando duro. Assim que alcançou a porta, uma força incrível e irresistível — provavelmente sua testosterona — o fez virar-se para a direita e parar diante da mulher do cabelo cacheado. Olhou em seus olhos; ela retribuiu o olhar e ele por fim conseguiu articular: — Posso te pagar um drinque?

Deve ter sido o sexo, ele pensou com seus botões depois. Bem, o que mais o faria correr para o altar três meses depois? Química, não era. Portavam-se como dois desenfreados, sempre se agarrando na primeira oportunidade. Passavam dias inteiros entocados no quarto, o telefone fora do gancho. Ele precisou reforçar o estrado da cama duas vezes e se desculpar com o vizinho de porta, que reclamara do barulho. O curioso era que, se alguém o pressionasse agora para responder, não saberia dizer por que ela o agradara tanto. Decerto era uma mulher atraente, ainda que de um jeito meio engraçado, mas estava longe de ser deslumbrante como Mandy, que ele parara de encontrar. E aquele maldito cabelo ficava espalhado por toda parte; ele vivia encontrando fios soltos até em suas partes íntimas. A voz dela o levava a loucura, esganiçada como a de um ratinho enlouquecido, e ela era incapaz de fechar uma porta — a do carro, a de casa, a da geladeira.

Ou talvez essas coisas só o tivessem incomodado depois, quando tudo começou a desandar. Talvez, no início, tudo tivesse sido perfeito. Com certeza. Caso contrário, não teria ficado no pub naquela noite, contrariando todo bom-senso, por alguém que só fazia irritá-lo. Não estavam apaixonados?

— Não que ela estivesse admitindo isso — ciciou ele.

Tom, o advogado novato, ergueu os olhos, assustado. Estavam sentados em seu pequeno escritório aguardando a volta do Ian Knightly-Jones, que ficara preso no tribunal numa batalha contra uma revista de fofocas. Tom segurou gentilmente uma cópia dos papéis de divórcio de Henry pelas pontas.

— Só estava pensando alto — esclareceu Henry. — Pelo que ela disse aí, não tivemos um único momento bom!

— É, bem. Infelizmente, os pedidos de divórcio tendem a focar nos aspectos negativos do casamento.

— Do modo como ela coloca as coisas, é como se tivesse sido uma tortura do início ao fim. Ora, sou o primeiro a admitir que deu tudo errado: quero o divórcio tanto quanto ela, vamos deixar isso bem claro. Só não saí correndo para pedir primeiro. Mas gosto de pensar que sou adulto o bastante para admitir que houve uma época em que *amei* essa mulher. Por mais desorientado que pudesse estar.

Tom engoliu seco, olhou para a porta e disse: — Tenho certeza de que o sr. Knightly-Jones não vai demorar muito.

—Vamos logo com isso — disse Henry, ríspido. Estava se envergonhando e envergonhando o sujeito.

Tom hesitou. —Você não quer esperar o sr. Knightly-Jones?

— Para quê? Concordei em comprar a parte dela na casa. Posso dar um cheque agora, se você quiser. Então, pelo que me consta, basta atestar que recebi os papéis e pronto.

— Sim, é isso mesmo...

— Então? Você pode dar conta disso, não pode?

— Sim, certamente... — Inflando o peito, Tom agitou-se para todos os lados, agrupando arquivos, papéis, canetas e até mesmo um pouco de água num copo de papel, como se Henry pudesse desmaiar depois de assinar os papéis. Era o dia D. Para Henry, era o primeiro passo para deixar tudo para trás. Não que não tivesse superado, é claro. Não mesmo! Só havia pensando nela 27 vezes — e ainda nem era meio-dia.

Tom deslizou um formulário na mesa, cuidando para não fazer movimentos bruscos. Reduziu a voz a um sussurro. — O D10. Reconhecimento de Serviço. Basta assinar onde marquei um "x". Então vamos encaminhar novamente para o juiz e eles vão marcar a data da audiência. Você nem precisa comparecer, se não quiser. A maioria não vai. O decreto *nisi* deve sair umas duas semanas depois, e o definitivo, em seis. — Ele fez uma pausa. — Alguma dúvida?

— Não.

— Não?

— Parece bem claro para mim.

— Ah! — Tom parecia surpreso e um tanto satisfeito com a confiança de Henry em sua explicação. Empertigou-se ainda mais em sua cadeira.

— Pode me dar uma caneta, por favor? — Henry foi obrigado a pedir.

— Ah! Perdão — disse Tom, entregando-lhe a sua própria.

— Obrigado. — Henry aproximou sua cadeira da mesa e debruçou-se sobre o formulário.

Tom o observava, tagarelando, mais confiante. — É o primeiro divórcio que eu faço. Bem, para ser sincero, o senhor é o primeiro cliente. Não que seja *meu* cliente, é claro... Enfim, o sr. Knightly-Jones vai ficar muito satisfeito ao saber que conseguimos resolver isso só nós dois esta manhã. E é bom ter terminado tudo bem para o senhor, não é mesmo? — Ele emendou depressa: — Não que um divórcio seja uma ocasião *alegre*. Suponho que para algumas pessoas possa ser bastante traumático, bastante desagradável. Mas acho que foi de grande valia a senhorita, hum, Ball ter sido razoável em relação ao velho comportamento irracional, não é mesmo? Poupa todo tipo de aborrecimento.

— Ele deve ter tomado o silêncio de Henry como algum tipo de incentivo, porque prosseguiu, em um tom quase animado: — Ora, "Incapacidade de participação ativa na vida familiar". Não podia ser melhor, não é? — Sentou-se na lateral da mesa, balançando a perna. Henry teve ganas de amputá-la. — É sempre mais fácil quando as pessoas não perdem as estribeiras, não é mesmo? De que adianta bancar o malvado, o ofendido, querer comprar briga um com o outro, especialmente quando a coisa toda já está morta e enterrada?

Era exatamente essa a ideia por trás de tudo aquilo, é claro, Henry percebeu de repente. Resolver tudo o mais rápido possível, sem criar problemas. O que significava não dizer a verdade nos papéis do divórcio. Significava amenizar Henry com sua listinha de "falhas" pouco ofensivas, com a esperança de que ele engolisse calado e assinasse de uma vez.

Bem, não seria bem assim. Ela não só havia negado que o casamento fora algum dia feliz, como agora estava negando descaradamente, nos papéis, todas as coisas que o tornaram ruim no final! Olhando para aquela patética petição, tinha-se a impressão de que tudo fora por água abaixo por causa de alguns desentendimentos triviais que poderiam muito bem ter sido resolvidos com uma boa conversa regada a vinho.

— Preciso de outra folha de papel — disse ele a Tom.

Tom estacou o pé em pleno movimento. — Como?

— Para escrever todas as coisas que *ela* fez de errado no casamento.

— Acho que eu não...

— Por que ela tem um espaço para escrever sua listinha?

— Veja bem, ela é a autora. É ela quem está pedindo para se divorciar de você.

— Então ela ganha um espaço e eu não? Mesmo ela tendo contribuído tanto para o fracasso do casamento quanto eu? Contribuiu até mais, para falar a verdade! Você sabia que ela me abandonou depois de ter combinado que íamos jantar?

Tom lançou um olhar desesperado para a porta. — Bem, eu...

— Não vou concordar com todas essas... essas mentiras! — disse ele, sacudindo os papéis. — Se ela quer o divórcio, acho bom que assuma sua cota de responsabilidade também! Ela pode muito bem encarar os fatos e não apresentar essa porcaria inventada pela advogada dela.

Tom estava cada vez mais pálido. — Mas... não há nada que o senhor possa fazer. Ou concorda com o divórcio, ou o contesta. E o senhor não pode fazer isso.

— Por que não?

— Porque... porque ninguém contesta um divórcio!

Henry aguardou, paciente.

— O senhor precisa ter um embasamento grave! Não pode impedir que ela se divorcie só porque não teve espaço num formulário!

— Bem, eu quero o meu espaço! — disse Henry, bem alto. — Quero um retrato justo e exato do nosso casamento e vou contestar essa droga até consegui-lo! — E, num gesto verdadeiramente teatral, ele mirou e arremessou a petição no lixo.

Capítulo Oito

Velma estava lívida. Sua raiva era tamanha que ela parecia inchada, inflada até o dobro de seu tamanho normal, e cuspiu com vontade, de sua cadeira giratória: — Isso é inacreditável — bradou ela. — Inacreditável!

Dan ergueu a voz. — Foi o que eu disse. Não foi, Jackie? Eu disse que as pessoas raramente saem por aí rejeitando divórcios.

— Contestando — corrigiu Jackie, outra vez. — Você contesta um divórcio. — Mas Dan insistia em usar o verbo "rejeitar", aumentando a sensação de embate. Para falar a verdade, desde que receberam a ligação de Velma naquela manhã, ele adotara uma postura curvada de jogador de *rugby*, prestes a atacar um adversário. Depois, insistira em ir até o escritório de Velma para "discutir as táticas". Jackie estava tão aturdida com a novidade que acabara permitindo que ele a acompanhasse.

— Isso nunca me aconteceu — confirmou Velma, contemplando mais uma vez a carta ultrajante. — Nem uma única vez! E estou neste ramo há, deixe-me ver, quantos anos agora? — Eles esperaram pacientemente enquanto ela erguia a sobrancelha. — Dois, pelo menos.

— Ele não pode impedi-la, pode? — indagou Dan, afogueado. — Quero dizer, o processo continua, não é mesmo? Ele não pode insistir para que continuem casados, não é?

— Deus me livre, não! —Velma estremeceu como se a simples ideia lhe fosse repulsiva. — Mas isso significa que ele ganhou um dia no tribunal, infelizmente. E isso, provavelmente, vai atrasar as coisas.

— O quê? — Dan havia feito, naquela semana mesmo, um gordo depósito para o Spring Courts Golf Hotel (não reembolsável, intransferível e mais duas condições que não recordava no momento, mas não eram boas).

— Por um bom tempo — completou Velma.

— Que babaca! — exclamou ele, esmurrando a coxa. — Desculpe, Velma.

— Por mim, tudo bem, pode ficar à vontade — respondeu ela, simpática. — Incentivo meus clientes a botarem tudo para fora mesmo. Semana passada, teve uma que ficou aí sentada meia hora xingando. Vocês não fazem ideia de como ela saiu bem melhor daqui. — Ela apontou para o teto. — Só peço para não gritarem muito. Tem um grupo de oração no andar de cima.

Jackie quase não se manifestara. Fora pega de surpresa. Ele não havia sequer respondido à sua carta — e agora ia contestar o divórcio? Até aquele momento, todo o processo e Henry lhe pareciam díspares, remotos, frutos do passado. Algo a ser finalizado para sempre. Mas, de um jeito breve e rude, Henry anunciara o regresso à sua vida. Parecia bobagem, mas ela quase podia senti-lo presente na sala, à espreita, remoendo-se de desgosto, pronto para tornar sua vida o mais difícil possível. Bem, ele simplesmente não ia conseguir!

Ela balançou seu sapato com biqueira de metal — um perigo — e disse para Velma: — O que ele quer, exatamente? — Porque tinha certeza de que não era ela. Tivera bastante oportunidade nos últimos dezoito meses para tentar conquistá-la novamente. Como se isso fosse uma possibilidade! Se tivesse ousado, ela o teria atirado no adubo composto dos fundos da loja. — É a casa? Bem, pode ficar com ela. Todinha! Pode responder aí dizendo que abro mão da minha parte.

Assim que pronunciou as palavras em voz alta, pensou: oh, droga! Conseguira metade do empréstimo para a Flower Power valendo-se dela.

Dan agitou-se em sua cadeira. — Você não deve se precipitar, Jackie.

Bem, precipitação era sua especialidade e não podia mais voltar atrás, não sem se desmoralizar, de modo que acrescentou, com um ar de desdém: — Diga que não quero um centavo dele!

— Ele não quer a casa, sequer a menciona — disse Velma.

— Ah. — Suspirou aliviada.

— Isso é o que me deixa intrigada — prosseguiu Velma. — Normalmente, as pessoas só contestam um divórcio quando querem tirar alguma vantagem própria. Ou financeiramente ou para ter acesso aos filhos.

Dan lançou um olhar penetrante para Jackie. — Vocês não tiveram...? Ela nem se dignou a responder.

Velma continuou: — Eles ameaçam contestar o divórcio até que as coisas entrem num acordo que os satisfaça. Mas, neste caso, não vejo nenhuma vantagem para ele. A não ser uma "representação fiel", como ele alega aqui — disse ela, lendo a carta.

— Isso é tão injusto! — explodiu Jackie. — Fui tão legal com ele!

Velma deu um muxoxo. — Eu sei. Na minha opinião, você não colocou nem metade do que poderia.

Bem que Velma quisera "carregar as tintas". Aconselhara Jackie enfaticamente a pegar pesado, na esperança de que ele vestisse alguma carapuça. Fizera todo tipo de perguntas capciosas sobre os hábitos de bebida de Henry e sondara se ele tinha alguma fixação doentia que poderia ser malvista pelo juiz no tribunal. — Todo mundo faz isso — assegurara a Jackie.

Mas Jackie resistira a todas as tentativas de exagero. Na verdade, em mais uma amostra de extraordinária maturidade, ela amenizara algumas de suas reclamações. Se arrependimento matasse! Pelas suas contas, havia pelo menos 22 exemplos graves de "comportamento irracional" que facilmente teriam bastado — e ela sequer havia incluído a semana que passaram na Espanha, na qual ele exibira um péssimo comportamento especial de férias.

Mas não lançara mão de nenhum deles. Nem dos mais graves. O pior de todos. Não; quisera evitar ainda mais ressentimento. Achou que seria melhor para todo mundo se ela não expusesse seus defeitos. E depois de todos os seus esforços, toda sua maturidade, ele não concederia o divórcio? Muito bem! Tentou reprimir sua raiva, mas não conseguia mais se conter. Cerrou os punhos, sentiu que corava e mais um pouco seu cabelo ia se soltar da armadura de laquê que aplicara naquela manhã. Henry era o único homem do mundo capaz de fazê-la se desintegrar completamente em apenas dez segundos.

Para piorar ainda mais a situação, Dan esticou o braço e apertou a sua mão. —Você fez o seu melhor, meu bem.

— O que você quer dizer com isso?

— Que a culpa não é sua.

— Eu sei que não é, Dan. Quem inventou isso agora foi Henry. Não há nada que eu possa fazer!

— Bem, se você tivesse partido de cara para o ataque...

— Como é que é?

—Às vezes, ser muito mole com as pessoas não compensa, sabe? Elas vêm com tudo para cima de você quando detectam a menor fraqueza.

— Eu não estava sendo mole. Estava tentando ser humana.

— Eu sei. Não desconte em *mim*, Jackie.

Do outro lado da mesa, Velma pigarreou, como se pressentindo um bis já no estágio inicial do relacionamento. — Acho que precisamos registrar nossa absoluta incredulidade e repulsa diante dessa tentativa patética de obstruir o devido curso da lei — esbravejou ela. — Vou escrever para o advogado dele imediatamente. Vou dizer que não estamos dispostos a esperar mais 28 dias à mercê do cliente dele! Vou botar pra quebrar!

—Vinte e oito *dias*? — indagou Dan.

— Bem, é. Se Henry Hart quer contestar o divórcio, este é o prazo que ele tem para dar entrada com o que chamamos de réplica.

Dan, que estava apenas esperando um pretexto para explodir novamente, não conseguiu mais se conter. — Isso é ridículo! Estamos organizando o casamento! Já reservamos o salão! Estou com quinhentos convites na gráfica neste exato momento! Por falar nisso, você vai, não é, Velma?

— Eu? Ah, que isso...

— Fazemos questão absoluta, não é, Jackie?

— Dan, você não disse que o hotel avisou que não pode mais acomodar ninguém?

— Mas com certeza vão poder acomodar Velma! — Então, dando-se conta de que podia ter tocado num ponto delicado, ele precipitou-se: — E um acompanhante!

— Não quero ser inconveniente... — disse Velma.

— Bobagem! Todos os nossos amigos precisam estar presentes — insistiu Dan, que conhecia Velma há apenas dez minutos.

— Bom, neste caso, vai ser um prazer. Não costumo presenciar muitos finais felizes no meu ramo — confidenciou ela. — Para ser franca, depois de um tempo você acaba perdendo a fé. Eu tento me manter imparcial e tudo mais, evitar que as coisas me afetem, mas, quando saio por aí e vejo um casal de mãos dadas, completamente apaixonados...

Assim como vocês dois, a gente vê logo... Bem, não consigo deixar de pensar com meus botões: *isso* não vai durar. Pode estar tudo indo às mil maravilhas agora, porém, mais cedo ou mais tarde, ele vai trair ela ou ela vai levá-lo à loucura com suas reclamações ou eles simplesmente vão acordar um belo dia e descobrir que a mera visão do outro lhes embrulha o estômago. Eles não *acham* que isso vai acontecer. Ninguém acha quando sobe ao altar. Mas é um fato da vida. Sobretudo agora que 50 por cento dos casamentos no Reino Unido terminam em divórcio. Ainda não é tão ruim assim aqui, mas está ficando. — Seu tom de voz tornou-se mais baixo e soturno. — Sério, se eu soubesse que ia me afetar tanto assim, jamais teria escolhido me especializar em divórcios. Teria ido trabalhar como esteticista ou talvez assistente social infantil. Um trabalho mais alegre. — Então, sacudiu-se e esticou a coluna. — De todo modo, obrigada pelo convite. Mas eu vou sozinha mesmo. Não caio nessa de casal de jeito nenhum, Deus me livre!

Fez-se um silêncio um pouco deprimente. Dan parecia prestes a dizer alguma coisa, mas era como se não tivesse forças para falar. Jackie não estava em condições de animá-lo.

Velma ergueu-se jovial e caminhou até a porta. — Esperem só um segundinho, vou buscar meu ditafone e redigimos uma carta para o advogado de Henry agora mesmo.

Jackie e Dan ficaram sozinhos. Jackie fitava concentrada o papel de parede descascado atrás da mesa de Velma.

— Desculpe — disse Dan.

— Pelo quê? Por ter me chamado de mole? Ou por ter ficado falando sobre convites de casamento no meio do meu divórcio?

— Jackie...

— Ou, quem sabe, por ficar se pavoneando por aí como se estivesse num concurso de testosterona? Por me tratar como se o meu valor tivesse subido de repente, agora que meu ex-marido, pelo visto, não quer mais se divorciar de mim?

Dan estava surpreso. — Jackie, acho que você interpretou muito mal as minhas intenções.

— Será? Por que estou com a impressão de que você não está me apoiando em nada aqui?

— Eu *estou* te apoiando! Só estou irritado com essa história toda.

— Porque estou atrapalhando nossos planos.

— Não!

— Eu disse que queria esperar mais, Dan. Eu disse que não devíamos planejar nada até eu estar divorciada.

— Eu sei! Você não sabe como eu sinto por não ter te dado ouvidos. Porque você estava coberta de razão: pelo visto, vamos ter que adiar tudo. E antes que você diga alguma coisa, não estou pensando apenas nas questões práticas, está bem? Eu te amo, Jackie. Quero me casar com você *agora*, não quando seu ex-marido disser que eu posso. — Ele tentou encostar nela, mas Jackie se levantou e apanhou a bolsa.

— Quer saber? Talvez não seja má ideia adiar o casamento. Porque agora estou achando que nós realmente nos precipitamos.

— Jackie!

— Diga a Velma que eu precisei ir embora.

Ela foi direto para a academia, embora não aparecesse por lá havia quatro meses e tivesse esquecido como usar a maioria dos aparelhos. A verdade é que não era muito fã de academias, mas fora seduzida por um anúncio em néon, no semáforo perto do seu apartamento. O anúncio prometia uma "nova você!" por apenas 7 euros por semana. Foi mais ou menos na época em que Dan surgiu em cena, com sua paixão por corridas e atividades físicas, e ela, precipitadamente, fechara o pacote por um ano. Após dois acidentes quase fatais na Stairmaster e nenhum sinal da "nova você", ela agora se restringia à piscina, onde boiava de costas sem produzir uma mísera ondinha, como se para contrabalançar o modo como conduzia todo o resto de sua vida.

As coisas pareciam mais fáceis há alguns anos, quando era possível se envolver em várias coisas sem muitas consequências — ou, pelo menos, nenhuma muito grave, a não ser que você fosse particularmente azarado. Era possível apaixonar-se por idiotas impunemente, largar seu emprego e fazer diversas coisas estúpidas sem que alguém lhe enviasse uma carta do seu advogado. Verdade seja dita: ela nunca chegara ao ponto de se *casar* com uma das suas paixões anteriores.

Perguntou-se mais uma vez o que ele queria. Um término rápido e indolor não era, isso tinha ficado claro. Vingança? Mas por quê? Ela não fizera nada errado! Não o traíra, não o maltratara, nem havia cozido nenhum animal de estimação numa panela com água quente. Fora *ele* quem a decepcionara! Tremendamente. Imperdoavelmente. Tinha todos os motivos para soltar os cachorros nele — no entanto, era Henry quem estava decidido a atrasar seu casamento com Dan por causa de meia dúzia de palavras que ninguém mais iria ler além deles dois. Uma discussão lexical! Pura falta do que fazer, só porque não tinha gostado do que ela escrevera! E por isso ia gastar milhares de libras dele e milhares de libras dela, indo para os tribunais por algo que não beneficiaria nada nem ninguém — exceto seu orgulho bobo.

Pensando bem, não era uma atitude assim tão surpreendente. Que sujeitinho obtuso, encrenqueiro e infeliz que ele era! Sentiu-se levemente superior. Imaginava que depois de um ano e meio ele tivesse amadurecido, esquecendo-a e retomando seu costumeiro rol de Mandys, Ninas e Hannahs. Ele não conseguia suportar nem sua própria companhia por muito tempo. Como ela bem sabia, gostava da distração que elas proporcionavam; mulheres atraentes e vistosas que o fizessem esquecer-se de si mesmo, lhe dizer que era incrível, espirituoso, famoso e uma excelente companhia. Ora, um homem como ele jamais precisaria ter se casado. Não precisava de uma mulher, e sim de uma muleta, alguém para orbitar encantadoramente à sua volta enquanto ele estava muito ocupado sendo Henry Hart. E no momento em que ela deixou de fazer isso, no momento em que teve a tenacidade de erguer a mãozinha e perguntar: "E eu?", ele havia caído fora do casamento.

Talvez em outros braços mais confortáveis, menos exigentes.

Ele lhe dissera na lua de mel: "Você me faz tão feliz". Mas não foi uma declaração daquelas floreadas e passionais, que as pessoas fazem nesse tipo de ocasião. Parecera mais uma exigência — bastante absurda, por sinal. Em retrospecto, julgava que ele estivesse acostumado a mulheres o fazendo feliz, sem esforço e inconvenientes de sua parte.

Talvez estivesse interpretando além da conta. Afinal, ele dissera tantas outras coisas da boca para fora. "Por você eu faço tudo" era uma das favoritas dele. Em termos materiais, sim. Mas ela logo percebeu que de Henry só se ganhava o que ele estava preparado a dar. Era apenas mais uma frase que ele usava para se exibir, escamoteando seus verdadeiros sentimentos. Para um homem que ganhava a vida com as palavras, ele as empregava bem pouco em casa. Às vezes, voltava do trabalho com uma cara medonha e não emitia um ai sequer. Jackie, que passava o dia inteiro em casa sozinha olhando para as paredes, forçava a barra até ele falar algo — normalmente, algo cifrado e sarcástico sobre o interesse exagerado dela por seu trabalho. Ora, ela só estava querendo puxar um assunto qualquer! Em seguida, ele subia as escadas, irritado. Enfurnava-se em seu escritório no sótão e só reaparecia horas depois, às vezes desgrenhado, coberto de suor. No início, chegou a pensar que ele era o tipo de pessoa que precisava desacelerar um pouco, sozinho, quando chegava do trabalho. Ela lançou mão de todas as desculpas possíveis e imagináveis por ele.

Boiando na piscina, sentiu-se muito superior. Veja quantas lições aprendera com toda aquela maldita experiência! Não ficara sentada durante 18 meses, toda ressentida, tramando; retomara o prumo, fizera um longo e minucioso exame de consciência e eliminara tudo que a havia conduzido ao fracasso. E, em apenas dezoito meses, havia se transformado em uma empresária prática, sensata, comedida, de cabelo (quase) liso. Aquela insegurança toda era coisa do passado. Jamais se apaixonaria novamente por um par de olhos torturados. Agora era uma pessoa *feliz*.

E, verdade seja dita, o responsável pela mudança era Dan. Jackie sentiu que devia ligar para ele e agradecer por ter sido tão providencial em sua transformação. Se não tivesse conhecido Henry, jamais teria conhecido Dan — era uma maneira de justificar tudo que lhe acontecera. E ela precisava justificar. Desesperadamente.

No entanto, volta e meia surgia algo que lhe atingia como uma pontada no peito; a música "deles" tocando no rádio do carro, por exemplo (*"Karma Chameleon"*, uma espécie de piada particular que só fazia sentido para os dois). Nesses momentos, ela se desligava completamente do semáforo e só voltava a si com a buzina do carro de trás. Ou o aroma que escapava pela porta aberta de um restaurante quando ela passava; afinal, haviam passado a maior parte de seu curto casamento comendo assados, gratinados, tajines — que não deviam ser confundidos com tahine, como aprendera Jackie. E Henry sequer debochara dela na época; poupara seu constrangimento pressionando docemente a cabeça de Jackie contra seu ombro e ela quase nem percebeu que ele estava abafando o riso.

Mas eram apenas momentos. E alguns momentos isolados não compensavam o que estava fadado ao fracasso.

Ao chegar em casa, entrou e bateu a porta ruidosamente, marchando pelo piso com seu salto alto, para não deixar dúvida de que ainda estavam brigados.

Encontrou Dan na cozinha, debruçado sobre a pia aplicando dois sacos de gelo no rosto inchado. A pele estava toda manchada, avermelhada, e seu nariz estava imenso. Ele ergueu-se rapidamente assim que ela entrou.

— Dan! Meu Deus do céu, o que aconteceu? Você brigou com alguém?

Ele fez um gesto de pouco-caso, abanando a mão para ela. — Já vou ficar bem.

— Quer que eu chame um médico?

— Não. — Até mesmo o pescoço parecia ostentar o dobro do tamanho habitual.

— Mas... você não está bem!

Com a voz rouca e abafada, ele confessou: — Fui até a loja hoje à tarde.

— O quê? Na minha loja?

— É.

— Ah, que ótimo! — Ela estava zangada. — Você sabe muito bem o que disseram no hospital! Outro ataque alérgico provocado por flores pode ser fatal!

— Não vou morrer por causa de umas flores idiotas — retrucou Dan, irritado. — Não faça eu me sentir um completo imbecil, Jackie.

— Bem, você obviamente não ouve o que as pessoas falam. Eles avisaram que a alergia ia piorar. Olhe só para você! — Ela o atingiu de leve com a bolsa de gelo.

Dan a ignorou e disse: — Eu queria falar com você, está bem?

— E não podia ter telefonado?

— Achei que você fosse se ofender também. Ia falar logo: ele nem se deu ao trabalho de vir se desculpar pessoalmente!

— Sei — respondeu ela, de má vontade. — Bem, podia ter esperado até eu voltar para casa.

— Não ia adiantar também! — disse ele. — Aí eu seria acusado de estar sendo preguiçoso! Indiferente!

— Eu não o teria acusado de nada disso! — respondeu Jackie, embora provavelmente acusasse.

Dan prosseguiu, elevando a voz: — Aí eu coloquei minha capa de plástico, comprei uma caixa enorme de chocolates, quatro comprimidos para sinusite e fui pessoalmente até lá, Jackie. Até a loja. Para me desculpar. Para pedir desculpas por ter me comportado como um idiota. E me atirar aos seus pés, implorando para você não desistir do nosso noivado. — Ele fungou, com o nariz bastante entupido e uma expressão aguda de desconforto. — Mas aquelas malditas cestinhas penduradas na porta me pegaram de jeito, antes mesmo de eu entrar.

— Oh, Dan.

— E você ainda estava na academia — acrescentou ele, num tom neutro. — Vi seu carro estacionado na porta quando voltei para casa. — Ele olhou para ela. — Então, aí vai. Sinto muito se meu pedido de desculpas chegou tarde demais, mas juro que é do fundo do meu coração. Agora, se você não se importar, acho que preciso ir para a cama. Mas tenho certeza de que vou acordar melhor. — Ele arrastou o passo até a porta.

— Dan. Espera.

Ele se virou e a fitou com olhos incrivelmente vermelhos, semicerrados.

— Por que você achou que eu tinha desistido do noivado? — perguntou ela.

— Por quê? Vai ver que foi porque você deu uma bela indireta de que estava arrependida!

— Eu não falei nada disso!

— Ah, não? Você disse que talvez não fosse má ideia adiar o casamento! Que talvez tivéssemos nos precipitado! — Justamente quando começava a subestimar Dan, ele demonstrava poderes admiráveis de clareza e memória, repetindo tudo *ipsis litteris*. — O que você queria que eu pensasse depois disso, Jackie?

— Eu estava magoada, Dan. Às vezes digo coisas da boca pra fora.

— Eu é que o diga.

Ela começou a sentir menos pena pelo rosto combalido dele. — Se você não estivesse correndo com esse casamento como se não houvesse amanhã... Estou no meio de um divórcio, Dan, caso você não tenha notado.

—Ah, eu notei, sim. O seu divórcio tem sido a principal atração do nosso noivado até agora, Jackie. Todos os nossos planos foram meticulosamente calculados e decididos de acordo com seu divórcio. Não tomei uma única atitude sem antes pensar: como isso pode afetar o divórcio de Jackie? E então hoje, depois de estarmos com tudo pronto, seu ex-marido mete o bedelho, decide que vai arrastar todo o processo por sei lá quantos meses e nos obriga a adiar o casamento.

— Eu sei.

— E o mais impressionante é que você sequer parece chateada com isso!

Ela o olhou fixamente. — Como você pode pensar uma coisa dessas? Estou chateada!

—Tão chateada que foi até fazer ginástica. Enquanto eu estou aqui, pendurado ao telefone a tarde inteira, cancelando todos os preparativos!

Não podia acreditar que estavam brigando daquele jeito, com todos os planos para o casamento desfeitos. E Dan a fuzilando com os olhos, os dentes trincados, embora os olhos revelassem uma retumbante tristeza. Ora, ela também estava triste! Sentiu uma pontada no estômago e, caso sofresse mais alguma provocação, provavelmente cairia no choro.

E tudo por causa de Henry. Ele infiltrara-se em sua mente como um gato safado e ladino, rodeando pombos indefesos. Causando tumulto, bagunçando sua vida, e nem moravam mais no mesmo país.

— Não vamos brigar — pediu ela. — Por favor.

Era o que estava faltando e correram um para os braços do outro, tocando-se desajeitados, despejando palavras um no ouvido do outro.

— Sinto muito.

— Eu é que deveria estar pedindo desculpas.

— Mas você está coberto de razão, não podemos deixar esse divórcio idiota tomar conta de nossa vida!

— Não, estou tenso demais com isso. Está na hora de relaxar. Vamos nos casar, mais cedo ou mais tarde.

— Claro que sim! Ainda podemos conseguir marcar para, sei lá, daqui a seis meses.

— Se você ainda quiser.

— Claro! É tudo que eu quero.

— Eu também.

— Tadinho do seu rosto.

— Para falar a verdade, está difícil raciocinar.

Ele queria pedir uma comida, abrir uma garrafa de vinho e ter uma noite romântica, mas se viu forçado a ir para a cama mais cedo, com uma dose cavalar de antialérgico. Jackie o colocou na cama, muito carinhosa.

— Não podemos deixar que ele nos afete, Dan. Por mais difícil que possa ser.

Mas Dan estava novamente animado. — Não estou nem aí para ele, desde que você ainda queira casar comigo.

— Você sabe que eu quero.

— Então, está ótimo. Só precisamos esperar ele encher o saco e nos deixar em paz.

— Isso — concordou Jackie. Abraçaram-se afetuosamente, ambos aflitos para demonstrar que tudo continuava bem.

Esperou Dan pegar no sono, desceu pé ante pé e trancou-se na sala de estar. Dessa vez, não esqueceu o número e Henry atendeu, enérgico, no segundo toque.

— Alô!

Ela respirou bem fundo, tentando acalmar o coração, que batia descompassado. — Henry, sou eu, Jackie.

Houve uma brevíssima pausa e então ele prosseguiu, mantendo o mesmo tom de voz, sem vacilar, sem hesitar. — Hum. Você deve estar ligando por causa do divórcio, não é?

Ele deixou claro que não iam perder tempo com amenidades, nem sequer um perguntando pela saúde do outro. Melhor assim. Ela não estava mesmo disposta a ser simpática.

— Claro que sim — respondeu friamente. — Que outro motivo eu teria para te ligar?

— Sua advogada obviamente recebeu os papéis, por que você não liga para ela? — respondeu ele. — Como ela conhecia bem aquela elevação arrogante que ele gostava de usar no fim das suas frases! Para sentir-se melhor, tentou imaginá-lo em seu robe estropiado, a cara amassada de sono, o cabelo em pé.

— Pensei que talvez pudéssemos lavar nossa roupa suja pelo telefone — disse ela.

— E desde quando você sabe fazer isso? — perguntou ele. — Lavar roupas sujas?

Por um momento, pensou ter ouvido errado. Então, corou violentamente. Onde já se viu, trazer à baila suas inabilidades domésticas! E lavar roupas nunca fora sua responsabilidade. Ora, o que ele pensava, que tinha se casado com uma empregada?

— Isso foi desnecessário — disse ela.

— Eu sei — admitiu ele. — É a força do hábito. — Estava longe de ser um pedido de desculpas.

Ela respirou fundo. — Henry, eu sei que isso não é fácil para nenhum de nós dois. Mas você há de convir que é melhor tentarmos chegar a uma conclusão do modo mais civilizado possível. Não é? — Ele não podia deixar de concordar.

—Você ensaiou tudo isso? — perguntou ele, após uma pausa.

— Não! — Claro que havia ensaiado.

— Não estou debochando. É que não parece você. Como tem acontecido nos últimos tempos, por sinal.

— O que você quer dizer com isso? — perguntou ela, friamente.

Ele não se deu ao trabalho de explicar. Apenas respondeu: — Olha só, Jackie, não vou mudar de ideia. Imagino que você esteja me ligando para isso. Para tentar me convencer a ir contra o que considero certo. Sempre foi sua especialidade.

Outra farpa que ela decidiu ignorar. — Não tenho a menor intenção de te convencer de nada.

— Então, o que é? Quer propor que nos tornemos "amigos"? — perguntou ele, sarcástico.

— Não.

— Ótimo. Porque você... — Ele silenciou, consertando a frase: — Porque eu acho que já passamos do ponto para isso.

Ela concordava piamente, mas recusou-se a capitular. — Só quero me divorciar, Henry.

— E você vai conseguir. À vontade! Estou tão ansioso para resolver isso quanto você.

— Ah, é? Estranho, já que decidiu contestá-lo.

— Não estou contestando nosso *casamento* — respondeu ele, em tom de desdém. — Nós dois sabemos a piada que ele se tornou. Mas me recuso a assumir a culpa pelo nosso fracasso.

Incrível! Inacreditável! Se ela havia ido embora, de quem mais seria a culpa senão dele? O sujeito vivia em negação ou acreditava mesmo que não havia feito algo errado.

Mas Jackie não disse nada disso. De que iria adiantar? Já não se importava mais. Só queria o divórcio. Então, propôs: — Vamos fazer o seguinte: Por que você não solicita o divórcio? — Já havia sondado essa possibilidade com Velma. — O processo é idêntico. E você pode escrever o que quiser a meu respeito. Todas as minhas supostas falhas e defeitos, todas as coisas que fiz e te enlouqueceram. Coloque a culpa toda em mim! — E acrescentou, em voz baixa: — Embora nós dois estejamos cansados de saber que seria uma bela mentira.

Ele riu. — Tenho que admitir, Jackie. Você é criativa.

— Ué, e por que não? — desafiou ela. — Assim, eu consigo o meu divórcio e você encontra uma válvula de escape para seu ressentimento, Henry.

132

— E você não ia se incomodar? — perguntou ele. — Mesmo que eu fizesse alegações falsas?

— Não — respondeu ela, indiferente. — Vá em frente. Você mente bem, Henry.

— E você sabe como ninguém evitar realidades desagradáveis, Jackie. Exatamente como está fazendo agora.

Aquilo foi a gota d'água. Antes que pudesse pensar duas vezes, deixou escapar com doçura na voz — embora jamais pretendesse contar, embora tivesse *jurado* jamais contar. — Sabe o que é, Henry, vou me casar novamente. Então, é natural que esteja ansiosa para me livrar desse problema o mais rápido possível. E se, para isso, eu tiver que aturar alguns insultos da sua parte, bem, estou pouco me lixando.

Fez-se um longo silêncio, satisfatório, e em seguida Henry disse, imparcial: — Meus parabéns. Mas continuo sem conceder o divórcio, Jackie.

Ela perdeu a paciência. E estava se saindo tão bem! — Basta me dizer o que você quer! Porque eu te conheço, você deve ter algum interesse escuso!

— Como eu disse, quero a verdade.

— Se você quer a verdade, por que não se olha no espelho? — disparou ela.

— Acredite, estou olhando. Não me importo nem um pouco em assumir minha parcela de culpa pelo fim do nosso casamento. O que eu quero, Jackie, é que você assuma a sua.

Ele estava desequilibrado, constatou ela. Não podia realmente achar que os erros dela se comparavam aos dele! Mas não chegavam nem perto!

— Então você faz questão de uma listinha ridícula de tudo que não deu certo?

— Nunca se sabe — disse ele. — Você pode até achá-la bem útil. Para não cometer os mesmos erros com o Marido Número Dois. — Pela voz, parecia estar se divertindo.

Ela retrucou, com desdém: — Não vou cometer erro nenhum com o Número Dois. Porque o meu noivo, graças a Deus, é completamente diferente de você. O oposto, para falar a verdade! Ele é carinhoso, decente, *engraçado* e... e nós vamos ser muito felizes.

— Quem você está tentando convencer, Jackie? A mim ou a si mesma?

— Ah, vá se catar, Henry! — exclamou ela, batendo o telefone.

Capítulo Nove

Prezada srta. Murphy,

Comunicamos o recebimento da sua carta do dia 20.

O sr. Ian Knightly-Jones vai passar a semana no tribunal, mas me pediu que lhe informasse que não está acostumado ao tom usado pela senhora em sua carta — bem como com alguns termos chulos. Ele também repudia qualquer insinuação de que tenhamos influenciado nosso cliente para "enrolar bastante e encher nossos bolsos". Enfatiza, igualmente, que a posição do seu cliente não precisa de esclarecimentos adicionais. O sr. Hart está legalmente autorizado a contestar a petição de divórcio feita pela srta. Ball e nos informou que pretende fazer isso.

Por fim, o sr. Knightly-Jones não está interessado na sua generosa oferta de "deixar os negócios um pouquinho de lado", caso ele lhe prestasse este favor, tal como sugerido pelo seu *post-scriptum*.

Cordialmente,
Tom Eagleton
Em nome do sr. Ian Knightly-Jones

É uma besta - reclamou Lech. - Nenhum sinal de vida durante um ano e meio e agora isso! Ficou esperando até outra pessoa se interessar por você só para criar problema. — Ele estava levando a história para o lado pessoal, o que era bem fofo. — Por que ele não deixa você se casar com o homem que ama?

Falar sobre amor não era problema para ele. Na verdade, tornava-se um homem e tanto por declarar seus sentimentos nas questões do coração — as dele e as dos outros. Emma não aguentava muito; ficava logo corada. Como naquele exato momento.

— Deve ser coisa do advogado dele — disse ela, sucinta. — Sabe como eles são... Deixam os clientes em ponto de bala só para acumular mais horas e garantir mais uma casa na França.

Mas Lech não se convenceu. — Não acho, não.

—Você nunca nem conheceu ele — desafiou Emma.

—Tudo bem, mas eu sou homem.

— E só por isso está qualificado a falar sobre Henry?

— Estou qualificado a falar sobre o amor. Sobre o que um homem sente por uma mulher. Suas necessidades, suas carências, seus desejos.

Emma ficou roxa. — Por favor, ainda nem almocei, vou perder o apetite.

Haviam passado a semana inteira assim: implicando um com o outro. Jackie finalmente sentiu-se compelida a intervir.

— Gente, calma. Então... ele está contestando o divórcio. Já me acostumei com a ideia, está bem?

Deve ter aparentado convicção, pois Emma disse: — E não está nem um pouquinho curiosa? Para saber por que ele está fazendo isso?

Como se ela tivesse pensado em outra coisa durante toda a semana!

— Eu realmente não sei, Emma.

—Você não acha que pode ser uma dor de cotovelo, não?

— Ele sabia o que estava por vir, eu escrevi para ele avisando.

— Sim, mas saber que algo vai acontecer não necessariamente nos prepara para quando acontece. As pessoas reagem de maneiras muito estranhas quando estão em pânico.

— Ele se apavora facilmente? Henry? É um tipo nervoso? — indagou Lech. Ele ainda estava lá, embora tivesse um buquê para entregar.

— Não. A panela de pressão estourou um dia na cozinha e ele não moveu um músculo — respondeu Jackie, desanimada. Era ela cozinhando, naturalmente.

Emma ficou quieta, refletindo. — E pensar que nós os achávamos criaturas tão simples, que ficariam satisfeitas com comida e sexo.

— Essa é a coisa mais machista que ouvi na vida! — explodiu Lech.

— Estou brincando — respondeu Emma.

Ele a fuzilou com o olhar. —Você acha que os sentimentos são prerrogativa da mulher? Que nós só queremos uma coisa?

—Você tem um adesivo escrito "Garotas" na traseira do carro — salientou Emma. O adesivo, obviamente, a estava incomodando há semanas.

— O quê? — Ele pareceu bastante confuso por alguns segundos, e depois, seu rosto se desanuviou. —Ah! Aquilo veio no carro quando eu comprei. Peraí, você acha que eu saí, comprei o adesivo e colei?

Ela ficou um pouco envergonhada, mas revidou com: — Nunca te vi debruçado no carro tentando arrancá-lo!

— Pois é o que eu vou fazer agora! Neste minuto! Já que te ofende tanto. — E, com essas palavras, ele se retirou.

137

— Só mais dois dias — disse Emma, trincando os dentes. — Aí o período de experiência acaba e ele *some* daqui. — E perguntou: —Você está bem?

— Estou.

— Deve ter sido um choque e tanto. Qual é a dele, afinal? De Henry?

Jackie não sabia, mas tinha certeza de que ele iria adorar aquilo: todos mobilizados, tentando decifrá-lo. Como se fosse a investigação de um crime. O que ele estaria tramando? Qual o seu objetivo? Não haviam sequer estendido o toldo do lado de fora da loja, tão ocupadas que estavam tentando entender a cabeça de Henry!

Sem falar que era desconcertante ter sido casada com uma pessoa e mais tarde descobrir que não a conhecia de verdade. Ter compartilhado uma casa, uma cama, fluidos corporais, e não ter a menor ideia do que mexe com ela! E lá estavam Lech, Emma, Dan, a sra. Ball e os quinhentos convidados para o casamento, todos exigindo explicações que ela não podia dar. Henry a envergonhara diante de todas aquelas pessoas! Ele passara por enigmático, ardiloso, sinistro, ao passo que ela virara a besta quadrada da situação: uma mulher que, durante todo o casamento, não descobrira muito mais do que o nome do marido.

Talvez não conhecesse Henry. Precisava encarar essa possibilidade. Era fato que naquela noite, ao telefone, ele lhe parecera um total estranho. Até mesmo o modo como reagira à notícia de seu noivado — seu trunfo na manga — havia sido frustrante, para dizer o mínimo. Em vez de cair duro no chão, choramingando traumatizado como ela sonhara, ele contra-atacara imediatamente com aquela terrível insinuação de que ela estava fadada a fracassar pela segunda vez.

Era irritante e, ao mesmo tempo, surpreendente perceber que ele ainda era capaz de atingi-la daquela maneira. E ela permitira! Estava claro que seu âmago firme e inatingível criara grossas placas de ferrugem e precisava urgente de reparos. Então, como medida temporária, no dia seguinte, ela fez um *peeling* facial, foi ao salão fazer uma escova bem lisa e pediu à manicure unhas pontudas, como armas afiadas. A escova não durou nem uma hora, é claro, mas ela se sentiu melhor mesmo assim, reluzente e menos vulnerável. E Dan lhe parecera surpreso e satisfeito. Ele a levara para sair naquela noite e até as Fionas sentaram-se mais perto dela. Jackie, por sua vez, ouvira atentamente a história de como Fiona, a mulher de Big Connell, tivera que deixar sua franja crescer bem depressa depois da última injeção de botox, que deixara sua testa visivelmente saliente. Jackie estava certa de que pertencia ao grupo agora — embora não pretendesse compartilhar o mesmo cirurgião plástico. E ninguém mencionara o adiamento do seu enlace, o que foi bastante educado, apesar de Taig e Fiona terem desmarcado uma viagem de um mês na África do Sul só para poderem comparecer, e agora terem perdido a chance de alugar as melhores *villas*. Ninguém perguntou qual seria a nova data. Todos sabiam que era questão de tempo e que não adiantava ficar pau da vida por causa de uma decisão que agora cabia a um tribunal em Londres (frase esta de Rory; era impossível saírem todos juntos à noite sem que alguém acabasse falando em "pau").

—Vinte dias de espera — disse Emma.

— Eu sei.

E então Henry teria de entregar sua resposta no tribunal. Era como se a vida deles estivesse em suspenso. Até Dan havia parado de falar sobre os planos para o casamento. Ele simplesmente tocava a vida com uma espécie de estoicismo controlado e, a não ser pela noite com Jackie e seus irmãos, costumava ficar no computador, permanecendo lá mesmo depois de Jackie ter ido deitar.

— Está na cara que isso está afetando ele também — acrescentou Emma.

— Eu sei — respondeu Jackie, com um longo suspiro. — Mas ele tem sido ótimo.

— Estou falando de Henry.

— Como assim?

— Ué, ele não trabalhou a semana passada.

— Do que você está falando?

— Ele não escreveu a coluna no último domingo.

— Como você sabe disso?

—Vi no jornal. Você deixou no balcão.

— Eu, não.

— Bem, alguém deixou.

— Eu nem comprei o jornal de domingo. — Teria lhe dado ânsia de vômito.

— Pensei que você quisesse atirar dardos na foto dele ou algo parecido. Onde ele foi parar? — Emma pôs-se a procurar sob o balcão.

Finalmente o encontraram no adubo composto e o espalharam, todo encharcado. Emma tinha razão; Henry não escrevera sua coluna. Estava assinada por alguém chamado Wendy Adams.

— Ela tem um fraseado bem mais simpático, na minha opinião — disse Emma, decidida.

Jackie fechou o jornal e o atirou no lixo. Algum cliente devia ter esquecido na loja. — Ele deve ter tido uma congestão nasal, nada importante — disse ela, sem dar muita atenção.

— Ou então ficou de cama, passando mal de tanto chorar.

—Ai, Emma. Você já devia saber, a esta altura, que Henry não produz lágrimas, apenas bile.

Elas riram e Jackie sentiu-se melhor.

— Ele com certeza vai voltar na semana que vem — disse ela. — Duvido que suporte a ideia de alguém assumindo o seu trono.

Ainda assim, era um tanto perturbador. Aquilo era típico de Henry: lançar sua defesa, depois desaparecer da face da Terra. Podia até mesmo imaginá-lo enfurnado em casa com uma pilha de papéis, compondo listas enormes e cáusticas sobre suas faltas conjugais.

Lech voltou, triunfante. — Há outra possibilidade — disse ele.

— O quê?

— Sobre o motivo de Henry estar contestando o divórcio.

— Nos surpreenda — debochou Emma.

— Ele pode estar fazendo tudo isso porque ainda gosta da Jackie.

Houve um breve silêncio de surpresa. Depois, Jackie deu um audível muxoxo. — Duvido.

— Ué, por que não? Atrasando o divórcio... É óbvio! — Lech estava inebriado pelo aspecto romântico da questão. — Ele só está ganhando tempo para te conquistar de volta!

— E como exatamente ele está tentando me reconquistar? — perguntou Jackie. — Com insultos e ofensas?

Lech já não parecia tão confiante. — Bem...

Emma encerrou a questão: — Não seja ridículo, Lech. Ele teve um ano e meio para conquistar Jackie de volta se quisesse. Não, isso são águas passadas.

— Exatamente — concordou Jackie com firmeza. Dirigindo-se para o estoque, pensou que Emma empregava muitos clichês e velhos ditados e que às vezes, sinceramente, era preciso ter saco para escutar o que ela dizia.

O que mais tirava Dan do sério era que sempre quem ganhava as melhores mulheres eram os Idiotas Absolutos. Ele conhecia bem o tipo: arrogantes, pomposos, daqueles que andam empinados e olham ao seu redor como se o mundo lhes devesse um favor. Atentos, astutos como lobos, predadores, oportunistas — e isso era só o começo. Esses caras normalmente tinham bastante cabelo em suas cabeças, os malditos. Mas beleza não era requisito imprescindível. Na verdade, alguns eram incrivelmente feios, com narizes protuberantes, lábios horrendos e carnudos ou completamente sem queixo. Mas isso os intimidava? Uma ova! Eles realçavam a menor das suas características passáveis — como olhos da mesma cor ou um conjunto completo de membros — e a promoviam incansavelmente até ofuscar os defeitos. E as mulheres se afobavam todas, comentando: "Ele tem um quê especial, não tem?". Pouco importava que fosse um sujeito horroroso, detestável e traidor que provavelmente terminaria transando com a cunhada.

Os Idiotas Absolutos se safavam de suas infidelidades. E, pela experiência de Dan, de sua grosseria, impontualidade, hipocrisia e, às vezes, até mesmo de pagar seus impostos. Eles passavam por cima dos outros, os esmagavam contra o chão, deixavam marcas de bota em seus rostos — Dan estava pegando impulso — e depois diziam, em tom simpático: "Ih, foi mal, não vi você aí embaixo!". E o mais vergonhoso era que, quanto pior se portavam, mais populares ficavam com o sexo oposto. Inacreditável! Dan gostaria de saber que tipo de fórmula mágica corria em suas veias. Porque eles deviam emitir um odor, como os aromatizantes de ambiente, só que venenoso, para fazer com que mulheres normalmente sensatas corressem em debandada na direção deles, às centenas. Talvez fosse algo no suor ou no hálito que deixasse as mulheres incapacitadas de fazer uma escolha inteligente e se atirassem aos seus pés. Nuas.

Ou talvez fossem seus sorrisos libertinos, seu andar arrogante, sua autossuficiência, sua lábia perversa, sua certeza total e absoluta de que eram o centro do universo! Idiotas. Dan estava se sentindo até fraco, só de pensar.

E onde ficavam os Caras Legais nesta história? Os caras que acreditavam em lealdade e decência? Que se matavam de trabalhar das nove às cinco (convenhamos: alguém precisava trabalhar) e sustentavam suas famílias, contribuíam com suas comunidades — ou, pelo menos, sua comunidade esportiva? Os caras com quem Dan havia crescido e frequentado a escola; os caras que jogavam com ele sábado de manhã e tomavam uma cerveja de noite. Esses caras não saíam por aí gritando: "Olhem para mim!". Não lançavam olhares fatais nem tinham uma superabundância de magnetismo animal. Nem saberiam ser assim. Em vez disso, aparavam a grama nas manhãs de sábado, lavavam seus carros, levavam suas mães ao dentista para trocar suas coroas. Jogavam limpo e esperavam o mesmo dos outros. Onde é que ficavam esses homens bons e honrados nesta história toda? Jogados para escanteio, isso sim, largados, negligenciados, esquecidos, enquanto os Idiotas Absolutos dominavam o campo, eram o centro das atenções. Eram de algum modo inferiores. Punidos, só por serem bons.

Dan clicou no mouse novamente. No monitor do seu PC, Henry Hart estava dançando com Jackie Ball, os dois bem colados em um abraço apaixonado e silencioso. O vestido de noiva dela, com suas múltiplas camadas provocando um efeito de rede, encimado por um véu enorme e teatral, os envolvia romanticamente, quase tapando as pernas dele. Dan clicou mais uma vez no mouse e a cena correu em velocidade dobrada, dando a impressão de que Henry não existia da cintura para baixo. Era uma grande bobagem, mas, mesmo assim, era incrível constatar todas as coisas que se podia fazer com um velho vídeo de casamento copiado por um profissional para o disco rígido do computador.

Colocou uma imagem de Jackie. A julgar pelo estado do cabelo dela, devia ser o fim da cerimônia. O véu havia desaparecido. Ela estava sorrindo largamente para a câmera, o rosto franzido de tanta alegria. Dan não se lembrava de tê-la visto sorrir assim antes. Mas não tinha mais muita certeza de nada. Só sabia que agora havia certa distância, um espaço entre eles onde Henry Hart se insinuara.

Ainda assim, uma das vantagens de ser um Cara Legal, pensou Dan, procurando seu caderninho de endereços, é que se tendia a manter as amizades ao longo do tempo, prestar favores, oferecer lealdade e depois receber em dobro. E uma das vantagens em ser um Cara Legal Que Joga *Rugby* é que estas amizades normalmente eram com sujeitos enormes, peludos, de meter medo e bons de briga.

Ele tinha três ou quatro amigos assim em Londres. Eles não iam se incomodar se ligasse para eles; eram muito *legais* mesmo.

Se comida é a nova religião, então os restaurantes são os templos onde nos reunimos para devoção. Henry piscou. Como podia ter escrito um lixo daqueles? Ele riscou e tentou novamente. *Um bom restaurante deve alimentar não apenas o corpo, mas também a alma.* Mas era igualmente repugnante.

Rasgou a folha do caderno, levantou a tampa do vaso sanitário e a atirou dentro. Já havia algumas páginas lá e ele esperava que não entupisse quando desse a descarga. De qualquer maneira, era mais tranquilo trabalhar lá do que na sua escrivaninha.

Adrienne estava estacionada na frente do prédio, dentro do carro. Ela avisara que não arredaria pé até ele entregar o trabalho.

— É só um prefácio, Henry. Quinhentas palavras. Até eu poderia fazer isso.

— Fique à vontade.

Houve um silêncio sóbrio do outro lado da linha. — Henry, você sabe quando expirou seu prazo para entregar esse livro? Há três semanas e dois dias.

— Pega leve, Adrienne. O mundo vai sobreviver mais um tempo sem conhecer minha opinião sobre cem restaurantes.

— Henry, eu sei que você anda passando por uns probleminhas no momento...

— Hã?

— Olha, eu já passei por três divórcios e sofri em cada um deles, acredite.

— O meu divórcio não tem nada a ver com esta conversa.

— Só estou dizendo que...

— Quantas palavras eles querem mesmo?

— Quinhentas. Ah, pode fazer quatrocentas e está de bom tamanho.

Virou uma página nova e debruçou-se sobre ela, tentando ignorar os ruídos do cubículo ao lado. Trincou os dentes, ouviu alguém lavando e secando as mãos e voltou a ficar sozinho no banheiro. Contemplando seu bloco de anotações em branco, sem que uma palavra sequer lhe ocorresse. Justo ele, que era capaz de atingir qualquer um em cheio com um pronome bem disparado. Era enlouquecedor.

O problema, é claro, era ela de volta em sua vida. Só que, dessa vez, trouxera junto um tremendo bloqueio de escritor. Maravilha! Afinal, por que não levar a única coisa que lhe restara?

Sabe o que é, Henry, vou me casar novamente.

Falando daquele jeito, como se ele ainda nutrisse esperanças! Ela que esperasse sentada. E é claro que ia se casar novamente: um ano e meio era muito tempo entre um marido e outro no mundinho de Jackie Ball.

Devia ter dito isso ao telefone. Por que não dissera? Onde estava com a cabeça? Depois, repassara várias vezes a conversa em sua mente, lamentando tudo o que deveria ter dito e não disse. E as coisas que *disse* e não deveria ter dito. Se bem que certo desequilíbrio era algo perfeitamente natural: a última vez em que havia falado com ela, há um ano e meio, na noite do seu primeiro aniversário de casamento, fora para dizer: "É melhor você usar o chuveiro primeiro." Quando ele desceu do escritório no sótão um pouco depois, esperando uma cena de conforto doméstico, ela havia se mandado. Custou a acreditar no início. Os pertences dela estavam espalhados pela casa e a cortina do box ainda estava úmida.

Somente quando encontrou o bilhete na mesa da cozinha é que descobriu que a ideia de jantar com ele era tão repugnante para Jackie que ela precisara fugir para outro país. Era óbvio que falar ao telefone com ela depois de tudo isso não poderia deixar de ser um pouco tenso.

Quanto a ela, sua voz continuava como a porta de um armário rangendo, mas, fora isso, estava um bloco de gelo de tão fria. Ele bem que a provocara um pouco, certo de que não passava de um blefe, mas ela não caiu. Até o fim, quando surgiu o assunto do noivo, e ela começara a se revelar. Mas sua raiva não era por ele, não por Henry.

Foi somente naquele telefonema que ele percebeu que a perdera de verdade. Perguntava-se se algum dia tentara realmente *não* perdê-la. Henry se convencera de que ela havia partido deliberadamente. Seria possível que a tivesse perdido?

Seu celular tocou. — Henry? Sou eu, Adrienne. Quanto tempo você ainda acha que...

— Daqui a pouco!

A desgraçada não largava o osso. Desligou o celular e debruçou-se novamente sobre o bloco. Cada palavra era um suplício. Suspirou, gemeu e chegou a bater a cabeça na parede do reservado. Um texto daqueles devia lhe ocorrer com suprema facilidade! E quem sabe não fosse mesmo revigorante ser mais positivo, para variar, em vez de acabar com os restaurantes? Mas Henry estava imune aos feromônios da alegria. Estava dois tons mais deprimido do que o normal, que já não era pouca coisa.

Inclinou-se sobre o bloco. Ouviu descargas serem acionadas, vozes e, em determinado momento, alguém chegou a empurrar sua porta. Ignorou tudo e continuou escrevendo até a ponta da sua caneta ficar torta, até sua camisa grudar na pele de suor e todos os fios de seu cabelo ficarem eriçados.

Alguém bateu à porta com força.

— Henry?

— Adrienne, vá embora.

— Sou eu, Dave. Adrienne desistiu e se mandou há meia hora.

— Ah. Ótimo. — Ele abriu a porta do cubículo.

— Ela disse que vai ficar esperando na porta da sua casa — disse Dave.

— Posso dormir na sua casa hoje? — implorou Henry.

— Não.

— No sofá.

— Não!

— Não consigo terminar essa droga, você tem que me ajudar.

— Olha, é meu aniversário de casamento, Henry. Eu e a patroa vamos jantar em casa.

— Ah, tá. Foi mal.

Dave sabia que aniversários de casamento eram o calcanhar de aquiles de Henry, então disse: — Tomamos uma cerveja amanhã, que tal?

— Pode ser.

Mas ele continuou no mesmo lugar. — Escuta, ouvi dizer que você pediu uma licença.

— Pedi.

— De quanto tempo?

— Não sei ainda. — Henry caminhou até a pia e molhou o rosto. Tinha a impressão de que não se lavava há uma semana, embora soubesse com certeza que havia tomado banho na antevéspera.

— Acho uma boa. Pelo menos até você encerrar este lance com...

— O nome dela é Jackie.

— Eu sei. Só não queria te deixar chateado.

— E eu pareço chateado? — debochou Henry, ajeitando o cabelo desgrenhado e sujo e piscando os olhos injetados. Droga, a quem estava enganando? Estava fedendo.

— Sabe, talvez fosse uma boa viajar — disse Dave. — Uma semana na Espanha. Pegar um sol.

Henry olhou fixamente para ele. Será que Dave realmente achava que ele estava no clima para uma *piña colada* em uma cadeira de praia num momento daqueles? Quando toda sua vida parecia estar se desmoronando? O que era bem estranho; até alguns meses atrás, tudo parecia estar correndo bem. Dentro da normalidade. Começara a escrever o livro dos restaurantes. Voltara a sair com outras mulheres, até. E agora não conseguia mais sequer escrever o próprio nome.

— Não — respondeu ele. — Quero resolver isso de uma vez.

— É, tem razão — concordou Dave, sabiamente. — Talvez seja o melhor mesmo a fazer. Depois, então, você sabe, é só dar a volta por cima.

— Talvez — respondeu Henry.

— Só acho que você não deveria ficar muito tempo afastado da sua coluna. As pessoas têm memória curta por aqui. — Era apenas um aviso.

— Obrigado, Dave — agradeceu Henry e ambos assentiram com a cabeça, viris.

— Bem, então nos vemos amanhã?

—Você não pode mesmo hoje?

— Hoje, não. Sinto muito, amigo.

Ele podia ouvi-los na cozinha, tentando falar baixo.

— Sinto muito, meu amor.

— É nosso aniversário de *casamento*.

— Ele não tem para onde ir.

— Ele tem uma casa enorme e chique, com um home-SPA nos fundos.

— É o divórcio. Está afetando muito ele. — Dave estava tentando não engolir as palavras. — Dez minutinhos e eu chamo um táxi para ele, está bem?

A porta da cozinha se abriu e eles surgiram, meticulosamente sorridentes. Dawn trazia um *cheesecake* de framboesa que ela fizera em formato de coração e que parecia deixá-la um pouco envergonhada agora. Ela já tivera que dividir as duas quiches de tomate seco e redistribuir os aspargos.

—Vamos! — disse ela, com exagerada euforia. Dave, subserviente, arrastou a cadeira para ela se sentar, engolindo um soluço. Ela deu um safanão na cadeira e sentou-se por conta própria. Dave suspirou e apanhou sua cerveja.

—Vocês fazem um belo casal — deixou escapar Henry. Sabia que devia ir embora e deixá-los em paz, mas por algum motivo lhe parecia importante, às raias do desespero, não ficar sozinho naquela noite. Estar com amigos, pessoas que se importassem com ele, embora estivessem visivelmente loucos para vê-lo pelas costas.

— É, fazemos — respondeu Dawn. Parecia sóbria.

— É sério — continuou Henry, emotivo. — Um casalzinho bonito mesmo de se ver.

— Somos um casal como outro qualquer — disse Dave, lançando um olhar para Dawn, para se certificar de que não a havia deixado ainda mais irritada.

— Aí é que está! — exclamou Henry. — Vocês são normais. Têm suas briguinhas, suas discussões... Dave nos conta tudo no trabalho, Dawn... Mas são apenas pequenos desentendimentos, não é? Que acabam se dissipando e vocês se beijam e fazem as pazes. Provavelmente ainda vão terminar fazendo amor hoje à noite, selvagens, passionais!

— Isso eu não garanto — disse Dawn, ríspida.

Henry prosseguiu, melancólico. — Jackie e eu não éramos normais assim. Eu chegava em casa do trabalho e ela estava sempre me esperando com um ar de, sei lá, expectativa. Esperando que eu fosse entretê-la com histórias sobre o meu dia fabuloso, meu trabalho incrível, as pessoas glamourosas que eu havia conhecido, tudo com tiradas espirituosas. E eu me sentia um maldito blefe. Porque não era eu, não eu de verdade.

— Hein? — perguntou Dave, confuso.

— Eu não era Don Corleone, ou Robert de Niro ou Richard Branson... Ainda bem. Eu não era sequer Henry Hart!

— Você sabe sobre o que ele está falando? — perguntou Dave à mulher.

— Como dizer a alguém como Jackie, uma mulher que vive fora da realidade, vejam bem, uma mulher que certa vez gastou trezentas libras em um par de sapatos, como dizer a alguém assim que eu não era o que ela imaginava? Acabar com sua ilusão? Vocês podem imaginar que senhora briga? Então, não disse nada. E nós nunca brigamos. Não foi muito saudável, não é mesmo?

— Bem... — disse Dawn, obviamente se esforçando para dar alguma resposta.

Henry inclinou-se sobre a mesa e perguntou: — Você me acha engraçado?

— Engraçado? — perguntou Dave.

149

— É, um cara engraçado? Um palhaço? Quando você está comigo, eu te faço rir?

— Não — respondeu Dave.

— Hã. Jackie também disse que não sou engraçado — falou. Há dois dias que aquilo o torturava.

— Ela colocou isso na petição do divórcio? — perguntou Dawn, horrorizada.

— Não, não, não se pode pedir o divórcio só porque uma pessoa não é engraçada.

— Não? — murmurou Dave.

— O que você quer dizer com isso? — retrucou Dawn.

Henry ignorou a briga do outro lado da mesa; afinal de contas, puxara a conversa e sentia que o tema era ele. — Ao que parece, o noivo é engraçadíssimo. Estou pouco me lixando. Não me descreveria mesmo como um cara irreverente. Não há por que me envergonhar disso.

— Você é um babaca imaturo, Henry — disse Dave.

— Dave! — exclamou Dawn, dando uma cotovelada no marido.

— Ué, ele pediu minha opinião, estou dando.

— Ela deve ter dito isso da boca pra fora — disse Dawn para Henry, diplomática. — Ninguém pode sair por aí dando gargalhadas e fazendo piada o dia inteiro.

— Por que você sempre tenta amenizar as coisas? — perguntou Dave. — Não ajuda em nada, sabe?

— Ora! — exclamou ela.

Dave perguntou a Henry: — Há quantos anos nos conhecemos?

— Você sempre pergunta isso quando já estamos bêbados e nenhum dos dois faz a menor ideia.

— Está bem, então. Milhares de anos. Uns dez, no mínimo. — Ele fez uma pausa. — Esqueci o que ia dizer.

Dawn intrometeu-se. — Ai, Henry. Você ficou tão feliz quando conheceu Jackie. Há anos que não o víamos tão feliz. E pensamos:

Maravilha! Bastava conhecer a mulher certa. Mas depois vimos que não era bem assim.

— Então eu escolhi a mulher errada. — Henry estava na defensiva.

— Você é tão depressivo que mulher nenhuma pode te fazer feliz — declarou Dave. — Não se pode culpar a pobre Jackie.

Agora era "pobre Jackie"! Henry não sabia ao certo em que ponto a conversa virara contra ele.

— Se não fosse por ela, não teria ficado preso naquele trabalho! — revidou ele.

— E ela por acaso te *obrigou*?

— Não, mas esperava que eu ficasse! Se eu não tivesse me casado, teria saído! Feito coisas. Outras coisas.

— Tipo o quê? — desafiou Dave.

— Qualquer coisa — respondeu Henry, pomposo.

— Diz uma, então.

— Está bem! Podia ter voltado a ser *chef*.

— Já viu o interior da sua geladeira? Você não cozinha mais nem um ovo.

— Podia ter mudado de profissão. Podia ser, sei lá, representante comercial! — Foi a única coisa que lhe ocorreu.

Dave gargalhou. — Pra vender o quê? Seguros? Lingerie? Viagens para a Lua?

— Cale a boca. Está bem, esqueça isso. Eu poderia... Poderia ter escrito outras coisas. — Pronto, era tarde: confessara.

— Tipo o que, um romance? — Dave estava rindo sem parar.

— Não. — Diga logo. *Diga de uma vez*. Mas Dave estava achando tanta graça que ele não conseguia. — Você tem razão, é ridículo. Esqueça. Estou preso lá mesmo.

— Você ainda pode sair se quiser — disse Dawn.

Mas Henry desconfiava que, depois de certo tempo, se você segue determinado caminho, não há mais como voltar atrás. Você acaba virando o seu trabalho, fossilizado, até se tornar o que praticou durante

151

tantos anos: deprimente, resmungão, infeliz e comum, no caso de Henry. O que era estranho, porque, no fundo, sabia que não era nada daquilo. Era o oposto, para falar a verdade.

Dave estava um pouco arrependido. — Pelo amor de Deus, Henry, esquece isso. Jackie, a história toda. Vá cortar o cabelo. Compra umas roupas decentes. Depois enfia a cara no trabalho e esquece tudo isso de uma vez por todas.

— Deixa ele — repreendeu Dawn. Pelo menos ela parecia entender que às vezes para dar um passo para a frente era preciso dar um passo para trás.

Henry levantou-se para ir embora. Sentiu-se exausto e nem um pouco engraçado. Aquilo era o que mais doía: ser acusado, àquela altura, por algo que jamais fora solicitado a prover! Uma casa, uma carreira brilhante, amigos famosos e rios de dinheiro — tudo isso ele provera em abundância, sempre que solicitado. Mas riso? Talvez devesse ligar para ela e fazer "rá rá rá" do outro lado da linha. Ridículo.

No entanto, durante todo o percurso de volta para casa, a ideia de ouvir a voz de Jackie ao telefone não lhe saiu da cabeça.

Capítulo Dez

F alei com a mãe dele - disse a Sra. Ball. Jackie sentiu o coração parar de bater. - Com a mãe de quem?

— De Henry. Liguei para ela em Somerset. Na ocasião, me pareceu uma boa ideia. — Ela estava usando um vestido curto de babados que, junto com seu cabelo cacheado, lhe dava uma aparência de Shirley Temple da terceira idade. Pelo menos a vermelhidão em suas bochechas agora podia ser explicada, bem como o modo como evitou olhar Jackie nos olhos durante todo o almoço.

— Mãe — gemeu Jackie.

— Bem, não vou conseguir pregar os olhos uma noite até esta história estar toda resolvida! — declarou a sra. Ball. — Por isso, liguei para ela. E perguntei: você sabe o que aquele safado está fazendo? Está atrasando o segundo casamento da minha filha por pura crueldade e despeito! Bem, ela ficou horrorizada. E com razão. Nenhum dos *meus* filhos deu em alguma coisa na vida, exceto Michelle, mas eles jamais fariam algo como segurar um divórcio, eu disse a ela.

Jackie estava tão chocada que chegou a se sentir fisicamente mal. — Você sabe o que vai acontecer agora, né? Ela vai correndo contar para Henry e ele vai pensar que eu meti você na história! Que eu enfiei a minha *mãe* no meio! — Queria morrer. Queria se aninhar no piso de linóleo da mãe e morrer em paz. Podia viver com a raiva de Henry. Até mesmo com o ódio. Mas com a piedade dele? Sua gargalhada de triunfo?

A sra. Ball estava aturdida. — Está bem, eu não devia ter me metido, mas acontece que não confio nessa sua advogada! Não depois do que Michelle descobriu.

— E o que Michelle descobriu? — arriscou Jackie.

A sra. Ball olhou nervosamente para a cozinha, para pedir reforços. — Michelle! — E depois, virando-se para Jackie: — Ela pesquisou de quais outros casos Velma se encarregou. E não encontrou uma referência sequer! Ela virou os tribunais pelo avesso e nada, não foi, meu bem?

Michelle apoiou-se na soleira da porta, com um pano de prato nas mãos. Estava enxugando uma peça da louça fina, que havia sido limpa em homenagem a Dan. — Não me meta nisso.

— Até nas cestinhas de lixo ela procurou — continuou a sra. Ball. —Vai ver que a mulher não é nem formada. Se bem que Michelle pode verificar isso também. Não pode, meu bem? Naquele seu livro de advogados.

— Chega, mãe — interveio Michelle, surpreendentemente ríspida.

Jackie encarou a mãe. — Velma estava indo muito bem até vocês meterem o nariz onde não foram chamadas. Espera só até ela descobrir que a senhora se bandeou para o lado do inimigo pelas nossas costas!

— Ah, Jackie, a sra. Hart não é "o inimigo". Eu me sentei ao lado dela no seu primeiro casamento, lembra?

— Só tive um até agora.

— Ela é um amor, apesar de só falar sobre antiguidades. Ela me mandou um cartão no Natal passado e tudo, aquele com os passarinhos.

A ingenuidade da mãe só servia para deixar Jackie ainda mais irritada. — Ele é filho dela, mãe! É claro que ela está do lado dele! — Então, só para assustá-la, emendou: — Velma vai ter um ataque quando souber disso. A senhora talvez tenha feito a gente perder a causa!

A sra. Ball não sabia que não se podia ganhar um divórcio e ficou realmente aterrorizada.

Jackie não se deixou intimidar. — A senhora pode até ser presa por influenciar as testemunhas!

— Eu não influenciei ninguém, não é, Michelle?

Michelle não a socorreu daquela vez. Pela sua aparência, devia ter passado a noite fora, descolando drogas e transando com alguém, e simplesmente não tinha energia para discutir.

— E de qualquer jeito, Henry jamais vai descobrir que eu falei com a mãe dele — completou a sra. Ball. — Ninguém fala com ninguém naquela família. Ele não tinha nem contado à mãe que vocês estavam se divorciando. Ela soube por *mim*! — Ela viu a surpresa estampada no rosto de Jackie e sentiu-se à vontade o bastante para completar: — Eles não são uma família unida, não como nós. — Ela estava disposta a atenuar o fato de que quatro de seus filhos moravam em continentes diferentes e seu marido estava na garagem naquele exato instante, acariciando suas preciosas ferramentas.

— Então, trocando em miúdos, a senhora não conseguiu nada, né? — concluiu Jackie, sarcástica. — Além de me fazer passar por idiota e aumentar a conta telefônica?

As bochechas da sra. Ball voltaram a ficar ruborizadas. — Achei que pelo menos alguém devia mostrar-se minimamente preocupada com o atraso. Por Dan.

Todas as três olharam para Dan. Ele estava lá fora, cavando uma trincheira para os arbustos de rosas da sra. Ball, desde que o almoço terminara. Estava chovendo sem parar e ele estava encharcado. Mas já tinha se molhado consertando todo o encanamento quebrado naquela manhã, dissera ele, então não fazia diferença. A sra. Ball já se referia a ele como o genro-que-deixaria-os-outros-no-chinelo. Não que ela tivesse outros genros. Úrsula, uma das mais novas, recusava-se terminantemente a se casar com o tal instrutor de esqui australiano com quem vivia junto havia cinco anos. Esta situação preocupava a sra. Ball de duas em duas horas. Sem contar que ela não estava assim tão certa de que havia tanta neve na Austrália.

— Eu já expliquei, mãe — disse Jackie. Umas 92 vezes. — Não podemos fazer nada até Henry entrar com a resposta dele. Só nos resta esperar.

A sra. Ball comprimiu os lábios. — Então me diga: quando é que você conseguiu esperar por alguma coisa na vida?

— Tem razão, você bem me conhece. Miss Gratificação Imediata.

— Pelo menos livre-se da tal Velma — implorou a sra. Ball. — E contrate a sua irmã. Para falar a verdade, tenho certeza de que ela vai trabalhar de graça, não é, meu bem?

— Não posso — respondeu Michelle. O queixo dela parecia um pouco inchado.

— Pense nisso como um presente de casamento. O divórcio para sua irmã.

— Mãe, não dá. Não estou habilitada ainda.

— E Velma também não, pelo que me consta.

— Se eu pudesse representar Jackie, a senhora acha que eu já não teria me oferecido?

Os olhos da sra. Ball ficaram cheios d'água. — Claro que teria. Você é uma menina de ouro, Michelle. A melhor. — E, virando-se para Jackie, aflita: — O pobre Dan não está nada bem. Você notou como ele mal tocou no bolo de carne durante o almoço? O que me preocupa é que essa situação vai desgastar tanto Dan que é capaz de ele mudar de ideia e casar com outra pessoa. — Ela afagou a mão de Jackie. — Não se preocupe. Vou levar um chazinho para ele e levantar seu moral.

Quando ela se retirou, Michelle disse: — Não ligue para mamãe. Papai disse que ela não dorme desde terça passada.

— Parece até que eu estou me divertindo com isso — disse Jackie, levantando a voz. — Que estou felicíssima por Henry estar empatando minha vida! Já escrevi para ele, já telefonei... Já fiz tudo que podia!

— Eu sei — disse Michelle, sem muita convicção.

— O quê?

—Você tem razão. Eu sei que fez.

— Não, pode falar. Se você quer me falar alguma coisa, fala logo! Já está todo mundo me enchendo mesmo!

— Bem, você podia simplesmente dar o que ele quer, Jackie.

Era uma solução tão simples e tão óbvia que Jackie sentia-se obrigada a se refugiar atrás de uma série de desculpas esfarrapadas. — Sinto muito por não estar a fim de fazer isso! Por não querer dissecar meu casamento, já morto e enterrado, com um homem cuja mera presença eu não suporto!

— Ninguém está pedindo para você dissecar seu casamento — disse Michelle, abanando as mãos.

— *Ele* está!

— E você acha que isso seria agradável para ele também? Olha, o cara está amargurado, confuso. Ou então tem tendências masoquistas, quem sabe? Entrega os pontos, Jackie. Topa logo o que ele quer. Refaz a petição do jeito que ele quer e eu garanto que ele desiste de tudo isso em dois tempos.

—Você acha?

— Assim você consegue seu divórcio, e mamãe, o casamento dela.

— O meu casamento, você quer dizer — arrematou Jackie, sentindo-se na obrigação de se mostrar interessada.

— Eu sei, mas mamãe quer muito que esse casamento aconteça. E Dan também, é claro.

No jardim, a sra. Ball confinara Dan na garagem com uma xícara de chá e um prato de enroladinhos de figo. Sua mãe tinha razão, pensou Jackie, ele realmente parecia um pouco desgastado. Coitado! Sem contar que tinha começado a ranger os dentes durante a noite. E há duas noites, pulara da cama e dera um soco no ar. Depois, dissera que era um mosquito, embora estivessem longe dos pântanos.

Michelle caiu pesadamente no sofá. Não parecia nada bem.

— Espero que você não esteja abusando novamente das drogas, Michelle — repreendeu Jackie.

— Jackie, estou grávida.

Por reflexo, Jackie olhou para a mãe no jardim. — Meu Deus do céu — disse ela.

— De gêmeos.

— Meu *Deus* do céu.

— Calma que eu ainda não te contei quem é o pai.

Jackie tapou as orelhas. — Não conta, não conta, não quero saber!

— O juiz Gerard Fortune. Transamos uma vez só, no Baile dos Advogados.

Aquele nome era terrivelmente familiar. Talvez dos jornais ou da televisão. — Ele é aquele de cabelo preto e óculos fundo de garrafa?

— Óculos, sim. Mas ele não tem cabelo nenhum. Quer dizer, pelo menos não na cabeça.

— Michelle, ele é idoso! — Foi a coisa mais gentil que pôde falar sobre ele.

— No escuro, ele até que não era tão ruim — disse Michelle com um suspiro. — Não sei o que a mulher dele vai dizer.

— Tem pior? — indagou Jackie. — Só para eu me preparar.

— Não, é só isso mesmo. Tirando o fato de que até agora ele está relutando para ir às aulas de pré-natal comigo.

— Michelle, isso não tem graça.

— E você vem dizer isso para mim? — reclamou Michelle. — Nenhuma calça jeans entra mais e eu só estou com dezesseis semanas.

— Dezesseis semanas? Você está com quase quatro meses de gravidez!

— Nem me fale!

— Está na cara então que você decidiu ter a criança.

— As crianças. Sim, decidi. Embora o juiz Fortune tenha oferecido pagar uma viagem à Inglaterra, a fim de "contornar" o problema.

— Você o chama assim? — perguntou Jackie. — Juiz Fortune? Apesar de ele ser o pai dos seus gêmeos?

— É meio esquisito mesmo, né? — ponderou Michelle. — Sobretudo porque na noite em questão eu o chamei de Gostosão.

Jackie olhou para ela. — Não entendo como você pode ficar assim tão calma. Sabe, esse é o tipo de coisa que acontece comigo.

— Eu sei — concordou Michelle.

— Mas você sempre foi tão esperta! Você andava na linha, mas sempre conseguiu fazer exatamente o que quis. Enquanto eu me atiro nas coisas sem pensar e só me estrepo.

— Mas você se divertiu — desafiou Michelle.

— Você também. Até demais, pelo visto.

— Não, quero dizer que viveu sua vida depois que mamãe se conformou que você era um caso perdido. Ela te deixou em paz. E aí nossos irmãos saíram do país e eu fiquei encarregada de fazê-la feliz. Você tem ideia do que é isso, ser a favorita de mamãe?

— É como ter seu sangue sugado, gota por gota?

— É pior — disse Michelle, desanimada. — Ter que ficar me esquivando o tempo inteiro, esconder minhas drogas no açucareiro e inventar uma amiga chamada Bernadette para poder transar em paz. Olha, estou cansada disso. — Ela empinou o queixo. — Estou realizada por estar grávida! Não podia estar mais feliz!

— Você não está falando sério, Michelle.

— Estou, sim! Não precisavam ser gêmeos, é bem verdade. Um só já estaria bom.

159

— Quando você vai contar a ela?

— Não sei. Mas espero que o lance de ele ser juiz a impressione.

— Eu não contaria com isso.

— De qualquer jeito, vai ser uma grande decepção para ela. Então, cabe a vocês assumir o posto de agora em diante.

— O quê?

— E a não ser que Eamon, Dylan ou Úrsula ou algum dos que estão na Europa decidam voltar para casa, o que eu acho bem improvável, vai sobrar para você, Jackie. — Ela implorou. —Vamos lá. Dê a ela um casamento bem pomposo, para que ela possa concentrar toda atenção nele. E eu possa ficar cada vez mais imensa, quietinha no meu canto.

— Não vou me casar só porque você engravidou do juiz Fortune.

— Espero que essa não seja mais uma desculpa.

— Como assim?

— Quem te ouve falando desse jeito, pode pensar que você não quer se divorciar de Henry.

Naquela mesma semana, Jackie comprou um novo bloco A4 e um conjunto de canetas. Se Henry queria a verdade, ele teria a verdade. Ela ia fazer exatamente o que deveria ter feito desde o início: partir para cima dele com tudo! Não deixaria pedra sobre pedra. Iria expor os numerosos defeitos e manias detestáveis dele. Iria reescrever a maldita petição de divórcio, mesmo a contragosto, depois mandar para ele e colocar um ponto final naquela história. E, já que estava com a mão na massa, enviaria uma cópia para o advogado dele, para suas ex-namoradas, o escritório e para sua agente.

— Você não pode fazer isso — alertou Velma ao telefone. — É ilegal.

— Então vou colocar na internet, para todo mundo ver!

— Isso também é ilegal.

— Hã... Posso enviar para a mãe dele?

— Não. Os termos de um divórcio são estritamente restritos às partes envolvidas.

— Droga, ele sempre se dá bem!

— Jackie, você está muito irritada hoje.

— Estou mesmo, Velma.

— Ele não andou te procurando, andou? — perguntou Velma.

— Não. — Jackie não conseguia explicar nem para si mesma. — Acho que o divórcio deixa as pessoas irritadas mesmo. Em geral, você sabe.

— Ah, sim, é verdade. Amarguradas também — disse Velma, baixando a guarda.

Jackie apressou-se em dar uma desculpa e desligou: Velma podia deixá-la mal se ela deixasse. Às vezes Jackie se perguntava se ela havia passado por um divórcio. Mas Velma parecia detestar tanto os homens que era pouco provável que tivesse se rebaixado a ponto de se casar com um.

— Como estão indo as coisas? — perguntou Emma.

Quando Velma dissera "restrito às partes envolvidas" e que ninguém mais poderia ter acesso, Jackie tinha certeza de que não havia incluído Emma no pacote. Ela era sua amiga, ora. Depois, seria difícil esconder dela, uma vez que Jackie não queria fazer aquilo em casa, debaixo do nariz de Dan, e levara bloquinho e caneta para a loja. E até teria sido agradável ficar lá sentada no meio das flores, com suas cores e aromas — não fosse por Henry.

— Só estou decidindo por onde começar — explicou Jackie, fingindo descaso. — Talvez eu liste por ordem alfabética. A de Arrogante e por aí vai. Espera só até eu chegar ao B! Não vou nem saber por onde começar.

Mas Emma dissera simplesmente: — Sabe, acho que não vai ser má ideia. Colocar por escrito.

— Estou fazendo isso para conseguir meu divórcio, Emma. Só por isso.

— Só quis dizer que você e Henry nunca resolveram as coisas direito, não é mesmo?

— Não há nada para resolver.

— Tem certeza? — perguntou ela, lançando um dos seus olhares astutos.

— Emma, agradeço sua preocupação. Mas o que vivi com Henry é coisa do passado. Já superei isso, está bem? Estou ótima. Essa petição, pelo que sei, é só para deixar tudo bem claro. E mais nada.

Emma deu de ombros. — Está bem.

Jackie abaixou a cabeça e pôs-se a trabalhar. Mas descobriu que a ordem alfabética não estava funcionando. Então ela tentou agrupar os defeitos dele em uma série de cabeçalhos, como Defeitos Biológicos (o que, para ser justa, ele não possuía nenhum) e Falhas Fundamentais de Caráter. Gastou uma hora listando detalhes que costumavam deixá-la louca: o cinismo dele, sua língua ferina, o modo como se escondia por trás de uma persona social. Por exemplo: não conseguia lembrar-se de uma única vez em que ele tivesse perdido o controle e feito uma loucura! Algo espontâneo. Como aceitar a sugestão dela para pintar a casa inteira de um tom de lilás que, segundo diziam, operava milagres nos nervos. Ou dizer apaixonadamente o quanto a amava e que morreria se ela o abandonasse. Mas não: tudo que recebera dele foram as migalhas esparsas e calculadas de afeto, que ele atirava em sua direção. Até mesmo quando se conheceram ele agira distante e reservado, como se precisasse se policiar para não dar muita bandeira. Enquanto ela, é claro, havia se entregado em tempo recorde!

Mas como podia escrever isso? Para que ele lesse? Preferia morrer.

Deve ter gemido ou algo parecido, porque quando deu por si, Lech estava na sua frente, acenando nervosamente com sua regata branca, as mãos enfiadas num jeans desbotado muito justo.

—Você está bem? — perguntou ele, preocupado.

— Estou! Foi mal. — Ela colocou o bloco de lado.

162

— Só queria avisar que terminei todas as entregas. Tudo bem se eu for embora agora?

Eram cinco para as cinco.

— Claro. Se bem que, Lech, acho que Emma queria conversar com você.

Como se pressentindo a presença dele — um sempre parecia saber quando o outro estava por perto, como cães —, Emma surgiu do depósito. Seu penteado parecia mais impecável do que nunca e ela vestia seu par mais sério de camisa e calça marrom. Trazia um envelope com o que Jackie sabia ser a demissão dele.

Ela pigarreou, preparando-se para dar as más notícias, e disse: — Sente-se, Lech.

— Onde? — Ele olhou à sua volta. Não havia nenhum lugar para se sentar.

— Ah, tanto faz — disse ela, sem graça.

— Posso pegar dois baldes e virar de cabeça para baixo...

— Não precisa! Tudo bem. Vamos conversar de pé mesmo.

— Está bem. — Ele deu de ombros e olhou para Jackie. Mas ela não queria se envolver. Gostava de Lech. Se Emma queria demiti-lo, que fizesse sozinha o trabalho sujo.

— Como você sabe — começou Emma —, seu período de experiência termina hoje. E eu e Jackie reavaliamos sua posição aqui, Lech.

Ele olhou para Jackie, depois para Emma. — É? Fiz tudo direito, não foi?

— Bem... — disse Emma, muito séria.

Mas Lech prosseguiu: — Cheguei sempre no horário, fiz todas as entregas, não confundi mais nenhum endereço, não foi? E a sua caligrafia melhorou muito, Emma. — Ele abriu um sorrisão, com seus dentes bem brancos. Jackie o contemplava admirada, enquanto Emma resistia bravamente ao seu charme. — E eu tirei todos os adesivos do meu carro, viu?

— Sim, muito bem...

— Na verdade, se você olhar direito, vai ver que eu mandei gravar FLOWER POWER na porta do motorista.

Elas olharam. Era verdade. Estava lá, em letras vermelhas, com o telefone da loja embaixo.

— Uau! Ficou ótimo — elogiou Jackie.

— Me custou 50 euros — disse ele, aguardando ansioso o que vinha a seguir.

Jackie olhou para Emma. — Ora, nós vamos te reembolsar, é claro...

Emma lançou um olhar fixo para ela. — Lech, ninguém te pediu para fazer isso.

Ele abanou a mão, despreocupado. — Sem problema. Do outro lado, coloquei um anúncio da pizzaria. — E acrescentou: — Eles pagam por isso. Afinal, é propaganda. Em um veículo particular. — Ele olhou para elas novamente.

— Ele tem razão, Emma — disse Jackie.

— Eu não vou pagar por uma propaganda em um fusca 1989! Se fosse no carro da *empresa*, tudo bem.

O rosto de Lech se iluminou. — Vocês vão me dar um carro da empresa?

— Não! Olha, não é sobre isso que eu queria falar com você.

— Mas tenho o direito de dar sugestões também — desafiou ele. — Como funcionário.

— Ele tem razão, Emma — repetiu Jackie.

— Eu acho que vocês deviam investir em um carro — disse ele. — Talvez um modelo esporte. Onde eu possa levar mulheres para passear. — Ele estalou a língua. — Estou brincando! — Ele deslizou sua jaqueta jeans por cima da camiseta branca justa, que se levantou com o movimento.

Emma, que estava prestes a atirar o envelope em cima dele, desviou o olhar.

— Que bom ter conversado com vocês! — disse ele, animado. — Eu gosto de conversar. E outra coisa: quero assinar um contrato direito.

164

— O quê? — perguntou Emma.

— Meu período de experiência acabou — disse ele. E acrescentou simpático, mas firme: — Conheço os meus direitos. — Antes que elas pudessem abrir a boca, ele conferiu as horas em seu relógio e exclamou: — Ih! Tenho que correr. Vou me atrasar com a menina.

— Menina? — perguntou Jackie.

— É. O nome dela é Aisling. Uma gata. — Ele girou os olhos, passional, e dirigiu-se para a porta com seu andar elástico, enérgico, confiante. — Vejo vocês na segunda-feira!

Quando ele saiu, Jackie lançou um olhar expressivo.

Emma encrespou-se. — Está bem, não consegui demiti-lo!

— Você não só não o demitiu, como nos comprometeu com um aumento e um carro para a empresa.

— Ele não vai ter um carro — disse ela, mostrando-se ocupada arrumando o balcão, irritada.

— Veja só. Ele tinha um encontro — disse Jackie.

— Hum.

— Com *Aisling*.

Emma bufou. — Que Deus a ajude! — Depois, mergulhou a mão sob o balcão e apanhou um jornal, embrulhado em um plástico. — Chegou pelo correio para você na quarta-feira. Esqueci de te entregar.

Se ela queria mudar completamente de assunto, havia conseguido: era a cópia da edição de domingo do jornal de Henry. Era intrigante. O nome de Jackie estava na etiqueta, com o nome da loja abaixo. Aquilo explicava o jornal da semana anterior. Jackie olhou para Emma.

— Não me pergunte — disse Emma. — A não ser que você não queira que Dan descubra que você está comprando. O que é compreensível.

— Emma, eu não encomendei este jornal.

— Bem, alguém encomendou.

Henry não escrevera sua coluna novamente. A tal Wendy o substituiu mais uma vez. Não havia nenhuma justificativa para sua ausência, nenhum aviso do tipo "Henry Hart está de férias".

Era muito perturbador. Quem estaria lhe mandando um exemplar do jornal de Henry?

Só mesmo o próprio Henry. Mas para que, se ele nem tinha escrito sua coluna?

— Ele ainda deve estar de cama, aos prantos — arriscou Emma, tentando melhorar o astral.

Jackie não podia acreditar nessa hipótese. Não, era mais provável que estivesse tramando algum ataque jurídico maldoso por debaixo dos panos e lhe enviando exemplares do jornal só para mostrar que não tinha desistido.

— Apenas ignore — aconselhou Emma.

— É o que eu pretendo fazer — afirmou Jackie, atirando o jornal no lixo.

—Você está tão quieta — disse Dan. Ele a buscara no trabalho e a levara ao Le Bistrô, onde ocupavam a mesa de sempre, perto da janela.

— Estou?

—Você nem brincou com Fabien hoje. Ele ficou ofendido.

Jackie esboçou um sorriso. Pelo menos, Dan parecia mais animado desde o almoço na casa de sua mãe. A bem da verdade, estava mesmo radiante e parecia ter adquirido um ar de expectativa, como se estivesse a espera de alguma coisa. De qualquer maneira, não queria estragar o humor dele, então disse: — Acho que deve ser porque estou preocupada com a situação de Michelle.

— Imagino — disse Dan. — Estive pensando. Talvez fosse melhor estarmos lá quando ela der a notícia. Ficarmos atrás da sua mãe, para segurar quando ela cair.

— Estou preocupada com Michelle. Só está faltando um ano para ela se formar em Direito, Dan. Eu sei que está todo mundo careca de ouvir isso, mas é verdade. E agora vai ficar presa a dois bebês. E sem o pai das crianças. Que tipo de vida vai ser essa para alguém que gosta de drogas e badalações?

— Talvez você a esteja subestimando. Ela parece bem tranquila em relação a isso.

Tranquila até demais. Jackie desconfiava que fora efeito do choque. Assim que passasse, e Michelle percebesse a gravidade da situação, sairia desesperada em busca do telefone da clínica de aborto mais próxima e do seu estoque de *ecstasy*.

— Sua mãe pode afrouxar. Ajudar Michelle — disse Dan.

— Não se eles saírem como miniaturas carecas do juiz Fortune — disse Jackie, implacável. Ela olhou para ele. — Você deve estar aí pensando a que tipo de família vai se associar.

— Não, de jeito nenhum — disse ele, bastante convincente. Mas Jackie imaginou que ele ia esperar sua mãe estar doidona de amostras antes de contar o novo escândalo. (Para falar a verdade, a mãe dele e Michelle tinham muito em comum.) E as Fionas! Nenhuma delas voltaria a sentar ao lado de Jackie, nem mesmo se ela estivesse calçando os sapatos mais respeitáveis do mundo. E Dan sorriria heroico, fingindo que não se importava.

— Desculpe — disse ela para Dan.

— Pelo quê?

Por tudo, na verdade. Talvez fosse uma boa sugerir que viajassem no fim de semana, só os dois. Para o interior, quem sabe, um reduto de caça, onde ele pudesse atirar, sair em longas caminhadas por florestas impenetráveis e comer bifes suculentos. Já ela, não imaginava o que poderia fazer num lugar desses: talvez ficar sentada no bar, tomando gim-tônica.

— Estive pensando — disse Dan. — Talvez fosse uma boa viajarmos no fim de semana. Para fazermos umas compras, algo assim. Talvez para Nova York, onde você pudesse ir para a Bloomingdale's, essas coisas. Enquanto isso eu poderia, sei lá, ficar num bar.

— Oh, Dan.

Ele não era um fofo? O importante era que ambos estavam dispostos a fazer um esforço, um pelo outro. Dispostos a ceder, a compartilhar.

Estes eram certamente os ingredientes essenciais de um bom casamento. Mais importantes do que, digamos, paixão, desejo, obsessão. Sentimentos que passavam num piscar de olhos.

Então, como se um cheiro desagradável pairasse sobre a mesa — o maldito Henry novamente —, Dan perguntou: — Como está o andamento lá do negócio com Velma? — Eles nunca falavam em petição do divórcio. Era aquele negócio, a coisa, a "parada".

— Tudo indo. Demorando mais do que eu imaginava.

Dan apertou a mão dela, carinhosamente. — Jackie, você não precisa fingir. Eu sei que é tudo muito angustiante. É inacreditável você ser obrigada a passar por isso. Se eu pudesse colocar as minhas mãos naquele, naquele... — Então, pareceu recompor-se. Respirou fundo e lhe deu um sorriso entusiasmado. — Enfim! Aqui se faz, aqui se paga, como eu sempre digo. É o ciclo da vida, não é mesmo? Faça com os outros e eles farão com você. Em dobro. — Ele enfatizou bem as últimas palavras.

— O ditado não é bem assim, Dan.

Mas o queixo dele estava tão saliente que quase fez sombra na mesa.

— As pessoas *deviam* receber o que merecem, Jackie. Você não acha? E não estou falando de pavê, não. Pavê é leve, molinho, não é? Bom para quem não tem mais os dentes, por exemplo.

— Não faço a menor ideia do que você está falando, Dan.

Mas ele não explicou. Apenas disse: — Eu não me preocuparia com esse lance. Nunca se sabe o que pode acontecer nesse meio tempo.

Era fácil para ele agir com descaso. Não era ele quem tinha que escrever aquela porcaria. Um documento inteiro dedicado a um homem que ela não suportava. E a ela própria. Fora o seu papel no casamento que a deixara insone na noite anterior. Lutou o quanto pôde: fechou os olhos e disse a si mesma que não embarcaria naquele tipo de... autoanálise forçada! Mas Henry não parava de surgir em seus sonhos, sacudindo a petição alegremente para ela (por algum motivo, estavam ambos em um ônibus de dois andares), que revirara na cama inquieta até finalmente espantá-lo, irritada, com um: — Some daqui!

— Desculpa — murmurara Dan, afastando-se dela na cama.

Foi só lá pelas cinco da manhã, quando os pássaros surgiram do lado de fora da janela, que ela viu com constrangida clareza: sua volta para casa em Dublin, há um ano e meio, no voo 219. Usando saltos altos, maquiadérrima, suntuosamente trágica em seu sofrimento, sentindo-se traída e isenta de qualquer culpa! Ela era a parte ofendida e que ninguém se esquecesse disso. Ele era o safado, o destruidor de um casamento perfeitamente bom, ao qual ela dedicara seu coração e sua alma! E que ninguém se esquecesse disso também.

E como todos haviam se apressado em lamentar com ela sua má sorte por ter se dedicado tanto a um homem cujo primeiro amor era, e sempre fora, ele mesmo! Ninguém observara — a não ser Emma, é claro, não havia como segurá-la — que talvez se ela não tivesse se dedicado tanto, não teria terminado tão magoada. Até sua mãe se furtara de comentar que Jackie deveria ter levado em consideração um dos ditados prediletos da sra. Ball: na vida, a gente tem sempre que ter um lugar para cair morto. Jackie terminara o casamento caindo apenas de bunda — bunda esta que, por sinal, estava bem grandinha, graças à sua falta de motivação e aos biscoitinhos que degustava como colação em suas manhãs em Londres.

Era difícil lembrar, no presente, o que ela fizera com todas aquelas horas vazias. Ela, que estava sempre zanzando de um lado para o outro, que havia descolado seu primeiro emprego aos quatorze anos, reabastecendo prateleiras no supermercado local. Mas Londres era um lugar novo, diferente. Não conhecia ninguém. Ainda assim, estava entusiasmada, certa de que seria bem-sucedida em sua nova empreitada. Chegara mesmo a pensar em transportar sua ideia de abrir a própria floricultura. Mas quem precisava de outra florista numa área que contava com outras 26 já cadastradas no diretório local? Decidira então procurar emprego em uma delas. Não teve sorte. Reabastecer prateleiras tornou-se uma boa opção novamente, mas não parecia adequado, devido à posição de Henry. Sentiu a falta que fazia um diploma universitário pela primeira vez na vida. Não tinha nenhum contato, nenhum círculo de amizades para ajudá-la, ou pelo menos, ouvi-la. Em alguns dias, era mais fácil ficar em casa e assistir à televisão.

Enquanto isso, a estrela de Henry brilhava cada vez mais. Era quase preciso colocar óculos escuros quando ele aparecia no quarto. O que uma mulher sem emprego, sem amigos para incentivá-la a dar a volta por cima e doze quilos mais gorda do que o normal podia fazer? Puxar saco, é claro. Rondar à sua volta, esperando pegar parte daquela glória. Esperando que ele fizesse com que se sentisse melhor; realizada, feliz, bem-sucedida, todas as coisas que ela pensara que as pessoas casadas adquiriam automaticamente, por direito.

Na noite anterior, as lembranças haviam surgido, com terríveis detalhes: a chave girando na fechadura, ela erguendo-se do sofá com seu traseiro flácido, correndo até a porta, como se todo seu dia girasse em torno daquele momento. Em torno de Henry. Jackie enrubesceu só de lembrar.

Decerto ele podia tê-la encorajado um pouco mais. Ele poderia ter dito (brincando): "Tire a bunda do sofá e vá procurar um emprego". Ele não teria morrido se parasse para conferir as ofertas de emprego no jornal de vez em quando. Poderia até mesmo ter arrumado algo para ela no seu trabalho, mas quando ela sugeriu isso, o rosto dele ficou sombrio e ele disse que não achava uma boa ideia trabalharem juntos.

Olhando em retrospecto, ele simplesmente não a queria por perto, empatando seu estilo.

— Sua sobremesa está boa? — perguntou Dan, preocupado com a expressão no rosto de Jackie.

— Muito. Está ótima!

É claro que ela não iria escrever tudo isso na sua lista de "defeitos". Não lhe daria aquela satisfação! Absolvê-lo da responsabilidade de sustentá-la, como qualquer marido normal? Não. Mas ela podia escrever que não se esforçara para se integrar mais ao seu novo ambiente.

Assim como ele não havia previsto que sua mulher realmente *estaria* em um novo ambiente.

De repente, sentiu-se melhor. Talvez porque houvesse uma partícula de verdade entre eles. Gostaria de saber se ele a enxergaria também.

Como da outra vez, esperou Dan adormecer para descer sorrateira. Pelo menos ele parecia estar no meio de um sonho feliz, para variar; estava sorrindo e babando no travesseiro.

Lá embaixo, abriu a bolsa e apanhou o exemplar do jornal que recuperara do lixo. Emma havia descartado cabos molhados de flor sobre ele e Jackie removia alguns enquanto desdobrava cuidadosamente as páginas úmidas. Aquilo a perturbara o dia inteiro. Por que ele mandaria uma cópia do seu jornal? Não era uma atitude típica do seu comportamento. Mas quem mais poderia ter feito aquilo?

Sob a luz do abajur, começou pela primeira página e foi examinando minuciosa, até o fim. Não havia uma única menção ao nome dele. Chegara mesmo a catar nas seções de Horóscopo e Saúde Feminina, caso ele pudesse estar escondido ali, à espreita, pronto para pular em cima dela fazendo "Bu!". Mas não encontrou nada.

Então, algo realmente pulou em cima dela: um quadrado vermelho no correio sentimental, na penúltima página. Estava logo em cima de um senhor procurando uma companhia feminina para "tardes discretas". No quadrado vermelho, havia um poema de cinco linhas. Alegres versos satíricos.

> *Então você não me acha engraçado?*
> *Diz que sou rabugento e mal-humorado?*
> *Bem, minhas hilárias trapalhadas*
> *Histórias e piadas inspiradas*
> *Vão deixar seu sorriso ainda mais iluminado!*

E no final: *Para Jackie.*

Capítulo Onze

Quero falar com o Sr. Ian Knightly-Jones - exigiu Velma.

— Sinto muito, mas o Sr. Knightly-Jones está numa audiência esta manhã — respondeu a voz masculina num sussurro do outro lado da linha.

— E de tarde?

— Acho que ele vai ficar fora o dia inteiro.

Velma deu uma risadinha sombria. — Ele está morrendo de medo, não está? Apavorado demais para atender o telefone?

Fez-se um silêncio desconcertante. Bom. Que eles soubessem que não estavam lidando com uma caipira.

Por fim, ele disse: — Posso garantir que não é este o caso. O sr. Knightly-Jones está atuando num processo contra uma empresa multinacional de alimentos esta manhã.

Velma levantou os olhos para o seu teto rachado. Ora, aquilo já estava passando dos limites.

— Está bem — disse ela, em tom de sarcasmo. — Quando ele estiver liberado do processo dessa "multinacional", então quem sabe você não o convence a retornar minha ligação?

— Será que não posso ajudá-la?

— Quem é você? — perguntou Velma.

— Tom Eagleton.

Ah, é claro, o sujeito que escrevera aquelas cartas atrevidas. Não falava como um advogado. O rapazinho da loja da esquina que vendia a Velma seus três *donuts* todas as manhãs tinha mais autoridade que ele.

— Você é habilitado para isso? — perguntou ela, desconfiada. — Porque um mero assessor não vai me tapear.

— É claro que sou. — Ele pareceu ofendido. Problema dele. Como ela podia adivinhar com que nível estava lidando em Londres, sem verificar? Eles podiam usar papel gofrado, mas isso não queria dizer nada. Ela podia fazer o mesmo, se tivesse dinheiro. Mas ela não era cheia de nove horas, como aquele exibido com sobrenome duplo e o modo como a deixavam mofando durante dois minutos ao telefone, só para dar a impressão de que eram muito ocupados. Velma conhecia todos os truques.

— Eu liguei porque achei que podíamos ter uma conversa esclarecedora. De advogado para advogado.

Houve outra longa pausa. — Não estou compreendendo, senhora.

Ela imprimiu um tom mais gentil na conversa. — Você sabe, ver se podemos superar nossas diferenças sem toda essa baixaria.

— Sra. Murphy, eu realmente não posso compartilhar confidências com a senhora sem antes consultar o meu cliente.

— Bobagem — repreendeu Velma. Aquele cara ia virar massinha em suas mãos. — Convenhamos, os clientes dão mais trabalho do que merecem na maioria das vezes, não é? E quanto aos *nossos* dois clientes, olha, já vi galinhas sem cabeça com mais senso de direção do que eles! — Ela deu uma risadinha.

— Eu simplesmente não posso concordar com a descrição do meu cliente como uma galinha sem cabeça.

Deus, ele era mesmo chato.

— O que interessa é que eles precisam de bons conselhos, sr. Eglinton.

— Eagleton.

— Tanto faz. E nós estamos aqui para oferecer conselhos, certo? Então, digamos que você aconselhasse o seu cliente, mostrando o quanto é inútil contestar o divórcio. E, em troca, eu poderia aconselhar a minha cliente a, digamos, abrir mão de todos os direitos sobre o cachorro. Que tal, hein?

— A sua cliente não reivindicou nenhum direito sobre o cachorro.

— Ainda não — respondeu Velma, dócil. — Então, o que você me diz?

— Sra. Murphy, somos um escritório de advocacia respeitável. Não fazemos esse tipo de acordo pelo telefone. Mas se a senhora quiser enviar algo por escrito para nós avaliarmos...

Bem, ela tentara ser boazinha. Ele tivera a sua chance! Velma empertigou-se em seu assento, fazendo a cadeira gemer. Ganhara mais três quilos desde a Páscoa e quem poderia culpá-la? Toda aquela maldita coleção de verão nas vitrines; pecinhas minúsculas e esvoaçantes torturando-a por onde quer que passasse. E vejam o que estava na moda. Minissaias curtíssimas estilo anos sessenta, frente-únicas, calças jeans coladas e saias volumosas, hippies — as piores roupas possíveis para alguém como ela, clinicamente diagnosticada como obesa desde os seus dezesseis anos. Desde então, a cada ano que passava, ela incorporava mais cinco quilos à sua silhueta e perdia mais um pouco de confiança.

Não namorava ninguém desde que saíra com Trevor, um sujeito que conhecera em um daqueles deprimentes grupos de apoio para obesos — e ele era o dobro dela. Com tantos lugares, ele a levara justamente a um parque de diversões. O incipiente romance terminou da pior maneira possível, com os dois sendo proibidos de se acomodar no carrinho do Trem Fantasma, por medidas de segurança. Trevor chegara a sugerir um novo encontro, sem muita convicção. Mas Velma já havia sido mordida pela amargura.

Seu único prazer na vida — além de comer, é claro, ainda que este fosse um relacionamento complicado — era a sua carreira. Depois de vários anos vendendo apólices de seguro pelo telefone (sem nenhum contato direto com os clientes), ela deparara com um curso de Direito americano a distância. E foi assim que Velma descobriu sua verdadeira vocação: lutar pelas pessoas que haviam fracassado no amor. Aquelas pobres almas traídas, desiludidas, rejeitadas, desprezadas, relegadas ao segundo plano da vida — tinha vontade de apertar todas contra o peito e exclamar: "Eu sei exatamente como vocês estão se sentindo!" Como isso tendia a alarmar as pessoas, ela se limitava a fazer o melhor trabalho que podia para despachar as outras metades de seus clientes o mais rápida e cruelmente possível. E que disposição! Movida a zelo e quase 150 quilos de puro ódio, Velma não era mulher para brincadeiras.

— Escuta aqui, amigo — disse ela. O curso de Direito americano lhe ensinara várias técnicas úteis, como Confronto Positivo e Táticas Furtivas. Sua favorita era Não Me Irrite, que ela estava prestes a utilizar. —Vou te dar uma chance para pensar na minha oferta, está bem?

Após uma tímida pausa, ele retrucou: — Mas a senhora não chegou a me fazer nenhuma oferta.

Ignorando-o, ela prosseguiu: — Converse com o seu patrão, quando ele voltar do lanche ou sabe Deus de onde. Acho que vocês vão perceber, refletindo um pouco, que vai ser melhor resolvermos isso de uma vez. — Ela acrescentou, duramente: — Enquanto ainda é possível.

— O que a senhora quer dizer?

Velma levantou os olhos para o teto novamente. Ele sequer compreendia uma ameaça velada! Sentiu certa pena de Henry Hart, embora ele fosse uma boa besta. Mas todos mereciam uma representação legal decente. Era de se imaginar que pudesse pagar bons advogados, não aquele escritoriozinho de quinta categoria encabeçado por um homem tão frouxo que ela podia senti-lo tremendo do outro lado da linha.

Teria que ser explícita com ele. — Antes que as coisas fiquem pretas para o seu cliente.

Finalmente ganhara sua atenção total. Ótimo. Porque Jackie Ball aparecera naquela manhã para dizer a Velma que ainda não tinha reescrito a petição e estava com bolsas tão grandes sob os olhos que Velma podia colocar todas as suas compras de mercado semanais nelas. Pelo visto, não dormia há vários dias. E pensar que era tudo culpa de Henry Hart. Era o suficiente para fazer Velma chorar. Mas, como lhe ensinara o curso americano: Não Fique Irritado. Fique extremamente irritado.

O divórcio de Jackie Ball, daquele minuto em diante, seria missão pessoal de Velma.

— Isso foi uma ameaça? — perguntou Tom. Até que enfim! Que capacidade!

Velma respirou fundo e esbravejou: — Você vai pagar pra ver?

— Quietinho, meu bem. Assim está ótimo, meu bem.

Henry tentou não espirrar a grossa base amarelada que haviam aplicado em volta do seu nariz. Havia tanto laquê no seu cabelo que ele estava com medo de acender um cigarro e pegar fogo. Mas então se lembrou de que não fumava mais. Parara da noite para o dia, após a partida de Jackie. Curioso: a maioria das pessoas fumava dois maços depois de um acontecimento traumático. Talvez tivesse a ver com o alívio que sentira após ela ir embora. Sim, alívio, junto com o choque, o espanto, a mágoa. Uma voz gritara "Viva!" por dentro. Ela dissera: você pode parar de se punir agora, Henry; pode voltar ao normal. Ela se foi, levando consigo todas as expectativas. Ele podia voltar a ser, bem, ele mesmo!

Acontece que não funcionava bem assim. Para começar, ele não sabia mais ao certo quem era. E não tinha coragem de fazer algo drástico para descobrir. Então todos os seus planos de desistir de tudo e passar a fazer ioga ou se matricular num curso para escritores não deram em nada. Ele continuou sendo Henry Hart: escrevendo resenhas cruéis, nutrindo sua reputação, frequentando reuniões sociais com gente que não suportava e dormindo ocasionalmente com Hannah (uma vez só, para dizer a verdade). A única diferença é que agora fazia tudo sem Jackie.

Isso é que era dar um tiro no próprio pé.

Às vezes suspeitava que a afastara de propósito com seu péssimo comportamento só para se livrar de vivenciar uma transformação tão radical em sua vida. Idiota, xingava-se ele.

— Não faça isso com os olhos, meu bem. Estou tentando aplicar o rímel — disse a maquiadora.

— Eu não quero rímel.

— Não se preocupe, não dá para ver na câmera.

— Não interessa. Já estou usando base, brilho labial, corretivo e blush. Não vou colocar rímel também.

— Vai realçar os seus olhos — insistiu ela, teimosa.

— Saia daqui.

Adrienne chegou justamente nesta hora e apressou-se para contemporizar. — Por que você não faz uma pausa para o café? — sugeriu à maquiadora. Depois, à parte, acrescentou num tom apaziguador: — Ele não é fácil.

Henry ouviu, mas não se importou. Ele estava tentando repartir o cabelo, que, de tão duro, parecia uma tampa sobre sua cabeça.

— Eles só estão regulando as luzes agora — disse Adrienne, animada. — Vai ficar incrível. Henry Hart na sua própria mesa de cozinha!

— Eles podiam simplesmente ter usado a foto da minha coluna — reclamou Henry.

— Amor! Isto aqui é para o seu livro! Eles não podem usar uma foto *velha*. — Ela desviou o olhar e acrescentou, depressa: — Olha, eles querem você depenando uma galinha.

— O quê? — Já havia sido combinado que ele ficaria sentado à mesa, tomando um copo de vinho. Simples e nada pretensioso.

— Eu sei, eu sei. Sacanagem, eu não faria isso, nunca. Mas eles estão inflexíveis. Querem sangue, penas, essas coisas.

Henry entendeu na mesma hora. — Para dar a impressão de que matei o bicho com minhas próprias mãos?

— Bem, alguém precisa matá-la.

— Como assim? Você está me dizendo que ainda está *viva*?

— Está ciscando na sua despensa. Os fotógrafos são vegetarianos e já disseram que não vão fazer.

— Então sobrou para mim? Vou perguntar se eles querem que eu babe enquanto faço isso. Ou sacuda um machado.

— Bem, você realmente tem esse tipo de reputação — disse Adrienne. — Se não tivesse, não teríamos foto nenhuma hoje, não é mesmo? Nem livro. Nem eu! — Ela riu, mas Henry entendeu muito bem o que queria dizer. A ausência da coluna dele no jornal a deixava cada vez mais tensa. Ela repetira várias vezes que a coluna era "o nosso tijolinho" e que "tudo mais cresceria a partir dela". Henry sabia que ela o julgava uma estrela menor com um ego gigante que precisava ser lembrada da realidade de vez em quando. E o pior é que ela estava 99 por cento certa.

Adrienne estava com mais um choque de realidade engatilhado. — Henry, eles não gostaram do seu prefácio.

— Qual o problema do prefácio? Eu não consegui as quinhentas palavras que eles pediram?

— Eu sei. Mas, Henry... Como posso te dizer isso? Não é exatamente o que eles esperavam.

— Se queriam algo específico, deviam ter me falado.

— Acho que eles acharam que você sabia o que devia escrever, Henry.

— Não estou entendendo, Adrienne.

Ela fechou a cara, como se desconfiada de ele estar debochando dela. — Posso te dar um exemplo, então?

Henry ficou um pouco preocupado. — Eu ficaria muito grato.

Ela retirou algumas páginas dobradas de sua pasta e as abriu. Com lábios contraídos, leu em voz alta: — Comida boa começa em casa. Os simples ingredientes da sua geladeira e do seu armário de despensa, combinados com cuidado e entusiasmo e servidos com doses generosas de boa conversa e risadas podem lhe proporcionar uma noite agradável sem precisar sair de casa. — Ela abaixou a página e ergueu uma sobrancelha para Henry.

— O quê? — perguntou ele.

— Este é um livro sobre restaurantes, Henry. Restaurantes. Não é sobre cozinhar em casa, armários de despensa, nem sobre noites agradáveis com amigos em torno da maldita mesa da cozinha! Senão, seria um livro de receitas!

— Taí uma boa ideia — refletiu Henry.

Adrienne o encarou, muito séria. — E qual é a da "boa conversa e risadas"? Você é o Carniceiro de Notting Hill! Você não dá risadas!

— Dou, sim — rebateu Henry, ofendido. — Você pode não conhecer, mas eu tenho um lado engraçado também, sabe? — Ou pelo menos, estava tentando desenvolvê-lo.

Adrienne o olhava friamente. — Para falar a verdade, os editores observaram que existe um problema com o tom que você adotou no livro inteiro. Eles identificaram uma disposição serena, bondosa e o que só pode ser descrito como uma... — Adrienne mal podia pronunciar a palavra — uma *benevolência*, absolutamente incompatível com sua reputação de crítico número um da cidade! E, devo confessar, concordo absolutamente com eles!

Fez-se um breve silêncio.

— Bem — disse Henry. — Sinto muito.

— Sente muito?

— É. Foi mal, não era a minha intenção.

—Você não queria ser legal?

— Não. Foi totalmente involuntário. Vai ver o sol estava brilhando quando eu escrevi, algo assim, e eu nem percebi.

Adrienne lentamente puxou uma cadeira e sentou-se tão próxima de Henry que ele pôde ver os vincos em sua maquiagem. E perceber que estava mais maquiado do que ela, para falar a verdade.

Ela flexionou suas unhas pintadas de vermelho e disse, gentilmente:

— Henry, este negócio não é brincadeira. É preciso muito trabalho duro e talento para chegar ao topo, não é mesmo? Não é? E às vezes quando as pessoas chegam lá, se tornam um pouquinho arrogantes. Um pouco metidas. Elas pensam: ah, sou tão bem-sucedido que posso fazer o que eu quiser! Elas acham que podem mudar, Henry. Deixar para trás exatamente o que as tornou famosas.

—Você está tentando me meter medo? — sussurrou Henry, olhos arregalados.

— Pode apostar que sim — retrucou ela, retomando seu velho tom.

— Porque mudar é um tremendo erro, Henry. As pessoas não gostam. Elas querem saber exatamente o que vão receber por um produto, assim como sabem que sexta-feira à noite vão comer peixe com batatas.

— Eu realmente acho que você subestima o público, Adrienne.

— Não venha me dar lições sobre o público. Grandíssimos ignorantes, a metade mal sabe ler, muito menos entender novos conceitos. Gente que surta quando mudam a embalagem do seu cereal favorito ou passam a estocá-lo duas prateleiras acima no supermercado! Você sabe quantos projetos novos e inovadores eu tentei lançar em todos esses anos, Henry? Quantas vezes eu tentei "ampliar" o público? Quando na verdade não há muito para ampliar. Então, não espere que eles continuem fiéis enquanto você faz experiências com seu tom e explora seu lado bonzinho. Não vão continuar. Vão ficar nervosos, confusos e passá-lo adiante como uma batata quente. E, daqui a um ano, você vai ter dificuldade para conseguir espaço em um *quiz* de caridade na televisão.

— Espero que você não fale com todos os seus clientes assim — disse Henry.

Ela lhe deu um sorriso assustadoramente doce. — Só com aqueles com que realmente me importo. Mas sei que você é bastante sensato para fazer uma bobagem, Henry. Porque, apesar de todo este papo brabo e esta *vibe* detesto-meu-trabalho, você sabe perfeitamente bem qual é a única alternativa: obscuridade. Você não duraria seis meses. — Ela levantou-se, jovial. — Bem, vou lá ver se eles já estão prontos.

Ela avançou rapidamente até a porta, e parou por um instante antes de sair. — A propósito, aquele seu amigo que escreve poesia. Andei pensando a respeito. Acho que consigo uma editora pequena para ele em algum lugar. Nunca se sabe, pode até ser que venda algumas cópias no Natal. Ele não conseguiria comprar um litro de leite com os lucros, mas isso é o de menos. Se for mesmo um desses projetos ligados à autoestima e se ele continuar no seu emprego normal, é claro. — Ela lhe deu um sorriso sagaz. — Está vendo? Dá-se um jeito para tudo, Henry.

Ela saiu, deixando uma nuvem de perfume enjoativo. E, após dezoito meses, Henry sentiu uma vontade súbita e incontrolável de fumar um cigarro. Era tão avassaladora que ele foi até a gaveta do armário e a revirou na esperança de encontrar um maço esquecido pela metade. Nada. Mas, no meio das sacolas plásticas e dos folhetos de *delivery* de comida indiana, encontrou um par de óculos escuros — grandes, redondos, estilo Hollywood, que seriam normais não fosse a armação cor-de-rosa. Bem cafona. E, para completar, um fio de cabelo comprido e encaracolado ainda estava grudado neles.

Já devia ter se acostumado, é claro. Semanas após a partida dela, poderia reconstruí-la: maquiagem, roupas, joias esquecidas, o livro que ela estava lendo na época e deixou em cima da estante (*Guia completo para auto-hipnose*). Sem falar nos sapatos — havia uma sacola imensa na garagem, a maioria sem o par. E cabelo, é claro, que ela deixava proposialmente em cada metro quadrado da casa. Até que um dia, o aspirador de pó lotou.

Achou que ia se sentir melhor quando tivesse terminado. Mas, em vez disso, a casa adquiriu a atmosfera vazia de um lobby de hotel e ele às vezes tinha medo de falar alto demais e ouvir o próprio eco. Mas recusava-se a admitir que sentia saudades. Desesperadamente. Até da voz dela. Até do cabelo.

Adrienne fumava. Infelizmente, o hábito ainda não a matara. O bom é que ela deixara sua bolsa nas costas da cadeira. Ele sabia que era grosseria vasculhar a bolsa de uma mulher, mas estava mais preocupado de ela voltar antes que ele tivesse filado um cigarro.

Eram cigarros light, brancos, compridos, femininos, cheios de substâncias químicas cancerígenas, mas quase sem nicotina. Iam ter que servir assim mesmo e ele esperava que ninguém o visse. Saiu depressa pela porta da frente assim que ouviu ela se aproximando da cozinha.

— Henry? Eles pegaram a galinha para você.

— Já volto — gritou ele. Assim que organizasse as ideias. Assim que as coisas voltassem a fazer sentido.

Por algum motivo, Dan ficou em casa durante toda a manhã de sábado, não saiu sequer para comprar o jornal, e ainda convidou dois amigos para um almoço improvisado.

— Pelo amor de Deus, Dan! Não tem nada na geladeira. Você vai ter que ir ao mercado.

Mas ele parecia relutante em colocar os pés na rua. — Temos ovos — disse ele. — A gente pode fritar com umas torradas.

Depois, assim que despacharam os convidados ligeiramente insatisfeitos e perplexos, Jackie ficou uma hora e meia ao telefone com a sra. Ball, que estava preocupada com Michelle.

— Está acontecendo alguma coisa com Michelle. Seu pai a ouviu vomitando no banheiro hoje de manhã. E você notou como ela engordou?

Queria que você conversasse com ela, Jackie. Pode ser estresse por conta da proximidade das provas, mas ela está acumulando tudo na barriga. Reparei ontem, ela estava usando uma calça de moletom, como tem feito sempre agora, isso quando não está com blusões largos, e como ela está gorda! E não é de se admirar, comentei com seu pai, porque ela está comendo meio frango assado e oito batatas no almoço. Não há estoque de comida que aguente. E todas essas idas súbitas ao médico. Ontem ela foi ao hospital para uma dessas ultrassonografias. — Ela fez uma pausa para respirar. — O que será que está acontecendo com ela?

À noite, Dan mencionou um show de música tradicional no pub da cidade que ele — súbita e inexplicavelmente — precisava muito conferir e eles ficaram três horas em pé no pub lotado. Mesmo quando vagaram dois lugares no bar, Dan não quisera abandonar seu posto perto da porta, debaixo de uma câmera de segurança.

— Por que você não para de olhar para a câmera? — perguntou Jackie.

— Não estou olhando, não. É que eu dei um jeito no pescoço.

— Ué, então vamos embora. — Ela estava gelada de frio. E sua bebida não parava no copo, com tanta gente esbarrando nela.

— Daqui a pouquinho — disse Dan, olhando novamente para a câmera de segurança.

Ele relaxou um pouco no domingo, mas continuou grudado nela como sanguessuga.

—Você não quer ir ao tal jogo com os seus irmãos? — perguntou Jackie.

— Não, não. Prefiro ficar com você.

— Hã.

— Está tentando se livrar de mim?

— De jeito nenhum! — O poema estava ardendo na sua bolsa. Mas, a não ser que se trancasse no banheiro, não teria como examiná-lo naquele fim de semana.

Segunda-feira no trabalho não foi muito melhor; quatro casamentos, um funeral e só quando fecharam a loja conseguiu finalmente um minuto de descanso a sós em três dias.

— Eu podia beber dez vodcas — declarou Lech. Ele trabalhara tanto quanto elas. E com novo vigor, agora que era contratado de fato e ainda recebera um aumento. Emma havia cedido em tudo, exceto no carro. Nem mesmo ela possuía um carro da empresa, alegara, e era uma das donas do estabelecimento.

— Quem quer ir ao pub? — perguntou ele.

— Estou fora — respondeu Jackie com firmeza. Estava louca para se livrar deles. — Mas por que você e Emma não vão beber alguma coisa?

Emma e Lech se entreolharam.

— Eu não...

— Não estou...

Pararam.

— Vão conferir o tal bar novo que todos estão comentando — sugeriu Jackie, empurrando-os para fora da loja.

— Deixe-me ficar e te ajudar na limpeza — implorou Emma, baixinho.

— Vá, Emma.

Finalmente, ficou sozinha. Fez uma faxina apressada e superficial e fechou as persianas. Depois, apanhou a bolsa, sentindo o coração bater mais forte. Abriu o fecho da parte interna onde guardava coisas importantes, como sua carteira de motorista e sachês avulsos de adoçante. Achou o poema, que recortara cuidadosamente do jornal e que não saíra da sua cabeça desde então. Jazia na palma da sua mão, frágil e enigmático. Não mostrara a ninguém. Todos teriam se precipitado, tirando as próprias conclusões, e ela sabia bem disso. Todo tipo de teoria e motivo teria sido trazido à baila e discutido, sem que algum deles pudesse ser tomado como verdade.

Além do mais, havia algo de muito íntimo naquilo, mesmo tendo saído de uma página de jornal e destacado em fonte vermelha. Alguém quisera que o anúncio fosse notado, era certo, mas apenas pela pessoa desejada.

Para Jackie.

Talvez estivesse fazendo papel de boba. Devia haver centenas de mulheres chamadas Jackie, todas leitoras daquele mesmo jornal. Quiçá milhares! O poema podia ter sido dedicado a qualquer uma delas. Pensando em termos lógicos, a chance de não ter nada a ver com ela era inclusive maior.

O couro quente do assento barato do carro de Lech chocava-se contra as costas de Emma. Ela permanecia com as pernas bem fechadas, com receio de esbarrar na mão dele, que trocava de marcha como se fosse um piloto da Fórmula 1. O cheiro de pizza de pepperoni e flores frescas estava a ponto de sufocá-la.

E o cheiro de Lech. Ela distinguia suor, desodorante e hálito de hortelã. Ele devia ter chupado uma pastilha antes de entrar no carro com ela. Ele era tão... óbvio.

Pensando nisso, sentiu-se melhor. Novamente no controle. Era apenas Lech, afinal de contas.

— Então! — disse ele. Parecia nervoso.

— Então o quê? — perguntou ela, impassível.

— Então, coitada da Jackie! Esta petição do divórcio. — Ele estalou a língua num muxoxo e balançou a cabeça. Quem olhasse acreditaria que ele estava realmente preocupado.

— Acho que essas coisas nunca são fáceis. — Ela olhou pela janela, rezando para que ninguém a visse naquele carro medonho com uma pizza de trinta centímetros de um lado e um ramalhete de flores do outro. E música polonesa nas alturas.

— As coisas acabaram mesmo mal para eles, não foi? — indagou Lech.

— Ela pediu o divórcio, logo isso é meio óbvio.

Ela sentiu que ele a olhava mais uma vez. Recusou-se a retribuir o olhar. Chegariam ao pub, ela daria uma desculpa e atravessaria até o ponto de ônibus, do outro lado da rua.

— Mas eu não consigo sentir isso. Que ela realmente o detesta.

Lá vinha ele outra vez! Alardeando suas opiniões sobre amor e sentimentos, como se alguém tivesse lhe perguntado alguma coisa. Como se ele próprio fosse um romântico incurável, e não um aproveitador que pegava mulheres como Aisling.

— Motivo é o que não falta — respondeu ela, em poucas palavras.

Ele deu de ombros. — Ela não parece estar escrevendo muitos, não. Esses tais motivos.

—Vai ver que ela não quer escrever sobre algumas coisas. Podem ser dolorosas demais.

— Se ela escrevesse, eles podiam até mesmo se acertar — arriscou Lech.

— Semana passada mesmo você estava dizendo que ele não valia nada.

— Bobagem. Quem sou eu para saber!

Avançaram em silêncio por um bom tempo. Então, ele disse: — Relacionamentos são engraçados, né?

— Hã?

— Eu sempre me pergunto: o que une as pessoas? O que as faz entrar em sintonia? O que as leva a se apaixonarem?

— Não faço a menor ideia. — Ela mal podia acreditar que estava sentada ali discutindo relacionamentos com Lech.

— Às vezes são justamente os opostos que mais se atraem.

—Você leu isso em alguma revista ou está inventando por conta própria?

— Eu me guio pelos meus sentimentos. O que você acha?

— O que eu acho de quê? — perguntou ela, irritada.

— Do amor.

— Para mim, não fede nem cheira — respondeu ela, sem delongas.

— Pois eu acho a melhor coisa do mundo se apaixonar.

— Bom para você — disse ela. Onde era o maldito pub? — Espero que Aisling aprecie isso.

—Você se lembrou do nome dela.

— Eu realmente tenho uma ótima memória. Eu consigo me lembrar de todo tipo de coisa, não só do nome das suas namoradas.

— Só uma — corrigiu ele. — E, de todo modo, não deu certo mesmo. Ela não era a mulher certa para mim.

Por que ele continuava a encará-la daquele jeito?

— Bem, continue procurando — aconselhou Emma, em tom jovial. —Você pode me deixar aqui.

— Não chegamos ao pub ainda.

— Eu sei, mas é meu ponto de ônibus. Acabei de me lembrar de uma coisa que eu tenho que fazer. Em casa. Agora, neste segundo.

— Estou vendo.

Ele parou o carro. A mão de Emma voou para a maçaneta da porta.

—Tchau, Lech. Obrigada pela, ah, carona. — Ela puxou a maçaneta.

— Está quebrada — desculpou-se Lech. — Deixa comigo.

E ele inclinou-se sobre ela, encostando seu corpo suado, musculoso, coberto pela camiseta branca, na sua empertigada blusa marrom e engomada. E algo muito estranho aconteceu com ela, algo misterioso e primitivo, definitivamente relacionado à região genital. E na frente do ponto de ônibus lotado, com todos aqueles carros à sua volta e uma gangue de adolescentes debochados passando, ela perdeu completamente a cabeça, agarrou-o de jeito e lhe deu um beijo.

Capítulo Doze

Jackie sonhou novamente com Henry naquela noite. Dessa vez não estavam em um ônibus de dois andares. Estavam numa cama branca e imensa, com dossel, nus, fazendo sexo selvagem. *Mas eu nem gosto desse homem*, pensou Jackie durante o sonho, enquanto o incentivava a fazer algo grosseiro. Quanto a Henry, passou todo o tempo repetindo o nome dela; pelo menos demonstrara foco. No fim, apareceu com dois sorvetes. "Como você adivinhou que era exatamente isso que eu queria?", perguntara Jackie, admirada. "Porque, embora você não me suporte, sou sua alma gêmea", respondera ele, com uma voz rouca e profunda. E Jackie sentira uma pontada no peito tão esquisita que pensou que fosse chorar. "Então por que você me magoou tanto?", perguntou ela. Pela primeira vez, ele pareceu vulnerável. Respondeu: "Você também me magoou."

Ela despertou num susto, sentindo-se culpada, afogueada e um pouco decepcionada por não ter chegado ao fim do sonho. Teria sido interessante descobrir, por exemplo, como exatamente o havia magoado — além do pesado golpe que desferira no orgulho dele, é claro. Ele não era o tipo que gostaria muito de ter que explicar a partida súbita de sua mulher aos seus colegas de trabalho na salinha do café. Mas por que deveria ter dado explicações e desculpas e arrastado tudo além do necessário? O simples fato de ele não a ter procurado depois era prova suficiente de que sabia que tinha culpa no cartório, por assim dizer.

Não, ele não fora a parte traída, humilhada, que ficara se sentindo um idiota.

Escutou alguém batendo à porta da frente. Foi isso o que a fizera acordar. Olhou o relógio: 7h10. Quem os estaria procurando tão cedo?

— Dan.

— Humm? — Ele nem levantara a cabeça, embora tivessem ido deitar num horário bastante razoável na noite anterior. Sobrou para Jackie ter que descer as escadas e atender à porta com seu pijama de Ursinho Pooh.

Dois policiais. Um homem e uma mulher.

— Jacqueline Ball?

Ela soube imediatamente do que se tratava. Virou-se na direção da escada e gritou: — Dan! Venha depressa! Aconteceu alguma coisa com a minha mãe!

Michelle devia ter contado sobre os gêmeos e o juiz Gerard Fortune, e ela, na certa, tivera um colapso. Mas, neste caso, teriam ligado do hospital. A não ser, é claro, que estivesse dirigindo na hora e as notícias tivessem provocado um acidente, fazendo seu carro girar e se chocar com um caminhão. A imagem incongruente do seu arco de cabelo rolando alegremente no meio do asfalto surgiu na mente de Jackie.

— Só queremos fazer algumas perguntas — disse a policial. Tinha uma aparência bastante sisuda, como se alguém durante seu treinamento a tivesse alertado a jamais sorrir.

— Entrem, por favor — disse Jackie. Aquilo obviamente nada tinha a ver com a sua mãe. Seria alguma infração de trânsito?

Dan desceu as escadas, amarrando o roupão atoalhado de Jackie. Era pequeno demais para ele e não fechava no peito, deixando grandes tufos de pelos à mostra. Mais para baixo, era só uma questão de tempo até outras coisas aparecerem; o roupão mal cobria suas coxas enormes. A policial desviou os olhos depressa.

— O que está acontecendo aqui? — indagou, enérgico. Na verdade, estava desperto demais para alguém que parecia em coma profundo há apenas um minuto.

A policial perguntou, virando-se para Jackie: — Henry Hart é seu marido?

— Não. Quer dizer, é.

— É ou não é?

— Bem, suponho que sim, tecnicamente.

Dan aproximou-se, protetor. — Ela está em pleno divórcio, está bem? Naturalmente, não está sendo fácil para ela. Posso saber do que se trata?

— Ele foi atacado no sábado à tarde, na porta de casa, quando saiu para fumar um cigarro.

A palavra "ataque" era um tanto chocante. Jackie ficou sem reação.

— Henry?

— Sim. — Eles na certa esperavam uma comoção maior.

— Mas isso é... Isso é terrível! — disse ela. Era melhor nem confessar que até bem pouco tempo nutrira fantasias bem mais violentas com ele. Mas agora que algo havia realmente acontecido, não se sentia nem um pouco realizada, como havia imaginado.

— Terrível — repetiu Dan. — E qual foi a gravidade do ataque?

— Foi bem grave — respondeu o policial.

— Ele quebrou alguma coisa? Ficou desfigurado? Invalidez permanente? — Todos se viraram para Dan, intrigados. — Ele ainda *é* o marido de Jackie. É normal ficarmos preocupados. — Aquela suposta preocupação era novidade para Jackie e ela olhou fixamente para Dan. Mas ele não tirava os olhos dos policiais.

— Ele deve receber alta do hospital ainda hoje — disse a policial.

— Ah — disse Dan, murcho demais para quem parecera há pouco tão preocupado. — Viu, só? Ele vai ficar bem, amor — disse ele, passando o braço pelas costas de Jackie e apertando-a levemente contra si. O roupão deslizou alguns centímetros e a policial desviou os olhos para contemplar o teto.

— Esperávamos que os senhores pudessem nos ajudar com as investigações — disse ela para a lâmpada do lustre.

— Sim, é claro — respondeu Jackie. — Se bem que não sei em que poderemos ser úteis. Não tenho nenhum contato com ele desde que nos separamos.

— Onde vocês estavam sábado, à tarde e à noite? — indagou o policial. Ele tinha sobrancelhas espessas e peludas que fizeram Jackie pensar em duas lagartas desconfiadas. E aquela desconfiança, ela começava a perceber, estava dirigida aos dois.

Dan bufou, combativo. — Espero que não estejam nos acusando de alguma coisa.

— Só estamos tentando eliminá-los da nossa investigação.

— Ora, vocês acham que demos um pulo em Londres no sábado, demos uns sopapos nele e depois voltamos a tempo do jantar?

— É possível — disse a policial.

Dan bufou um pouco mais, lançou um olhar teatral para Jackie, como se tudo aquilo fosse absurdo, e disse, num tom lento e com ar de superioridade: — Jackie e eu passamos o sábado inteiro aqui. Recebemos dois amigos para almoçar e mais tarde fomos até o pub, onde fizemos companhia a umas duzentas pessoas. O nome do lugar é O'Reilly's e estou certo de que eles vão poder confirmar. Também posso dar os nomes e endereços dos amigos que almoçaram aqui conosco, se vocês quiserem.

— Você pode tê-los levado até a estação em algum momento. — Eles fecharam seus blocos de anotação e fizeram menção de partir.

Mas Dan não podia deixar barato. — Sabe, estou pensando seriamente em ligar para os meus advogados!

A policial o olhou direto nos olhos dessa vez, recusando-se a se deixar intimidar pelos seus trajes sumários que revelavam uma abundância de músculos e pelos. — Ligue imediatamente. Talvez eles possam nos explicar por que um dos agressores disse para a vítima: "Com os cumprimentos de Dan."

— Jackie, você está sendo boba.

— Não ouse me chamar de boba.

— Eu não quis... Por favor, Jackie. Senta. Vamos conversar sobre isso.

— Sobre como você arrumou uma gangue para espancar meu ex-marido?

— Não foi assim!

— Então *foi* como?

— Era só para dar um susto nele.

Jackie não podia acreditar. Encarou Dan, com os olhos arregalados. — Meu Deus, Dan, ele podia ter morrido!

— Não seja ridícula. — Pelo menos ele tinha tirado o diminuto roupão e vestido uma calça de ginástica e uma blusa de moletom. Infelizmente, ambas pretas, o que o deixava com uma aparência de brutamontes. — Os caras sabem o que estão fazendo. Foi tudo bem superficial. Jerry disse que eles só lhe deram um sacode. Um nariz sangrando, esse tipo de coisa.

— Então você confirmou com ele? Com o Jerry? Para saber como foi o "servicinho"?

Ele parecia exasperado. — Pare com isso, Jackie. Não somos um bando de gângsteres.

— Mas foi exatamente assim que você agiu! Não conseguiu o que queria pelos meios legais, então decidiu fazer justiça com as próprias mãos! — Ela passou ventando por ele e apanhou mais uma leva de roupas do armário. Jogou-as na mala aberta, com cabides e tudo.

— Não posso acreditar que você esteja reagindo assim! — explodiu Dan. — Pelo amor de Deus, Jackie. Para onde você vai, afinal?

— Não sei. Mas neste exato momento não quero ficar perto de você, Dan.

Ele se deixou afundar na cama. Sim, agora estava com medo: agora ela estava indo embora. — Sinto muito, está bem? Foi uma besteira! Mas eu não podia continuar deixando ele fazer aquilo.

— Aquilo o quê?

— Arruinando a gente, Jackie. Atrapalhando o tempo todo. Pelo amor de Deus, olha o que ele está fazendo com a gente! Estamos gastando rios de dinheiro com advogado, para começar. Tivemos que adiar nosso casamento por causa dele. Nossos amigos e nossa família acham que somos uma piada!

— Não me importo com a opinião deles.

— E o que ele está fazendo com você, Jackie? Te humilhando com essa petição de divórcio ridícula que você está sendo obrigada a reescrever! Ele está fazendo você rastejar!

— Eu dou conta disso, Dan.

— Bem, eu não dou! Você sabe como é duro para mim ter que assistir? E não poder fazer absolutamente nada? Não poder te ajudar, te proteger? — Ele se aprumou na cama, sentando-se com a coluna reta. — Então, combinei mesmo com os caras para darem uma prensa nele. Disse para lhe darem um chute no saco por mim. Era a única coisa que eu podia fazer nessas circunstâncias e não me arrependo nem um pouco.

Jackie olhou para ele. — E se a polícia conseguir provas para te indiciar?

Ele sacudiu a mão. — Não vão conseguir. Os caras não deixaram pistas.

— Mas e quanto a mim, Dan? E se eu decidir ir até a delegacia e contar exatamente o que você acabou de me contar?

Ele abaixou os olhos, fitando o chão. — Você vai fazer isso?

Ela fechou a mala com violência. — Você é mesmo um grandessíssimo idiota, Dan!

— Eu sei. Nem eu estou me aguentando agora. Sou moralmente repreensível, cometi uma violência impensada e...

— Chega! Você sabe o que vai acontecer daqui para frente, não sabe?

— O quê?

— Ele vai vir com tudo para cima de mim agora. Ele vai arrastar essa história o máximo que puder, só para nos dar o troco! — Ela apanhou a mala e o encarou, com um ar sinistro. — Então, pode perder as esperanças de nos casarmos tão cedo. Por vários motivos.

— Por que você não o colocou para fora? Por que foi *você* quem teve que sair? — perguntou Emma.

Boa pergunta. A bem da verdade, Jackie sentia-se meio tola e murcha agora, parada na pequena e impecável sala de estar de Emma, àquela hora da manhã, vestindo seu casaco vermelho por cima do pijama e carregando uma mala lotada com sapatos de salto alto e roupas casuais. Não lembrara sequer de trazer suas calcinhas. Mas Emma decerto a emprestaria algumas: boas, confortáveis, que a protegeriam do frio.

Ainda na defensiva, respondeu: — Bem, ele não ofereceu! — De todo modo, na hora lhe parecera mais dramático e satisfatório ser ela a partir. A desvantagem era que agora não tinha lugar para morar, o que seria algo, no mínimo, problemático. Também começava a se lembrar de inúmeras coisas fundamentais que havia esquecido, como o celular e as chaves da loja. Teria que voltar para buscá-las. Em menos de uma hora. Maravilha.

— E você acha que isso é definitivo? — perguntou Emma, cuidadosa.

— Pare de fazer perguntas difíceis!

— Só estou perguntando para poder arrumar o quarto de hóspedes, Jackie. — Ela apertou o roupão de banho contra o peito. Jackie se deu conta de que havia tirado Emma da cama. Mas eram quase 7h45. Emma já deveria estar acordada e pronta para ir trabalhar àquela hora.

— Desculpe, Emma. Eu não devia ter vindo assim, sem aviso.

Emma a tranquilizou com um gesto. — Não seja boba. Quer um café?

Ela avançou depressa em direção à cozinha. Jackie a seguiu. Havia esquecido de como Emma gostava de arrumar seus potes em ordem decrescente. E o piso da cozinha brilhava de tão limpo.

Havia uma garrafa vazia de vinho ao lado da pia. Aquilo não era comum para Emma. A não ser que tivesse dado para beber em casa sozinha. Jackie anotou mentalmente: precisava pegar mais folhetos de aulas noturnas. Emma parecia ter gostado do curso de "Preparo de Bolo para Principiantes" no ano anterior, ainda que tenha solado todos os seus bolos. Jackie até pensou em acompanhá-la dessa vez, dependendo de como ficassem as coisas com Dan. "Como Evitar Desastres em Seus Relacionamentos" talvez fosse mais indicado para ela.

Emma lançou-lhe um olhar bondoso. — Você está preocupada com ele?

— Não! Quero mais é que reflita bem sobre o que fez.

— Estou falando de Henry.

Jackie gaguejou um pouco: — Deus, não! Quer dizer, Dan disse que ele está bem. E a polícia disse que ele ia receber alta do hospital hoje. — E acrescentou despreocupada: — Só espero que não tenha quebrado o maxilar, só isso.

— Por quê? Eles consertam isso no hospital — disse Emma.

— Sim, mas ele é um crítico gastronômico, Emma. Vai ficar sem emprego se não puder mastigar direito.

— Eles podem fazer uma papinha e lhe dar de canudinho — sugeriu Emma.

Jackie começou a chorar. O acesso a tomou completamente de surpresa. Mas Emma, prestativa, apanhou um rolo de papel-toalha e entregou a ela.

— É só o choque — justificou ela. — Ele ainda é seu marido.

Jackie ficou contente por Emma ter dito aquilo. Porque ele *continuava sendo*. E pouco importava o quanto ela o detestasse ou o quanto as pessoas esperassem que detestasse: ainda estavam ligados um ao outro.

— Sabe, às vezes penso que seria melhor nunca ter conhecido Henry — declarou ela, aos prantos, para Emma. Seu nariz estava todo congestionado e sua voz parecia ainda mais estridente do que o normal.

—Você está falando da boca para fora.

— Não estou! Sério, se você parar para pensar, só tivemos um ano de casados. Um ano, da minha vida inteira! Foi só isso, do início ao fim! — Ela fungou ruidosamente. — E olha só o rastro de bagunça que tudo isso deixou.

— Bem, como dizem por aí: é melhor ter amado e perdido, etcetera e tal — disse Emma.

— Por quê? Por que as pessoas falam isso?

— E eu lá sei? É um ditado. Talvez faça de você uma pessoa melhor.

— Certamente não fez de *mim* uma pessoa melhor. Na verdade, eu era bem melhor antes de conhecer Henry.

— É verdade.

—Vai ver é por causa do sexo ou algo assim. Quer dizer que pelo menos você fez sexo.

— É uma possibilidade.

— Bem, não valeu a pena — declarou Jackie. — Preferia não ter conhecido Henry e ter comprado algo que funcionasse a pilhas.

— Mas você sempre disse que essa parte era boa.

— É, acho que era — disse Jackie, contrariada. — Comparativamente falando.

—Você disse que não saíam da cama!

— Está bem, não saíamos! No começo. Antes de tudo dar errado.

Emma deu um muxoxo e colocou mais uma colherada de açúcar na xícara de Jackie, como uma espécie de prêmio de consolação. — Não é engraçado o modo como tudo se deu? Quando vocês se conheceram, foi aquela paixão avassaladora e tal. Jamais pensei que fosse dar errado.

— Eu também não, Emma. Do contrário, não teria me casado com ele.

— É verdade. Sabe, de certa forma é uma pena você jamais ter conversado com ele.

— Como assim?

— Sobre as falhas dele.

— Mas não é exatamente isso que estou fazendo na petição do divórcio? Já escrevi bastante por sinal. Já, já, vou precisar de uma terceira folha. — Ela cruzou os dedos debaixo da mesa. Ainda não havia sequer completado um parágrafo.

— Eu sei, mas seria muito melhor dizer pessoalmente — insistiu Emma.

— Bem, agora já era. — Onde ela queria chegar?

—Você fez as malas e foi embora?

— Fui.

— Sem resolver nenhum dos problemas?

Como se Jackie costumasse fugir quando as coisas ficavam difíceis! Quanto atrevimento de Emma!

Com o rabo de olho, Jackie viu sua mala encostada na porta. Emma olhou para o mesmo lugar. A droga da mala era vermelha também e parecia pulsar, acusatória, obrigando Jackie a retorquir: — É completamente diferente!

— Claro que é — disse Emma.

— Olha, você não faz a menor ideia de por que eu fui embora, Emma.

— Então me conta.

E ela ia contar, chegou a abrir a boca para compartilhar o derradeiro ultraje, quando a porta do quarto de Emma se abriu e Lech saiu, usando apenas uma cueca roxa.

— Estou sentindo cheiro de café? — perguntou ele, animado. E logo viu Jackie, sentada de pijama. — Oi, Jackie! Você também dormiu aqui?

Jackie virou-se para Emma. O rosto dela exibiu uma curiosa palheta de nuances, até ficar completamente rosa choque. — Vou trocar de roupa para ir trabalhar — disse ela. E saiu depressa para o quarto.

— Oh, Henry! Coitado do seu rosto! Seu queixo, seu lábio... Meu Deus, seu *nariz*.

— Não está quebrado. Só um pouco inchado. Ai! Não faça isso.

— Desculpa. — Dawn estava apalpando aqui e ali com um pedaço de algodão embebido em antisséptico. Henry sentiu um estranho *déjà vu*; há não muito tempo a maquiadora fazia gestos bem parecidos. Então, algo terrível aconteceu: três brutamontes apareceram, como surgidos de um filme de terror, e lá estava ele, na mesma cadeira, com algumas costelas quebradas, um dente mole, inúmeros cortes e arranhões e o nariz inchado até o dobro do tamanho normal. E não conseguira sequer acender o cigarro.

— Quer uma xícara de chocolate quente? — perguntou Dawn.

— Sim, cairia muito bem. — Ele já havia recusado sua canja de galinha, sua compota de geleia e não queria mais fazer desfeita. Ela e Dave o buscaram no hospital e insistiram em ficar, embora estivesse louco para ficar sozinho e em paz. Jamais estivera numa maca de emergência antes e não fora nada agradável. Além de cada osso do seu corpo estar doendo, as pessoas o olhavam como se ele fosse mais um malandro pego embriagado em uma briga. As pessoas o evitavam e afastavam as crianças de perto dele.

Poderia ter sido muito pior, era o que repetiam sem parar para ele no hospital. Podia ter ficado como o sujeito que chegara mais cedo e tivera praticamente que ser costurado. Ou o cara que foi direto para a cirurgia, para removerem uma faca de cozinha de 15 centímetros das suas costelas. Ele ia acabar se acostumando, dissera Henry. Não gostaram do comentário e o deixaram abandonado com um termômetro debaixo do braço por quase uma hora. Então, uma das enfermeiras o reconheceu por causa de sua foto no jornal e houve uma comoção de cochichos e gente apontando até que finalmente ela levou um livro para ele autografar. Não era sequer um livro escrito por ele; era do maldito Jamie Oliver. Mas ele autografou assim mesmo e ela lhe disse, ao lhe trazer uma xícara de chá, que na maioria das vezes o cabelo voltava a crescer. Do que a senhora está falando?, perguntara Henry, antes de levantar a mão e apalpar a cabeça, sentindo uma falha.

O telefone tocou novamente no vestíbulo.

—Você quer que eu atenda? — murmurou Dawn. Ela estava falando muito baixo, como se Henry fosse uma criança doente, e ele até que estava gostando.

Fez beicinho, aproveitando-se da situação e disse: — Seja lá quem for, eu não estou. — Francamente! Qual era o problema das pessoas com acidentes e tragédias em geral? Gente da qual não ouvia falar há seis meses subitamente ocupava sua linha telefônica com solidariedade e preocupação! Metade dos colegas do jornal já havia ligado. "Melhore depressa, Henry! Sentimos sua falta!" Mesmo ele já estando há três semanas de licença. Será que não tinham sequer notado? Depois seu editor ligara, sua editora, sua mãe — ainda que fosse apenas para perguntar se ele se incomodaria se ela convertesse o seu quarto. Não disse converter em que e ele não perguntou. Devia ter algo a ver com bonecas de porcelana antigas ou sua ampla coleção de tapetes de época. Ele não pretendia mesmo visitar o planeta dela com frequência. Da última vez em que haviam se falado, ela lhe dissera que a sra. Ball lhe telefonara para contar que ela estava se divorciando.

— Os pais de Jackie estão se divorciando?

— Acho que sim, estão. — Ela sempre parecia muito distante. E na verdade estava, na sua cabeça.

— Também estou me divorciando, mãe. — Era melhor contar de uma vez.

— Você? Oh, querido. — E então mudou de assunto, para falar em uma feira de antiguidades.

Adrienne também ligara naquele mesmo dia. Que mulher difícil! Mas fora ela quem o encontrara, como gostava de dizer ofegante a quem quisesse ouvir. Banhado de sangue, no meio da rua! Na verdade, respingado de sangue e sentado na calçada, quando ela o encontrou. E o cigarro não estava sequer partido, por sorte, porque Deus sabe o quanto ela precisou dele enquanto esperavam a polícia chegar. Não tinha visto os agressores, é claro, e não tinha vergonha de dizer que estava contente por isso. Paredão de suspeitos não era a sua praia. Mas o que realmente a tirou do sério foi pensar que, se tivesse chegado um minuto antes, podia ter sido pega na pancadaria. Poderia ter sido *atingida*.

Mas o verdadeiro problema agora, dissera ela a Henry, era a foto. Ela conseguira remarcar. Haviam dito que podiam maquiar o olho roxo, mas se perdesse o dente, a coisa mudava de figura. O lado bom, continuara ela, é que poderia trabalhar no prefácio ofensivo. Já repassara o manuscrito para seu computador e deletara todas as ocorrências da palavra "bom" e "impressionado". Já estava bem melhor.

Dave saiu da cozinha, usando um avental e um velho par de luvas de borracha cor-de-rosa de Jackie. Henry piscou várias vezes, para certificar-se de que não estava tendo uma alucinação. Não estava. Descobriu-se desapontado.

— Onde você guarda a água sanitária? — perguntou Dave.

— Debaixo da pia. Como está a situação aí?

— Nem me fale. — Ele sacudiu a cabeça, enojado. — Olha, dá vontade de denunciar esses fotógrafos para a Sociedade Protetora dos Animais. Imagine só, irem embora deixando uma galinha viva trancada na cozinha com um maldito cachorro!

Shirley saiu de fininho, arrastando-se no chão, envergonhada. Pelo menos Dawn conseguira catar a maioria das penas. E a cozinha também não estaria tão ruim, insistia Dave, se os imbecis dos fotógrafos não tivessem deixado a calefação ligada no máximo. A galinha estava em um estado tão avançado de decomposição que seria preciso examinar sua arcada dentária para identificá-la.

— Não foi sua culpa — disse Henry para Shirley. Mas ou a culpa dela em relação a galinha era imensa, ou não havia sentido a menor falta de Henry, porque saíra pelo corredor atrás de Dawn. — Conversamos mais tarde — gritou Henry para ela, ciente de que soava desesperado.

— Então, a polícia veio aqui novamente? — indagou Dave. Ele havia ficado bastante nervoso com a situação toda. Dawn dissera que ele estivera primitivo e cheio de testosterona durante todo o fim de semana e aquilo a estava deixando maluca.

— Não, mas meu palpite é que devem estar mais ocupados pegando assassinos e criminosos violentos.

— E os caras que te surraram são o quê? Apenas pessoas que jogam lixo na rua? Você até sabe quem são!

— Não sei, não. Nunca vi nenhum deles mais gordo e provavelmente sequer os reconheceria. Talvez os punhos, se vistos bem de perto.

— Henry, isso não tem graça, porra!

— Ei, boca suja — gritou Dawn do corredor.

— Desculpa! Mas é sério, Henry, eles sabem até mesmo da conexão com o tal de Dan. Por que não estão pegando um avião e indo até lá para prendê-lo?

— Ele já foi procurado. Negou tudo, é claro. Deu até mesmo um álibi. Ao que parece, eles não têm nenhuma evidência concreta. —

Talvez precisasse de um comprimido de paracetamol. Tudo começava a doer novamente.

— Bem, eu acho isso uma mer... Uma droga, sabe. E se a polícia não consegue pegá-lo, para mim, devíamos ir até lá atrás desse cara!

— Você acha que a solução é começarmos uma disputa por território?

— Bem...

— Por causa de uma mulher que eu nem quero mais?

Dave olhou para ele. — Isso é uma coisa grosseira de se dizer.

— O quê?

— Tudo bem, você está machucado e devemos dar um desconto, blá, blá, blá. Mas Jackie é uma mulher direita. A melhor coisa que já te aconteceu, cara. Não fale assim dela.

Henry não podia acreditar. Ele fora hospitalizado, mas quem recebia demonstrações de solidariedade era ela! — Até onde eu sei, ela pode muito bem ter tramado isso com o namorado! Pode estar por trás de tudo!

— Ela não mataria uma mosca e você sabe muito bem disso — respondeu Dave. — E se você quer saber minha opinião, se você tivesse concedido logo esse divórcio, nada disso teria acontecido.

— Então a culpa é minha? — O nariz dele começou a pingar, a latejar e ele se sentiu atingido por toda aquela injustiça.

— É — disse Dave, apoiando as mãos no quadril, desafiador, sem se deixar intimidar pelas luvas de borracha. — Como na maioria das coisas. Você trata as pessoas como lixo, Henry, e depois não sabe por que sempre sobra para o seu lado.

— Se você pensa assim, por que não vai embora, hein?

— Quer saber? É exatamente isso que eu vou fazer — respondeu Dave, arrancando as luvas de borracha dramaticamente e as atirando no chão. — Você que limpe a sua maldita galinha!

Dessa vez, Dawn não se meteu no linguajar dele, embora tivesse a sensação de que ela estava escutando. Dave virou de costas e saiu. Um pouco depois, Henry ouviu a porta da frente abrir e fechar.

Ficou parado, pensando. Tudo bem, então Dave dera um chilique e saíra de cabeça quente. Paciência. Ligaria para ele mais tarde, reconheceria que foi um babaca e tudo voltaria a ficar bem. Pelo menos Dawn ainda estava lá. Teria esquecido seu chocolate quente? Estava demorando muito a aparecer.

— Dawn?

Não houve resposta. Teria ido embora também? Não queria chamar novamente. Por algum motivo, sentia mais medo de Dawn do que de Dave. Se *Dawn* tinha ido embora...

Esperou um pouco e gritou: — Shirley? Shirley!

Mas ela também não apareceu. Também o detestava. Devia pensar, assim como todo mundo, que a culpa era toda dele — o divórcio, a surra, o nariz inchado.

Ficou sentado na cadeira, em sua casa vazia, sabendo que afastara todas as pessoas que faziam parte da sua vida. E o nariz latejando, inchado como uma couve-flor.

O telefone voltou a tocar. E Dawn não estava mais lá para atendêlo. Poderia deixar tocando, é claro. Ou deixar a secretária eletrônica atender, como de costume. Mantê-los todos afastados. Detestava todos eles!

Mas se levantou, caminhou com dificuldade até o corredor e atendeu.

— Alô?

— Henry? — Era Jackie. Com sua voz esganiçada, como se tivesse aspirado um balão de gás inteiro antes de ligar.

— Ah. Oi — respondeu ele. Torceu para não ter soado entusiasmado demais.

Fez-se um longo silêncio.

— Estou ligando para saber se você está bem. — A preocupação dela veio borbulhando pelo aparelho, reconfortando-o, fazendo com que sentisse que não era tão detestável, afinal.

— Como é que você ficou sabendo que eu não estava bem? — Não devia ter perguntado, mas que diabos! O namorado dela lhe dera uma surra.

Ela levou na esportiva. — Por aí. Amigos de amigos. — Uma breve pausa. — Fiquei horrorizada quando soube.

Era seu modo de dizer que não tinha nada a ver com aquilo. E no fundo ele sabia que não havia a menor possibilidade; ela costumava prender os mosquitos num copo e soltá-los delicadamente na janela. Mas, ao mesmo tempo, estava associada com o culpado, e tanto Henry quanto ela sabiam disso.

— Vamos torcer para que encontrem os responsáveis — disse ele, num tom significativo. — E que todo o peso da lei recaia sobre eles! Por aqui, acho que são seis anos para ataques desse tipo. — Não fazia a menor ideia, mas conseguiu o efeito desejado do outro lado da linha, porque ela fez um "Oh!" e ele quase pôde vê-la enrolando o fio do telefone em nervosos nós. Esperava que ela transmitisse a informação ao marginal do namorado. Noivo, corrigiu-se mentalmente.

Ela perguntou: — Você está bem? Tem alguém aí... cuidando de você? — Ela havia realmente aperfeiçoado o tom imparcial das últimas vezes. Ele gostaria de saber se ela estava mesmo tão indiferente quanto parecia ou apenas sondando se ele levara alguma mulher para casa — para substituí-la. Por que não? Deus sabe que ela não perdeu tempo para substituí-lo. Perguntou-se se ela achava que ele estava muito mal e não tinha uma nova namorada. Será que estava achando que ele ficara à sua espera?

— Ah, tem — disse ele, tranquilamente. Ela que tirasse suas próprias conclusões. — E minha mãe também está vindo para cá. — Não era de todo mentira, ela certamente viria dali a dois anos para seu quadragésimo aniversário. Decidiu parar por ali para não forçar muito a barra.

— Que bom, que bom!

Houve outro longo silêncio. Ele teve certeza de que ela estava prestes a desligar, então quis prolongar a conversa. — Ainda não tive resposta da sua advogada.

— É.

— Daqui a dez dias, entrego a minha réplica. — Ela não precisava saber que não havia réplica nenhuma ainda. Tinha marcado uma reunião com Ian Knightly-Jones na terça-feira.

— Eu sei. É que precisei de mais tempo. — Escutou um barulhinho rápido do outro lado da linha, rá-ta-tá-tá.

— Jackie, que barulho é esse?

— Qual?

— Esse. — Pareciam tiros de metralhadora.

— Nada! São umas gangues aqui na rua... discutindo uma com a outra.

— Existem gangues se metralhando no seu bairro?

— Está bem! Se você quer mesmo saber, estou no cinema.

Ouviu um som que parecia uma granada explodindo em um depósito de munição. — Qual o filme? — perguntou ele.

— *Justiça Suprema 3* — respondeu ela, um pouco constrangida.

Ele deu uma gargalhada; não pôde se conter.

— Acontece que eu também gosto desses filmes de ação americanos de vez em quando.

— Jackie, você assistiu a *Casablanca* 27 vezes.

— Não sou mais assim, Henry.

Sentiu que ultrapassara algum limite e ela voltara a ficar fria. Arrependeu-se e antes que pudesse se conter, disse: — Jackie, eu realmente não queria fazer nada disso.

— Então por que está fazendo? — Ela parecia exausta e magoada.

— Por que você foi embora e eu não sei por quê. Ou talvez até saiba, mas preciso saber por você.

Mas ela não reagiu com a mesma vulnerabilidade que ele. Ela ficou irritada e respondeu, aumentando a voz:

— Vê se cresce, Henry. Não existe nenhum mistério. Você acha que eu sou boba? Que eu não ia descobrir nunca? Ou, se descobrisse, que não ia me importar? — E ela desligou na cara dele.

Duas coisas ocorreram a Henry: a primeira, que não fazia ideia do que ela estava falando. E a segunda, que, se ela estava no cinema sozinha às seis da tarde, é porque as coisas não andavam assim tão boas com o Dan.

Capítulo Treze

Prezada Srta. Murphy,

O sr. Knightly-Jones não acha que lhe deve qualquer pedido de desculpas, dado o tom do último telefonema da senhora, o qual, repetimos, foi gravado em caráter de teste, e não como uma tentativa de "apanhá-la numa armadilha". Ele não vê outra opção após a agressão da qual seu cliente foi vítima a não ser encaminhar sua ameaça verbal à polícia. Asseguramos que não tivemos nada a ver com a ida da polícia até o seu escritório, o que a constrangeu publicamente diante de seus vizinhos, Aluguel de Carros e Salão de Beleza Filomena. Temos certeza de que os negócios vão voltar a prosperar para a senhora em breve.

Estamos aliviados por saber que nem a senhora nem sua cliente estão envolvidas no acontecido.

Cordialmente,

Tom Eagleton
Em nome do sr. Ian Knightly-Jones

Ela não está aqui - insistia Emma. Pelo menos dessa vez era verdade; Jackie não estava escondida atrás da porta ou no depósito, mas a caminho da casa da mãe num táxi.

Dan disse: — E ela disse a que horas ia voltar? — Sua voz estava abafada e esquisita por baixo do capacete de motociclista que usava. O visor estava abaixado para protegê-lo de qualquer pólen e ele usava uma echarpe firmemente enrolada em volta do pescoço e enfiada no capacete, por medida de segurança. Avisara a Emma antes de entrar que teria apenas dois minutos antes de ficar sem ar.

— Não. A mãe dela não está passando bem — disse Emma, tentando soar calma. Na verdade, Jackie havia assegurado que só voltaria no dia seguinte, no mínimo. Ela repetira isso várias vezes, como se quisesse deixar o caminho livre ou algo assim! Emma respondera energicamente que não tinha nada planejado para aquela noite, tirando os programas semanais da televisão, e que não havia necessidade de Jackie liberar o apartamento por sua causa. Mas aparentemente a sra. Ball havia tomado uma overdose de um remédio fitoterápico chamado Durma Bem e morrera para o mundo por 36 horas. Jackie precisava ir até lá.

— Ora, vamos lá, Emma! — implorou Dan. — Ela é minha noiva. E me abandonou há uma semana! Não atende meus telefonemas, nem responde às minhas mensagens de texto. Nem aos meus e-mails. Por favor, preciso saber o que está acontecendo.

— Gostaria de poder te ajudar, Dan.

—Você está mentindo.

— Quer saber? Estou. Não vou repetir nenhuma conversa íntima que tenha tido com Jackie. — Sobretudo porque Jackie havia deixado instruções expressas para não fraquejar caso ele aparecesse durante a sua ausência.

— Me dê uma pista — implorou ele.

— Não.

— Umazinha só.

— Não!

— Ela disse "nunca mais quero ver aquele palhaço novamente" ou "vou dar um gelo nele e depois quem sabe"? A ou B?

— Para com isso! Olha, vocês vão ter que resolver isso sozinhos.

— Eu resolveria, se ela falasse comigo! Não consigo comer, não consigo dormir, não consigo me concentrar em nenhuma fusão no trabalho! — Ele suspendeu o visor do capacete abruptamente, ficando cara a cara com Emma. — Olha só os meus olhos! Estou arrasado! — disse, descendo novamente o visor.

— Dan, não sei o que dizer.

— Não estou te pedindo para me contar o que ela confidenciou a você, Emma. Só diga que estive aqui, só isso. Diga que você me viu, que estou péssimo. Torturado pela culpa. Que ganhei dois fios de cabelo branco com essa história toda, olha aqui! Bem, não dá para ver direito por causa do capacete, mas estão aqui. — Ele emitiu um som esquisito, como se a garganta estivesse obstruída. — Estou começando a ficar sem ar. Por favor, Emma. Eu amo a Jackie. Preciso que ela volte para mim.

— Está bem, Dan.

— Diga a ela que nem precisamos casar. Que estou totalmente preparado para viver em pecado.

— Beleza.

— E que vou fazer terapia para controlar meu lado agressivo.

—Tá, Dan. — Ele estava ficando ligeiramente cianótico.

— Promete.

— Prometo. Agora vá!

Ele saiu trôpego, arrancando o capacete no caminho. Emma ponderou se deveria ou não ligar para Jackie e contar o que acontecera. Depois decidiu que era melhor não. Não importava o modo como contasse a história, ia parecer que estava tomando partido.

Dois braços rijos e bronzeados enlaçaram sua cintura. Lábios quentes roçaram sua nuca. Emma ficou tão desconcertada que agarrou firmemente o balcão.

— Enfim sós — murmurou Lech.

— Lech! O que...

— Tudo bem, sei que você está sentindo o mesmo que eu. A semana inteira fiquei te observando, lembrando do seu corpo por baixo das suas saias e blusas marrons. Quente, passional, selvagem. Mas se você quer disfarçar aqui no trabalho, tudo bem. E Jackie se mudando para o seu apartamento... Que péssimo *timing* tem essa mulher! Mas agora que ela está fora, não há quem nos segure!

Emma se desvencilhou dos seus braços e virou-se para confrontá-lo, furiosa. — Faça-me o favor!

Ele ficou surpreso. — O que houve? Você está preocupada com a possibilidade de um cliente entrar aqui?

— Fodam-se os clientes! — explodiu ela. Não se lembrava de ter usado essa palavra antes. Mas não seria a primeira vez nos últimos tempos em que ela fazia algo totalmente atípico. — Como você ousa ir me agarrando assim? Você está se comportando como um homem das cavernas, grosseiro, rude, ignorante, machista!

— Vou ter que procurar algumas dessas palavras no meu dicionário de inglês, mas tenho a impressão de que não são coisa boa — disse Lech, diminuindo seu entusiasmo. — Qual o problema, Emma?

— Qual é o *problema*? — Não teria ele decifrado nenhum dos sinais que ela enviara durante toda a semana? Recusara-se a olhar para ele, a falar com ele, fingindo que ele sequer existia! Não teria notado que havia algo definitivamente errado quando ela fechara a porta da loja na sua cara na véspera? Ou será que ele achara — inacreditável — que ela estava se fazendo de recatada?

Obviamente comunicação não era o forte deles, pois Lech disse, magoadíssimo: — Pensei que você tivesse gostado tanto quanto eu da noite que passamos juntos.

A simples menção das palavras "noite" e "juntos" na mesma frase a deixou com ânsia de vômito. Mal acreditava que fora capaz daquilo. Ter transado com Lech. Beijado Lech. Rasgado suas roupas. Ter deixado ele colocar seu... Não, não podia sequer lembrar ou teria que se inscrever num daqueles duvidosos estudos experimentais para apagar toda a sua memória, como se fosse um disquete.

Até teria uma desculpa se estivesse bêbada. Mas só tomara duas taças de vinho e comera uma fatia de pizza de presunto (ele conseguira uma de graça com os caras da pizzaria) — os dois nus na cama, lambendo o molho de tomate um do outro: outra imagem terrível, impressa em sua memória. A verdade é que a lembrança daquela noite haveria de atormentá-la até o fim de seus dias, sozinha e esquecida em algum asilo qualquer, tendo preparado sua própria coroa fúnebre antes de morrer.

Ele disse, num tom quase indulgente, coitado: — Acho que você está um pouco constrangida por causa daquela noite, não é isso? Tudo bem. Eu também estou.

— Está? — Aquilo, ela fazia questão de escutar. Ele não parecera nem um pouco constrangido passeando nu pelo seu apartamento, antes de fuçar a geladeira em busca de alguma sobremesa depois da pizza. Sexo, declarara orgulhoso, sempre o deixava faminto.

— Estou. — Fitou-a com o olhar direto de sempre. — Olha, vou ser sincero com você. Já transei com muitas mulheres. Umas vinte, o que não é mal para um cara da minha idade. Pode-se dizer que tenho experiência, certo? Sempre me achei viril, do tipo que sabe tudo.

213

Emma mal podia acreditar que estava parada ali, de pé, escutando aquilo tudo. Mas uma espécie de fascinação mórbida a levou a perguntar, mordaz: — Sério?

— Aí eu te conheci. E, cara, você me deixou alucinado! Ficamos fazendo amor até às cinco da manhã!

Emma sentiu outra ânsia de vômito.

— Foi uma espécie de sintonia bizarra para mim. Como se fosse algo muito especial e não apenas sexo. E o que estou sentindo por você me deixa um pouco constrangido. — Ele deu de ombros. — Mas não importa. Precisava te dizer isso.

Emma sorriu simpática, pigarreou e disse: — Também preciso te dizer umas coisas. Estou... contente por você ter tido uma experiência tão agradável. Quanto a mim, me arrependo amargamente. Posso te garantir que não vai se repetir, nunca mais. E eu agradeceria muito se você nunca mais mencionasse isso e que voltássemos normalmente ao trabalho, está bem?

Ela se virou para o balcão e continuou a arrumar um buquê. Sabia que Lech continuava no mesmo lugar. Não tinha como ignorar sua presença. O sujeito parecia emitir um radar quando havia alguma mulher por perto. E estava fedendo a loção pós-barba, como durante toda aquela semana. Para agradá-la e ela sabia. Ah, ele não tinha a menor classe!

Finalmente, ele disse: — Já entendi. Você é a patroa e eu o empregado, é isso?

— Não. Eu sou a patroa e você é... *você*!

Aquilo realmente o ofendeu. — O que há de errado comigo?

Ela o examinou com os olhos: camiseta regata, cabelo raspado, tatuagem e tênis branco. Foi como se uma corrente elétrica percorresse seu corpo. Não lhe restou nada a fazer a não ser agarrá-lo com força e tascar-lhe um beijo.

★ ★ ★

— Gêmeos — gemeu a sra. Ball. — Gêmeos! — Então, num aparte acusatório: — Não há um caso de gêmeos em nenhum lado da família há três séculos! Você tinha que inventar, não é mesmo?

Michelle olhava estoicamente para o teto. Para piorar ainda mais a situação, ela ficara ainda maior na última semana e sua barriga agora praticamente bloqueava a claridade que entrava pela janela. A sra. Ball fechou os olhos por um instante, para evitar aquela visão. —Vai ver que isso é comum na família *dele*. Mas isso nós dificilmente vamos descobrir, não é?

A sra. Ball estava bizarramente vestida, usando macaquinho e rabo de cavalo. Quanto mais velha, mais infantis ficavam os seus trajes. Michelle costumava dizer que ela terminaria seus dias usando macacão infantil. Era, obviamente, uma regressão subconsciente da sua parte, de volta à despreocupação da sua infância.

Mas naquele dia parecia muito abatida e Jackie teve pena dela. — Mãe, por que não vai se deitar um pouco?

—Já te disse que não consigo dormir! Não sem meus comprimidos.

—Você não vai tomar mais nenhum — disse Jackie, muito firme.

— Nem poderia, joguei no vaso e dei descarga — disse Michelle. E, virando-se para Jackie: — Estava escrito: tomar um antes de deitar. Ela estava tomando vários com chá. Papai a encontrou apagada na tábua de passar.

— Podem rir, podem fazer piada — disse a sra. Ball. — Mas de quem é a culpa por eu não estar conseguindo dormir? — Ela olhou fixamente para Michelle, como se houvesse alguma dúvida. — Depois dessa, nunca mais vou dormir oito horas por noite novamente. — Não dormia oito horas por noite desde que Eamon nascera, há quarenta e dois anos, mas ninguém disse nada. — O que eu quero saber é: o que você vai pôr na certidão de nascimento?

Michelle esclareceu para Jackie, sem rodeios: — Ele está questionando a paternidade.

— O quê?

— Ele disse que vários caras podem ser o pai, incluindo outros juízes. — Ela franziu a testa. — E, sabe, ele pode até ter razão. Além disso, eu estava muito doida naquela noite. Mas assim, no geral, tenho quase certeza de que são dele, sim.

A sra. Ball a encarou como se ela fosse uma alienígena com chifres saída de um pântano, e não sua filhinha linda, inteligente, *comportada*. Foi pior do que quando a sra. Mooney, a vizinha, descobriu o filho bombeiro vestido de copeira lambendo creme de chantilly direto da lata.

— O que você vai fazer? — perguntou Jackie.

— Não sei. Ele diz que tem um cargo público muito importante, colocando criminosos e amorais atrás das grades, e que não pode macular sua reputação assim. Ah, e que vai me processar se eu repetir essa história para alguém.

Jackie estava pasma. — Como assim, ele acha que ainda vive na época dos vikings?

— Os vikings! — exclamou a sra. Ball. — Melhor nem mencionar, porque vai ver que ela já se deitou com metade deles também.

Michelle deu uma risada. — Boa, mãe.

Os lábios da sra. Ball tremeram. — Para! — Mas logo ela caiu na gargalhada também. Curvando-se para a frente, repetia: "Ai, ai, ai!", um pouquinho histérica, insistindo quando recuperava o ar: "Não tem graça nenhuma, não tem graça nenhuma", o que fazia Michelle rir ainda mais. Por fim, gargalhavam tanto e tão alto que até o sr. Ball, que estava no galpão com suas ferramentas, levantou a cabeça e olhou pela janela, pensando que os gatos da vizinhança deviam estar se pegando novamente.

—Ai, alguém me passa um lenço — pediu a sra. Ball, já sem forças. A caixinha passou de mão em mão e elas todas enxugaram os olhos. Depois, ela acrescentou, num tom piedoso: — Isso não quer dizer que está tudo bem, ouviu? Só porque consegui manter o meu senso de humor em uma situação dessas, não quer dizer que você tenha subido no meu conceito.

— Mas também não posso descer mais do que isso — disse Michelle.

—Aceitar dinheiro assim! Desse sujeitinho!

— Hã? — indagou Jackie.

— O juiz Fortune me deu cinco mil euros em um envelope de papel pardo, para eu me virar.

— E ela aceitou — disse a sra. Ball para Jackie. — E já até gastou uma parte.

—Tive que comprar umas roupas de gestante, mãe. E umas roupinhas para os bebês. — Havia algo em sua voz que podia ser ternura ou timidez; de todo modo, era a primeira vez que Jackie detectava isso na irmã.

A sra. Ball implorou a Jackie:— Converse com ela, Jackie. Ela precisa convencê-lo a fazer um teste de paternidade ou algo assim. Caso contrário, essas crianças vão crescer sem pai.

— Elas vão crescer sem pai de qualquer jeito — observou Michelle, com razão.

— Está vendo? — perguntou a sra. Ball para Jackie, desesperada. — Estou quase indo lá pessoalmente dizer a esse sujeito o que eu acho dele.

— Não adianta, eu já tentei — disse Michelle. — Ele mora numa mansão com portões eletrônicos de segurança e dois rottweilers.

— Não tenho medo de rottweilers — afirmou a sra. Ball em alto e bom som. Mas não mencionou mais nenhum plano para confrontá-lo. Foi vencida por um longo bocejo. Dormira tão pouco nos últimos dias que bocejava 82 vezes por dia. Mas quem disse que conseguia dormir! Nem por um segundo! Àquela altura da vida, começava a acreditar que só conseguiria descansar mesmo quando morresse. Do jeito que tinha sorte, era capaz de acordar a sete palmos, num caixão, e continuar se preocupando. E, nessa circunstância, certamente teria com o que se preocupar.

E lá estava o sr. Ball consertando coisas na garagem, como se nada daquilo lhe dissesse respeito! Como se Michelle fosse filha de outra pessoa. Mas ele sempre foi assim, pensou a sra. Ball com tristeza. Mesmo quando eram pequenos, ela o flagrava olhando para as crianças como se mal as reconhecesse.

— Acho que isso deve ter sido um choque e tanto para você, mãe — disse Jackie, diplomática. — Daqui a pouco, você se acostuma.

Foi uma péssima ideia chamar a atenção para ela, pois, ao concentrar-se em Jackie, suas preocupações se renovaram. — Assim como eu vou me acostumar a você ter desmanchado com Dan? Tinha descongelado um peru para ele e tudo.

Havia uma fileira de ancinhos e pás na parede da garagem e o cortador de grama estava do lado de fora, o que na certa significava que ela deixara algum trabalhinho no jardim engatilhado para ele. E aquele saco de cimento?

— Não desmanchei com Dan. Só estamos dando um tempo, só isso.

— Um tempo! Não me venha com esses seus eufemismos — protestou a sra. Ball, que acompanhava novelas e estava por dentro desses assuntos. — Eu sei exatamente o que isso quer dizer, o gato já subiu no telhado, mas você ainda não está pronta para admitir, nem para si mesma nem para ele.

— Não é verdade, mãe.

— Então por que você está sem a sua aliança de noivado? — Ela parecia estar à beira das lágrimas.

— Por que não estava a fim de usar — respondeu Jackie. — Olha, eu tive que tomar alguma atitude! Senão ele ia achar que o que fez é normal.

— Bem, para mim ele é um santo — declarou a sra. Ball. — Por ter aguentado tudo que aguentou. Não se pode realmente culpá-lo.

— Por ter encomendado uma surra?

— Não me diga que você também não gostaria de cair de pau no Henry.

— Gostaria, sim, mas...

— Logo que você chegou de Londres, todos nós pedimos a São Francisco para ele tropeçar atravessando a rua e ser atropelado por um caminhão, lembra?

— Isso foi naquela época, mãe. Eu estava chateada, foi da boca para fora.

— Não foi o que pareceu. Você estava subindo pelas paredes de raiva. Isso quando não estava jogada na cama, encharcando o travesseiro de tanto chorar. Eu cheguei a comentar com o seu pai: o que será que ele fez para ela estar *assim*? Ele não respondeu, evidente. Claro que nós sabíamos que as coisas não estavam indo tão bem por lá: você sem trabalhar, ele trabalhando demais. Uma fórmula que só podia terminar em fracasso. Sempre que eu ligava, você soltava os cachorros em mim. Está acontecendo alguma coisa com aqueles dois, eu disse ao seu pai, não estão nada felizes. Ele não me ouviu, evidente. Mas terminar daquele jeito catastrófico! Ele deve ter aprontado alguma coisa grave, foi o que eu disse a Michelle.

Michelle despertou à menção de seu nome; tinha se distraído por completo ao sair da berlinda. — Disse mesmo — concordou ela. — Alguma coisa bem grave.

E olharam para Jackie, esperando que ela contasse.

— Na verdade — começou ela, num tom que pretendia neutro —, foi apenas a gota d'água.

A sra. Ball insistiu: — Mas você nunca chegou a nos contar exatamente o que havia de errado.

— Pelo amor de Deus, mãe, já tem quase dois anos. Eu mal consigo me lembrar dos detalhes e, para ser franca, prefiro nem tentar!

A sra. Ball fez beicinho. — Só estou querendo te oferecer um colo de mãe, Jackie.

— Eu bem que estou precisando — reclamou Michelle. — Estou prestes a virar mãe solteira.

—Você devia ter pensado nisso antes de deixar ele deitar em cima de você.

— Na verdade...— começou Michelle, mas pensou melhor e decidiu ficar calada.

A sra. Ball ainda não tinha terminado com Jackie. — Quanto vai demorar esse "tempo" que você está dando com Dan? — perguntou ela.

— Ela já comprou vestido para o seu casamento — informou Michelle para Jackie. — Então, a não ser que você se apresse, não vai ser apropriado para a estação e ela vai ter que comprar outro.

A preocupação da sra. Ball mudou rapidamente de foco. — Nem me fale. Sou tamanho M em cima e G em baixo, um horror. E algumas vendedoras criam logo caso na hora de separar os conjuntos.

Jackie estava enjoada da conversa e anunciou: — No momento, nem sei se vou mesmo me casar.

A sra. Ball pousou a mão no pescoço. Seus olhos, já vermelhos pela falta de sono e pela preocupação, adquiriram um brilho fantasmagórico. — Pelo amor de Deus, Jackie, todos nós temos nossos defeitos! Se eu tivesse que listar tudo que fui obrigada a aturar do seu pai ao longo dos últimos... Ah, sei lá quantos anos, e para ser franca, nem quero me lembrar. — Olhou para Jackie como se não pudesse compreendê-la. — E pensar que você teve uma segunda chance. Teve tudo nas mãos, entregue de bandeja! — E acrescentou, desconcertada: — Só você mesmo, Jackie, para complicar tanto as coisas! — Ela recostou-se na cadeira, corada, confusa, preocupada e exausta. Fechou os olhos e logo depois emitiu um estranho assovio.

— Ela... dormiu? — indagou Jackie.

— Sei lá. Cutuca ela aí.

— Eu, não. Estou querendo paz.

220

— Mas e aí, você vai voltar com o Dan? Ou só estava falando isso para espezinhar mamãe?

— Acho que vou acabar voltando, né?

— Cruzes, que animação, hein?

— Talvez mamãe tenha razão e eu complique mesmo as coisas. Eu fico noiva de um antes de me divorciar do outro, incito Henry a contestar o divórcio e agora termino com Dan. Está tudo uma bagunça.

— Pelo menos você está viva — disse Michelle.

Jackie lançou-lhe um olhar desconfiado. — O que a deixou tão filosófica, hein?

— Não sei. Devem ser os hormônios. Mas me sinto feliz, sei lá.

— Feliz?

— Eu sei, não é estranho? Sem ter tomado *ecstasy* nem nada.

— E você não está preocupada com o Gostosão?

— Não tenho muita coisa a fazer até o nascimento dos bebês. E depois, mamãe já se preocupa por nós. — Ela acariciou a barriga, satisfeita, e Jackie invejou aquela inesperada felicidade. Por que nunca conseguia acertar? Por que sempre terminava complicando tudo?

— Você acha que eu fujo das coisas? — perguntou. — Da vida, em geral? — Ao lado dela, a sra. Ball roncava desbragadamente, com a boca aberta. Com aquela roupa, parecia um bebê cochilando no bercinho.

— Talvez eu tenha uma espécie, sei lá, de fobia de compromisso. — Tentou parecer despreocupada, mas o comentário de Emma a perturbava há uma semana. Será mesmo que todos os seus relacionamentos sérios terminavam de maneira abrupta, com ela indo embora com uma mala?

— Olha, já fiquei com muitos caras e sei reconhecer fobia de compromisso quando transo com eles. E não é seu caso, Jackie. Pelo amor de Deus, você juntou sua trouxinha e se mandou para Londres por causa do Henry!

— Obrigada! — exclamou Jackie, sentindo-se muito melhor. Emma estava enchendo sua cabeça de caraminholas. Ela mesma não chegara à conclusão de que investira até demais em Henry? Certamente, nada que alguém que foge de compromissos faria! Não era sua culpa se os homens por quem se apaixonava loucamente a decepcionavam tanto — e com deprimente regularidade. Qualquer outra em seu lugar faria as malas e partiria também.

— Não, sempre achei que seu maior problema é voar alto demais — prosseguiu Michelle.

— Hã? — Por um minuto, ela pensou que o assunto da conversa fossem as suas qualidades.

— Ah, você sabe como você é. Sempre se deixando levar pelo romance do momento.

— Isso não é um defeito, Michelle. É o que acontece com todo mundo, as pessoas se apaixonam. Só não aconteceu com você.

— É porque eu sou realista. Não quero viver me decepcionando como você.

Jackie riu. — Eu não vivo me decepcionando!

— Assuma, Jackie, você espera demais dos homens.

—Você está dizendo que eu devia diminuir meu padrão?

— Se diminuísse, não ia terminar sempre indo embora com uma mala na mão.

Jackie estava pasma. E totalmente na defensiva. — Você nunca sequer se apaixonou, Michelle. Então nem sabe do que está falando. E, depois, se eu quisesse alguém para destruir com as minhas supostas ilusões românticas, então Henry seria a pessoa certa — concluiu ela, num tom bastante amargo.

— E você chegou mesmo a dar alguma chance para ele? — perguntou Michelle.

— Claro que sim. Várias! Centenas! Não tenho culpa se ele se revelou um imbecil!

Ela queria desesperadamente acreditar nisso. Do contrário, Henry começava a ganhar pontos naquela história. A parecer mais inocente. E ela, por conseguinte, a se sentir mais culpada.

★ ★ ★

— Ele apareceu de novo ontem. Três vezes em dois dias — disse Emma quando Jackie voltou ao trabalho na quinta-feira. — Talvez esteja na hora de você ter dó do cara e conversar com ele.

— Está louca para se livrar de mim, hein?

— Pelo contrário — respondeu Emma, irritada. — Estou dando graças a Deus por você ter voltado.

Ela estava usando um suéter de gola alta, quase até o queixo. O que era meio estranho, naquele calor. Mas ela se justificou dizendo que aproveitara a ausência de Jackie para cuidar do jardim e pegara um resfriado.

— Então por que Lech também está usando gola alta? — perguntou Jackie. — Ele te ajudou no jardim?

Emma ficou roxa e torceu as mãos.

— Não tem motivo para ficar envergonhada — disse Jackie.

— Tenho, sim! É profundamente constrangedor! Promete que não vai contar para ninguém que a gente conhece. Por favor, Jackie. Eu teria que me mudar para outra cidade.

— Ai, Emma.

— Não sei como foi acontecer de novo. Uma vez já foi ruim. Acho que tenho que procurar ajuda. Ou então, vai ver que negligenciei as minhas... necessidades por tanto tempo que agora estão descontroladas e eu preciso neutralizá-las, sei lá. — Ela estava nervosíssima.

— Então você conheceu um cara incrível. Por que não aproveitar? Ela arregalou os olhos. — Aproveitar? É Lech.

— E?

— Vou repetir: *Lech*.

Como se tivesse sido chamado, Lech surgiu, vindo de uma entrega.

— Oi! Está um lindo dia lá fora!

— Hospital St. James — disse Emma, empurrando um buquê para cima dele e evitando deliberadamente olhá-lo nos olhos.

— Está na hora do meu cafezinho — disse ele. Parecia magoado e atento. Jackie teve pena dele.

—Vai tomando no caminho. Agora vá, por favor.

Mas ele continuou no mesmo lugar. Olhou de soslaio para Jackie e perguntou a Emma, baixinho: — Posso te ver mais tarde?

— Não. Não, não e não!

Quando ele apanhou o buquê, ela recolheu a mão depressa. Ele a encarou duramente antes de sair, sem seu tradicional alarde.

— Coitado — disse Jackie.

— Quero trocar de turno — anunciou Emma. — Se você não se incomodar. Queria ficar mais na parte da manhã.

Lech não trabalhava na parte da manhã.

— Por mim, tudo bem — respondeu Jackie. — Mas continuo achando que você devia dar uma chance a ele, Emma.

Mas, para Emma, a conversa tinha se encerrado. — Duas coisas enquanto você esteve fora. Estamos com a contabilidade atrasada, de novo, e chegou mais um desses para você. — Ela pegou uma edição envolta em plástico do jornal de domingo. — Pelo visto, alguém fez uma assinatura anual para você.

— E à toa, porque olha para onde vai mais esse! — disse ela, atirando o jornal desdenhosamente no lixo. Errou, é claro, e teve que ir resgatá-lo em meio a várias rosas antes de jogá-lo novamente.

— Quer parar um pouco para tomar um café? — perguntou a Emma.

— Quero sim, obrigada.

Era apenas um pretexto para afastá-la da loja. Assim que ela saiu, Jackie correu até a lixeira e resgatou o jornal. Rasgou o plástico. Primeiro, verificou a seção de Henry. Não tinha escrito a sua coluna novamente, o que não era de se admirar, já que a única comida que experimentara na última semana fora a do hospital. Depois, foi direto para o Correio Sentimental, sentindo o coração saltar no peito. Repetia para si mesma que certamente não haveria nada. E, mesmo que houvesse, não seria para ela. O primeiro poema podia até mesmo ser alguma estratégia de marketing, concebida por algum publicitário de terno para testar a reação do público de Deus sabe qual...

Havia um poema novo.

Penso em você o tempo todo
Você está em tudo que faço
Meus dias, minhas noites, sonhando ou acordado
Ando repleto da sua doce lembrança.

E embaixo, como no primeiro: *Para Jackie.*

Capítulo Quatorze

— O único bom motivo para uma contestação é que as alegações de comportamento irracional são falsas — entoou o sr. Ian Knightly-Jones, com ar solene. Fitou Henry com seus olhos cinzentos e sua palidez mortiça. — E são falsas, sr. Hart?

Henry adoraria ter retribuído um olhar igualmente marcante, mas isso seria um pouco difícil, uma vez que seu olho direito estava roxo, injetado de sangue. O máximo que podia fazer era lançar-lhe um olhar semicerrado.

— Sim — respondeu ele, arrogante. O principal, em se tratando de questões legais, era exalar confiança, embora não fizesse ideia do que estava dizendo.

— O senhor seria capaz de provar em juízo que as acusações de sua mulher na petição não passam de mentiras deslavadas? — prosseguiu ele. O sujeito tinha o dom de fazer com que Henry se sentisse um aluno travesso, pego no flagra colando na prova de matemática. E, quanto ao advogado novato, Tom, ele se contorcia na beira do assento, flexionando, obediente, cada músculo de seu corpo na direção do seu mestre.

— Sim — repetiu Henry, elevando a voz.

Knightly-Jones suspirou e lançou um olhar severo para Tom, como se para repreendê-lo por ter empurrado aquele assunto doméstico para cima dele, quando deveria estar no tribunal defendendo alguém realmente importante. Tom murchou um pouco.

— A petição — ordenou ele.

Tom precipitou-se como um raio para buscá-la e a colocou sobre a mesa. Em outro movimento ligeiro, dispôs ao lado da petição os óculos de Knightly-Jones. O prédio inteiro parecia segurar a respiração, em expectativa, enquanto ele suspendeu a petição, ajeitou os óculos e começou a ler.

Henry interrompeu rudemente o silêncio reverente com: — Olha, isso tudo que ela escreveu aí é palhaçada. Não foi o que *realmente* deu errado.

— Só podemos contestar o que consta na petição, sr. Hart.

— Está bem — respondeu Henry, num tom mais humilde.

— Vamos começar com o primeiro exemplo de "comportamento irracional". — Ele leu, em tom sério: — "Incapacidade de participação ativa na vida familiar".

— Ela não reclamava disso na época — Henry precipitou-se em objetar. — Só para deixar claro.

O comentário lhe rendeu um olhar de reprovação de Tom e de Knightly-Jones.

— O senhor pode contestar isso, sr. Hart? E, o mais importante, *eu* posso contestar? Porque, veja bem, não gosto de ser pego com as calças arriadas em pleno tribunal.

Henry visualizou por um segundo a cena, antes de garantir, confiante: — Sim.

— Como?

— O quê?

— Como podemos contestar?

— Ué, achei que isso ficasse por conta de vocês. — Ele estava gastando uma fortuna com eles.

O sr. Knightly-Jones abaixou a petição. — Eu não posso simplesmente chegar lá e alegar que tudo isso é uma bobagem. Precisamos de argumentos, de evidências. Vamos ter que contestar as testemunhas dela; tenho aqui uma declaração de uma tal de Emma Byrne. Tom?

Tom mergulhou no arquivo. — Aqui está.

— Emma não vale — disse Henry. — É a melhor amiga dela, vai alegar qualquer coisa para ajudar Jackie.

— Não posso colocar isso na nossa contestação, sr. Hart. "Melhor amiga não vale." — Knightly-Jones suspirou novamente. Ele tentou alcançar um copo de água, mas interrompeu o gesto e Tom correu para aproximar o copo dele.

— O senhor precisa partir para uma audiência em dez minutos — sussurrou ele.

— Está bem, está bem. — Knightly-Jones o espantou como se fosse uma mosca irritante. — Se o senhor insiste em contestar este divórcio, sr. Hart, todas essas alegações serão esmiuçadas no tribunal. Tanto da parte dela quanto da *sua*. Por isso, precisamos embasar nossa defesa com um mínimo de provas, compreende?

Henry começou a se sentir pressionado. Não era assim nos livros de John Grisham. Foi então que lhe ocorreu: — Posso alegar que era a natureza do meu trabalho! Como crítico gastronômico. Que não podia estar em casa sempre que ela estalava os dedos.

— E ela fazia isso? Estalava os dedos?

Henry foi ganhando confiança. — Olha, o tempo todo. Nunca vi ninguém mais carente. Ela não era assim no começo.

— E o que o senhor acha que aconteceu?

— Não sei. Ela estava morando em Londres, adorava Londres, todas aquelas lojas, coisas para fazer e ver, aquela agitação. Tinha uma casa ótima e bastante dinheiro para gastar.

— Então, de acordo com o senhor, ela não tinha motivos para se sentir "carente"?

Henry o encarou. — Não estou gostando do seu tom.

— Só estou especulando se o senhor alguma vez lhe perguntou por que ela não era o que o senhor gostaria que fosse. — Seus olhos cinzentos pareciam perfurá-lo como duas brocas. Seu rosto estava ainda mais pálido. Para Henry, ele parecia um anjo da morte.

— Eu não queria que ela fosse nada! Apenas... feliz.

— Mas o senhor ficou ressentido quando ela se recusou a ser feliz? Depois de tudo que fez por ela?

— Mas que diabo é isso aqui, uma sessão de análise?

Knightly-Jones recuou, surpreso. — Estou apenas fazendo as perguntas que um juiz faria, sr. Hart. Incapacidade de participação ativa na vida familiar engloba muito mais do que a sua contagem de número de horas.

Então Henry flagrou Tom lançando-lhe um olhar. De pena? Ele desviou o olhar depressa e sussurrou para Knightly-Jones: — Cinco minutos.

Henry, sentindo o rosto queimar, disse: — Não quero atrasá-lo com meus problemas insignificantes. Pode ir.

— Não, não. — Knightly-Jones desanuviou sua expressão. Ficou quase solidário, o que era ainda mais irritante. — O senhor gostaria de passar para a próxima alegação? Deixe-me ver: "incapacidade de comprometimento emocional com o casamento".

Henry começou a detestá-lo.

230

— No fim das contas, sr. Hart, essa aqui se refere à percepção dela se o senhor comprometeu-se emocionalmente ou não. É difícil argumentar com um ponto de vista. Compreende?

— Não, não compreendo! — Sabia que parecia ranzinza e escandaloso, como alguém que tivera sua entrada barrada em um bar no meio da noite. — Pois eu lhe dou um argumento! É impossível comprometer-se emocionalmente com alguém que acha que se casou com o maldito Don Corleone!

Tanto Knightly-Jones quanto Tom pareciam levemente perplexos.

— Eu não era o que ela queria, está bem? — murmurou ele.

— Então eu o aconselharia a refletir bastante sobre esta contestação, sr. Hart — disse Knightly-Jones.

— Então é isso, você está dizendo que não tem solução? Estamos liquidados? — insistiu Henry. Pois bem, ele que se danasse! Desistindo daquele jeito. Aquele supostamente era um escritório de advocacia que mais ganhava do que perdia casos. E ali estavam eles, dizendo que não havia nada que ele pudesse fazer? Que teria que ficar de braços cruzados e engolir todos aqueles sapos? Sem sequer comprar a briga?

Ian Knightly-Jones juntou suas palmas brancas e macias e disse, gentilmente: — Sr. Hart, está bem claro que a srta. Ball quer se divorciar do senhor. E não importa o quão brilhante possa ser nossa defesa ou o quão convincentes possam ser nossas evidências, isso não mudará o fato de a srta. Ball querer se divorciar do senhor.

Ouvir a questão exposta dessa maneira, tão imparcial e objetiva, foi um tremendo choque para Henry. Ambos olhavam para ele, esperando uma resposta. Tudo que conseguiu articular foi: — Entendi, o senhor não podia ter sido mais claro.

— É claro que vamos agir de acordo com suas instruções, mas devo adverti-lo de que nenhum juiz vai insistir para que ela continue casada com o senhor.

— Já entendi. Obrigado.

Foram salvos de uma prorrogação ainda maior do constrangimento pelo secretário, que abriu a porta e anunciou: — O carro já chegou, sr. Knightly-Jones.

Engajaram-se depressa num embalo de produção. Tom saracoteava pela sala, apanhando arquivos, canetas, diários, guarda-chuvas. Outros assistentes surgiram para apressar a retirada. Por fim, um deles ergueu as mãos, retirou os óculos de Knightly-Jones, guardou-os num estojo de couro e o deslizou respeitosamente no bolso interno do seu paletó. Henry, mal-humorado, especulou se algum deles era contratado para limpar o seu traseiro.

— Não deixe de me avisar o que decidiu, sr. Hart — disse ele. — E ainda podemos entrar com um processo pela agressão. Eu bem que gostaria de dar uma lição naquela advogada pavorosa, como é mesmo o nome dela? Vera? Verucca?

— Velma — respondeu Tom, avidamente. — Posso fazer isso. Também não gostei nem um pouco dela.

Knightly-Jones recusou com um gesto, abanando sua mão fina e pálida. Era mesmo um cara esquisito, concluiu Henry.

— Bom, o que o sr. Hart decidir. Tenha um bom dia, sr. Hart. Vou deixar Tom com o senhor. — E assim dizendo, foi embora, arrastado pela algazarra de secretários e assistentes.

Henry continuou onde estava, olhando para Tom.

— Se você realmente quiser entrar com um processo... — começou ele.

— Não.

— Ah. Tudo bem.

Não havia nada mais a ser dito. Tom remexia sua caneta nervosamente. Henry sabia que ele estava esperando que desse uma desculpa e fosse embora.

— Você também acha que eu fui um imbecil, não acha? — perguntou a Tom. — Assim como o sr. Knightly-Jones.

Tom levou um susto. — Eu?

— É, você.

Tom hesitou, contorcendo-se, desconfortável. E, então, finalmente respondeu: — Para falar a verdade, não. Se eu estivesse me divorciando de alguém, gostaria que a pessoa tentasse me impedir. Que lutasse um pouco.

— Eu não estava lutando por ela — disse Henry, contrariado.

— Não, claro que não — concordou Tom prontamente. — Você quer que eu... avise a eles?

— Não — respondeu Henry. Sentia-se como uma criança prestes a tomar um remédio amargo. — Deixa que eu aviso.

— Está tudo acabado — declarou ele para Dave. — E quer saber? Realmente amei aquela mulher. E não tenho vergonha de admitir. Não agora, que está tudo acabado. Acabado de verdade.

Estava satisfeitíssimo consigo mesmo. Talvez já tivesse começado a "superar", embora geralmente não dispusesse de tempo para essas bobagens. Ele prosseguiu, emocionado: — Sabe quando você *pensa* que ama alguém? Ou até mesmo várias pessoas? E aí você conhece A Mulher e percebe que não amou nenhuma outra. Era só desejo. Com Jackie, era desejo e amor. Uma bela combinação, por sinal, eu recomendo.

— Vou levar isso em consideração — disse Dave. — Se algum dia eu vier a me casar novamente. O que, para falar a verdade, pode ser que aconteça mesmo. Eu devia estar em casa há quatro horas para consertar a máquina de lavar para Dawn e olha só o meu estado agora. Embriagado novamente.

— Ela vai te perdoar.

— É fácil para você falar isso. Não é você que vai precisar encarar a patroa.

— Desculpe por ter sido um babaca naquele dia — desculpou-se Henry, abrindo mais duas cervejas. Teria que sair para comprar bebida em breve. Se bem que devia ter uma garrafa de uísque ou algo assim em casa. Depois daquele dia, com sua contestação indo pelos ares, ele estava mesmo precisando.

— Tudo bem — respondeu Dave, generoso. — Dawn diz que a maioria dos meus amigos é babaca. Agora, ela gosta muito de você. Não sei por quê.

— Também gosto muito dela — disse Henry. Na verdade, Dawn o assustava um pouco.

Dave lhe lançou um olhar desconfiado. — Espero que isso não queira dizer que você vai partir para cima dela. Agora que está divorciado. Lembra-se de Andy Carroll? Deu em cima da mulher de todo mundo depois que levou um pé na bunda. Menos Dawn. Ela ficou ofendidíssima, você sabe.

A expressão "pé na bunda" incomodou Henry. — Ainda não decidi se vou desistir mesmo da contestação — disse ele.

— Bobagem — respondeu Dave. — Jackie ganhou essa briga e você sabe disso.

— Mas eu lutei — protestou Henry.

— Lutou, cara. Você fez jus a ela. O lance é que ela está tão irritada que ainda não consegue enxergar isso. Mas vai enxergar.

— Eu vou dar a notícia — disse Henry. — Pessoalmente. Que ela pode se divorciar. E casar com aquele troglodita se quiser.

O que ela provavelmente faria. A ideia de que tinha ido ao cinema sozinha naquele dia para fugir do cara devia ser apenas produto da imaginação de Henry. Deviam estar transando manhã, tarde e noite.

— Sabe, estou orgulhoso mesmo de você, Henry. Eu disse a Dawn: se eu bem conheço o Henry, ele vai levar isso até o fim. Não pensei que você fosse mudar de ideia assim.

Henry não sentia necessidade de entrar em detalhes acerca da sua derrota nas mãos de Ian Knightly-Jones. — Acho que acabei vendo que talvez ela tenha mesmo razão. Sobre algumas coisas. Eu realmente a deixei na mão, tanto no compromisso emocional quanto nesse lance familiar.

— Olha, ao que parece, todos nós carregamos essa culpa — disse Dave. — É de admirar que não haja mais divórcios.

— Eu meio que tinha vontade de me desculpar — disse Henry, impulsivamente. — Sabia que era papo de bêbado, mas até que estava gostando daquela autoflagelação.

— E por que não? — incentivou Dave, que obviamente também estava gostando. — Ligue para ela! Peça desculpas.

— Melhor não — disse Henry.

— Melhor sim. Você vai ter que avisar que está desistindo de contestar mesmo. Aposto que você vai se sentir muito melhor. Purificado.

— *Purificado*?

— É. Dawn está lendo um livro agora, você sabe como ela gosta dessa xaropada espiritual, e eu li um capítulo dia desses quando estava de bobeira. Dizia que, para realmente superar uma situação, você tem que se desculpar com todas as pessoas que magoou.

— Como assim, durante toda a vida?

— Acho que sim. Se bem que eu nem tenho o telefone de metade delas.

— De repente é só com as mulheres.

— Como eu disse, não tenho o telefone da metade delas. — Ele deu uma risada, acrescentando rapidamente: — Estou brincando, pelo amor de Deus, não vá contar isso a Dawn.

— De qualquer maneira — prosseguiu Henry —, até parece que Jackie ia se impressionar se eu ligasse para ela agora e implorasse seu perdão.

— Espera até amanhã de manhã então.

Foi então que uma ideia lhe ocorreu: — Já sei. Vou escrever uma carta!

— Você não consegue esquecer por um minuto, não é? Que é escritor?

— Não é isso! É que penso melhor escrevendo. Consigo me expressar de verdade, entende? Sempre foi assim com Jackie. Tudo que não conseguia dizer, eu escrevia. Então vou escrever. Tudo! E, de certo modo, vai ser irônico, sabe? Já que minha escrita foi parcialmente responsável pela nossa separação.

Dave bocejou. Estava obviamente pregado. — Posso ligar para o táxi?

— Estou no meio de uma epifania aqui e você vai se mandar?

— Que epifania?

—Vou me abrir cem por cento com ela, Dave!

Dave parecia um pouco alarmado. — Olha, o livro não diz nada sobre se abrir cem por cento. É só um pedido de desculpas, Henry, será que você não consegue fazer isso? Você tem sempre que complicar as coisas?

— Eu não complico as coisas. — Ele já estava procurando uma folha de papel.

— Complica, sim! Está sempre se queixando do seu trabalho, mas não toma a atitude mais óbvia e simples, que é se demitir. Você não se divorcia normalmente como todo mundo; tem que fazer disso um carnaval. Estou começando a achar que você é uma maldita estrelinha.

— Não sou, não.

—Vamos lá, você adora. Todo esse drama, vagando pela casa como uma alma penada, tendo um chilique sempre que a sua semana parece um pouco chata. Estou começando a pensar que você não quer ser feliz!

— Quero ser feliz tanto quanto todo mundo!

— Então faça alguma coisa. Você está me deixando maluco.

— Estou com várias mudanças engatilhadas — anunciou Henry, num tom grandioso. — Só ainda não as coloquei em prática.

— Pois coloque logo. Porque meu fígado não vai aguentar mais uma dessas bebedeiras.

Henry mal o escutava. — Deus do céu! Não consigo encontrar uma folha de papel na minha própria casa! Tira a bunda daí, Dave, talvez você esteja sentado em um caderno, sei lá.

— Não estou, não — resmungou Dave.

Por fim, Dave sacou uma conta de telefone do bolso e Henry a abriu, com o lado em branco para cima, caneta em punho.

—Você é minha testemunha — disse a Dave, frenético. —Vou me purificar. E depois me abrir 100 por cento.

— Me tira dessa. Não vou ficar aqui para ver isso — disse Dave, puxando as calças para cima e dirigindo-se trôpego até a porta. — A propósito, andaram falando no Recursos Humanos que, se você não voltar até semana que vem, vão te demitir por descumprimento de contrato. Eles vão te comunicar por escrito, só estou adiantando.

—Vou dar um jeito em tudo isso — informou Henry.

Isso mesmo, iria colocar em movimento todas as mudanças em sua vida. E pensar que Jackie provocara tudo aquilo, tentando divorciar-se dele. Era uma boa mulher, de verdade, pensou ele quase choroso, e ele jamais a merecera. Agora, estava na hora de crescer e deixá-la partir. Para os braços daquele gângster Dan, infelizmente, mas não havia nada que pudesse fazer a respeito. E quanto a ele, bem, ele sairia dessa uma pessoa melhor. Sozinho, mas melhor.

Com um fervor quase religioso e uma garrafa de cerveja do lado, encostou a caneta no papel e pôs-se a escrever.

Jackie e Henry haviam passado a lua de mel no Tenerife. Henry achou o lugar cafona, excessivamente caro e com péssima comida. Jackie adorou e voltou para casa com um bronzeado e dez pares de chinelos de borracha.

— E que diabos é isso? — perguntou ele no carro, voltando para casa do aeroporto, apontando para algo que ela usava no pulso e parecia um pedaço de alga-marinha podre.

— Um amuleto da sorte — respondeu ela. — A mulher na barraquinha me disse que traz saúde e felicidade para quem usa.

— Por 10 libras.

— Quinze — confessou Jackie. — Mas ela parecia precisar tanto do dinheiro...

Ele contemplou o rosto anguloso dela, salpicado por centenas de minúsculas sardas e emoldurado por um cabelo frisado que o sol deixara um tom mais claro de... fosse lá qual fosse a cor do seu cabelo antes.

— Eu sei o que você está pensando — disse ela, na defensiva.

Na verdade, ele estava pensando que ela era uma pessoa bondosa, pura e generosa, e ele, em comparação, um sujeito imundo, asqueroso e cínico. E fedorento. Jackie tinha isso também; não só se preocupava com velhinhas que a extorquiam com sucesso, como jamais fedia, em qualquer parte do corpo, independentemente do intervalo entre um banho e outro. Ou pelo menos não exalava um fedor espantoso como ele. No calor do Tenerife, ele zanzara fedendo a queijo velho o tempo todo e tivera que tomar banhos furtivos, porque de algum modo sabia que um marido fedido não fazia parte dos planos de Jackie para sua lua de mel. O que fazia parte dos planos era caminhar descalça sob o luar por uma praia que — acabaram descobrindo — estava lotada de malditos moluscos navalha. Uma noite inteira de sexo perdida cutucando a sola do pé com pinças! Ela não pisara em nenhum, é claro. Mas estava começando a aprender que os pés de Jackie nunca tocavam realmente o chão. Até falara isso para ela, de um jeito delicado.

— Sou de Peixes — disse ela. Como se aquilo explicasse tudo! — Você é o quê?

— Gêmeos — retrucou ele, mal acreditando que havia se permitido entrar numa conversa sobre signos.

— Ah — disse ela, balançando a cabeça com uma expressão de sabedoria. — Isso explica tudo.

Foi tudo bastante desconcertante e confuso, exceto por um fator: Jackie Ball parecia esperar muito das coisas, incluindo casamento, romance e ele. Parecia considerá-lo uma mistura de Heathcliff e Mr. Darcy e, apesar de bastante lisonjeiro, aquilo lhe dava muito trabalho. Todos aqueles sorrisos confiantes e olhares inescrutáveis... Estava exausto.

Ainda assim, o importante é que ela parecia amá-lo de verdade, o que era impressionante. Uma mulher como Jackie! Tão diferente dos peixes mortos que conhecera profissionalmente, mulheres mais obcecadas com suas medidas do que com sua própria felicidade. Jackie não tinha a menor pretensão, a menor arrogância, não era em nada afetada. Era apenas... desenfreada, essa era a palavra. Às vezes, quando lhe dava um dos seus sorrisos amplos e cheios de dentes, ele chegava a ficar sem ar.

Era preciso tomar cuidado para não fazer algo que pudesse diminuir aquilo, pelo menos até se conhecerem um pouco melhor. Aí então certamente poderia relaxar. Três meses depois ele já estava achando difícil, aquela pressão constante para ser polido, arrogante e *cool* o tempo todo. Por sorte, sofria naturalmente com mudanças bruscas de humor, de modo que não tinha problemas nesta seara. Mas com o tempo — esperava que em breve — gostaria de revelar que, na intimidade, quando não estava tentando desesperadamente impressioná-la, gostava de esticar seus pés calçados com meias sobre a mesa de centro, assistir a programas de quinta categoria na tevê e, ocasionalmente, arrotar. E que pelos negros e ásperos cresciam abundantes nas suas narinas e orelhas se ele não os removesse. Que ele não passava vinte e quatro horas por dia sério; na verdade, bastava fazer cócegas na sua barriga para ele explodir numa gargalhada incontrolável. Que a maioria dos seus amigos, que tanto a impressionaram, não passavam de meros conhecidos — chatérrimos, por sinal — e que ele não tinha a menor intenção de convidá-los para os jantares que ela já planejava com tanto entusiasmo. E que, se deixasse, passaria o dia fedendo como um gambá.

As questões mais graves, como não suportar seu trabalho e a absoluta falta de sentido em sua vida, poderiam esperar um pouco mais. Pelo menos até ela ter desfeito as malas e se instalado.

Quando analisava os fatos dessa maneira, ficava um tanto chocado: ela vai achar que se casou com um total desconhecido.

No banco do carona, Jackie refletia: aí está ele, pensando na vida tão sério, provavelmente refletindo sobre a pobreza no Terceiro Mundo ou me achando uma boba por gastar 15 libras num pedaço de alga marinha seca.

Às vezes ela o flagrava fitando-a como se fosse uma bizarrice divertida; o tipo de pessoa que ele não costumava encontrar no seu ambiente profissional ou social, mas que, mesmo assim, o intrigava. Imaginava se a curiosidade que despertava nele um dia morreria. Já o vira torcendo o nariz duas vezes na lua de mel, normalmente quando ela cantava junto com o rádio do carro alugado, que só tocava *sucessos* dos anos oitenta.

Mas, exceto por isso, que lua de mel absolutamente perfeita haviam tido! Só os dois, sem prazos, telefonemas ou aquela nova agente oxigenada dele que dava nos nervos de Jackie. Desfrutaram de um pequeno casulo de felicidade onde ela dera vazão despudoradamente ao seu lado romântico, incentivando-o a fazer o mesmo. E ele que sempre pensara que precisava ser machão e melancólico o tempo todo! Nenhum homem poderia parecer atormentado com o boné "Kiss Me Quick" que ela comprara para ele numa das barracas da feira. No terceiro dia, ele já havia parado de franzir a testa e, no fim da primeira semana, ela começou a achar que estavam realmente se abrindo um com o outro. Mas não importava quantos copos de vinho tinto vagabundo Henry tomava, ele nunca revelava tudo na opinião de Jackie; mesmo após ela ter revelado algumas de suas experiências mais íntimas da infância, incluindo a história sobre a estátua de Nossa Senhora que se mexera sozinha numa gruta local. Isso ocorreu na época em que várias estátuas estavam se mexendo na Irlanda e Jackie queria tanto ver uma que inventou para toda a escola que vira Nossa Senhora erguer a mão direita lentamente, fazendo um "V" de paz e amor.

Mas Henry não se desnudava a esse ponto. Ele mantinha seus segredos. Era misterioso, reservado e cauteloso, como se temesse as consequências de se deixar levar.

Ela nunca tivera esse problema, é claro. Estava sempre se deixando levar, a começar pelos quatro quilos que ganhara na lua de mel.

E lá estavam eles, de volta a Londres. Era um dia cinzento e frio, e ela tremia em seu vestido leve de verão e seus saltos plataforma. Devia ter se coberto mais, mas queria que a lua de mel durasse ao máximo. Em Londres tudo seria diferente e ela sabia disso. Estava acostumada a ser colocada de lado nas festas, enquanto todos assediavam Henry. "Diga-nos, Henry, qual o seu lugar *favorito* para comer?" Em qualquer reuniãozinha, era rodeado por um bando de mulheres em cinco segundos, todas embevecidas, implorando uma dica sobre o restaurante do momento. Que ele quase sempre dava, junto com um sorriso encantador. Às vezes Jackie tinha vontade de perguntar se tudo aquilo realmente tinha alguma importância; afinal, era apenas comida e pronto. Mas então todos ficariam sabendo que a mulher com quem Henry acabara de se casar era desclassificada, ignorante, grosseira. O próprio Henry, sem dúvida, ficaria pasmo com sua falta de consideração pelo seu trabalho. Então ela segurava as pontas e sorria simpática, concordando com todos os assuntos maçantes e tentando marcar encontros com aquela massa de amigos superficiais. Não gostava de verdade de nenhum deles, mas todos falavam como Henry, usando frases curtas e espirituosas, e faziam parte da sua vida nova agora, de modo que teria que aprender a suportá-los. Ou pelo menos fingir que suportava.

E no fundo nada daquilo importava, desde que Henry estivesse ao seu lado. Ainda custava a acreditar que ele a escolhera em detrimento de todas as Hannahs, Mirandas e Tanyas, com seus brilhos labiais e dentes clareados profissionalmente. E daí que ele era um pouco reservado? Ela se abriria pelos dois. Quando cismava com alguma coisa, era capaz de provocar verdadeiros milagres. Esticou o braço e apertou a mão de Henry. — Olha, ali está o Big Ben!

— Eu vejo o Big Ben todo dia — disse Henry.

Decepcionou-se consigo mesma; agira como uma caipira. — Bem, eu não.

— Desculpe, querida. — Estava irado consigo mesmo; magoara sua mulher. Mas, à medida que se afastavam cada vez mais do aeroporto, da lua de mel e do sol, maior era a sua claustrofobia. Sua mente sintonizava novamente no deprimente trio: trabalho, sono e — o que era mesmo o terceiro? Ah, sim, o maldito trabalho novamente. Quase o esquecera durante os últimos quinze dias, divertindo-se nas praias com Jackie, olhando com admiração para ela naquele biquíni chamativo, justo, amarelo, jogando água gelada nela até ela perder a paciência e desistir da praia para ir às compras.

— Jackie — chamou ele, abruptamente.

— Hum? — Ela se virou para ele.

Não sabia o que gostaria de sugerir: que dessem meia-volta e retornassem ao aeroporto, talvez. Pegar um avião para o primeiro lugar que vissem. Qualquer lugar. Podiam até voltar para a cafona Tenerife, não tinha importância.

Mas ela estava esperando, as chaves de casa na mão, o rosto repleto de expectativa, otimismo e certeza absoluta de que tudo estava nos conformes. Ele não teria coragem. Jackie largara tudo em Dublin por ele. Como dizer a ela que preferia largar tudo para vagabundear na praia?

Ela ia voltar para casa gritando que fora enganada.

— O que foi, Henry?

Ele sorriu de lado, como costumava. — Só queria dizer que te amo.

— Eu também te amo — respondeu ela com tanto ardor e tanto sentimento que ele pensou: isso é tão bom. Se eu tenho isso, o resto não tem tanta importância.

No banco do carona, Jackie pensava: vai dar tudo certo. Estava num país desconhecido, sem trabalho, sem amigos, longe da família (o que era uma bênção) e com seu marido já dando sinais de um comportamento peculiar. Mas tinha o seu amor e, com seu costumeiro otimismo incurável, confiava que o amor superaria tudo.

Em uma das fotos da lua de mel, Henry estava posando num píer e, no momento em que a câmera foi disparada, ele fingiu perder o equilíbrio e cair. A pessoa por trás da lente, Jackie, obviamente dera um grito de pavor e correra em sua direção, pois a foto estava toda torta e fora de foco. Ah, aquilo era bem típico dele! Ela havia planejado uma foto romântica e, no último instante, ele frustrara suas expectativas.

E veja só a próxima: ele mergulhara sob as ondas justamente na hora em que ela batera a foto. Nas fotos seguintes, ele aparecia usando seus óculos de sol ao contrário, mergulhando a língua num copo de cerveja e experimentando a parte de cima do biquíni dela. Vasculhou depressa a pilha inteira, mas não havia uma única foto na qual ele estivesse normal. Parecia determinado a não se deixar levar pelo clima da lua de mel. Como se estivesse acima daquilo ou algo assim.

Já ela, muito pelo contrário. Em todas as fotos chegara às raias do puro vexame, praticamente flertando com a câmera, os olhos semicerrados e os lábios sempre úmidos. Parecia a garota propaganda de algum pacote barato de férias — exceto pelas suas coxas. Elas jamais seriam escolhidas para ilustrar um folheto turístico.

E aquelas eram as fotos que rejeitara. Havia mais três gordos álbuns na casa de Londres, recheados com mais do mesmo: ela com aquele olhar marejado em todas as fotografias. Seria embaraçoso revê-las agora. Não saberia dizer por que trouxera aquelas fotos descartadas quando o deixara. Nem mesmo por que foram uma das poucas coisas — junto com os sapatos e os vestidos de festa — que colocara na sua mala corde-rosa quando deixou Dan.

Revendo aquelas fotos, percebeu que o casamento estava fadado ao fracasso desde o início. Henry não fora sequer capaz de levar a lua de mel a sério, ou não a levara a sério de propósito, ao passo que ela estava vivendo uma esplendorosa fantasia do tipo felizes-para-sempre, que cultivara desde que tinha sete anos.

Então, no fim da pilha de fotos, deparou com uma dos dois juntos. Fora tirada na praia por um passante que não tinha muito talento para fotografia, já que cortara as pernas dos dois na altura dos joelhos. E dois adolescentes pareciam estar mostrando a bunda ao fundo, o que reforçou ainda mais a decisão de excluir a foto do álbum oficial. Toda a cena era justamente o oposto do ideal romântico de Jackie.

Mas veja a expressão deles! Só tinham olhos um para o outro, ignorando o fotógrafo e os adolescentes despidos. E Henry parecia tão... embevecido por ela; dava a impressão de que estava tão entregue quanto Jackie. Pareciam realmente feitos um para o outro.

Ora, pro diabo! Seus olhos subitamente encheram-se d'água e ela se virou de lado na estreita cama de solteiro de Emma, em busca de uma caixa de lenços de papel. Assoou com vontade em um punhado deles e decidiu queimar as fotos no dia seguinte, num barril bem grande, com uma lata de gasolina. Talvez aquilo fosse um pouco exagerado, mas seria simbólico, tentou convencer a si mesma. Iria queimar até mesmo aquela na qual ele olhava para ela tão apaixonado, porque, conhecendo Henry, devia ser fingimento também.

Como se não bastasse, Emma e Lech começaram a transar no quarto ao lado. Escutara Emma deixando-o entrar sorrateiramente depois que ela se recolhera — como se não fosse ouvir os dois no cômodo vizinho, protegidos por uma parede que parecia feita de papelão.

Ouviu um ruído metálico. O que será que estavam aprontando?

— Hum, baby — murmurou Lech, em êxtase.

Meu Deus! Jackie tapou os ouvidos e enfiou a cabeça debaixo do travesseiro. Deu-se conta de que era um pouco ridícula. Um pouco, não: totalmente ridícula. Lá estava ela, rumo aos quarenta anos, dormindo na cama extra da sua amiga, enquanto ela e o namorado transavam no quarto ao lado. Teria sua vida realmente atingido um ponto crítico? Depois de tanta esperança, tantos sonhos? E, para piorar, ainda era obrigada a dormir num colchão com uma mola dura e saliente pinicando sua bunda.

Podia apostar que Henry não estava tendo nenhum problema para dormir. Haviam instalado uma cama de quase dois metros logo após ela se mudar e investido em roupas de cama novas, incluindo um delicioso cobertor imenso e fofinho. Ele também devia estar se beneficiando do seu breve flerte com feng-shui, acordando bem descansado depois de uma noite inteira com os pés na reconfortante direção norte. Jackie não fazia ideia de em que direção apontavam os pés dela. Possivelmente, para o depósito de lixo local ou um abrigo para pobres coitados.

E do outro lado da cidade, Dan devia estar sozinho e magoado em outra cama de casal (por que os caras ficavam com as camas de casal e para ela sobrava apenas aquele colchão com molas protuberantes? Outra pergunta fundamental). Devia estar xingando Jackie e confeccionando uma boneca com cabelo frisado para espetar agulhas.

— Quando você volta? — perguntara ele mais cedo, laconicamente.

— Não sei. — Ainda não o tinha perdoado.

Esperava que ele se prostrasse novamente aos seus pés. Para implorar, suplicar, algo assim.

Mas ele retrucou, em tom áspero: — E eu tenho que me contentar com isso?

Sentiu que aquilo merecia uma resposta. — Eu fui embora por causa do que você fez, Dan!

— E você nunca mais vai me perdoar por isso?

— Só preciso resolver umas coisas na minha cabeça, está bem?

— Que coisas?

Ela desconversou novamente. — O meu divórcio, por exemplo.

— Então quer dizer que você reescreveu a petição? Finalmente? — Havia um quê de incredulidade na voz dele. Será que ele também iria sugerir que ela estava enrolando?

— Estou reescrevendo — respondeu, friamente.

— Quando é que ele tem que entregar a resposta? Daqui a três dias?

— Quatro — corrigiu Jackie.

— É bom se apressar então, não é? — disse ele, sarcástico. — A não ser que esteja escondendo alguma coisa.

— Eu? Claro que não!

— Bem, então não sei do que você tem medo.

Tinha medo do sofrimento. Do confronto, da dor, do fracasso. Palavras que não constavam no dicionário de um idealista. Não tinha um histórico impecável de evadir-se o mais teatralmente possível de situações ou parceiros indesejáveis, avançando depressa para o próximo, malinha vermelha em punho? Seria uma pena sujar a sua ficha. E ela podia facilmente contestar aquela petição, colocar no correio e se livrar de Henry. E ninguém poderia culpá-la por isso! Ele era uma besta e todos na certa diriam que ela estava muito melhor sem ele. Ora, ninguém iria criticá-la, tachá-la de covarde. Especialmente se soubessem de toda a verdade.

O maldito Lech estava ganhando ritmo no quarto ao lado e parecia que toda a coluna do prédio tremia. Espiou o relógio. Três e dez da manhã! Teria cochilado ou a ação no quarto vizinho já durava quase três horas? Era o fim da picada para uma recém-divorciada como ela! Atirou a coberta longe e foi até a cozinha preparar um chá.

Enquanto esperava a água ferver na chaleira, apanhou o recorte do Correio Sentimental do domingo anterior. Era desconcertante. *Meus dias, minhas noites, sonhando ou acordado/Ando repleto da sua doce lembrança.*

Podia ter acreditado ser Henry o autor do poema anterior. Sabia ser inteligente e bem-humorado daquele jeito e podia ter achado divertido colocá-lo no jornal para espicaçá-la. Mas versos de amor? Ele preferia escrever uma matéria para uma revista automobilística, repleta de imprecações e críticas sarcásticas. A tinta dele era bile pura. E, de todo modo, para escrever poesia era preciso ter sentimentos, ser capaz de empatia, partilha, afeto. Era preciso ser romântico. E quantas vezes ele debochara por ela ser muito sonhadora e emotiva! Mas ele, é claro, apostara nisso com o divórcio. Sua fragilidade. Sua aversão a qualquer tipo de confronto. Ele pensara: ela jamais vai ter coragem de trazer os detalhes realmente podres à tona. Foi por isso que ele saíra ileso, exceto por algumas faltas menores, enquanto ela tornara-se a vilã insensível que abandonara um homem de primeira!

E ela dançara conforme a música. Ou tentara. Não era de se admirar que não tivesse conseguido reescrever a droga da petição de divórcio; não estava admitindo o real motivo da separação. Não a versão integral, sem cortes, que ele até o momento ainda não havia admitido.

Bem, há quase dois anos estava se empenhando em criar uma nova versão de si mesma — mais forte, mais safa. Uma mulher com saltos perigosamente altos e um olhar que dizia: "Não vem que não tem, colega". Nunca mais se deixaria levar por olhos melancólicos e artísticos ou qualquer semelhança com James Dean. Não havia muito que pudesse fazer com seu cabelo crespo nem com sua voz estridente — mas, por Deus, aquilo não iria impedi-la! Finalmente, pensava ela, havia crescido.

Tudo aquilo era uma bobagem sem tamanho, percebia agora. Sua transformação fora apenas cosmética. Caso contrário, por que ainda andava por aí carregando fotos da sua lua de mel? Por que mergulhara em outro casamento sem sequer ter terminado o primeiro? E o mais importante: por que continuava deixando Henry Hart driblar a verdade e dar as cartas?

Lech alcançara velocidade máxima no quarto e a vibração disparou um alarme no apartamento de baixo. Mas Jackie sequer percebera. Amassou o poema e atirou na cestinha de lixo de Emma.

Estava na hora de se divorciar de Henry Hart, de uma vez por todas.

Capítulo Quinze

Velma estava com uma coceira frenética no corpo todo. Começara há duas semanas. Talvez fosse o novo cobertor que comprara antecipando o inverno. Ao contrário da crença popular, as camadas de gordura não atuavam como uma espécie de revestimento térmico e Velma estava chegando à idade em que sentia o frio rondando seus calcanhares sempre que começava a anoitecer. E a sua cama, ainda que confortável, não podia lhe proporcionar o aconchego de alguém dormindo ao seu lado.

Paciência. O ursinho de pelúcia teria que servir por enquanto, embora estivesse começando a ficar abatido e solitário como Velma ultimamente.

Aqueles pensamentos teriam começado a preocupá-la — estaria ficando velha e frouxa? —, não fosse a coceira constante que a afligia. Voltou para o cobertor velho e mudou a marca da sua espuma de banho. Passou a usar apenas roupas de algodão. Mas não adiantou nada. A coceira continuava, irritando-a em tempo integral. Fazendo com que se contorcesse na cadeira, se esfregando, se arranhando, se batendo — tudo em vão. Teria sido algo que ela havia comido?

Estava — não sem desânimo — conformando-se com a ideia de tentar um processo eliminatório, o que poderia levar bastante tempo, quiçá anos, devido a variedade e quantidade de alimentos ingeridos, quando bateu os olhos em um arquivo e soube, na mesma hora, a causa da sua perturbação: Henry Hart.

Em que bela embrulhada ele as metera! Poucas vezes Velma depara-ra com uma Outra Parte malvada como ele, com tamanha astúcia e crueldade. E tão bonito! (Jackie lhe mostrara uma fotografia. Velma gostava de dar um rosto aos seus adversários. Esse tinha uma pintinha na bochecha esquerda). Já fazia três semanas e meia que ele encampara o blefe delas e não dera nenhum sinal de desistência. Estaria mesmo disposto a encarar os tribunais?

Mas o que tirava Velma do sério não era o quão ardiloso ele estava se mostrando. Era o simples fato de não conseguir entender por que ele descartara uma mulher de primeira como Jackie. Velma jamais admitiria, é claro, mas a maioria das suas clientes tinha falhas. Para ser totalmente franca, quase todas que iam até seu escritório em busca de um divórcio o mereciam. Ela própria teria se divorciado, caso tivesse se casado com uma delas. Sentavam-se à sua frente desmazeladas, ensimesmadas, ranzinzas, reclamando amargamente de que seus maridos tinham dado no pé. E quem haveria de culpá-los?, às vezes Velma tinha vontade de perguntar. Ninguém queria voltar para casa, encontrar uma esposa com cara de réu e ter que se contentar com a televisão e uma garrafa de vinho. Ou uma lata inteira de biscoitos.

Ela obviamente não verbalizava jamais essas opiniões. Na verdade, sequer refletia sobre elas: por serem uma massa consideravelmente indigesta, sentia que podia compreendê-los melhor e trazê-los mais perto de seu grande coração de manteiga.

Jackie Ball não era egoísta, ranzinza, controladora ou dada à autopiedade. Velma, para ser franca, não conseguia encontrar nada de errado com Jackie, exceto seu estilo equivocado, mas aquilo não era nenhum crime ainda. Era uma mulher bacana e pronto. A menos que tivesse alguma séria falha de caráter ainda não detectada por Velma, não merecia de jeito nenhum ser usada e abusada daquela maneira. Velma tinha consciência: estava levando para o lado pessoal. Extremamente pessoal.

E, no fundo, pensava que se Jackie Ball não era apreciada, com aquele cabelão e aquela cinturinha de vespa, que chance as Velmas da vida poderiam acalentar?

Queria esmagar Henry Hart como um inseto.

E quanto ao Sr. Ian Knightly-Jones... Desconfiava se não tinha mudado de nome no registro e se, na verdade, não fora batizado com um nome bastante comum. Ele era definitivamente a pessoa mais rude, arrogante e desdenhosa que ela já encontrara na vida. Se isso a intimidava? De maneira nenhuma! Muito pelo contrário. Achava ótimo. Queria mais era que os dois metidos a besta levassem a briga aos tribunais! Seria um belo acerto de contas.

Se fosse honesta, poderia estar pelo menos um pouquinho nervosa se fossem *realmente* para os tribunais. É que o curso de Direito Americano não fora muito específico em prática forense. Para falar a verdade, Velma jamais sequer pisara em um tribunal, exceto devido a uma multa por excesso de velocidade há dez anos. A Lei de Divórcio inglesa também não era o seu forte. Ainda bem que existiam todos aqueles sites de advogados falando sobre o assunto; caso contrário, estaria perdida. Ainda assim, preferia não ter que discutir minúcias legais de igual para igual com Ian Knightly-Jones.

E ainda havia Jackie, dependendo dela. A amável, correta e bondosa Jackie, que estava desesperada para se livrar daquele marido desprezível para ficar com o tal Fulano, que ela esquecera o nome. Velma nunca se preocupava com os futuros parceiros, apenas com os antigos. Se ao menos não tivesse feito tantas promessas orgulhosas e precipitadas para Jackie desde o começo... E só faltavam três dias para Henry Hart entregar sua Resposta, a qual Velma tinha que... bem, ela não sabia. Tinha que responder à Resposta dele? Ou deixar que outra pessoa o fizesse?

A coceira se transformara em um suor frio e pegajoso. Estava desesperada por uns biscoitos, ou um sanduíche triplo com batatas fritas. E Jackie ia chegar a qualquer momento. Um assunto urgente, dissera ela. Na certa, o namorado brutamontes havia reservado outro hotel para o mês seguinte ou algo do gênero e a coisa iria ficar realmente feia.

Em pânico, Velma pôs-se a revirar seus arquivos. Precisava de alguma vantagem, algo para usar contra Henry Hart e seus advogados. Será que podia ameaçá-los com alguma coisa? Um dos tabloides, quem sabe, ou uma revista sensacionalista? Afinal de contas, ele era uma espécie de celebridade. Ora, e quem lá ia se importar se ele estava se divorciando ou não? Atualmente, quem não estava?

Pela sua janela suja, podia ver Jackie Ball vindo pela rua. A julgar pela sua aparência, ninguém poderia imaginar que estivesse com um divórcio esquentando sua cabeça: caminhava gingando os quadris, cabelo ao vento, saltos altos pisando confiantes nas poças. Na verdade, estava com um ar de objetivo, de decisão, que Velma ainda não tinha visto antes.

Melhor me aprumar, pensou Velma. Ela não parece estar de brincadeira.

Minutos depois, com Jackie diante de si do outro lado da mesa, Velma já se recuperara. Blefava tranquilamente. — O tribunal vai nos enviar uma cópia da resposta dele, é claro. Deve ser uma piada, estou doida para ver. E então suponho que eles devem marcar uma data para a, hã, audiência.

Por sorte, Jackie a interrompeu naquele momento. — Velma, você trabalhou tanto nisso e eu não quero jogar no lixo todos os seus esforços

— Bobagem — disse Velma, bondosa.

— É que não fui totalmente honesta com você.

— Não? — Vai ver a moça não era assim tão boazinha. Na mesma hora, todos os tipos de podres passaram pela cabeça de Velma.

— É sobre Henry — prosseguiu Jackie.

Foi então que Velma sentiu que o caso estava prestes a dar uma virada. Henry Hart seria esmagado como um inseto.

— O que tem ele? — perguntou, crispando os dedos sob o tampo da mesa.

Jackie hesitou por um instante e então declarou, firmemente: — Eu acho que ele estava tendo um caso.

Henry tentou levantar a cabeça do travesseiro. Não conseguia. Algum imbecil parecia ter depositado pesos de 50 quilos sobre ela. Provavelmente a mesma pessoa envenenara a comida, porque sentia uma vontade louca de vomitar. Mas para isso precisava levantar a cabeça do travesseiro, o que era impossível.

Também não estava conseguindo enxergar. Aquilo sim era assustador. Com algum esforço, conseguiu descolar uma pálpebra e dar uma espiada, mas, como tudo à sua volta girava de modo alarmante, fechou-a novamente. Pelo menos agora sabia que estava em seu próprio quarto, e não debaixo de um caminhão, num tanque de descompressão ou algo do tipo.

As coisas não estavam muito melhores na região bucal. Seus lábios estavam grudados no travesseiro e sua língua estava tão seca e inchada que jazia na sua bochecha como algo morto há mais de uma semana.

Não tinha vontade alguma de perscrutar seu cérebro. Bastava dizer que parecia arruinado, tostado, emitindo gritinhos de dor a cada instante. E sobretudo não tinha energia para fazer nada, como o resto de seu corpo.

Pelo menos o tato ainda funcionava. Podia sentir claramente algo aninhado em seus braços. Especulou rapidamente, desenfreado, se por acaso seria uma mulher. Teria ido até a cidade e catado uma desconhecida? Não, a não ser que ela fosse extremamente magra, baixa e tivesse pescoço, mas não cabeça. Ainda assim, no estágio em que havia chegado, não podia se dar ao luxo de ser exigente. Tateou um pouco mais. Peraí, teria a mulher um rótulo no meio?

Era uma garrafa vazia de uísque. O conteúdo estava no estômago de Henry — ele agora se lembrava. Para falar a verdade, querendo sair. Imediatamente. Arrancou a cabeça do travesseiro e correu para o banheiro, urrando.

Depois, bem mais tarde, percebeu que o telefone estava tocando. Ergueu a cabeça do vaso sanitário, onde havia pegado novamente no sono.

—Vão embora — gemeu ele.

Um pouco depois eles foram e Henry tentou dormir outra vez, mas o vaso era frio, pouco confortável e longe de estar limpo. Não se sentia mal daquele jeito desde, ah, já nem se lembrava mais; essa parte de seu cérebro parecia ter sido permanentemente apagada. Mas devia haver algum motivo para ter ficado naquele estado.

Jackie. E o divórcio. E como era mesmo aquela palhaçada que Dave falara na véspera? Purificar-se. Seria o bastante para fazê-lo gargalhar, se não estivesse se sentindo à beira da morte. Ainda assim, talvez precisasse mesmo fazer aquilo. Beber até cair, encher os cornos. Tirar Jackie da cabeça, exorcizá-la de sua vida. Passar o dia na cama se recuperando e acordar no dia seguinte pronto para recomeçar. Viva!

Parecia tão fácil na teoria. Mas ele não se sentia leve nem livre. Nem era capaz de parar de pensar nela.

Opa, lá vem mais vômito.

Quando ergueu a cabeça do vaso pela segunda vez, ouviu o telefone tocando novamente. Sabia quem era. Adrienne. Ela não se deixava vencer pelo fato de ele jamais atender suas ligações. Ela continuava ligando em intervalos de cinco minutos até ele perder a paciência e atender. "Então você está em casa!", exclamava ela, cheia de entusiasmo. Não que andasse entusiasmada recentemente. Pelo menos, não em relação a Henry. Ele cancelara duas sessões seguidas de fotos para o livro. "Não posso trabalhar com pessoas que tratam as galinhas com tamanho descaso, Adrienne." Mas tudo indicava que os editores haviam chegado ao limite de sua paciência e Adrienne estava ameaçando entregar uma foto antiga de Henry, da época em que ele usava o cabelo repicado na frente e comprido atrás. Ele não fazia ideia de como ela havia conseguido aquilo.

Ela dissera que ele a estava prejudicando no trabalho, fazendo com que parecesse pouco profissional. E que estava reconsiderando se valia a pena continuar representando-o. A única luz no fim do túnel, segundo ela, eram os contatos importantes que fizera com uma emissora de televisão sobre um possível projeto para ele, mas, mesmo assim, ia ver se a ideia vingava primeiro.

E mais: quando é que ele ia voltar a trabalhar? Ela conseguira negociar uma semana a mais, alegando "estresse mental", mas todos estavam cansados de saber que não era nada disso, então, se ele perdesse o emprego, não ia ser por culpa dela. Queriam marcar uma reunião com ele às nove horas da manhã, na segunda-feira da semana seguinte, para discutir seu futuro no jornal, e ela se oferecera para ir buscá-lo pessoalmente e levá-lo até lá. E, se não fosse pedir demais, será que poderia tomar um banho, pentear o cabelo e usar meias do mesmo par?

O telefone parou de tocar, só para recomeçar três segundos depois. Henry decidiu que iria demiti-la. E era para já. Ela não poderia continuar ligando sem parar se não trabalhasse mais para ele.

Arrastou-se até o seu fálico aparelho de telefone e o atendeu.

— Henry? — Era Tom. Sua voz irrompeu numa fala apressada e confusa. — Aconteceu uma coisa aqui e não sei direito como te falar, mas o lance é que recebi uma ligação hoje cedo e acho melhor você ficar logo sabendo...

—Tom, calma aí, por favor. — Ele se arrastou de volta até a privada, só para garantir. — Quem te ligou?

Pôde ouvir a respiração curta e trêmula de Tom do outro lado da linha.

—Velma Murphy. Elas estão pedindo o divórcio alegando adultério.

Durante um breve instante, nada aconteceu. Depois, Henry deu uma gargalhada. Uma só, não: várias. Mas, como rir doía muito, ele parou abruptamente.

— Adultério? — perguntou ele.

— É.

— Da minha parte?

— É.

— Por quê?

— *Por quê?*

— Por que estão pedindo o divórcio alegando adultério?

Tom prosseguiu, num sussurro: — Velma Murphy disse que você não lhes deu outra saída. Ao se recusar a aceitar as alegações de comportamento irracional, que, segundo ela, eram bem razoáveis. Então, ao que parece, elas estão retirando a primeira petição de divórcio e vão entrar com uma outra, alegando adultério.

— Mas não cometi adultério.

— Elas disseram que sim.

— E eu estou dizendo que não. — Henry elevara o tom de voz, irritado.

— O que importa agora é decidirmos o que vamos fazer — disse Tom.

—Você está dizendo que não acredita em mim?

— Estou dizendo que temos que dar alguma resposta! — Ele realmente estava uma pilha.

— Bem, o que Knightly-Jones tem a dizer sobre isso? — Knightly-Jones ia acabar com as duas e suas alegações falsas. Na verdade, Henry o *instruiria* a fazer exatamente isso. Porque aquilo era absurdo! Em que espécie de mundo de fantasias doentio Jackie estava vivendo? Chegar a pensar que ele tivera um caso? Com quem, pelo amor de Deus? Quando? *Onde*, até?

Sua cabeça girava com tudo aquilo e precisou se esforçar para ouvir o que Tom estava dizendo. Algo sobre "tratamento intensivo".

— O quê? — interrompeu ele, depressa.

— Ele desmaiou no meio de um interrogatório rigoroso ontem no tribunal, pouco depois de ter nos deixado. O estenógrafo conseguiu alcançá-lo antes que atingisse o chão. Ele foi submetido a uma cirurgia tripla de safena hoje cedo. — Tom se esforçava para manter um tom de praticidade na voz, mas era possível detectar seu nervosismo. — Ao que parece, vou ter que cuidar do seu caso. Mas não se preocupe! Você está em boas mãos! — Henry escutou um estrondo e um palavrão dito entredentes. — Desculpe. Derrubei o telefone — justificou Tom.

Henry colocou a cabeça novamente no vaso. Não podia mais aguentar aquilo. Não naquele dia.

— Henry? Sr. Hart? O senhor ainda está aí?

— Escute, Tom. Não sei do que você está falando. — O eco produzido pelo vaso deixou sua voz sinistra. — Mas é mentira, ouviu? Não é verdade. Não sei nem por que elas estão fazendo isso, já que não estamos mais contestando o divórcio.

— Mas elas ainda não sabem disso.

— Como assim? Você não contou?

—Você disse que ia contar — retrucou Tom, com timidez.

Henry sentiu seu coração parar. A carta. A maldita carta. Deixou o telefone cair dentro do vaso e saiu correndo do banheiro.

★ ★ ★

— Não posso fazer isso, meu amigo — insistiu o carteiro.

— Por favor — implorou Henry. Estava de pijama, com uma jaqueta jeans colocada às pressas por cima e um par de tênis velhos que encontrara perto da porta. Já suportara vários olhares de curiosidade enquanto esperava a van de entregas por mais de meia hora ao lado da caixa de correios. — Foi um erro.

O carteiro se mostrava inflexível. — Uma vez dentro da caixa de correios, ela é nossa propriedade, por assim dizer. Não posso devolvê-la para o senhor. Ela segue direto para o destinatário.

Jackie. Henry teve vontade de vomitar novamente ao imaginá-la recebendo a carta dali a dois dias, com todas aquelas divagações embriagadas de perdão, arrependimento e especulações sobre como tudo poderia ter sido diferente. Coisas constrangedoras, pavorosas, reveladoras. E ele se lembrava claramente de ter discorrido sobre a teoria amor/tesão que formulara com Dave. Deus do Céu! Quando o espaço na conta de luz acabou, ele continuou a carta no verso de uma lista de compras, de modo que ela iria ler aquilo também. Saber que ele havia comprado sopa com macarrão, muito vinho e um xampu masculino que prometia lutar contra os cabelos brancos até quando fosse possível. Ao lembrar-se disso, teve uma ligeira ânsia de vômito. O carteiro parecia desconfiado.

— Desculpe — disse Henry. Teve uma ideia. — Estou doente, sabe? Muito doente. Para ser franco, os médicos disseram que estou com os dias contados. Mas juntei todas as minhas forças para levantar da cama hoje de manhã e vir até aqui de pijama para tentar recuperar essa carta. É uma carta muito íntima sobre a minha doença. Para a minha irmã.

O carteiro estava pescando cartas da caixa de correio e as arremessando em um grande saco marrom.

Henry acrescentou, num tom de lástima: — Ela não está a par da minha doença, sabe? A carta era para contar tudo a ela. Mas hoje cedo fiquei sabendo que ela foi demitida.

— De onde, da Fábrica de Brinquedos do Papai Noel? — ironizou o carteiro.

Está bem. Estava na hora de contar a verdade. — Olha só, é uma carta que eu escrevi bêbado para a minha ex.

Naquele momento, o rosto do carteiro se iluminou. — Jamais poste uma carta embriagado. Ou dê um telefonema. Você sempre vai acabar se arrependendo.

— É, eu sei, estou arrependido — disse Henry. — É por isso que preciso recuperar essa carta.

— Não dá. Posso perder meu emprego.

— Ela está pedindo o divórcio por adultério — insistiu Henry. Como o sujeito podia se preocupar com o emprego diante uma situação daquelas?

A breve boa vontade do carteiro morreu abruptamente. — Eu me divorciei da minha mulher por adultério. Ela partiu meu coração. — Ele lançou um olhar cortante de desprezo para Henry.

— Mas eu não cometi adultério — defendeu-se Henry, desespera-do. — É mentira! É tudo mentira!

— Minha mulher falou a mesma coisa. Mas isso não a impediu de dormir com o meu melhor amigo. Você devia se envergonhar. — Ele lançou outro olhar de reprovação para Henry e continuou a empilhar as cartas dentro da sacola.

Henry o observou, desanimado. A injustiça da situação começou a incomodá-lo. Não podia acreditar. E ele precisava reaver aquela carta. Compartilhar seus sentimentos mais íntimos com uma mulher daque-las — uma mulher capaz de inventar mentiras descaradas, inverdades escandalosas! Acreditar que ela poderia compreender? Ela provavel-mente iria mostrar a carta para a tal da Velma e elas iam se acabar de rir à custa dele.

Era insuportável.

— Olha ela aí! — gritou ele. — Aí. Esse envelope branco com um passarinho na frente. — Também não tinha conseguido encontrar um envelope na noite anterior e fora obrigado a roubar um dos que sobrara dos cartões de Natal, perdendo um tempo considerável escolhendo entre o passarinho e um ramo de azevinho com frutinhas vermelhas. Estava muito embriagado na hora.

O carteiro apanhou a carta. Virou o envelope lentamente e o ergueu, para enxergar melhor o destinatário. — Senhorita Jackie Bell.

— Ball.

— Coitada.

— Eu já disse, não fiz nada.

O carteiro o fulminou novamente com o olhar. — E a sua letra é uma desgraça. Isso aqui, por exemplo, era para ser Irlanda ou Islândia? A gente recebe essas coisas o tempo todo, as pessoas simplesmente não se dão ao trabalho de escrever com uma letra legível. E depois ainda vêm buzinar no nosso ouvido que a correspondência chega atrasada.

— Sinto muito... Olha, dá para me devolver a carta, por favor?

— Não. É contra as regras.

— Mas ninguém iria ficar sabendo, não é mesmo? Na boa, estamos só nós dois aqui. Ninguém vai ver você me devolvendo essa carta. Que é minha, para início de conversa.

Mas Henry sabia que estava desperdiçando seu latim com o carteiro, que abriu sua grande sacola para despejar a carta dele.

— Cinquenta pratas — disse Henry.

—Você está tentando me subornar?

— Cem, então. Mas vamos ter que entrar. Saí de casa sem um tostão, a não ser... — Ele tateou o bolso da sua calça jeans. — Cinquenta centavos.

Aparentemente, aquela foi a gota d'água para o carteiro. — Você trai a sua mulher e ainda se faz de vítima? E agora ainda está tentando subornar um funcionário público? Sabe o que você é?

— Um babaca? — ajudou Henry.

— Volte para casa de mãos abanando. Eu não vou devolver a sua carta e ponto final. Ouviu?

— Olha lá! — exclamou Henry, de súbito, apontando para o céu.

— O quê? — perguntou o carteiro, franzindo os olhos para o sol.

Henry tomou a carta de suas mãos e saiu correndo.

Capítulo Dezesseis

Talvez Jackie estivesse esperando por algo que a tirasse do sério. Alguma desculpa para deixar Henry, e seu casamento, para trás. Porque Deus era testemunha do estágio em que estavam chegando, com todo aquele clima na casa, ele infeliz, ela infeliz, tudo indo de mal a pior. Mas, apesar disso tudo, ela ainda acreditava que era só uma questão de mau jeito, como um zíper que emperra no meio do fecho. A culpa podia ser atribuída a diversos fatores. A súbita domesticidade. A política da vida conjugal. A pressão do trabalho dele. A falta de trabalho dela. Uma nova cidade, um novo relacionamento, uma nova vida a dois, tudo isso poderia tê-los desviado momentaneamente de seu curso. Mas ela jamais cogitara, nem por um segundo, que eles não fossem recuperar o prumo. Ora, não era possível que algo tão perfeito no início pudesse dar tão errado.

Chegara a acreditar que ele também se dera conta disso. O primeiro aniversário de casamento estava se aproximando e ambos sabiam que as coisas não estavam correndo conforme o planejado. Então ele a convidara para jantar fora. Não um daqueles jantares de trabalho no qual ele ficaria anotando coisas em seu caderninho enquanto ela fitava o horizonte. Aquele seria um verdadeiro jantar a dois. Um jantar de primeiro aniversário de casamento, ele lhe dissera de maneira significativa, no qual iriam conversar. Direito. Como não faziam há algum tempo.

Havia um clima de ansiedade e romance. Durante toda a semana, ele lançara vários olhares significativos e a fitara com estranha intensidade e doçura. Cortara o cabelo antes, coisa que não costumava fazer. Depois, mandara lavar a seco uma camisa de seda, especialmente para a ocasião, algo completamente inusitado. Ela havia pensado: agora vai. Eles iriam sair, conversar, expor suas mágoas, sendo honestos um com o outro. Então, ele declararia: "Não acredito que pude ser tão idiota!", arremessaria a mesa longe e iria agarrá-la loucamente. Bem, talvez isso fosse pedir demais, mas não estava proibida de sonhar, não é mesmo?

Comprara uma roupa nova para a ocasião. E sapatos também — óbvio. Fora ao salão alisar o cabelo profissionalmente, embora o processo levasse quase duas horas e deixasse a cabeleireira com o rosto vermelho e ofegante no final.

Então viu que a camisa que a lavanderia entregara era roxa, exatamente da mesma cor da sua roupa nova, e não podiam sair como um par de jarras. E ela queria tanto que tudo fosse perfeito naquela noite — que já batizara de "Segunda Chance" — que decidira arriscar-se até o escritório no sótão de Henry, onde ele dissera que tinha algo para concluir. Talvez conseguisse convencê-lo a usar a camisa laranja, ou a azul clara, embora ele insistisse que ela o deixava com aparência de doente. Mas ele usara azul naquela noite no bar, a noite em que Jackie se apaixonara por ele. Será que não poderia fazer isso por ela? Especialmente naquela noite?

Saiu do banho, embrulhou-se numa toalha e foi ainda descalça. A porta do escritório devia estar fechada, como sempre. E, por falar nisso, ia aproveitar aquela noite para lhe dizer que não teriam mais portas fechadas em casa. E ele ia ter que dar um jeito naquele seu ar de que ela não era bem-vinda por lá. Ele agia como se fosse um neurocirurgião operando lá dentro, alguém que não podia ser interrompido sob hipótese nenhuma.

Ah, ela havia preparado a sua listinha de mágoas. Na verdade, eram doze meses de acúmulo e ela estava disposta a colocá-las para fora. Decidira que o melhor plano era começar pelas mágoas menores, como sua recusa em andar de carro se ela estivesse na direção e seus hábitos relaxados ao banheiro. Isso deveria durar até o prato principal, quando as coisas poderiam ficar um pouco mais tensas. Quando chegassem à sobremesa, ela esperava já estar bem afiada, pronta para trazer à tona os assuntos realmente sérios, como por que diabos ele havia se casado com ela, para começar? Porque às vezes ele dava a impressão de não ter assim tanta certeza. O modo como olhava para ela de vez em quando! Parecia que ela lhe fizera alguma coisa terrível, que arruinara sua vida, quando na verdade ela simplesmente se virara do avesso para agradá-lo. O que servia para provar que — e isso ela lhe diria durante o café —, quanto mais você investe em uma coisa, menos é reconhecida!

Na verdade, não ser reconhecida não estava na sua listinha. Mas, em todo caso, ela mencionaria o fato mesmo assim.

Ele devia ter sua própria lista também. Jackie sabia que ele estava todo entusiasmado naquela noite. Não parara quieto, ligando para solicitar uma mesa tranquila no restaurante e chamando um táxi para buscá-los. E passara o dia inteiro conferindo as horas periodicamente no relógio. Tinha certeza de que ele também estava preparando seu pequeno discurso. E era bom mesmo que o fizesse! A única maneira de um relacionamento funcionar era se os dois se abrissem. Totalmente.

Ainda assim, perguntava-se o que deveria constar na lista dele. Sua falta de jeito na cozinha, provavelmente, e a mania de nunca se lembrar de guardar as coisas em seus devidos lugares depois. Os temperos, em especial, deixavam-no maluco. E as pilhas de roupa que ela largava no chão do quarto, com a intenção de pendurar nos cabides sem nunca cumprir a promessa; ele com certeza mencionaria isso, que, segundo ele, havia se tornado uma questão de saúde e segurança. E havia também seu gosto no quesito decoração, mas já estava na hora de encarar a verdade de uma vez por todas: ela e Henry jamais concordariam em relação a esquemas de cores. Ou cortinas. Ela gostava de babados, ele não, e isso encerrava o assunto.

Com certeza, seria só isso. Ele não podia sair reclamando das suas coxas ou algo do gênero, não é mesmo? E, de mais a mais, ele já sabia como elas eram ao se casar com Jackie. Seria um golpe muito baixo mencioná-las àquela altura.

No fundo, apesar de todas as reclamações, ela sabia que a noite terminaria bem: na certa, iam se refugiar na cama durante todo fim de semana, como nos bons tempos. Já prevendo esse desdobramento, ela cancelara todos seus compromissos, quaisquer fossem eles, e fizera um estoque de guloseimas na geladeira. Também estava contente por ter se dado ao trabalho de depilar as pernas direito, na frente e atrás. Se tivesse tempo, ia borrifar um autobronzeador na pele, para se livrar de sua palidez medonha. Afinal, havia grandes chances de passar o fim de semana inteiro nua, e suas pernas estariam em constante evidência.

Foi nesse clima otimista que ela saltitou alegremente os dois últimos degraus estreitos do sótão e parou diante da porta do escritório. Ajeitou a toalha, para assentar melhor (era uma vergonha não ter passado ainda o autobronzeador, mas, por sorte, a iluminação lá em cima não era boa) e pousou a mão na maçaneta, prestes a entrar, quando ouviu a voz dele.

Havia algo tão intenso e fervoroso no seu tom de voz que ela decidiu esperar. Ele parou de falar, como se estivesse escutando. Devia estar ao telefone, imaginou Jackie. Encostou a orelha na porta, sentindo um misto de culpa e vergonha, mas com quem ele estaria falando num sussurro, em tom furtivo?

Então, ouviu o marido dizer o que lhe pareceu ser: "Você é um espetáculo, um espetáculo." Talvez tivesse dito uma única vez, mas ela ficou tão chocada que a palavra reverberou em seu cérebro num eco sinistro.

Sem fazer barulho, virou-se de costas e desceu as escadas.

A sra. Ball dissera que, se o teto tivesse caído sobre sua cabeça naquele momento, não seria de se admirar.

— Não sei o que mais pode acontecer agora — disse ela, agitada. — Eamon vai telefonar para dizer que foi deportado por atividades antiamericanas e que está voltando para casa. Ou então Dylan, lá da África do Sul, querendo saber se o quarto dele de solteiro continua vazio. Vai ver que todos vocês, seus desmiolados, vão querer voltar para casa!

Nesse momento, o telefone começou a tocar e a sra. Ball deu um gritinho e saiu correndo para atendê-lo, tropeçando na mala de Jackie no caminho. Mas era apenas a companhia telefônica, oferecendo um serviço de banda larga para ela navegar na internet o dia inteiro.

— Não me amole — respondeu ela, desligando. — Pensando bem — disse ela para Jackie e Michelle —, acesso à internet durante a noite toda seria útil, já que não prego os olhos desde terça-feira passada, graças a vocês. — E ninguém a avisava de nada! Como dissera a Jackie, ao buscá-la na rodoviária, ela que não fosse esperando encontrar a cama pronta e o quarto arejado.

— Não sei onde foi que errei. Despachei vocês para o mundo, para viverem suas vidas, e vocês não param de voltar para casa. — Ela disparou um olhar para Michelle. — Já você, nem sair de casa você saiu.

— Estou grávida — respondeu Michelle, sem se deixar abater. — Preciso estar perto da minha mãe num momento desse.

— E aquela dinheirama que o juiz te deu?

— Não foi para comprar um apartamento. E, de todo modo, já gastei tudo.

— Cinco mil euros? — perguntou a sra. Ball, chocada.

—Você faz ideia de quanto custa um carrinho para gêmeos? — reclamou Michelle. — E depois, preciso de tudo em dobro. Não é nada barato, sabe, ter dois filhos de uma só vez.

— Não venha me dizer isso. Diga ao juiz.

— Já tentei. Deixei sete recados e ele não me ligou de volta. — Michelle não parecia chateada. Na verdade, nada parecia chateá-la ultimamente, dissera a sra. Ball para Jackie na cozinha. Nem mesmo quando o sr. Ball provocou um curto-circuito na casa inteira no dia anterior com uma de suas furadeiras, ela se exaltou. Passou o dia inteiro no sofá, lendo livros e revistas sobre bebês, comendo pepinos em conserva direto do pote. A casa toda ficou fedendo a vinagre, reclamara a sra. Ball, e você podia jurar que tinha se mudado para um armazém de peixe frito.

Michelle prosseguiu: — Em todo caso, o hospital aconselhou que eu ficasse perto de casa. Para estar sempre ao lado da minha companheira de parto.

A sra. Ball fechou a cara. — O quê?

— Mãe, conversamos sobre isso ontem à noite.

— Não, senhora.

Michelle virou-se para Jackie: — Ela ficou aumentando o volume da televisão o tempo todo, mas eu sei que me ouviu.

— Não ouvi nada! — objetou a sra. Ball. — E, mesmo que tivesse ouvido, não quero ser sua companheira de parto. Não entendo nada dessas coisas.

—Você não teve uma penca de filhos?

— Tive, mas na minha época você tinha que se virar sozinha. Ninguém esperava que você organizasse o próprio parto e escolhesse música para a hora H — retrucou ela, retorcendo as mãos.

—Vamos lá, mãe. Não confio em mais ninguém. — Ela refletiu um pouco e acrescentou: — Ninguém que eu tenha certeza de não me dar um bolo.

— Não sei por que você não pede a Jackie. Aproveita que ela se mudou para cá novamente.

— Não me mudei para cá novamente — corrigiu Jackie, depressa. — Só preciso de uma base temporária por umas duas semanas. E eu não queria atirar Emma no meio do fogo cruzado. — Sobretudo porque a cama de solteiro com as molas frouxas a estava enlouquecendo. Sem contar com as estripulias sexuais de Emma e Lech todas as noites.

— Que linguajar é esse? — perguntou a sra. Ball. — Base, fogo cruzado? Parece que você está partindo para uma guerra.

— De certa forma, estou, mãe.

— Faço votos de que não tenhamos mais surpresas desagradáveis, Jackie.

— Pois elas virão — garantiu Jackie, matreira. — Aos montes, eu diria.

A sra. Ball levou a mão até a garganta. — E você acha isso prudente? Essa história de adultério?

— Não se trata de prudência, mãe. É um fato.

— Não posso acreditar — disse ela. — Henry! Com outra mulher.

— Ou homem — interrompeu Michelle. —Vamos ser francas. Ele podia estar falando sacanagem com uma mulher ou um homem.

—Tenho certeza de que era com uma mulher — afirmou Jackie. Ele jamais chamaria outro homem de "espetáculo".

— E ele por acaso *confessou*?

— Ainda não. Mas vai ser obrigado a confessar, agora que estamos usando isso como motivo para o divórcio — disse Jackie.

A sra. Ball gemeu baixinho. — E vamos supor que ele conteste novamente.Você vai gostar de ter tudo isso... exposto num tribunal?

—Tudo o quê?

— Ora, você sabe muito bem do que estou falando! Sexo. Adultério. Pênis, transas, essas coisas.

— Houve uma época em que uma conversa dessas me excitaria — comentou Michelle, virando a página da sua revista sobre bebês.

— Não ligo nem um pouco — declarou Jackie. — Não fui eu quem fez algo de errado.

— É, mas a sua vida sexual vai vir à tona — disse Michelle. — Frequência, eventuais problemas, preferências, fetiches...

— Pare com isso, está me dando mal-estar — pediu a sra. Ball.

— Nada disso me deixa desconfortável — mentiu Jackie. Ainda mais se o juiz fosse velho e rabugento. Pensando bem, o juiz Gerard Fortune era velho e rabugento e olha só o que foi capaz de aprontar.

— Imagine o que os vizinhos vão pensar — lamentou a sra. Ball, nervosa.

— Os vizinhos não vão ficar sabendo. Não vai sair na capa dos jornais, mãe, com fotos estampando a manchete.

— Ele tirou *fotos*? Ele é pior do que eu imaginava! Mas eu disse isso ao seu pai quando você anunciou que ia se casar com ele. Eu disse: espero que ele não passe a perna na nossa Jackie. Por ser praticamente uma celebridade, saber lidar com a imprensa direitinho e ser esperto demais para o meu gosto. E a nossa Jackie, apenas uma pobre menina caipira da Irlanda do Norte, eu disse, uma menina maravilhosa, não pense por um segundo que não temos orgulho de você, mas que não é do mesmo nível daquela gente lá em Londres.

— Obrigada, mãe.

— Não é para se ofender, Jackie. Criamos vocês para serem decentes, honestas e não saírem por aí dormindo com todo mundo. Embora agora eu veja que fracassamos terrivelmente com Michelle e que estaria bem mais decepcionada se fosse você a adúltera.

—Tem um elogio aí no meio, se você tiver saco para procurar — comentou Michelle.

— Sabe, mãe, a senhora está errada — disse Jackie. — Só porque eu era uma caipira ingênua indo para a cidade grande não significa que tive culpa por ter sido traída.

— Exatamente! — concordou Michelle.

— Eu nunca disse isso! Eu por acaso disse isso? — A sra. Ball estava descontrolada novamente. — Não, a culpa é toda dele.

— Que bom que a senhora pensa assim!

O sr. Ball chegou naquele exato minuto e, como sempre, ao vê-las discutindo seriamente, tentou se mandar de fininho.

— Larry! — chamou a sra. Ball, mais rápida do que ele. — Jackie acaba de nos contar que acha que Henry a estava traindo. E foi por isso que ela saiu de casa, no fim das contas.

— Isso é terrível, Jackie — disse ele.

Todos ficaram aguardando, até se darem conta de que aquilo era tudo que ele tinha a dizer sobre o assunto.

— Obrigada, pai.

Ele saiu novamente.

— Continuo sem acreditar — prosseguiu a sra. Ball. — Henry nunca me pareceu ser esse tipo de homem.

— Eles não trazem isso colado na testa, mãe. — Jackie também se enganara a seu respeito.

— Eu sei, mas gosto de pensar que tenho alguma experiência no assunto.

— Experiência com quais homens? Você só conhece três — desafiou Michelle.

— Realmente, não tenho um conhecimento tão vasto quanto o seu — rebateu a sra. Ball. — O que estou querendo dizer é que sempre soubemos que Henry era um sujeito bastante desagradável, daqueles que ninguém aguenta por muito tempo, mas ele nunca me deu a impressão de ser do tipo que comete adultério.

— Ótimo! — exclamou Jackie, totalmente na defensiva. — Minha própria mãe não acredita em mim!

— Eu não falei isso.

— O que a senhora quer que eu faça? Que apresente gravações telefônicas?

—Você vai ter que apresentar no tribunal — disse Michelle.

— Como assim?

—Você não pode simplesmente apontar para ele e falar: ali está o canalha, Meritíssimo!

A sra. Ball deixou escapar uma risadinha.

— Eu e Velma vamos resolver tudo isso — respondeu Jackie, confiante, embora Velma estivesse se mostrando uma fria para conseguir informações quentes. — O mais importante é que não vou fugir dessa vez. Vou levar essa droga até o final, pela primeira vez na vida.

—Você está sendo muito dura, Jackie — disse a sra. Ball.

— Só estou encarando a realidade. É uma coisa boa, mãe.

A sra. Ball obviamente não conseguia enxergar o lado libertador de tudo aquilo. —Você precisa tomar cuidado para não virar uma dessas mulheres que a gente vê em programas de auditório, xingando e reclamando dos homens o tempo todo, uma brigando com a outra.

—Vou me esforçar ao máximo — garantiu Jackie.

— E depois, se isso servir para que você e Dan reatem... — Definitivamente, ela não estava entendendo o propósito de Jackie. — Ele ao menos está sabendo dessas últimas novidades?

— Ainda não — contou Jackie. Estava adiando a conversa com Dan. Mas era preciso encarar a realidade daquele relacionamento também. E logo. Não era justo com Dan adiar ainda mais.

— Em que pé vocês estão atualmente? — perguntou a sra. Ball.

— Não sei direito — respondeu Jackie, evasiva.

—Vocês continuam noivos? Ou é querer demais?

— Pensando bem, acho que não estamos noivos. — O melhor a fazer era contar aos poucos.

— Mas vocês continuam juntos, é claro, não é?

— Mãe, não quero falar sobre isso agora, está bem? Estou tentando me livrar de um marido, então me deixe em paz.

Michelle levantou os olhos da revista e perguntou à sra. Ball: — Se forem meninos, o que você acha dos nomes Ernie e Bert?

A sra. Ball franziu os lábios, pensativa. — Quer saber, eu gosto. Embora me façam lembrar de alguém que não consigo recordar... São melhores do que os nomes de menina que você inventou ontem — acrescentou ela. — Quais eram mesmo?

— Cagney e Lacey.

— Deus me livre, nunca ouvi falar de nenhuma menina chamada Cagney, e você, Jackie? A não ser aquela da televisão, que era detetive, como era mesmo o nome do programa? Ah, uma hora dessas eu me lembro. — E assim foi ela fazer um chá na cozinha.

—Acabei de te dar uma chance de rir dela. Você devia ter aproveitado — disse Michelle para Jackie.

—Talvez eu não consiga rir de muitas coisas atualmente.

— Nem eu. De acordo com o hospital, não vou poder me mexer depois da trigésima semana e o parto vai ser um inferno. Isso se eu não tiver que entrar na faca antes. — Ela disse tudo isso com satisfação, dando tapinhas camaradas na barriga. Depois, conferiu se a sra. Ball estava fora do alcance da sua voz e olhou muito séria para Jackie. — Eu nunca dormi com Henry. Queria deixar isso bem claro.

— O quê?

— Bem, você tem todo direito de desconfiar. *Eu* teria desconfiado. Ficou claro que ele gostava tanto de galinhar quanto eu. Não que eu soubesse disso naquela época — acrescentou ela, depressa. — E, mesmo que *soubesse*, não teria encostado em um fio de cabelo dele. Tenho uma regra muito severa: não transo com homens comprometidos.

— Mas e o juiz?

— Homens comprometidos com familiares e amigos meus. Enfim, só queria que você soubesse disso.

— Está bem. Obrigada, Michelle.

— Ufa! — Aliviada por ter tirado um peso das costas, Michelle voltou para o sofá e enfiou outro pepino na boca. — Então — prosseguiu ela. — Ele estava pulando a cerca?

—Ao que parece, estava.

— Por que você só está contando isso agora? Por que nos manteve nesse suspense por um ano e meio?

— Acho que não estava com vontade de tocar no assunto.

— Tocar no assunto? Jackie, sequer houve assunto. É verdade mesmo? Ou Velma te convenceu a apelar?

— Não acredito que você disse isso.

— Não fique toda ofendidinha. Só estou dizendo que, como advogada, eu teria te aconselhado a jogar qualquer coisa em cima dele.

— Jamais iria acusá-lo se o julgasse inocente.

Michelle olhou para a irmã. — Você está realmente declarando guerra, não está?

— Não penso assim.

— Não? Parece que você está indo para cima dele de pistola em punho.

— Olha, não tenho o menor interesse em Henry. Aliás, *tenho*, mas não do jeito que você está pensando. Só não vou desistir até todas as cartas estarem na mesa, não apenas as dele. Então talvez eu consiga perceber onde foi que errei com os homens e não cometer os mesmos erros.

— Por que você não me contou? Você guardou isso em segredo?

— Foi um tremendo choque — respondeu Jackie, sincera. — Foi no nosso aniversário de casamento. Eu não sabia o que fazer. Joguei umas roupas na mala e me mandei. — Nada útil, como os cartões de banco de Henry ou alguns pares de meias limpas. A verdade é que ela jamais seria uma pessoa que sabe fazer as malas em momentos de crise.

— E quando eu voltei para cá, precisava de um tempo para entender as coisas. Não de todo mundo me rondando, querendo saber os detalhes sórdidos e sussurrando pelas minhas costas "Coitadinha de Jackie, sabia que ela foi chifrada pelo marido?".

— Ninguém ia fazer isso.

— Ia, sim — argumentou Jackie. — E eu já me sentia fracassada o suficiente. Meu casamento na sarjeta! Após um mísero ano!

— Oh, Jackie — disse Michelle, solidária. E depois arriscou: — Você sabe quem era a mulher? — E acrescentou, por obrigação: — Se não for muito doloroso para você, é claro.

— Nunca descobri — confidenciou Jackie. — Alguém do trabalho, provavelmente.

— E na certa, com tudo em cima, já que ele disse "espetáculo" duas vezes — completou Michelle. — Sem querer meter o dedo na ferida...

— Não, não, você está certa. Ela devia ser linda, magérrima, com o cabelo liso. Para falar a verdade, nem sei por que fiquei tão surpresa! Ele deveria mesmo ter se casado com alguém assim!

— Chega, chega — repreendeu Michelle.

— Ora, sejamos honestas. Ele com certeza deve ter se arrependido de ter se casado *comigo*. Do contrário, eu não o teria flagrado sussurrando para outra mulher ao telefone!

— Os homens são assim — disse Michelle, e ela devia saber bem.

Na verdade, Jackie estava satisfeita por estar finalmente falando a esse respeito. Deveria ter feito isso há muito tempo. Para que cultivar aquilo tudo em segredo quando podia ter colocado para fora em uma bela sessão de reclamação?

— Pensando bem, ele devia estar falando com ela umas três ou quatro vezes por semana. Eu ouvia a voz dele às vezes, quando a televisão ficava em silêncio em uma cena ou outra. Murmurando alguma coisa lá em cima, a voz angustiada, baixa. Eu achava que ele estava lendo suas críticas em voz alta. E durante esse tempo todo, ele devia estar falando com ela!

— Mas que canalha! — exclamou Michelle, satisfeita.

Jackie se sentia melhor, mais leve. — Eu seria capaz de perdoar qualquer coisa, sabe? Menos isso.

Michelle assentiu com a cabeça, com ares de sabedoria. — Como foi que ele reagiu? A essa história do adultério?

— Não sei. Ainda não tivemos nenhuma resposta.

— Você pode usar isso como margem de manobra, sabe? Velma te explicou isso? Você pode propor um acordo para ele assinar a petição inicial ou algo assim.

— Não quero acordo nenhum. Dessa vez, estou querendo brigar de verdade. Por mim.

— Olha, um divórcio terrível não é a melhor maneira de alcançar crescimento interior, Jackie — aconselhou Michelle. — Seria muito mais fácil tentar terapia, ioga, sei lá. Algo mais barato. — Então ela fez uma careta esquisita e empertigou-se no sofá, colocando a mão na barriga.

— Michelle? Michelle, o que houve? Devo chamar a ambulância? Mãe!

— Fica quieta — pediu Michelle. Ela tocou novamente a barriga, com uma expressão incrível no rosto. — Acho que acabo de sentir os bebês se mexendo.

Capítulo Dezessete

Dan sabia que Jackie ia terminar com ele. Ora, não precisava ser um gênio para descobrir. Dan não era nenhum gênio, mas tinha um QI de 139, o que poucas pessoas sabiam. Era o suficiente para entrar na Mensa, se ele quisesse se filiar. Não que uma filiação na Mensa fosse fazer Jackie mudar de ideia. Não, ela já estava decidida.

A mão-dupla chegava ao fim na curva seguinte. As solas do seu tênis golpeavam o asfalto, fazendo um tum-tum-tum hipnótico. Na sua cabeça, o som parecia dizer: *acabou, acabou, acabou*.

Ela lhe telefonara na hora do almoço dizendo que ia voltar a morar com a mãe por uns tempos. Que precisava de um tempo para pensar e esperava que ele entendesse. Foi praticamente como se tivesse gritado num megafone do outro lado da linha: vê se me esquece, palhaço!

Mas é claro que Jackie não faria uma coisa dessas. Era educada demais. Devia estar uma pilha de nervos, passando noites em claro, remoendo a decisão com sua consciência. Mas, logo, a única dúvida turvando seus grandes olhos cinzentos seria: como terminar numa boa com o pobre Dan?

Bem, não era possível terminar numa boa. Não havia palavras, lugares-comuns ou explicações que o fizessem se sentir melhor. Ela poderia partir para cima dele com uma motosserra que dava no mesmo: afinal, era isso o que ia fazer com o seu coração!

Deteve-se por um instante nessa violenta imagem de carnificina. Era um tanto perturbadora. Ele era um cara tranquilo e pacífico, que ajudava a recolher fundos para a cura do câncer e reciclava seu lixo. Desde que conhecera Jackie, mergulhara num universo mais sinistro e, bem, sangrento. Até mesmo os seus irmãos estavam com o pé atrás depois do seu ataque a Henry (era impossível manter segredo com o pessoal do *rugby*). Logo eles, veteranos com centenas de ataques brutais e ossos quebrados no currículo! Mas eles viram a coisa por outro ângulo. "Vamos manter isso em segredo, Dan", sussurrara Big Connell para ele no clube.

Um carro diminuiu a marcha e alguém desceu o vidro, perguntando:

— Com licença, você poderia me dizer como faço para chegar no...

— Não! — resmungou Dan, seguindo seu caminho. Já estava correndo há mais de uma hora e pingava de suor. Cada vez que as solas do seu tênis se chocavam contra o asfalto, levantavam pequenas nuvens de vapor. Estava na hora de voltar. Mas, ao chegar à curva, ele pegou um desvio para a esquerda e continuou correndo.

Tentava descobrir o que havia feito de errado. Além de mandar surrar Henry, é claro. Ela não esquecia isso, não importava quantas vezes ele lhe tivesse pedido desculpas. Na verdade, começava a desconfiar que ela estava usando isso como pretexto para ganhar um tempo, enquanto tentava descobrir o que sentia por ele.

Talvez tivesse se esforçado demais, espantando Jackie ao pressioná-la, querendo muitas coisas depressa. Mas como um cara conseguiria sair com uma garota a não ser fazendo um convite? Vários convites, no caso dele, insistindo nas primeiras semanas até ela ceder. Jackie se mostrava longe de sugerir alguma coisa; poderia até mesmo dizer que se mostrava relutante. O que, é claro, só aumentou o apetite dele — ela não estava disponível! Era um desafio! Como os clientes que ele perseguia no trabalho, os que se recusavam, teimosos, a aplicar seu dinheiro com ele e que, após uma corte intensiva, acabavam vencidos pelo cansaço e aceitando suas promessas de projeções absurdas de crescimento e segurança futura.

Hum. Estava se sentindo um pouco desconfortável com o rumo dos seus pensamentos. Talvez sua chateação estivesse confundindo sua memória; com certeza, Jackie devia ter sido um pouquinho mais pró-ativa no relacionamento

Perguntava-se o que ela diria quando se encontrassem. Que diabo, já sabia a resposta. Ela diria que tinham temperamentos muito diferentes. Que não combinavam. Que não eram feitos um para o outro. E então enumeraria todas as evidências, contando nos dedos: ela era sonhadora, ele mais realista. Ela era idealista, ele pragmático. Ela preferia sobremesas, ao passo que ele gostava do prato principal.

Ora, e daí? Ele jamais a enganara em nenhum desses aspectos. Ela sabia muito bem com quem estava lidando, muito antes de colocar a aliança no dedo, ainda que relutante. E agora iria reclamar que ele não era excitante, volúvel e perigoso o bastante para ela? Por Deus, ele não mandara espancar o ex-marido dela? Era de se imaginar que isso a deixasse impressionada, mas não! Ele continuava sendo o mesmo banana aos olhos de Jackie.

Aquilo fazia o sangue dele ferver. Ela provavelmente reclamaria que ele gostava dos programas de esportes aos domingos e ela gostava de arte (por arte, leia-se "sapatos". Jamais a vira cruzar a porta de uma galeria ou algo parecido). Ela diria que não compartilhavam da mesma "visão de mundo" — só por causa daquela discussão boba sobre pena de morte. Como se fosse possível deixar assassinos soltos por aí! Diria que não gostava do clube nem das Fionas, embora, para falar a verdade, elas fizessem cara de nojo quando a viam se aproximar, usando calça capri e salto alto. Bem, aquilo fora uma única vez, mas era a vez sempre citada nos jantares após algumas garrafas de vinho. Não quando Dan e Jackie estavam presentes, é claro. Mas ele sabia.

Diminuiu o passo. Na verdade, quando repassava todos os pontos em sua cabeça desse modo, percebia que realmente *não* combinavam nem um pouco.

Ela provavelmente concluiria pedindo mil desculpas e dizendo que tinha muito carinho por ele. Que coisa mais patética, "carinho". Quase tão ruim quanto ser "um cara legal". O que ele era.

Foi então que a verdade o atingiu em cheio. Ele era um cara legal, por quem ela sentia carinho. Um cara estável e decente que ela julgara desejar de verdade. Tentara até mesmo amá-lo.

Mas nunca conseguira, e Dan sabia disso. Podia morrer tentando, mas jamais conseguiria nutrir um grama de paixão genuína por ele. Nunca o amara de coração, verdadeira e desesperadamente. Jamais olharia para ele como olhara para Henry Hart no vídeo do casamento.

Um caminhão passou rente a Dan, expelindo vapor e fuligem em seu rosto, mas ele sequer notara. Estava refletindo sobre como seria a sensação de ter uma mulher olhando para ele daquela maneira. Uma mulher que o amasse de verdade. Não apenas jogando as pequenas migalhas de afeto que conseguira cultivar.

Imagine só, pensou Dan. Imagine o que deve ser entrar em um lugar e ter uma mulher que se vira só de sentir a sua presença, sem sequer precisar chamá-la — às vezes, três ou quatro vezes. Imagine ela ligando para você, para marcar um encontro! E depois aparecer usando aquela lembrancinha que você comprou para ela na sua viagem de negócios para Berlim, sem reclamar que pinicava um pouco nos seios.

Ficando com um brilho no rosto só de ouvir a sua voz; e que jamais reclamasse sem parar da sua paixão por *rugby*; dormindo abraçadinha com você a noite inteira, sem se desvencilhar dos seus braços e deslizar para o canto da cama, como um breve suspiro de alívio.

Será que existia alguém assim? Para ele? Sentiu uma pequena vertigem, só de pensar. Saltou contente pela margem, o tecido lustroso do seu short refletindo os faróis matinais dos carros, até dar a impressão de que ele brilhava.

Um carro surgiu de repente diante dele. Mais informações, na certa.

Mas não; era uma viatura e a pessoa que saiu do banco do carona era a policial que estivera na casa dele há algumas semanas. Estava impecável e o examinou de cima a baixo, vendo aquele corpo explodindo da camiseta e do short brilhante, e por fim estalou a língua entre os lábios.

— Sr. Lewis — disse ela. — O senhor tem consciência de está violando as leis de trânsito correndo na autoestrada?

— Pode chorar à vontade — disse Emma, generosa, apanhando uma caixa de lenços e a colocando ao alcance das mãos no balcão. — Coloque tudo para fora.

— Já coloquei tudo para fora há muito tempo — insistiu Jackie. — Chorei até me desidratar. Não consigo mais produzir uma lágrima. Nem descascando cebolas.

— Mesmo assim, nunca se sabe quando um novo ataque pode te dominar.

— Emma, eu sei que você só quer ajudar, mas estou bem. De verdade. Isso aconteceu há um ano e meio.

— Pelo menos tire uns dias de folga — encorajou Emma. — Você precisa reunir suas forças se vai ter um divórcio complicado pela frente. Coloque as pernas para cima e tome um caldo de carne ou algo parecido.

— Não — disse Jackie, com firmeza. A casa da sra. Ball não era o melhor lugar do mundo para ganhar forças. Resistência, talvez — a sra. Ball deixara todos acordados na noite anterior, andando sem parar de um lado para o outro no piso barulhento do hall da escada às duas da manhã, como um fantasma insone. Depois, roncara a tarde inteira no sofá da sala de estar. Quando Michelle sugeriu que ela dormiria melhor à noite se procurasse se manter acordada durante o dia, ela perdeu as estribeiras.

— De todo modo — disse Jackie —, eu quero ficar aqui. É o meu trabalho. Meu negócio. Ele não vai me tirar isso.

— Ele está tentando? — perguntou Emma, com cautela.

—Você sabe o que eu quis dizer. Desisti de muitas coisas por esse homem. Nunca mais! — Quando dizia coisas assim, profundas, uma parte dela esperava ouvir clarins soando em algum lugar. Mas, para sua decepção, isso nunca acontecia. Até mesmo Emma dando um soco no ar e gritando "Hurra!" já seria alguma coisa.

De qualquer maneira, Emma provavelmente estava cansada. Ela e Lech tinham tido uma semana pesada, a julgar pelas olheiras. E Lech parecia ter sido arrastado por um caminhão. Eles, obviamente, tinham aproveitado ao máximo a sua ausência. Jackie se perguntava quando Emma iria assumi-lo publicamente. Não poderia mantê-lo debaixo dos panos para sempre. Sobretudo quando as coisas pareciam ir de vento em popa entre eles.

— Como você e Lech...

— Não quero falar sobre isso.

Era claro que ela ainda não estava pronta.

— Eu contei tudo sobre o Henry.

— Não havia muito a contar, não é mesmo? — perguntou Emma, com sua usual franqueza. — Só um telefonema suspeito.

— Sinto muito por não ter mais detalhes sórdidos — disse Jackie, magoada. — Nenhum relatório de detetive com fotos sinistras da bunda dele se movimentando para cima e para baixo.

282

— Só estou dizendo que talvez não fosse outra mulher ao telefone. Vai ver era a mãe dele.

— Ele não ia falar para a mãe que ela era um espetáculo ao telefone. E, mesmo assim, eu cansei de ouvi-lo sussurrando lá de cima — insistiu Jackie. — O tom de voz era passional, angustiado, cheio de desejo.

— Santo Deus — murmurou Emma.

Jamais falara com Jackie com um mínimo de angústia. Nem desejo, por sinal. De vez em quando, arriscava um tantinho de paixão, mas não do tipo pelo qual perderia o controle. Não de modo satisfatório, de qualquer maneira: não do modo que ela fora levada a acreditar. Todos aqueles afagos no começo! E ele tentando seduzi-la com sua alma negra! Era natural que esperasse que sua vida com ele fosse uma montanha-russa de emoções, cheia de paixão e intensidade, na qual os dois desnudariam suas almas sempre que tivessem a oportunidade.

Mas conseguira isso? Que nada! Mal se acomodaram em sua vida de casados em Londres e a montanha-russa desacelerou, ficou enferrujada e depois despencou do trilho. Em pouco tempo, a única coisa que ele desnudava para ela era o seu crescente mau humor. Ao que parecia, ele guardara todas as coisas boas para a mulher do outro lado da linha telefônica.

Estava com ciúmes, acabara de descobrir isso.

— Imagino que você vai acabar descobrindo quem era — disse Emma, pensativa. — Se pararem no tribunal.

— Talvez. Ou não — respondeu Jackie, com admirável indiferença.

— Ah, deixa disso — retrucou Emma, a quem ela não conseguira enganar. — Aposto que você está louca para descobrir.

— Traição é traição, não importa com quem.

— Muitas mulheres teriam rastreado a outra, indo ao seu encalço com uma frigideira em punho.

— Eu sei, mas acho que seria me rebaixar demais. — Não era sempre que Jackie podia se dar ares de superioridade, e a sensação era boa.

É claro que ninguém podia esquecer que ela havia se mandado num avião tão depressa que mal tivera tempo para pensar.

— Será que era alguém que você conhecia? — elucubrou Emma. — A maioria das pessoas trai com gente conhecida.

— Em vez de agarrar um completo desconhecido na rua e atacá-lo contra uma árvore, você diz.

— Estou falando de alguma amiga da família. Ou uma colega de trabalho, talvez. Se você realmente tivesse pensado a respeito, aposto que teria descoberto rapidinho.

—Tenho mais o que fazer com o meu tempo — disse Jackie, fazendo-se de superior.

E, de mais a mais, ela já tinha feito isso. Tinha repassado uma por uma em sua mente no voo que a trouxera de Londres, entre o soluçar num lenço e pedir uma terceira dose de vodca e tônica. Depois de um ano em Londres, conhecia razoavelmente bem todas as amigas de Henry, e submetera cada uma delas a um pequeno interrogatório mental. Henry passava muito tempo com ela? Ela agia de modo estranho na presença de Jackie? Ela ligava para ele com pretextos insignificantes e o acossava em festas? Tinha cabelo liso?

Apenas uma mulher se encaixava no padrão: Adrienne. E Henry não a suportava, então não adiantara de nada. A não ser, é claro, que fosse tudo um teatro e ele estivesse apenas *fingindo* não gostar dela para despistar Jackie, enquanto transavam feito loucos. Mas não, Henry xingava Adrienne até mesmo quando não sabia que Jackie estava ouvindo, então não havia nenhuma chance de ser ela.

Só podia ser então alguma colega de trabalho. Alguém que Jackie não conhecia. Ou então alguma de suas ex-namoradas. Conhecera pelo menos umas vinte em diversas festas. Todas eram incrivelmente parecidas e, depois de um tempo, era difícil dizer se estava conhecendo novas ou apenas reencontrando as mesmas. "Oh, Jackie, ouvi falar tanto em você!", diziam todas elas. Provavelmente, sobre suas coxas flácidas e brancas, sua ignorância sobre comida, sua estranha paixão por flores e seu cabelo extraordinário que parecia a Sarça Ardente.

— Está bem! — respondeu ela frenética para Emma. Aos diabos com a superioridade moral! — Estou louca para saber! Eu pagaria para saber! Eu adoraria espatifar o crânio da vagabunda e depois arremessá-la embaixo de um ônibus!

Emma aplaudiu. — Boa menina.

Percebeu imediatamente que tinha se decepcionado. — Não, não deveria ter dito isso. Não tem nada a ver com vingança!

— Conta outra — disse Emma.

— É sério!

— Não se esqueça de espatifar o crânio dele também. Com mais força ainda.

— Para! Para. — Jackie respirou fundo algumas vezes, para se acalmar. — Isso é algo sério, jurídico e adulto, Emma. Trata-se de se responsabilizar pelos seus atos, não de sair correndo por aí com uma frigideira.

— É — respondeu Emma, um pouco desapontada. Ela estava, sem sombra de dúvida, mais viva desde que Lech se encarregara dela. Estava até mesmo usando uma blusa branca, o que, para ela, era uma mudança radical do costumeiro marrom. — Acho mesmo que é o tipo de coisa que funciona melhor no calor do momento.

E quantas vezes Jackie não se arrependera disso! Sua dramática e indigna fuga escadaria abaixo, com os olhos esbugalhados e a toalha pendurada. As malas feitas de qualquer jeito, a busca agitada por dinheiro e passaporte. A descoberta de que as roupas não tinham sido passadas e que ela seria forçada a usar seu novo vestido roxo de festa, tomara-que-caia, com as pernas brancas à mostra — não tinha tempo para um bronzeamento artificial, que droga! O bilhete rabiscado às pressas, com a cabeça cheia de recriminações, acusações e mágoa onde, no fim das contas, lia-se apenas "Adeus". E depois ela saíra por aquela porta e descobrira que precisava esperar vinte minutos na chuva para arrumar um táxi que a levasse ao aeroporto. Fora, no mínimo, lamentável.

Na verdade, o que deveria ter feito era subir os degraus do sótão, abrir a porta num solavanco e berrar: "O que você pensa que está fazendo, camarada?" Ver a cara dele de choque e culpa teria sido um pouco satisfatório. Pego no flagra! Depois, exigiria saber quem era a mulher e há quanto tempo estavam juntos. Ele teria se acovardado e se retorcido diante do seu interrogatório e depois, de joelhos, implorado seu perdão (se ela tivesse sorte). Mas Jackie o teria espantado como uma mosca, magnífica em sua ira e retidão, e anunciado que estava tudo acabado. A-C-A-B-A-D-O. Sem argumentações triviais. Então, depois de deixá-lo aos prantos no chão, teria descido e feito sua mala tranquilamente, levando os melhores DVDs, por exemplo, e solicitado uma limusine para levá-la ao aeroporto, debitando no cartão de crédito dele.

Teria tido uma sensação de desfecho desse modo, pensou ela. Sem contar que seria infinitamente mais glamouroso.

Mas é claro que fizera tudo do seu jeito destrambelhado de sempre e se arrastara de volta para a Irlanda como uma vítima, aguardando um telefonema dele. Porque estava certa de que ele ligaria. Com certeza ele iria se perguntar por que numa hora ela estava em casa e na outra tinha partido levando todos os seus pertences. Ou pelo menos alguns deles. No mínimo, ele ficaria preocupado com sua segurança.

Quando ele não ligou no primeiro dia, ela achou que ele estivesse tão constrangido e culpado que não conseguira fazê-lo.

Uma semana depois, percebeu que ele não ia ligar. Como se ela estivesse errada. Como se o tivesse abandonado.

— Pegue um lencinho — disse Emma, vendo que Jackie estava piscando sem parar.

— Estou bem. De verdade. — Mas apanhou um, mesmo assim. — Só quero me livrar disso logo, sabe, Emma?

— Quando vai ter uma resposta?

— De quê?

— Do advogado dele. Imagino que ele vá contestar.

Jackie levantou o queixo. — Com certeza. Mas, dessa vez, estou preparada para ele.

—Você está demitido — disse Dave a ele.

—Você não pode me demitir — retrucou Henry.

— Não sou *eu* quem está te demitindo, e sim a diretoria. Você cavou sua própria cova ao não comparecer àquela reunião de emergência segunda-feira passada.

— Eu sei. O que você acha que estou fazendo aqui, empacotando todas as minhas coisas numa caixa de papelão?

— Ah — observou Dave. Depois, disse: — Ei, essa é a minha caneta boa. Está sumida há meses. Seu ladrão desgraçado!

— Pode ficar. E aqui está o seu grampeador também, e seu estoque secreto de bolinhos. — Henry entregou, um a um. — Para falar a verdade, toma, pode ficar com tudo. — Ele ergueu a caixa de papelão e a colocou nos braços de Dave. — Não vou precisar mais disso.

— Não seja tão dramático, Henry.

— Não estou sendo dramático. Fui demitido. Estou indo embora.

— Eu sei, mas eles só querem te assustar — aconselhou Dave. — Olha, estão dizendo que a popularidade da sua coluna caiu vertiginosamente. Wendy não está dando conta do recado. Para começar, ela *gosta* de tudo e dá quatro estrelas para cada pé-sujo engordurado daqui até Manchester. Os leitores estão sentindo a sua falta, Henry. Eles não te dizem nada no editorial, é claro, mas as cartas não param de chegar — bem, pelo menos umas quatro — dizendo que as manhãs de domingo não são mais as mesmas sem você espinafrando um pobre restaurante.

— Estou comovido — respondeu Henry.

— Está bem, escuta. Mandaram te dizer, discretamente, que, se você voltar de rabo entre as pernas para o diretor-chefe, o emprego é seu novamente. Não posso ser mais direto do que isso.

—Você quer dizer puxar o saco dele?

— Exato.

— Por mais tentador que pareça, a resposta é não. Estou indo embora.

— Quantas vezes eu ouvi isso? Ah, sim, umas quarenta vezes. E em todas elas, você mudou de ideia e ficou.

— Dessa vez estou falando sério.

Ele deve ter retesado o maxilar ou algo do gênero, porque Dave parou de fazer gozação e perguntou: — E você vai viver de quê? Como vai ganhar dinheiro? Já pensou nisso?

— Tenho muitas economias — orgulhou-se Henry.

— Você precisou me pedir 100 libras emprestadas no Natal para comprar um presente para sua mãe — salientou Dave. — Que, por sinal, nunca me pagou.

Henry sacou sua carteira e disse: — Está bem! Aqui está!

— Pare com isso.

— Não, não, está claro que isso está te consumindo! — Então, descobriu que só tinha uma nota de dez na carteira. — Eu te pago semana que vem, ok?

Dave perguntou: — Se você desistir disso aqui, o que vai te incentivar a levantar da cama de manhã? Você precisa ter um emprego, sabe?

— Por quê?

— Por quê? Todo mundo tem um emprego!

— Isso não significa que eu preciso ter um.

— Então agora você vai virar um vagabundo, é isso?

— Ainda não decidi. A única certeza que tenho é de que não quero mais isso aqui. E por que você está me olhando como se eu tivesse duas cabeças?

— Porque ninguém em sã consciência abandona um trabalho como esse! Você trabalha menos de três horas por semana e, em troca, recebe respeito, sucesso e não sei quantos mil leitores.

— Posso viver sem a fama — disse Henry, com altivez. Na verdade, não estava assim tão certo. Talvez Adrienne tivesse razão. Talvez fosse apenas conversa fiada e depois de duas semanas de anonimato ele apelasse para morar em uma caixa de vidro sobre o Tâmisa só para conseguir alguma atenção.

Dave perguntou: — Quem está falando de fama? Estou falando de poder ligar para qualquer restaurante nessa cidade às dez para as oito da noite num sábado e conseguir uma mesa. E os brindes! Lembra aquela cesta enorme que você ganhou no Natal retrasado, com um monte de patê e vinho?

— Meu Deus, lembro. — Um Margaux de 1996. O céu.

— E os ingressos gratuitos para shows, peças de teatro, apresentações de comediantes.

— Pare — implorou Henry.

— A questão é que você está abrindo mão de muita coisa aqui, Henry. E eu não seria seu melhor amigo se não tentasse dissuadi-lo.

— Considere-se dispensado de sua tarefa — disse Henry, fortalecendo-se em sua decisão novamente. — Porque tenho certeza absoluta do que estou fazendo. — Não tinha nenhuma. Mas, se tinha aprendido alguma coisa nos últimos tempos — e às vezes se perguntava se tinha de fato — era que não podia esperar que alguém mudasse sua vida por ele. Embora Adrienne tivesse tentado, que Deus a abençoe! Ainda assim, ele talvez jamais tivesse tido coragem de dar esse passo se ela não o tivesse espicaçado com acusações veladas de superficialidade e de ser viciado em fama de última categoria.

Ele provaria a ela. Não, seria muito feliz como um zé-ninguém desempregado, morando sozinho apenas com sua cadela para lhe fazer companhia. Que nem era muito fã dele, convenhamos.

Droga, ia lá puxar o saco do diretor. Ia se humilhar, pedir desculpas e ter seu emprego de volta. Era muito medroso para encarar uma alternativa.

Fique firme, cara!, disse para si mesmo. Veja o que a covardia já lhe custou: sua mulher. Que o acusava falsamente de adultério, mas paciência... Ninguém era perfeito.

Então ele ficou de pé e empurrou sua cadeira no lugar pela última vez. Fechou todas as gavetas e ligou a secretária eletrônica.

— Terminei! — anunciou, grandioso.

— Shhhh — pediu alguém numa mesa vizinha e ele se sentiu um pouco desanimado.

Mas Dave deve ter percebido que era mesmo o fim, pois disse com uma voz baixa e melancólica: — Eu te acompanho até o carro.

— Obrigado. — Então, Henry se lembrou. — Na verdade, não tenho mais um carro. Era do jornal. Tive que devolver.

— Vou com você até o ponto do ônibus, então. Qual ônibus vai para sua casa?

— O quê? E eu lá sei! — A coisa começava mal.

Foi obrigado a entregar sua carteira do seguro social e sua identidade na recepção, e quando saiu pelas imensas portas automáticas soube que não conseguiria voltar ali como um funcionário qualquer.

— Vamos para o pub — disse para Dave, que ainda estava com seus documentos, o sortudo desgraçado.

— Não. De jeito nenhum. E, mesmo que eu quisesse, Dawn vai receber umas pessoas para jantar hoje e preciso chegar em casa mais cedo para descascar alcachofras ou algo assim. Aparece lá se não tiver nada para fazer.

— Eu tenho muito para fazer! — respondeu Henry, na defensiva. — Na verdade, estou ocupado até demais. — Tinha um encontro com Shirley, precisava levá-la para passear, e alguém podia ligar para ele mais tarde. Normalmente ninguém ligava, mas era só a notícia de que ele agora passaria os dias inteiros em casa se espalhar e o telefone ia tocar o tempo inteiro, com todos os seus amigos querendo conversar, rir e trocar ideias.

A bem da verdade, ele não ia suportar isso. Anotou mentalmente: não contar para ninguém que não estava mais trabalhando.

Chegaram ao ponto de ônibus. Henry não fazia ideia de qual ônibus parava ali, mas entraria nele mesmo assim. Esperou Dave se despedir, mas ele não saiu do lugar.

— Henry — disse ele —, há quantos anos nos conhecemos?

— Meu Deus, não comece com isso.

— Um bom tempo já. E, sabe, não suporto te ver assim.

—Assim como?

— Derrotado.

Henry deu uma risada.

— Não tem graça, Henry. Dawn receia que você tenha saído do prumo com essa história do divórcio

— Diga que não saí. Só estou fazendo uma faxina na minha vida, nada mais.

Dave o encarou firmemente. — Você *surtou* mesmo, não é? Está usando palavras como 'faxina'.

—Você vivia me dizendo que eu só ficava sentado reclamando e não fazia nada a respeito.

— Eu estava falando de trocar de jornal, Henry. Ou tentar um esporte radical. Seja lá o que mude sua rotação. Não falei para você abandonar tudo!

— Não tinha muito o que abandonar. — Na verdade, fora surpreendentemente fácil. Uma ida ao escritório para buscar suas coisas e um rápido telefonema para Adrienne, dispensando-a de seus serviços. Mais fácil ainda por ele ter deixado um recado na secretária eletrônica e não precisar sequer falar com ela. Não sabia por que imaginara que tudo fosse ser mais complicado. No fim das contas, o difícil era mesmo tomar a decisão.

— Ninguém acredita, ouviu? — deixou escapar Dave. — Nem por um minuto!

Henry tentou acompanhar a conversa. —Acredita em quê?

— No lance do adultério.

— Ótimo. Porque não fiz isso.

— Eu sei que não — disse Dave, tentando dar apoio. — E eu te defendi da maneira mais veemente possível para todos que acham que você *fez*.

— Pensei que ninguém acreditasse nisso.

Dave jogou o peso de uma perna para outra, com ar de culpa. — Você sabe como são as pessoas. Elas adoram uma fofoca. As apostas vão para Mandy, por sinal. Como A Outra.

— Mandy? Da publicidade? — Tinham tido apenas alguns encontros casuais antes de ele conhecer Jackie. — Pelo amor de Deus!

— Pelo menos, ela é bonita — compadeceu-se Dave. — Podia ter sido Joanne, da contabilidade.

Henry sequer conhecia Joanne da contabilidade, que dirá cogitar a possibilidade de em algum momento ter feito sexo com ela.

— Mesmo assim — continuou Dave. — É algo a se pensar, não é mesmo?

Henry começou a torcer para o ônibus chegar. Qualquer ônibus.

— Como Jackie foi se enganar assim? Ela deve ter achado, com certeza, que você estava tendo um caso.

— Ou então está mentindo. Já levou isso em consideração?

Dave estava confuso. — Jackie nunca me pareceu mentirosa.

— O que você quer dizer com isso? Que eu pareço um adúltero?

— Nem de longe. Só não entendo por que ela achou isso.

Como se Henry não tivesse pensado a mesma coisa. Furioso, tinha repassado seus dias com um pente-fino, pegando sua agenda e seus diários do trabalho, relembrando o ano inteiro. E cada segundo de sua vida estava lá, preto no branco! Quando não estava trabalhando, estava em casa com Jackie. Ou em casa, trabalhando no sótão, na sua coletânea misteriosa. A não ser que ela achasse que ele estava pegando a mocinha que trabalhava na loja quando descia para comprar o jornal, não imaginava como explicar suas alegações. Então sua fúria transformou-se em desconcerto, ao tentar lembrar se dissera alguma vez algo que, por mais inocente, pudesse tê-la feito acreditar que estava sendo traída. Seria possível que uma palavra ou um olhar tivesse sido mal-interpretado? Mas não conseguia pensar em nada. Finalmente, cogitou se não havia gritado algo durante o sono, como o nome de alguém ou "transe comigo agora!", que o tivesse colocado inadvertidamente na categoria de adúltero. De qualquer modo, ele agora era o vilão da história. Justamente ele, que sequer olhara para outra mulher! Ao passo que Jackie, a mentirosa descarada, virara uma santa! Devia estar tão desesperada para se casar com aquele palerma do Dan que jogaria qualquer coisa contra ele para conseguir o divórcio!

Havia outra possibilidade: a de ele ter se mostrado tão mal-humorado, distante e infeliz que ela tivesse deduzido a razão mais óbvia, ou seja, que estava envolvido com outra pessoa.

Não gostava muito dessa hipótese. Mas ela lhe ocorria com frequência. Pensava nela, a revirava do avesso. Junto com as primeiras acusações de não se comprometer emocionalmente e não conseguir compartilhar uma vida em família. Para todos os efeitos, estivera *mesmo* envolvido com outra coisa: sua própria angústia.

Acordara de repente duas noites antes e pensara: aí está, é isso. Estava na hora de se reerguer e dar um rumo a sua vida de uma vez por todas. Daí as dramáticas mudanças de vida. Naquele ponto, sentia que só lhe restava subir, já que se encontrava no fundo do poço.

— Aí está o meu ônibus! — disse ele. Imagine só, ficar entusiasmado por causa de um ônibus. Pois dali em diante seria assim: as pequenas alegrias da vida.

Fez sinal, frenético. Há uns dezessete anos que não pisava em um ônibus e imaginava que as coisas deviam ter se modernizado a ponto de agora eles aceitarem cartões de crédito, até porque não tinha nenhum trocado no bolso.

— Quando você vai encontrar seu advogado?

— Amanhã.

— Quer que eu vá com você? — ofereceu Dave.

— Por quê?

— Quero me oferecer como testemunha. Para a defesa, você sabe. Eu me apresento em qualquer tribunal do país e digo que, até onde sei, você não estava tendo um caso com Hannah.

— Eu te aviso — disse Henry, subindo no ônibus com o Visa na mão.

— Ou Joanne — gritou Dave.

— Tchau, Dave.

Capítulo Dezoito

— Quero dar meu aviso prévio - Lech disse a Jackie na manhã seguinte. A temperatura caíra nas últimas duas semanas e ele usava uma jaqueta de couro sobre sua coleção de regatas. Ele gostava de dobrar as mangas, de modo que parecia um figurante de *Miami Vice*. O visual estava completo naquela manhã, com uma expressão séria e fechada.

— O quê?

— Vou trabalhar até sexta, se não tiver problema, e depois disso estou fora.

Jackie estava muito surpresa. —Você vai voltar para a Polônia?

— Não. Vou trabalhar na pizzaria em tempo integral. Eles me ofereceram um emprego.

— Está bem, claro... É que eu pensei que você gostasse daqui, Lech. Lech deu de ombros. — Eu gosto. Mas é melhor ir embora.

Estava cheio de orgulho e decisão, ela percebeu. E também profundamente magoado. O que teria acontecido?

—Tem algo a ver com as suas condições de trabalho? — insistiu ela. — Porque se você não estiver satisfeito com alguma coisa...

— Nenhum problema com minhas condições de trabalho. Mas descobri certa incompatibilidade de gênios. Com uma das chefes.

Não era preciso mais nenhuma explicação. Mas Jackie ficou ainda mais intrigada.

— Pensei que você e Emma estivessem se dando muito bem. Ela me disse que vocês têm se encontrado bastante desde que me mudei.

Emma não dissera nada, mas Lech concordou. — É verdade, estou morando lá agora.

— O quê? — Aquilo era uma notícia e tanto. — Que ótimo, Lech!

— Não tem nada de ótimo! — explodiu ele. — Ela me faz entrar e sair pela saída de incêndio!

— Oh.

— Não aguento mais ser tratado assim. Nenhum homem aguentaria!

Ele estava chateado de verdade. Mas Jackie sentiu que devia defender Emma.

— Ela é o tipo de pessoa que gosta de manter sua vida profissional separada da vida pessoal, só isso.

— É por isso que ela não fala comigo durante o expediente?

— Bem, eu não levaria isso para o lado pessoal...

— Por isso ela mal suporta olhar na minha cara?

—Às vezes ela não olha na *minha* cara.

—Vamos ser francos — disse Lech. — Ela só está interessada em uma coisa. Depois, não quer mais saber!

Parecia uma avaliação justa e franca da situação, a julgar pelas aparências.

—Talvez ela só esteja com medo de demonstrar seus sentimentos, Lech.

— Ou talvez ela não sinta nada. Não é uma possibilidade?

Era difícil saber o que Emma de fato sentia. Mas Jackie tinha que concordar com Lech: as coisas não iam nada bem.

— E você, Lech? — perguntou ela.

— Essa é fácil. Estou completamente apaixonado por ela.

Jackie não esperava uma declaração tão direta. Mas Lech era um cara direto.

Ele disse, com uma expressão sonhadora no rosto: — Eu soube desde o início. Nunca conheci alguém como ela. É a mistura de todo aquele marrom na superfície e toda aquela paixão por dentro. Irresistível.

— Hum — disse Jackie. Era desconcertante ouvir sua amiga descrita daquele jeito. — E você já tentou dizer o que sente por ela?

— Estou sempre tentando! Mas ela não me ouve. Ela só rasga minhas roupas e me obriga a fazer sexo novamente.

— Entendo o problema — disse Jackie, solidária. — Mas talvez você devesse tentar falar sobre o assunto fora do quarto. Em um restaurante, por exemplo.

— Não seja ridícula — zombou Lech. —Você sabe que ela se recusa a ser vista em público comigo.

— Bem, *essa* é uma questão que deve ser resolvida.

Mas Lech estava muito desanimado. — Não quero gostar de uma mulher que tem vergonha de mim. Acho que sou melhor do que isso.

— E é! — assegurou Jackie. Então lembrou-se de que devia torcer para o outro time. — Mas você não pode simplesmente ir embora, Lech. O nome disso é desistência.

— Então eu desisti — respondeu Lech, empinando o queixo num gesto orgulhoso. — Sou um cara atraente. Vou encontrar outra pessoa.

— Pelo menos me deixe conversar com Emma.

— Não. Não quero ninguém tentando convencê-la de que ela me quer. Ela deve chegar a essa conclusão sozinha. — Ele empilhou algumas coroas de flores para entrega e olhou para Jackie com mágoa nos olhos. — Agora sei exatamente como você se sente, Jackie. Ter amado alguém, e perdê-lo. É trágico, não é mesmo?

Ele saiu, deixando Jackie um pouco deprimida. E pensar que andara tão decidida nos últimos dias. De alto-astral mesmo, movida por uma nova determinação de se livrar do seu Marido-Imprensa Marrom (gostava de "Marido-Imprensa Marrom"; parecia um termo apropriado para quem trabalhava em um jornal). Pela primeira vez, estava em vantagem sobre Henry e, por Deus, a sensação era espetacular! Usara seus sapatos mais altos, suas saias mais brilhosas e ainda tivera Velma ligando de meia em meia hora e gritando: "Botamos eles para correr, botamos eles para correr." Uma descarga de adrenalina que a movimentara por três dias seguidos.

E agora, olha só o que o desgraçado do Lech fizera. Tirara o verniz adorável de tudo aquilo, revelando o que era um pouco triste e fracassado. Embora tecnicamente jamais tivesse "perdido" Henry, para começo de conversa. Fora ela quem saíra de casa.

De todo modo, não parecia grande consolo.

— Ele já foi? — sussurrou Emma, espreitando do depósito.

— Pensei que você estivesse almoçando — respondeu Jackie, mal-humorada.

Emma a ignorou, perguntando: — Ele entregou mesmo o aviso prévio?

— Entregou. Ao que parece, é um caso de amor não correspondido.

Emma pareceu um tanto surpresa. Depois disse, em tom um pouco desafiador: — Não era para ele ter se apaixonado. Nunca dei a entender que queria algo além de sexo. — Como o embaraçado no seu cabelo liso podia comprovar. — Pensei que ele tivesse entendido.

— Como você sabe o que ele entende ou deixa de entender se, ao que parece, você nem o escuta?

— Você conhece Lech. Tão exibicionista com seus sentimentos Sou eu este mês e outra mulher mês que vem.

— Acho que não, Emma.

Emma pareceu ainda mais perturbada. — Nossa história não caminhava para um final feliz. Ele é um cara legal, sexy, acho eu. — Era sofrido para ela admitir. — Mas você consegue me imaginar assumindo um namoro com ele?

— Acho que ia ser fofo. Seus sapatos marrons de vovó ao lado dos tênis brancos e brilhantes dele.

— Pare. — Emma estava horrorizada. — Ai, por que ele não pode ser normal?

— O que você quer dizer com normal?

— Não me venha com lição de moral — reclamou Emma. —Você sabe bem que nenhuma amiga sua sairia com um tipo desses.

Neste minuto, o carro de Lech roncou bem alto do lado de fora da loja. Então, pelas janelas abertas, ouvia-se o rádio ligado no máximo, tocando Brian Adams. Lech partiu em uma nuvem de fumaça e borracha queimada, acenando freneticamente para Jackie e Emma ao passar pela janela. Para garantir que elas não o ignorassem, ele ainda apertou a buzina escandalosa duas vezes, levantando o polegar.

Emma simplesmente olhou para Jackie.

— Está bem — disse Jackie —, falta nele uma certa... finesse, mas ele é um bom homem, Emma.

Emma sacudiu a cabeça rapidamente. — Não vai rolar, Jackie. Tudo não passou de um romance de férias. E agora acabou. — Seu rosto estava impassível. — É melhor mesmo que ele vá embora. Uma maneira de terminar tudo numa boa. Não é justo lhe dar falsas esperanças.

— Ninguém poderia acusar você disso.

— Acho que não.

— E você já pensou no que vai fazer pela sua vida sexual agora?

— Não sei por que você está tão mal-humorada. Você estava ótima mais cedo, diante da perspectiva de se livrar do Marido-Imprensa marrom.

— Não dá para manter esse nível de entusiasmo o tempo todo — respondeu Jackie, na defensiva.

— Você deve estar um pouco nervosa por causa de hoje à noite — consolou Emma.

— Sim, porque não tenho uma carapaça como você.

— Não seja maldosa — disse Emma. — E depois, minha história com Lech é diferente. Não estamos noivos, como você e Dan.

Jackie passava mal só de pensar. O doce e querido Dan, que a resgatara na autoestrada e tentara persuadi-la de que era um príncipe encantado de shorts berrantes. E ela se deixara persuadir, quisera ser persuadida e provavelmente teria encarado o cartório sem dar um pio, se Henry tivesse lhe concedido o divórcio. Achava que devia lhe agradecer por isso, ainda que de má vontade. Não fosse Henry, talvez só tivesse se dado conta tarde demais e perdido a vida sentada num banquinho no clube, com todas as Fionas.

— Vou partir o coração dele — disse ela.

— O lado bom é que isso vai fazer com que ele pare de ficar aparecendo aqui de capacete, assustando os clientes — observou Emma, sempre pronta a cortar qualquer drama pela raiz. — Se bem que ele não aparece há quase uma semana — acrescentou ela. — Talvez tenha pressentido. Se você esperar mais uma semana ou duas, é capaz de ele desistir sozinho.

— Emma! Só porque você trata os homens como lixo não significa que os outros tratem também. Não, eu vou fazer isso direito. Vamos nos encontrar, conversar honestamente e eu vou terminar, com toda delicadeza. É o mínimo que ele merece.

— Pelo menos faça isso num restaurante. Assim ele não faz um escândalo.

— Sério, Emma. Você realmente é a pior pessoa do mundo.

— Aqui está, *monsieur*. E para *mademoiselle*. — Fabien servia o vinho. Acrescentou para Jackie, em um tom coquete: — Embora eu suponha que em breve será "*madame*"!

— Ah, sim. Obrigada, Fabien.

— O senhor tem andado sumido. Certamente, anda muito ocupado com os preparativos do casamento, não? — perguntou ele para Dan.

— Hã-hã — respondeu Dan.

Jackie desejava que Fabien não tivesse descoberto seu lado romântico e os deixasse em paz. Mas ele continuava a fazer firulas, abrindo guardanapos, apresentando o cardápio e dando risadinhas.

— Obrigada, Fabien. Estamos bem — disse Jackie finalmente, num tom de voz mais firme.

— Ah! — exclamou ele. — Compreendo. Vocês querem ficar a sós. — E ele se afastou com um débil sorriso.

Dan e Jackie entreolharam-se por cima de seus cardápios. Ele não parecia nada amigável naquela noite, observou Jackie. Estava totalmente sério. Também, estavam vivendo separados há semanas. Ela não retornara nenhuma de suas ligações. Recusara-se a vê-lo quando ele apareceu na loja. Qualquer um ficaria aborrecido.

Ele disse, de modo bem neutro: — Emma me disse, quando estive lá na loja, que você agora está alegando adultério no pedido de divórcio.

— É verdade. Eu ia te contar, mas não achei que... — Bem, ela não achara relevante, uma vez que tinha finalmente decidido terminar tudo com ele. Mas completou dizendo: — É um assunto muito doloroso.

Dan arqueou a sobrancelha. — Muito.

— Ele *realmente* me traiu, Dan. — Com toda probabilidade. Mas seria útil se tivesse uma prova absoluta. Esperava que Dan não perguntasse como foi que aconteceu, porque, de algum modo, a história do "espetáculo, espetáculo" ao telefone estava se tornando cada vez menos substancial sempre que recontada.

A simples menção do nome de Henry nunca deixava de provocar irritação em Dan e aquela noite não foi exceção. — Que babaca! — disse ele. — Um merda! Traidor, mentiroso, enganador... Tenho uma palavra perfeita para ele, mas não a usarei diante de uma dama.

— Obrigada, mas eu própria já o xinguei de todos os nomes possíveis.

— Ele não merece se divorciar. É bom demais para ele. Tinha que ser pendurado pelos testículos durante uma semana! Ou castrado, algo assim. Olha, pendurá-lo pelos testículos talvez funcionasse.

Mas ele se acalmou depressa. Depressa até demais. E ela percebeu que sua raiva era fabricada. Obrigatória.

— Se você quiser, mando os rapazes de novo — ofereceu. — Falo para se concentrarem nas partes baixas.

— É muita gentileza sua, Dan, mas não quero que você se me meta em mais confusão por minha causa.

— Está bem — concordou ele. Fácil assim! Como se ela não valesse o esforço. Há um mês mal podia impedi-lo de pegar um avião para ir até Londres arrebentar a cabeça de Henry. Só porque ela ia terminar com ele não significava que não estivessem mais noivos, ora.

— Enfim, agora pode ser que o divórcio saia mais rápido — disse ela, fazendo um teste.

— Legal — disse ele. Legal? Só isso? Houve uma época em que ele teria urrado de alegria e a arrastado para a cama. Que diabos estava se passando ali?

— É claro que, conhecendo Henry, imagino que ele provavelmente vá contestar — prosseguiu Jackie. Era uma provocação deliberada, como cutucar onça de vara curta.

— Provavelmente — disse Dan. Inabalável.

Estava ficando irritada, embora soubesse que precisava parar com aquilo o quanto antes.

— O que pode atrasar o processo por vários meses. Quiçá anos!

—Você não acabou de dizer que pode sair mais rápido?

Ah, sr. Matemática! Sr. Racional. Estava certíssima em terminar tudo com ele.

— Então você *estava* mesmo ouvindo — disse ela, sarcástica. — Não cochilou nem virou um fóssil de tanto tédio.

Dan perguntou, entre dentes: — Qual o seu problema, Jackie?

— Não há nada de errado *comigo*. Só esperava vir aqui hoje, jantar com o meu noivo e... e discutir nossos planos de casamento!

Deus do céu! Não esperava nada daquilo. Discutir planos de casamento com Dan era a última coisa que queria fazer naquela noite. Se tudo corresse dentro dos conformes, esperava já ter lhe dado um pé na bunda quando servissem as entradas e se mandar antes mesmo do prato principal chegar. E veja só! Como retroceder agora?

— Mas estou vendo que você não quer discutir nada do casamento — acusou ela, em voz alta. Talvez pudesse dizer que não conseguia mais viver com aquela apatia dele e virar o jogo. Ou que ele era grande demais ou algo assim. Era um golpe barato e baixo, mas não estava podendo se dar ao luxo de escolher.

Do outro lado da mesa, Dan mergulhou a cabeça entre as mãos e soltou um grunhido animal, chamando a atenção das mesas vizinhas e levando os convivas a examinarem desconfiados seus pratos, com medo de algo estar estragado.

— Jackie, não sei como te dizer isso — começou ele.

Jackie entendeu na hora. E antes mesmo que seu cérebro pudesse processar o choque e a surpresa, um pensamento urgente a acudiu: precisava terminar antes dele.

— Dan, eu...

Mas o desgraçado já tinha puxado o ar e sua voz sobrepujou a dela.

—Acho que devemos terminar!

Infelizmente, assim que ele falou, caiu um daqueles silêncios sinistros e o restaurante inteiro transferiu o olhar dos pratos para Jackie. Dava para ouvir uma mosca.

Ela abriu a boca para retrucar "eu estava prestes a dizer isso!", mas por sorte percebeu a tempo o quão ridícula iria parecer, digna de pena. E assim fechou a boca e ficou sentada, o rosto corado, sentindo-se humilhada e abandonada.

Por fim, disse animada: — Está bem! Não vou morrer por causa disso! — Abriu um sorriso e cumprimentou os clientes, para mostrar que estava perfeitamente bem. Nem uma ruguinha de preocupação! Até fez uma cara de choro para o casal na mesa ao lado, como piada. Por dentro, repetiu "imbecil" para si mesma pelo menos umas cinquenta vezes e se perguntou se havia algum lugar em que pudesse ir para costurar a sua boca. Depois, após todos os enxeridos de plantão terem voltado aos seus pratos, ela ergueu o cardápio e comentou: — A massa parece boa.

— Jackie — disse Dan, solene. — Eu sinto muito.

— Dan, está tudo bem. Sério.

— Não queria ter feito desse modo. Não em um lugar público. Mas você insistiu tanto para nos encontrarmos num restaurante...

— Não se torture por causa disso. — Pensava se podia alegar uma dor de cabeça e voltar para casa. Mas ia parecer que estava chateada e não queria lhe dar esta satisfação. A alternativa — suportar uma refeição inteira como a Noiva Que Acaba de Levar um Fora — era um pouco melhor. Imbecil, repetiu novamente.

E agora Dan, de maneira revoltante, retomara seu tom carinhoso. Aliviado, sem dúvida, por já ter cumprido seu trabalho sujo.

— Você está bem?

— Eu? Estou. Ih, olha. Eles têm salmão, o seu favorito.

— Não precisa bancar a forte, Jackie. Pode ir ao toalete se quiser, ninguém vai reparar. — Até parece que não. Estavam todos de olho, acompanhando o desenrolar do drama com suas visões periféricas.

— Não estou sentindo necessidade de chorar agora, Dan. — Ela lhe sorriu, numa expressão de advertência. — Se você quer saber, estou mais surpresa do que magoada.

Era óbvio que ele não acreditava nela. — Bem, para ser sincero, eu ia terminar de uma maneira mais delicada. Sugerir que adiássemos o casamento até o seu divórcio sair. Mas, vamos combinar, isso não vai acontecer tão cedo, né? — E ele deu um risinho. Como se estivesse tudo bem! Como se agora fossem velhos amigos.

— O que você quer dizer com isso? — perguntou ela, friamente.

— Como assim?

—Você acha que quero continuar casada com Henry?

— Só estou dizendo que vocês dois parecem ter dificuldade em colocar um ponto final.

— É o que acontece quando você se casa com alguém, Dan. É muito mais profundo, forte e duradouro. Não é a mesma coisa que um simples noivado.

O sorriso dele murchou. — Acho que você deveria ter terminado direito há dezoito meses. Teria poupado muita mágoa ao seu redor.

—Você está coberto de razão — concordou ela, friamente. — Deveria mesmo.

Fez-se um longo silêncio e logo em seguida ela decidiu que não suportaria uma refeição inteira naquelas circunstâncias. Estava prestes a bolar uma desculpa plausível quando Dan disse: — Olha, acho que é melhor ir embora. Pelas circunstâncias.

Ele se antecipara de novo!

— Se não tiver problema — disse ele, olhando para Jackie.

— Nenhum. Pode ir.

— Posso ficar, se você quiser.

— Pode ir!

Ele se levantou. Felizmente, ele não perguntou se podiam continuar amigos. Ele se despediu, acrescentando: — Boa sorte com Henry.

— Obrigada. Mas tenho certeza de que as coisas vão caminhar sem problemas daqui em diante.

— Bem, seja como for.

Como se houvesse alternativa...

Quando ele saiu, Jackie continuou sentada à mesa, empertigada e orgulhosa, sabendo perfeitamente que aquele seria seu futuro dali em diante: jantar sozinha, aturando os olhares de piedade das pessoas à sua volta. Sem poder mais pedir um prato para dois.

— Fabien! Mais vinho, por favor.

O melhor a fazer era aproveitar.

Faltavam cinco minutos para as seis e Henry estava diante de Tom, no suntuoso escritório do sr. Knightly-Jones. Tom estava tentando controlar os nervos e até sendo relativamente bem-sucedido, pensou Henry, exceto pela tremedeira visível quando ele levantava uma folha de papel. Também não parava de engolir em seco, como se tivesse algo obstruindo sua garganta. Na verdade, tinha: a palavra "adultério".

— Bem, obviamente você vai alegar não ter cometido... o que ela está dizendo que você cometeu. Em geral, em casos como este, quando o fundamento para o divórcio é... o que está escrito aqui, convoca-se o corréu, mas vejo que ninguém foi nomeado. E parece que as acusações foram feitas dentro do prazo legal, já que você e a srta. Ball não viveram juntos por mais de seis meses depois do incidente do...

Henry observou Tom lutando para encontrar um eufemismo adequado, até não aguentar mais e pedir: — Adultério. Diga. Por favor. Senão vamos ficar aqui o dia inteiro.

— Está bem! Desculpe-me.

Que fique claro: Henry também não era fã dessa palavra. Estava descobrindo depressa que a reputação do adultério era péssima. As pessoas não associavam a glamour, paixão e mulheres bonitas; pensavam logo em quartos de hotel baratos e tarados. Ora, assaltantes de banco estavam mais bem cotados, assim como vândalos de futebol e até mesmo o incendiário que cometia crimes num acesso de fúria.

Adúlteros estavam abaixo da crítica. Não deviam sequer poder votar. Aquilo exasperava Henry, mas era melhor se acostumar de uma vez.

— Podemos prosseguir? — pediu ele a Tom, ríspido. Provavelmente ia se arrepender pelo que estava prestes a dizer. Sem dúvida. Mas já tinha chegado até ali; seria vergonhoso voltar atrás.

— Claro — gaguejou Tom, alcançando sua escrivaninha e apanhando uma espécie de dossiê. Com o rosto pegando fogo, murmurou num tom constrangido: — Olha, o senhor pode achar que este não é o melhor momento para isso. Mas eis aqui algo que escrevi. O senhor se incomodaria em ler, quando tiver um tempo, e me dar sua opinião? — Ele entregou a Henry, humildemente. Devia ter pelo menos umas cem páginas, com encadernação profissional.

Henry aceitou, consternado. — Tom, não leve a mal, mas não leio livros, roteiros, nem planos de negócio para um novo restaurante. Mas se você estiver procurando um agente, ficarei feliz em te apresentar a minha. Ex-agente, na verdade. Adrienne Jacobs. Que pode estar interessada em um bom thriller forense, pelo que ouvi dizer. — Era o máximo que podia fazer por ele.

Tom parecia muito ofendido. — Não é um livro. É uma estratégia. Para o seu divórcio.

— O quê? — Era tão grande que podia ser usado como peso de porta. — Que diabos tem aqui?

Tom respondeu, empolgado: — Planos. Argumentos legais. Pesquisa.

— Pesquisa?

— Não se pode contestar um divórcio direito sem fazer uma pesquisa. Porque poucos divórcios *são* contestados direito. É por isso que precisamos pesquisar!

Henry virou uma página, mais por mórbida curiosidade do que qualquer outra coisa. — Tammy Winthrop *versus* Bernard Pike — ele leu em voz alta. Pareciam personagens de uma novela. — Acho que você me entregou o arquivo errado.

— Não, não — disse Tom. — Esta parte é uma seleção de casos passados nossos. — Ele confessou: — O divórcio do Pike foi um dos piores que já pegamos. A mulher queria tudo! A casa, o carro, o barco, a conta bancária na Suíça e uma pensão. Mas o sr. Knightly-Jones se superou no tribunal e acabamos ganhando, embora, no fim das contas, as custas judiciais tenham engolido tudo, menos o barco. Que por sinal tinha uma rachadura. — Ele espiou sobre o ombro de Henry. — Se você virar esta página aí, isso, essa mesmo, vai ver uma parte inteira dedicada aos precedentes de casos semelhantes ao seu.

Henry apenas o encarou em silêncio.

— Leitura fascinante — prosseguiu Tom. — Tudo depende do juiz que se pega, no final. E se ele está ou não tendo um bom dia. Vamos torcer para que o seu esteja!

Ao ver que Henry não sorrira, Tom agitou-se nervoso e acrescentou depressa: — E concluí com um panorama geral do caso inteiro, desde a primeira carta que a srta. Ball enviou para o senhor meses atrás. Melhor juntar tudo logo, antes de começarmos a elaborar a contestação.

Henry devolveu o dossiê para a escrivaninha. — Você deve ter se esforçado muito preparando isso.

— Não fiz sozinho — disse Tom, tímido. — Solicitei ajuda de três assistentes jurídicos e um sócio sênior. E Yvonne da recepção digitou para mim. — Após uma breve pausa, ele acrescentou: — Não queria que o senhor achasse que não merece o melhor. Porque o sr. Knightly-Jones não estaria aqui.

Henry deu um sorriso forçado e disse: — Obrigado, Tom. Até agora, você fez um ótimo trabalho.

Tom ficou radiante. O que só serviu para deixar Henry ainda pior. Mas não podia mudar de ideia por causa de um advogado novato que finalmente saíra da sombra do chefe.

— Mas não vou contestar o divórcio.

Foi preciso um minuto para absorver a informação. Logo depois, Tom ficou prostrado. Seus olhos dardejaram pesarosos para o dossiê e por um instante ele pareceu à beira das lágrimas.

— Simplesmente não tenho interesse nenhum em contestar as alegações — disse Henry.

— Mesmo sendo falsas?

— Elas são falsas — disse Henry, enfático.

— Mas eu não entendo! — exclamou Tom, ganhando coragem diante da decepção. — Você contesta tudo! Ontem mesmo estávamos comentando no café que você é o cliente mais do contra que já tivemos!

Era verdade. Mas antes ele tinha algo a ganhar, pensou ele. Uma ideia de encontrar a verdade e partilhar a culpa, coisas que não faziam mais sentido nos últimos dias. Se fosse contestar aquela petição, não seria apenas uma tentativa desesperada de permanecer unido a uma mulher que não o queria mais? Uma mulher que ele decepcionara de um modo do qual se envergonhava agora.

Só lhe restava viver com o rótulo de adúltero. Porque, francamente, a maioria acreditava nele.

— Desculpe — disse ele para Tom. — Mas para mim, chega. Agora, hoje. Deixe-me assinar logo e ir embora.

Tom havia murchado em sua escrivaninha. Com muito esforço, deslizou a petição sobre a mesa. Henry fez o que tinha que fazer e a devolveu.

Tom disse, com o olhar fixo no mata-borrão. — Você pode ter outro advogado. Um dos sócios pode pegar o caso, se você quiser.

— Ei, deixa disso, Tom, não é nada com você. — Pensou em lhe dar um soco amistoso no ombro, mas teve medo de nocauteá-lo de vez; decidiu-se por um tapinha ridículo.

— Entre em contato com elas. Diga que não queremos mais saber das duas novamente — concluiu ele.

Então se levantou e caminhou até a porta, sem mulher, sem agente, sem carreira, nem qualquer tipo de responsabilidade. Livre como um passarinho!

E sem carro, que diabo! Teria que pegar o maldito ônibus para casa outra vez.

Capítulo Dezenove

A nova atendente da lojinha onde Velma comprava *donuts* todas as manhãs a estava olhando com reprovação há uma semana. Era como se quisesse dizer a Velma que ela deveria fazer algo sobre seu estado e não ficar ocupando tanto espaço na loja. Velma descobriu que ela a intimidava — uma garota de dezoito anos! — e passou a ter que caminhar três quarteirões para comprar em uma loja diferente, onde ninguém a conhecia, mas os *donuts* não eram tão gostosos. Quebrara o salto do sapato naquela manhã, para completar, e estava tentando colá-lo de volta quando Tom Eagleton telefonou para dar a notícia: Henry Hart não ia contestar o divórcio.

— O quê? — perguntou ela, atônita, convicta de que havia alguma interferência na linha. Estava convencida de que a companhia telefônica fazia isso de propósito quando ela deixava de pagar a conta.

— Ele vai conceder o divórcio à sua cliente.

Velma disfarçou a surpresa e a satisfação. Naquela exata manhã, havia decidido que seria obrigada a contratar um advogado para decifrar aquele atoleiro jurídico no qual Jackie Ball estava empacada. Uma petição já era complicado, imagine *duas*. Tinham sido muito arrogantes na Inglaterra, dizendo que não trabalhavam para que autores pudessem lançar múltiplas petições de divórcio a contragosto e que ainda estavam processando a primeira, que Velma até então não retirara. Formalmente. Por escrito.

Nesse ponto, Velma lançara mão da sua Confrontação Positiva, tal qual aprendera no curso de Direito Americano, mas estavam acostumados a confrontações de todos os tipos e não lhe deram muita atenção. Daí a necessidade de *donuts* naquela manhã e dos seis pacotes de batatas chips, que ela escondera sob a mesa e prometera para si mesma racionar, um por hora. Também não funcionara.

Naquela manhã, Velma estava mais irritada com o mundo do que nunca. Não conseguia sequer tirar proveito da capitulação de Henry Hart. Por que o próprio sr. Knightly-Jones não se dera ao trabalho de telefonar? Seria ela assim tão insignificante, a ponto de ele não poder largar sua correspondência insignificante ou uma defesa de licença de televisão? Em vez disso, ficara reduzida ao pior dos piores, o palhaço do Tom.

— Ora, que grandioso da parte dele! — vociferou ela ao telefone. — Depois de ter feito um tremendo carnaval nas últimas semanas!

Houve um silêncio acuado do outro lado da linha. Então Velma se deu conta de que ser obrigada a lidar com aquele projeto de homem podia ter suas vantagens. Aproveitando o momento, ela disse: — Naturalmente, vamos solicitar as custas do processo.

Mais um silêncio de pavor. E, em seguida, ele articulou frouxamente: — Só um momento, por favor.

Podia ouvir um folhear frenético de páginas do outro lado da linha. Ele devia estar consultando o arquivo. Ouviu então um estrondo — o arquivo despencando no chão, provavelmente. Percebendo que aquilo poderia levar algum tempo, Velma colocou seus pés gordinhos calçados numa meia sobre a mesa e abriu outro pacote de batatas.

Ela, é claro, aumentara seu preço para cem por hora. Não costumava cobrar assim de seus clientes; via seu trabalho como uma vocação e julgava moralmente errado lucrar com a infelicidade alheia. Mas Henry não era seu cliente e devia estar cheio de dinheiro. Incluíra também seus gastos: alimentação, gasolina, *donuts*.

Talvez conseguisse até mesmo esticar em umas férias curtas, quando o caso estivesse encerrado. Andava muito para baixo ultimamente. Uma semana na Escócia, talvez, ou em um país escandinavo. Algum lugar frio, onde as pessoas andassem cobertas e ela não precisasse andar para cima e para baixo usando calças ridículas. Iria sozinha, é claro, mas até aí não havia nenhuma novidade.

Após alguns minutos, ele voltou ao telefone. — A sua cliente concordou em dividir as custas no início do processo. Tenho uma carta aqui.

Velma estava preparada. — Ela não sabia que teria que arcar com as despesas de uma segunda petição.

Não havia necessidade de falar sobre tribunais. Ela daria um jeito de esclarecer tudo.

Ele hesitou um pouco, e arriscou: — Ninguém a obrigou a lançar uma segunda petição.

Velma respirou fundo novamente. — Ela não teve alternativa, uma vez que o seu cliente não aceitou a primeira!

— Ela não respeitou nosso prazo de 28 dias para encaminhar uma resposta.

— Como se fosse fazer alguma diferença.

— E...

— Não interessa!

— Mas...

— Eu não quero saber!

Velma demorou um pouco para perceber que havia um bip bip na linha. Esses malditos da companhia telefônica. Sacudiu o aparelho, mas a ligação havia caído. Mas quando desligou e ligou de novo, viu que tinha sinal de linha. Ele havia desligado na cara dela. O protótipo de homem tinha realmente desligado na cara dela.

Ficou sentada sem ação por um instante, depois tirou a mão do pacote de fritas e discou o número dele.

Eles a deixaram esperando por quase dois minutos, como sempre — não era de se admirar que não conseguisse pagar a conta do telefone, aquela era uma ligação internacional — antes de finalmente transferirem a ligação para ele.

— Oi — disse ela.

— Srta. Murphy — respondeu ele.

— Acho que nossa ligação caiu.

Ele ficou em silêncio.

— Então, como estávamos falando, as custas.

— Pode esquecer. Não vamos bancar os seus gastos. — Ele parecia surpreendentemente firme.

— Nem unzinho sequer? — barganhou Velma. — Você sabe que seu cliente é podre de rico.

— As finanças do meu cliente não são da sua conta.

— Blá, blá, blá — disse Velma. Estava gostando daquela conversa. — Aposto que ele está te pagando uma pequena fortuna.

— Srta. Murphy...

— Quanto a sua laia cobra por hora, hein? Uns cem?

— Não vou discutir isso com a senhorita.

— Deixa disso, ambos somos profissionais. Compartilhamos nossos conhecimentos e tudo. Apenas me dê uma média.

Tom respondeu, recatado: — Não vou dizer quanto cobramos. Mas é muito mais do que cem por hora.

Velma deu uma risada de descrédito. Eles gostavam mesmo de fazer tipo, aquela laia. Deviam se manter processando espeluncas, como a maioria dos advogados que ela conhecia.

— E a senhorita tem o péssimo hábito de não permitir que as pessoas terminem suas frases — disse ele.

— Tenho, é? — Estava pasma. O Curso Americano não dissera nada sobre permitir que as pessoas terminassem suas frases. Imagine, ofender-se por causa de uma bobagem assim! — Enfim, voltando ao assunto das minhas despesas — prosseguiu ela.

— Pensei que fossem as despesas da sua cliente, não as suas.

Ele não estava para brincadeira. Velma teria que subir o tom.

— Quero falar com o sr. Ian Knightly-Jones — exigiu ela, levantando a voz. Ele não ia se incomodar com seus gritos.

— O sr. Knightly-Jones se aposentou.

— O quê?

— Durante sua cirurgia cardíaca, ele, hã, aparentemente teve uma visão de um túnel. Com uma luz branca no final. Desde então, reavaliou sua vida.

— Então vou ter que aturar você? — Seu tom de voz saiu estranhamente coquete e ela ficou vermelha como um pimentão. Para recuperar um pouco a seriedade, grunhiu: — Não estou satisfeita com essa história das custas.

— Nem eu.

— Como vamos resolver isso?

— Estarei em Dublin a negócios, depois de amanhã. Poderíamos... nos encontrar. Se a senhorita quiser. Se não estiver muito ocupada. — Estava nervoso novamente.

De acordo com sua agenda, Vilma não tinha nenhum compromisso até a segunda quinta-feira de novembro. Do ano seguinte.

— Posso arrumar uma brecha — disse ela. Era apenas um encontro de trabalho, por Deus! As pessoas faziam isso o tempo todo. Por que então estava tão agitada?

Ele sugeriu uma cafeteria e um horário e estavam prestes a desligar quando ele disse: — Espera. Como você é?

— O quê?

— Para que eu possa te reconhecer quando nos encontrarmos.

Ela pensou rápido. — Vou estar com um jornal na mão.

Ele riu. — Você e todo mundo.

— Vou estar de rosa. — Droga. O rosa estava na lavanderia. — Preto. — Preto sempre emagrecia. Mesmo tamanho 56?

— Sou meio alto — admitiu ele, tímido.

Maravilha, pensou Velma. Mais uma aberração. — O quão alto?

— Um e noventa e dois.

— Isso não é nada! Eu mesma tenho 1,78. — Era melhor falar logo a verdade. Não suportava o olhar das pessoas quando a viam pela primeira vez sem terem sido avisadas. — Olha — disse ela. — Eu sou gorda.

— Tudo bem — respondeu ele.

— Muito gorda.

— Está bem, então nos vemos depois de amanhã. — Ele não parecia perturbado.

— Está bem — disse Velma, desconfiada. — Até lá.

— Mas então, não é uma ótima notícia? — disse Jackie. A melhor de todas! Na verdade, estava pensando até mesmo em sair para comemorar.

— Deve ser — respondeu a sra. Ball, taciturna. Ainda estava de luto com aquela história. Mais um genro que escapava entre os seus dedos! E todos os canteiros de flores implorando para terem suas ervas daninhas removidas, e a parede construída pela metade. Ia ter que pedir ao sr. Ball para terminá-la, mas ele não sabia traçar uma linha reta, então como ia conseguir construir uma parede? Ah, era preocupação atrás de preocupação.

— Bem, estou chocada — declarou Michelle do sofá, que estava ficando com a marca do seu traseiro e perigosamente desnivelado. —

Quem poderia imaginar uma coisa dessas? Henry Hart entregando os pontos assim!

Era verdade. Ele havia capitulado. Esfarelado como um dos cookies de aveia com os quais Michelle se empanturrava naquele exato momento. E Jackie *deveria* estar felicíssima. Não ia mais para o tribunal, sua vida particular não seria exposta para todos. Também não haveria mais delongas e algumas despesas. Ela se livraria dele de uma vez por todas em uns quatro meses, jamais teria que vê-lo novamente.

O lado ruim é que ele estava mais ou menos assumindo o *affair*. Justamente quando ela própria começava a duvidar que ele tivesse tido um!

Não havia mais dúvida. Ele estava se entregando, não estava?

— Seja como for — prosseguiu ela, firme. — Agora posso adiantar minhas coisas.

— Que coisas? — perguntou a sra. Ball.

— Ora...

—Você não tem mais nenhum casamento para preparar.

— Eu sei disso.

— A não ser que você se concentre em encontrar um lugar para morar. O aquecedor vai explodir com a pressão de fornecer água quente manhã, tarde e noite. E vocês duas zanzando pela casa de cabelo molhado todo dia de manhã! Vão acabar morrendo de frio.

— Encontrar um lugar para morar é a minha prioridade — respondeu Jackie, doce. — E também quero me concentrar no trabalho.

Embora não tivesse sequer ido trabalhar naquele dia. Mas era sexta-feira e ela não esperava que Velma fosse ligar com uma bomba daquelas. Precisava de um tempinho para assimilar tudo. Infelizmente, Lech estava indo embora e ela queria ter ido beber alguma coisa com ele depois do trabalho, mas Emma na certa não iria acompanhá-la, o que seria constrangedor.

Ela disse a Michelle e a sra. Ball, sem refletir muito: — Estou pensando em abrir uma filial da loja.

— O quê? — perguntou a sra. Ball, visivelmente preocupada.

— É óbvio que tenho que fazer minhas contas direitinho, mas Emma vai topar. — Bem, com Lech fora da jogada, ela teria que arrumar algo para fazer. Jackie também: trabalho árduo, longas horas e a noitada ocasional no pub às sextas-feiras com Emma, só garotas. Na verdade, estava até empolgada com a perspectiva de um desafio. E, com o passar do tempo, quando tivesse os seus quarenta e cinco anos, olharia para trás relembrando esta época de sua vida e acharia graça. Não histericamente; de dentro de um hospício ou algo do gênero. Não; estaria sentada diante da lareira acesa com um punhado de crianças bem-educadas à sua volta — as suas, esperava ela; certamente teria conhecido alguém razoável até lá — conferindo as contas de suas doze lojas e estudando a possibilidade de conquistar o mercado internacional. E enquanto estivesse pensando que prato nutritivo preparar para um aconchegante jantarzinho em família, Henry surgiria em sua mente. Ela daria uma risadinha e as crianças olhariam para ela, olhos arregalados e curiosos, e ela diria, muito alegre: "Não é nada! Só estou aqui lembrando de um velho conhecido." Um babaca. Mas é claro que não diria isso. Porque já teria superado Henry há *muito* tempo.

Sim, esse dia chegaria. Mas, no momento, tudo que ela queria era se aninhar na sua cama rosa de solteira e chorar.

Infelizmente, precisava aparentar alegria, de modo que repetiu: — É ou não é uma notícia maravilhosa?

Não precisava sequer ter se incomodado, porque a sra. Ball nem estava escutando. Estava espiando pela janela, ajeitando seu arco nervosamente. — Quem está chegando de carro? Espero que não sejam aquelas testemunhas de Jeová outra vez.

Era pouco provável, visto que o carro se aproximando era uma Mercedes sofisticada, azul-escura e com insulfilm nos vidros, para manter a plebe admirada afastada. O sr. Ball tinha acabado de aparecer; fizera-se de morto durante a conversa sobre Henry e durante a pequena crise de Michelle ao reparar que um tornozelo estava flagrantemente mais grosso do que o outro, mas agora espiava pela janela também, muito interessado. — Esse carro vale uns 120 euros — comentou ele.

— O quê? — perguntou a sra. Ball, alarmada, rija de tanta ansiedade. — O que será que querem conosco? — Para ela, devia ser algum problema; não conseguia aventar a possibilidade de ser algo bom. Normalmente, estava certa.

Estavam todos de pé, competindo para ver quem conseguia examinar melhor pelas cortinas, enquanto o carro fazia estalar o cascalho e estacionava diante da porta de entrada.

Por um breve momento, Jackie pensou: Henry. Era uma ideia tão ridícula que, mais tarde, ela coraria só de lembrar. Como se Henry fosse aparecer lá, na casa da mãe dela, em uma Mercedes! Ele sequer sabia que ela estava morando com a sra. Ball. Não sabia mais nada sobre ela. E para que apareceria? Para implorar seu perdão? Estava furiosa consigo mesmo só de ter considerado aquela hipótese.

Somente Michelle continuava sentada no sofá, pois seria muito esforço se levantar. Continuou comendo seus cookies alegremente, enquanto a sra. Ball agarrava o braço de Jackie e bancava a radialista: — A porta está se abrindo! Alguém está saindo do carro. É um homem. Meio velho. Mas usa bons sapatos. Está de terno. Hum, um belíssimo terno, não é mesmo, Jackie? Mas é um pouco calvo, não é? E que cara! Parece que acabou de chupar um limão. — Um pensamento lhe ocorreu: — Será que é da Receita Federal? Nós nunca declaramos aqueles 500 euros da conta na Ilha de Man. — Ela sussurrou: — Aí vem ele. Não abra a porta, Larry! Vamos fingir que não tem ninguém em casa.

Michelle finalmente se levantou para dar uma espiada. Esticou o pescoço enquanto o homem se aproximava da porta. — Meu Deus! É o Gostosão.

Eram 16h55. Emma alisou sua sóbria blusa marrom — nada de branco alegrinho naquele dia — e desejou ter caprichado mais no desodorante.

Não que estivesse nervosa; mas era um pouco estranho, Lech estava indo embora. Mesmo assim, manteria tudo o mais profissional possível. Já havia preparado seu último pagamento, incluindo um generoso bônus, e colocado em um envelope que deixara à mão para entregar a ele. Em outro envelope, havia uma entusiástica carta de referência. O terceiro envelope guardava um cordão com um crucifixo, que ele esquecera no chuveiro dela naquela manhã, o que era um pouco constrangedor. Mas não queria que ele a procurasse depois para buscar. Não, aquela despedida tinha que ser o mais definitiva possível, para o bem de todos.

Tentava se concentrar em uma coroa de flores, mas seus dedos pareciam muito desajeitados naquela tarde, e o arranjo estava cada vez mais parecido com uma meia-lua. Teria que fazer tudo de novo.

O pequeno sino na porta da loja soou, mas ela não ergueu os olhos. Sabia que era ele porque, como sempre, cada fibra do seu ser gritava "Ei, Lech está aqui!". Mas era especialista em manter a calma e esperou ele chegar até o balcão para levantar a cabeça e dizer, num tom de voz agradável: — Lech.

— Emma. — Ele usava óculos escuros, do mesmo tipo que os policiais usam nas séries de televisão, de modo que não podia ver seus olhos, mas sua linguagem corporal lhe comunicava claramente o que ele estava sentindo.

Lamentava muito, de verdade, mas não havia nada que pudesse fazer.

— Já separei suas coisas aqui — disse ela, entregando os envelopes, muito eficiente. — Se você puder me devolver as chaves e o resto...

Ela aguardou calmamente enquanto ele mergulhava a mão no bolso e resgatava as chaves da loja.

— Obrigada — disse ela.

— Não tenho as chaves do seu apartamento — disse ele.

— Eu sei.

— Nem precisava, já que nunca entrei pela porta. Pela saída de incêndio, sim. E pelas janelas, algumas vezes.

— É. — Não havia sentido em dar continuidade ao assunto, não àquela altura. — Ah! Jackie mandou pedir desculpas por não estar aqui para se despedir de você. Parece que houve uma reviravolta no divórcio dela hoje cedo. Mas ela te deseja tudo de bom em seu futuro.

Lech a contemplou por trás dos óculos escuros. Estava tudo ficando muito esquisito. No entanto, mais um minuto e ele iria embora.

— Então! — exclamou ela. — Acho que só falta te agradecer.

— Pelos meus serviços.

— Não vamos baixar o nível.

— Talvez eu baixe o nível porque você faz eu me sentir baixo.

Ela suspirou. — Esperava que pudéssemos nos despedir como amigos.

— Mentira. Você espera que eu vá embora e que nunca mais precise olhar na minha cara. Vai encontrar outro garoto-objeto para aquecer a sua cama e nunca mais pensar no assunto.

— Não é verdade! — Ele não era o seu garoto-objeto; era mais velho do que ela até. E ela iria pensar no assunto de vez em quando, se apavorar e questionar o que diabos estava fazendo quando tomou essa decisão.

Ele abaixou um pouco os óculos e exibiu seus olhos negros e sofridos. — Você estava ao meu lado na cama ontem à noite, fiquei observando seu sono e me perguntando: será que ela sente algo por mim? Alguma coisa? Ou eu poderia ser qualquer um, José, Andreas, Vladimir — Como de costume, ele dava um tom internacional ao exemplo —, qualquer um em vez de mim? De Lech?

Fez-se uma breve pausa e depois Emma disse: — Não sei o que dizer, Lech.

— Algo que me faça ficar.

Emma hesitou. E hesitou mais um pouco. Por fim, ele colocou os três envelopes no bolso e se dirigiu para a porta.

— Adeus — disse ele.

Ela apanhou a coroa de flores novamente, ouvindo os passos dele ecoarem no chão até a porta se abrir, fazendo soar o sininho, e foi como se o barulho acordasse alguma parte de seu cérebro. Ela jogou a coroa de lado e gritou: — Lech!

Ele se virou e disse: — Emma?

E ela correu até ele, imprensando-o contra a porta e eles se beijaram e se agarraram loucamente, com o sininho tocando sobre suas cabeças.

—Vamos até o quarto dos fundos — disse ela, ofegante. O cheiro dele era incrível, suor misturado com loção pós-barba barata.

— O quê?

— A gente deita sobre a bandeja de dálias que chegou hoje cedo.

Ele ficou paralisado. — O quarto dos fundos, onde ninguém pode nos ver?

— Ora, não podemos fazer isso no balcão. Temos que pensar nos clientes, Lech, a maioria é idosa.

Ele a empurrou: — Não acredito nisso! Nada mudou!

— Lech, por favor...

Mas ele foi embora. Na cara dura! Ela observou pela vitrine enquanto ele entrava em seu velho carro. Depois de um bom tempo, o motor pegou. Ele se afastou devagar, fazendo questão de olhar para dentro da loja. O carro partiu, fazendo barulho. E Lech foi embora de vez.

Emma voltou para sua coroa de flores, no piloto automático, sem se dar conta ou se importar por sua blusa marrom estar aberta até a cintura.

O juiz Gerard Fortune disse nunca ter provado um bolo de maçã tão bom quanto o da sua mãe antes do bolo da sra. Ball.

— Isso não me interessa — disse ela, severa, embora suas bochechas tenham ficado coradas e o arco ajeitado de maneira coquete. — O senhor está aqui para falar sobre o futuro da minha filha, não sobre meu bolo de maçã.

— A senhora está coberta de razão — disse ele, envergonhado, olhando de soslaio para Michelle, sentada à mesa na sua frente.

— Por que você está me olhando assim? — perguntou ela. — Não me reconhece vestida?

— Michelle! — exclamou a sra. Ball. Ele podia ser um coroa de meia-idade pretensioso, mas ainda era um juiz.

— É verdade. Ele estava me olhando de um jeito assustador desde que entrou aqui. Bem, você está com sorte, porque não vou me atirar em cima de você novamente, está bem? Uma vez só já basta.

A sra. Ball parecia estar à beira de um desmaio. Jackie observava com interesse. Pelo menos, aquilo a estava distraindo de pensar que Henry havia admitido, tacitamente, ter dormido com outra mulher. Ou outras. Quem poderia saber? Ele e o juiz deviam dar as mãos. Tinham muito em comum.

O sr. Ball perguntou ao juiz: — Qual a quilometragem que esse carro faz por litro?

— Nem sei o que você veio fazer aqui — disse Michelle. — A não ser que tenha vindo me dar mais dinheiro para comprar o meu silêncio. — E acrescentou rapidamente: — O que não me incomoda em nada.

O juiz pareceu ofendido de verdade, bufando de indignação: — Certamente que não!

— Então, qual é? Veio me ameaçar de novo? Vai sacar um B.O. do bolso?

— O que é isso? — perguntou baixinho a sra. Ball para Jackie, nervosa. — Tomara que não seja nada grosseiro!

O juiz disse: — Michelle, você faz uma péssima ideia de mim.

— Bem, e quem poderia culpá-la? — zombou a sra. Ball. — O senhor não retornou um único telefonema! Eu até mandei aquela ultrassonografia dos bebês, na esperança de despertar sua consciência!

— Mãe! — exclamou Michelle, horrorizada.

— Alguém tinha que sair desse impasse — disse a sra. Ball, olhando para o sr. Ball em busca de respaldo. Mas ele continuava admirando o carro pela janela. A sra. Ball teria que continuar sozinha e, após um suspiro trêmulo, ela foi em frente. — Acho que o senhor deve algumas respostas a Michelle. Não é o primeiro com quem ela se deita e não vai ser o último, nem de longe, mas acredito nela quando diz que os filhos são seus, e acho que o senhor é um homem covarde e fraco se não tomar a frente e assumir sua responsabilidade! — Seu arco deslizou pela cabeça e caiu no bolo de maçã, comprometendo um pouco seu discurso, mas ela continuou desafiadora, ainda que disfarçando um bocejo. Situações estressantes sempre a deixavam mais cansada do que de costume.

O juiz parecia impactado, se é que isso era possível. — Era o que eu queria! Deus sabe que sim! Mas sou um homem casado e um representante da lei. A senhora certamente compreende minha situação, não é?

— Palhaçada — disse Michelle, pegando outro biscoito. — Enfim, você já disse o que tinha para dizer. Aliviou sua consciência. Agora pode se mandar no seu carrão e eu te aviso quando os bebês nascerem. E não se esqueça de mandar um cheque todo mês.

— Seu carro está envergando um pouco na traseira — observou o sr. Ball, olhando pela janela. — O senhor tem checado os pneus traseiros recentemente?

— Será que Michelle e eu podemos conversar um pouco a sós? — perguntou o juiz, claramente frustrado com a família Ball.

Mas a sra. Ball cruzou os braços. — Não vou deixar o senhor sozinho com minha filha. Veja o que aconteceu da última vez.

— Precisamos de um pouco de privacidade — implorou ele a Michelle. — Para discutir o futuro dos nossos filhos!

Michelle finalmente disse: — Tá, está bem. Mas Jackie fica, ok? Ela está passando por um divórcio e está uma fera, não é, Jackie?

Jackie não sabia ao certo como se sentia àquela altura, mas rosnou para o juiz, para não desmentir Michelle.

Ele recuou, mordendo os lábios nervosamente. Como Michelle podia ter transado com aquilo? Devia estar sob o efeito de drogas mais pesadas do que o normal.

O sr. Ball saiu de cena com uma pressa constrangedora. Coube à sra. Ball sussurrar bem alto para Jackie ao sair: — Fica atenta às mãos dele. Se desaparecerem, você grita.

A cena era bizarra: Jackie sentada entre Michelle e o juiz como um árbitro. O que era uma piada, visto como ela mal dera conta de sua própria vida nos últimos meses. Mas assumiu uma expressão bem madura e não reagiu quando Michelle a chutou por baixo da mesa.

O juiz começou, muito sóbrio, num tom que soava curiosamente ensaiado. — Michelle, ao contrário do que você pensa, vim dizer que estou me sentindo péssimo com tudo isso. Eu sei que fugi das minhas responsabilidades. Para falar a verdade, eu me comportei de maneira abominável! — Ele sentiu que Jackie o encarava. — Sou um juiz. Posso usar essas palavras. — Ele olhou para Michelle, implorando com o olhar. — E hoje vim aqui te compensar.

Michelle ponderou. — Estamos falando de quantos dígitos?

— Não estou falando de dinheiro, Michelle. Quero ser um bom pai para essa criança.

— Essas crianças — corrigiu ela.

— Sim, desculpe. Seja na esfera financeira, na emocional, na prática, você é quem manda! Estou disposto a uma completa reviravolta pelo, hum, pelos meninos.

Soou ainda mais falso. Mas Jackie não disse nada. Ele merecia o benefício da dúvida. Obviamente, era muito para digerir.

Mas Michelle estava tão cética quanto ela, pois perguntou: — Qual a pegadinha?

— Não tem nenhuma — insistiu o juiz. — Por que você acha tão estranho eu querer ser um pai para os meus próprios filhos?

— Provavelmente porque você já tem quatro — respondeu Michelle.

— São todos crescidos — desconversou ele. — E, de mais a mais, não me dou com nenhum deles. Mas, com você, sinto que vou ter uma segunda chance, Michelle. De fazer as coisas direito dessa vez.

325

— Peraí — disse Michelle. — Não existe "com você". Não existe "nós".

— É claro — desdisse depressa o juiz. — É modo de falar. Mas você é a mãe do meu filho. Meus filhos. E, como tal, merece o respeito que ainda não lhe foi concedido até agora. — Ele deu uma risadinha. — Olhe só para você! Florescendo! Esses bebês lindos crescendo aí dentro!

— Tira a mão — grunhiu Michelle. — E a sua reputação, como fica? Como representante da lei? Você não se incomoda de todos rirem à sua custa?

O juiz pareceu estoico. — Eu sei que a minha reputação, que até hoje é impecável, por sinal, vai ser comprometida.

— Isso porque você nunca foi pego antes. E a sua mulher? Como ela está reagindo?

— Naturalmente, foi uma... surpresa para ela. Mas nós já conversamos e ela está disposta a perdoar. Ela também quer muito que eu participe disso tudo.

— Deve ser uma santa, então — arriscou Michelle.

— Estou tentando assumir minha responsabilidade, Michelle. Não sou um canalha. Pensei que você fosse aceitar de cara. E, daqui a um ano, poderíamos pensar numa creche e talvez você pudesse voltar para a faculdade.

Na ausência da sra. Ball, Jackie viu-se obrigada a informá-lo: — Falta só um ano para ela se formar em Direito.

— Exatamente! — disse o juiz. — Você sabe que faz sentido, Michelle. Deixe-me participar e eu pago tudo! Uma ajudante, uma babá, o que você quiser.

— E o que eu tenho que fazer em troca? — perguntou Michelle, desconfiada. — Porque não vai ter sexo nem nada parecido. Quero deixar isso bem claro de uma vez.

O juiz suspirou, impaciente. — Estou fazendo isso pelos bebês, Michelle. Só isso. Quero fazer parte da vida deles.

Michelle olhou para Jackie. Jackie deu de ombros. Não se podia culpar o homem por querer fazer a coisa certa por seus filhos. E Michelle pareceria egoísta e irracional se negasse os seus direitos.

— Está bem — concordou ela.

— Oh, obrigado! Obrigado. Isso significa muito para mim.

— Vá com calma. Vamos fazer um acordo. Sobre seu acesso aos bebês e todo o resto. Direito de visita. Detalhes financeiros. Tudo isso.

O juiz murchou. — Precisa ser tão rígido e formal? — E acrescentou, num tom exageradamente familiar: — Afinal de contas, agora seremos mamãe e papai!

— O que você tem em mente? — indagou Michelle.

— Pensei em começar passando mais tempo com você durante a gravidez. Te dando apoio. E conhecer melhor os bebês. Poderia até dormir aqui hoje.

— Aqui? — perguntou Michelle, arregalando os olhos.

— No sofá mesmo, se não tiver problema. Sinto que já perdi tanto dessa gravidez.

Michelle lançou um olhar para Jackie, desconfiada de que ele estivesse ficando louco. Ou então havia algo por trás daquela história. Mas o quê?

Foi o sr. Ball que finalmente lançou alguma luz na situação, batendo educadamente na janela e dizendo, alegre: — Boas notícias. Seus pneus estão bons. São apenas as malas no bagageiro que estão pesando.

Michelle virou-se para o juiz, que estava pálido. — Ela te expulsou de casa, não foi? A sua mulher.

— Não é...

— Ela fez as suas malas e te colocou para fora.

— Eu não diria isso...

— E você resolveu vir mendigar aqui, ver se tinha alguma chance comigo. Não tem nada a ver com os bebês!

— Tem, sim! Parcialmente. Quero participar da vida deles!

Mas Michelle encerrou o assunto com um gesto. — Você poderá vê-los quando nascerem. Agora, pode ir. Toca o bonde.

— Mas não tenho para onde ir! Gostando ou não, você está nessa enrascada comigo.

— Não estou mesmo. Estou ótima sozinha.

Ele desistiu de bancar o bom moço. — A culpa é sua! Se não ficasse me ligando o tempo todo e se sua mãe enxerida não tivesse me mandado a ultrassonografia, que minha mulher abriu, por sinal. Por que você não me deixou em paz?

Jackie e Michelle observavam, horrorizadas e fascinadas ao mesmo tempo. O homem ou estava no limite de suas forças ou era um louco, o que era mais provável.

— Eu devia ter te processado logo na primeira oportunidade! Esses bebês nem devem ser meus! Ah, sua reputação é bem conhecida no meu meio. Sabe como eles te chamam?

— Não diga na frente das crianças! — advertiu Michelle, colocando a mão na barriga.

— Desculpe — pediu ele. — Mas você pensa que vai sair dessa facilmente? — Era incrível como ele tinha virado o jogo. — Depois de destruir a minha reputação? Preciso estar no tribunal na segunda-feira de manhã e julgar todo tipo de criminosos e marginais! Como você espera que eu possa cumprir meu trabalho direito com esse *affair* sórdido pesando sobre a minha cabeça?

Ouviram uma voz vinda da porta: — Gostaria que o senhor se retirasse agora.

Todos viraram para trás. O sr. Ball estava parado, com uma furadeira elétrica nas mãos. Devia ter escutado tudo pela janela e, pela primeira vez, se irritara. Apontava a furadeira ameaçadoramente na direção do juiz e pressionava o gatilho, impassível. O barulho da ponta cortava o ar fazendo um som ameaçador.

O juiz deu uma risada. — Faça-me o favor...

— Não me obrigue a usar isso — disse o sr. Ball, a voz controlada.

328

Surtiu o efeito desejado. O juiz se virou para Michelle, mas já tinha gastado todos os seus cartuchos com ela. Ele apanhou o casaco e as chaves do carro e, com um derradeiro olhar raivoso para os presentes, caminhou até a porta, passando de fininho pelo sr. Ball. Um pouco depois, ouviram o motor da Mercedes e, engatando a marcha, ele partiu em seu carro. O sr. Ball não abaixou a furadeira até ouvir o som dos pneus se afastando na rua.

A sra. Ball surgiu agitada da cozinha. — O que você está fazendo com isso na mão? — perguntou ela ao sr. Ball. — E cadê o juiz?

O sr. Ball não respondeu. Acionou a trava da furadeira, cumprimentou Michelle com um gesto tímido e saiu da sala.

Ainda não eram dez horas da manhã e Jackie já tivera bastante drama para um dia inteiro; decidiu voltar para a cama e ficou lá, prostrada, olhando o teto. Depois do juiz e de Henry, sentia-se no direito de nutrir maus pensamentos sobre os homens em geral. Como não tinha muito o que pensar sobre o juiz, terminou pensando em Henry. Novamente.

Tinha que admitir: ele saíra por cima, mais uma vez. Puxara o seu tapete e devia estar às gargalhadas naquele exato momento. Estava concedendo o divórcio, mas de uma maneira que não oferecia nenhum desfecho! (Ele riria mais ainda se ouvisse a palavra "desfecho". Vivia acusando-a de ser muito influenciada pelos programas de tevê.) Especulava se ele havia de fato planejado aquela conclusão desde o início. Era quase o cúmulo da falta de escrúpulo, mas em se tratando de Henry, não podia descartar nenhuma hipótese! Nem umazinha!

E lá estava ela: desanimada, vencida e, sim, traída mais uma vez. Seu dia no tribunal fora negado, o dia que esperara finalmente confrontá-lo, questioná-lo, despejar palavrões e cuspir nele — embora Velma tivesse assegurado que não poderia fazer nada disso. Mas pelo menos teria a chance de olhá-lo nos olhos e deixar claro o que pensava dele.

Concluiu que ele era um covarde. Contestara o divórcio quando lhe conviera, mas, quando *suas* falhas entraram na berlinda, não tivera coragem para continuar. Encondera-se no primeiro buraco!

Pois bem, ela não iria permitir. Não depois de tudo aquilo. Ela conseguiria seu divórcio e o chute também.

Atirou o cobertor para longe. Todos tinham ido se deitar, exceto a sra. Ball que estava vagando pelo jardim de camisola. Sua última mania era ouvir uma coruja cujo pio podia deixá-la com sono.

Jackie colocou um roupão e desceu. Uma parte racional do seu cérebro lutava para dissuadi-la, aconselhando-a a dormir e só tomar uma decisão no dia seguinte, mas ela a ignorou. Afinal de contas, a razão também a aconselhara a esquecer loucas paixões e instinto e se casar com Dan — e veja como tudo terminou. Dava no mesmo deixar que sua vida dali em diante fosse regida por horóscopos de revista, previsão do tempo ou qualquer coisa do gênero.

Entrou no cômodo e trancou a porta, já que a sra. Ball era capaz de surgir nos momentos mais inoportunos. Depois, procurou uma boa bebida para lhe dar forças, mas, como não encontrou nada além de sopas instantâneas, acomodou-se ao lado do telefone com uma caneca fumegante de caldo de legumes. Decidiu que se caísse na secretária eletrônica, ia desligar. Soltar os cachorros numa gravação de voz não era a mesma coisa que ofender pessoalmente.

Discou o número dele. Percebeu que não estava nem um pouco nervosa. Estava tranquila, com raiva e em busca de respostas.

Tocava sem parar. Como sempre. Não iria conseguir falar nem com ele, nem com a secretária. Sua raiva começou a aumentar. Mais um segundo e ia explodir.

Então, finalmente, ouviu a voz dele, ofegante: — Alô?

— Henry? Sou eu, Jackie.

— Oh.

— Espero não estar ligando em má hora. — Devia estar interrompendo uma sessão de sexo.

— Não, não. É que tive que descer para atender o telefone. Estava no escritório.

No escritório! Não podia acreditar que tivesse mencionado a cena dos crimes. Seria uma tentativa deliberada de alfinetá-la?

Ela disse, em tom frio: — Minha advogada contou que você não vai contestar o divórcio.

— Isso mesmo — disse ele. — Espero que você esteja satisfeita agora.

Satisfeita? Será que ele tinha algum sentimento? Que alguma emoção humana corria em seu sangue? Ou será que acreditava que todos agiam como ele?

— Para ser sincera, não — anunciou ela. — Não estou.

Ele também parecia irritado. — Quer saber, Jackie? Não estou assim tão interessado na sua insatisfação. Você vai ter o divórcio do seu jeito e ficar livre para se casar com aquele seu namorado estúpido. Então, qual é o problema?

— Como assim, do meu jeito? Apenas me vali dos fatos!

— Quais fatos? — zombou ele. — Porque, até onde eu sei, não existe nenhum!

— Os fatos que sempre acompanham casos de adultério! O fato de você ter... inserido o seu pênis onde não devia!

Ele pareceu um pouco surpreso. E então disse: — Não sei o que responder. A não ser que durante o tempo em que me considerei casado com você, até a noite em que você se mandou, no nosso aniversário de casamento, não transei com mais ninguém.

Era um pouco surpreendente ouvi-lo negar com todas as letras. Jackie já não estava tão certa quando disse: — Henry, você acha que eu sou uma completa imbecil?

— Não — respondeu ele. — Mas estou um pouco confuso, Jackie. Não sei por que você está me ligando se tem tanta certeza de que eu fiz isso.

—Você admitiu ao não contestar o divórcio!

— Estou te concedendo o divórcio. Não estou admitindo nada.

Então ele não estava negando também. Estava apenas sendo teimoso, como sempre.

— Sabe, eu te liguei na esperança de, pela primeira vez na vida, você ser honesto comigo. Mas estou vendo que não adiantou nada.

— Então você está querendo a *verdade*? — debochou ele. — Há um mês você não queria, lembra? Só queria se livrar de mim o mais rápido possível para se casar de novo!

Não queria contar que as coisas haviam mudado de figura em relação a Dan; era embaraçoso demais. E também não queria esmiuçar seus motivos pessoais para aquele telefonema, porque acabaria usando a palavra "desfecho" em algum momento e ele teria um ataque de riso.

— Bem, estou querendo a verdade agora — disse ela. — E não sei por que você não fala logo. Não é uma competição, Henry. Nós dois já sabemos que acabou. Então não podemos simplesmente agir como dois adultos?

— Estou mais do que preparado para agir como um adulto — disse ele. — Mas não vou admitir uma coisa que não fiz. Você só pode estar brincando.

Aquilo a deixou possessa. Nem naquelas circunstâncias ele parava de fazer joguinhos; nem mesmo quando ela tinha uma prova absoluta.

— Eu te ouvi naquela noite, Henry. Ouvi você falando no telefone com ela.

Fez-se um longo silêncio. Ele deve ter percebido que o jogo chegou ao fim. Mas, em vez disso, perguntou: — Com quem?

—Você sabe muito bem com quem! — Ainda que ela não soubesse. — Eu te ouvi no escritório, falando ao telefone. Você estava sussurrando e depois disse que ela era um espetáculo. Um espetáculo. Duas vezes. Ouvi com meus próprios ouvidos, Henry!

Outro silêncio. Ele devia estar juntando as peças em sua cabeça. E elas encaixavam. Jackie o conhecia muito bem.

— Entendo — disse ele, finalmente. Só isso. Sem negar mais nada, nem fingir assombro. Era quase como hastear uma bandeira branca.

332

Ficou surpresa com a dor que a atingiu naquele momento. — É só isso o que você tem a dizer? — Nenhum pedido de desculpas, nenhum arrependimento? Ele sequer inventou uma desculpa para desligar depressa, mostrando o quanto estava constrangido.

— Bem, acontece que o telefone lá em cima não funciona desde o dia em que o atirei na parede, lembra?

— Como assim?

— Por que você acha que estou congelando aqui no corredor para falar com você agora?

Ela cambaleou. O chão desaparecia sob seus pés. — Então era o celular!

— O que foi mesmo que eu supostamente disse? — Inacreditável! Estava mais interessado nos detalhes sórdidos do que em como ela se sentira.

— Não importa — respondeu ela.

— Claro que importa. É a minha reputação em jogo. E não foi "espetáculo, espetáculo"; foi *espetacular* espetáculo. Pelo menos me cite direito.

E então ela percebeu claramente o que dera errado de verdade no casamento. A reputação dele era apenas uma delas.

— Você não foi atrás de mim — disse ela. — Sequer ligou para saber se eu estava viva!

Houve um silêncio do outro lado da linha. — Eu sei. Sinto muito, Jackie.

— Eu também. Adeus, Henry.

— Jackie, espera. Precisamos esclarecer isso. Eu posso explicar tudo.

— Para quê? Não vai mais fazer nenhuma diferença, vai? — Ela desligou.

Pouco depois, ouviu uma batida à janela da cozinha. Ela se levantou e abriu a porta dos fundos. A sra. Ball entrou em casa, azul de frio.

— Não vou te atrapalhar, vim só buscar um casaco.

Ela deve ter percebido que havia algo errado, pois parou na porta.

—Venha dar umas voltas no jardim comigo. Se ficarmos bem quietinhas, podemos ter a sorte de ouvir a coruja. Uma boa noite de sono vai fazer maravilhas por você.

Jackie olhou para ela e esforçou-se para sorrir. — Sabe de uma coisa? Acho que você tem razão.

Ela deu o braço à sra. Ball e, juntas, saíram para o jardim.

Uma semana depois, uma edição do jornal *Globe* chegou à loja pelo correio, endereçada a Jackie. Com o coração apertado, ela foi direito para o correio sentimental.

> *Você é perfeita perfeição*
> *Confesso que fico atrás*
> *Maravilhosa maravilha*
> *Dessas que já não fazem mais*
> *Você é espetacular espetáculo*
> *Que me faz perder a linha*
> *Glória gloriosa*
> *E inacreditável minha*

E, no final: *Para Jackie, no nosso primeiro aniversário de casamento.*

Capítulo Vinte

— G ostaria de encomendar uma coroa - disse a mulher ao telefone.

- Pois não - respondeu Jackie, com uma voz solidária. — É nossa especialidade. — Mas não pôde resistir e fez um sinal com o polegar para Emma. A primeira cliente delas! Ela disse à mulher: — E como acabamos de abrir a loja, hoje de manhã, não vamos cobrar a entrega.

Pensando bem, devia ter guardado o brinde para o próximo cliente; em se tratando de velórios, era um pouco de mau gosto.

Mas a mulher ficou satisfeita. — Obrigada! Vou recomendá-la para todas as minhas amigas.

— Se a senhora puder — respondeu Jackie, modesta. Apanhou bloco e caneta e perguntou, devidamente sóbria: — Que tipo de arranjo a senhora tem em mente? Fazemos um lindo, de preço médio, com cravos e rosas brancas, ou então nosso buquê especial, um pouco mais caro, mas é uma linda combinação de lírios, crisântemos e boca-de-leão.

Era uma de suas linhas de flores "ocasionais", que ela secretamente chamava de "Então Você Morreu", mas é claro que Emma era desprovida de senso de humor e insistia que a chamassem de coroa póstuma, o que era no mínimo pouco original.

— Vou querer o especial — decidiu a mulher. — Não quero fazer economia.

O morto devia ser um parente muito próximo, então Jackie se mostrou ainda mais solidária.

— Certo. — Virando-se para Emma, disse: — O especial.

Emma começou a preparar o arranjo na hora, agitando-se de um lado para o outro num borrão marrom. Ultimamente, só usava marrom. Parecia que ela própria estava de luto.

Jackie voltou às anotações e perguntou à mulher: — A senhora gostaria de incluir alguma mensagem com as flores?

— Sim, por favor. Você pode escrever "Queria você morto".

Jackie parou com a caneta no ar. Maravilha, uma louca. Aquilo não era bom presságio, não no primeiro dia.

— Ele vai saber logo quem enviou — acrescentou a mulher depressa.

Era muito tentador; estavam desesperadas para fazer negócios e uma boa coroa poderia garantir um amplo boca a boca.

Mas, droga, não conseguiria fazer aquilo. Não sendo fiel aos seus princípios. Então, desculpou-se, lamentando: — Não entregamos coroas para pessoas que não estão clinicamente mortas.

Emma abandonou a coroa imediatamente e desabou sobre o balcão.

— Sério? — A mulher parecia surpresa.

— Sério.

— Então não precisa entregar, eu passo aí e entrego a ele pessoalmente.

Jackie tapou o bocal do telefone e sussurrou para Emma: — Ela vai entregar pessoalmente.

— De jeito nenhum.

— Ah, Emma, deixa pra lá.

— Não! É antiético e você sabe!

—Também sei que estamos até o pescoço de dívidas no banco por causa do empréstimo. — Mas disse à mulher: — Não podemos fazer isso. Sinto muito. Mas se algum dia a senhora precisar de uma coroa para motivos reais, ficaríamos satisfeitas se lembrasse da nossa loja.

A mulher desligou.

Jackie disse a Emma: — Espero que esteja feliz, espantamos nossa primeira cliente.

—Vamos ter outros — respondeu Emma. *Ela* podia se dar ao luxo de ser despreocupada. Não tinha quase nada a ver com aquela segunda loja, exceto pelo levantamento de capital. Fora Jackie quem se escravizara delineando o plano de negócios, conseguira o empréstimo no banco, encontrara o local (uma antiga loja de artigos femininos de couro), descobrira um vazamento no teto (motivo pelo qual a outra loja se mudara, após perder metade do seu estoque encharcado). Ela passara um mês inteiro convencendo empreiteiros a reformarem o lugar e dera os toques finais antes de abrirem ao público, às nove da manhã daquele dia.

E até então a única pessoa que entrara havia sido um senhor de meia-idade, querendo saber o novo endereço da loja de couro.

Em suma, Jackie sentia-se no direito de suar frio e deixar escapar: — Espero que não tenhamos cometido um erro terrível!

— Eu bem que tentei avisar — disse Emma, de forma irritante. — Eu disse que havia maneiras muito mais fáceis de esquecer um homem. Podia ter começado se embriagando toda noite. Ou experimentando noitadas casuais de sexo. Também podia ter feito uma tatuagem ou algo assim. Mas o que você resolveu fazer? Decidiu abrir uma filial da Flower Power!

— Desculpe-me por ser tão construtiva — disse Jackie, sentindo-se muito superior. — E, seja como for, não fiz isso para esquecer Henry. Já esqueci Henry. Estou fazendo isso por mim. Para me realizar profissionalmente e provar para mim mesma que posso ser bem-sucedida do meu jeito.

— Não suporto você fazendo isso — reclamou Emma. — Falando como se estivesse num programa de recuperação ou algo assim. Dá enjoo só de ouvir.

Inveja era um caso sério! As pessoas simplesmente não suportavam quando alguém saía intacto de um relacionamento. Bem, Jackie tinha saído.

E pensar que, no fim das contas, tudo não passara de um mal-entendido. Ela quase fraquejara. Mas seriam aquelas palavras de amor, impressas em preto e branco no jornal, realmente para ela? Mal podia acreditar, depois de tudo que acontecera. Durante a semana seguinte, ficara esperando ter notícias de Henry. Um telefonema ou algo parecido. Mas quando viu que ele não entraria mais em contato, sentiu que era tarde demais. Decidiu que não tinha motivos reais para voltar atrás.

Depois, não fora tão difícil assim no final. Como não houve nenhuma contestação, o processo transcorreu sem percalços. E de modo bastante impessoal, acentuado em grande parte pelo fato de Velma ter estabelecido uma relação de trabalho surpreendentemente boa com Tom, o advogado de Henry. Os dois haviam resolvido questões menores sem incomodar Jackie. Em suma, correra tudo às mil maravilhas, sem erros e ansiedade.

Havia apenas mais um obstáculo a ser superado: precisava fazer uma petição final e tudo estaria encerrado. Velma estava pressionando Jackie para passar lá. Bem, ela não estava com tempo naquela semana para gastar com Henry! Ele podia esperar até que ela conseguisse encaixá-lo em sua agenda.

— Sabe — observou ela, exultante com sua própria capacidade de superar problemas e sua inteligência em geral —, se eu desistisse de uma vez por todas dos homens, ninguém ia me segurar. Eu ia abrir filiais da Flower Power na cidade toda!

—Você não sobreviveria sem um homem — disse Emma, amarga. Sério: bastava olhar para ela ultimamente para entrar em depressão.

— Peraí — esclareceu Jackie, — não saio com ninguém desde que terminei com Dan e isso já tem quatro meses.

— Isso porque você ainda não se viu sob grave pressão — argumentou Emma. —Você só tem lidado com gerentes de banco, proprietários de lojas e pedreiros encharcados de suor. Espere até um cara aparecer com olhos sonhadores e marejados ou alguma história de partir o coração e você vai se apaixonar na hora.

— Não vou, não. — Estava irritada por Emma não estar levando sua transformação a sério. —Você acha que eu não aprendi nada nos últimos dois anos? Acha que realmente vou parar na cama do primeiro cara com jeito deprimido que aparecer na minha frente? Pois fique sabendo: a pessoa mais importante da minha vida de agora em diante sou eu!

Emma suspirou. — Quando é que você realmente vai se recuperar? — indagou ela. — Quando vai voltar a falar normalmente?

Jackie olhou para ela e perguntou, gentil: —Você não acha que está na hora de se preocupar com suas próprias necessidades, Emma?

— Como assim? — retrucou Emma.

—Vamos ser francas. Já tem um bom tempo desde que Lech foi embora.

— E daí?

— E daí que você está arrasada desde então.

— Não estou arrasada! — revoltou-se Emma. — Nunca estive tão feliz. Pode perguntar para quem você quiser. Noutro dia mesmo eu estava até cantando em casa, um dos meus vizinhos escutou, pode perguntar.

— Está bem...

— Só porque não saí por aí abrindo lojas não quer dizer que não tenha me recuperado também, sabe. — Ela fez um gesto de desdém. — E não pense que não percebi que você tentou contratar aquele Phil para mim.

— Não tentei, não.

Phil fora entrevistado na véspera para a vaga de entregador, que ficara aberta desde que Lech pedira demissão. Ele se saíra muito bem e era um colírio para os olhos (está bem, ela *realmente* pensara nele para Emma), mas tinha opinião para tudo e não hesitava em expressá-las. Talvez tivesse passado tanto tempo em seu carro, pensara Emma, que agora se confundisse com um motorista de táxi. Ele não parara de falar um minuto sequer, até que, no fim da entrevista, Jackie e Emma quase pegaram no sono enquanto ele fazia discursos sobre política e legalização da maconha.

— Estou perfeitamente conformada em ficar sozinha outra vez — declarou Emma. — E agradeceria se você parasse de se meter na minha vida amorosa.

Ela parecia furiosa de verdade. Jackie deixou para lá. Estava começando a achar que alguns relacionamentos estavam fadados ao fracasso e nada do que se fizesse poderia salvá-los. E ela sabia disso. Algumas pessoas começavam a vida a dois com o pé esquerdo e o relacionamento inteiro parecia uma série de mal-entendidos e estragos, e a melhor coisa a se fazer, no fim das contas, era terminar tudo de uma vez.

— Enfim! — exclamou ela. Tinha se tornado especialista em reconhecer o princípio de climas ruins e desviá-los de seu caminho. — Vamos colocar uns balões lá fora e anunciar para o mundo todo que abrimos a loja.

— Por um minuto, você parecia normal — comentou Emma. — Em vez de sair por aí como se estivesse constantemente sob o efeito de anfetaminas.

— Eu me recuso a descer ao seu nível — disse Jackie, saindo para encher alguns balões de ar.

—Velma ligou outra vez — disse Emma, após algum tempo.

— Está bem, está bem.

—Você está nervosa? — perguntou Michelle, uma semana depois.

— Não.

— Pode ficar, sabe.

— Eu sei. Mas estou ótima.

— Agora é só assinar e pronto, acabou — disse Michelle, delicada.

Velma finalmente conseguira marcar uma hora com Jackie para solicitarem o último documento legal, que era pomposamente chamado de Decreto Absoluto. Por algum motivo, Velma não podia fazer isso sozinha. Seus constantes telefonemas malcriados para os tribunais provocaram uma investigação de registro que, aparentemente, ela não tinha. Como se tivesse tempo para se registrar por aí! Irritada além da conta, reclamara com Jackie, mas se tratava dos tribunais ingleses e nada podia ser feito.

— Você não precisava ter vindo, de verdade — disse Jackie a Michelle, com carinho. — Estou certa de que não vou ter um ataque de choro.

Estavam almoçando em um restaurante metido a grã-fino na rua de Velma. A última ceia, como dissera Michelle brincando, antes que ela se tornasse oficialmente uma mulher divorciada.

— Eu sei, mas eu não aguentaria mais uma tarde no sofá vendo Oprah entrevistando gente branca, pobre e grávida. Parece muito pessoal. — Ela apanhou o último pedaço de pão, depois de raspar seu prato e metade do prato de Jackie. Quando o gerente as viu chegando, instalou-as numa mesa lateral para seis pessoas, afastada do resto dos clientes. — Enfim — disse ela —, quis me certificar de que você não ia dar para trás no último minuto.

— Nem pensar.

— Não seria a primeira a fazer isso.

— Michelle, passei os últimos seis meses tentando me divorciar desse cara. Hoje é apenas o último passo. Se você quer saber a verdade, estou aliviada.

— Imagino — disse Michelle, solidária. — E pelo menos você descobriu que ele não estava transando com outra mulher.

— Peraí, eu devo ficar agradecida por isso? — A quantidade de gente que tinha lhe dito a mesma coisa! Como se ela tivesse que ficar satisfeita por ele não estar ofegante ao telefone com uma amante misteriosa, e sim escrevendo um poema para ela, bastante lisonjeiro por sinal. Uma salva de palmas para ele.

— Não fique irritada — reclamou Michelle.

— Não estou. Só cheguei à conclusão de que o fato de ele estar ou não tendo um caso era um mero detalhe técnico.

— O quê?

— Ora, que tipo de casamento era esse, com ele se comportando como se *estivesse* tendo um caso e eu me comportando como se esperasse que ele tivesse um?

Michelle refletiu um pouco, antes de arriscar: — Faltou confiança? — Confiança era um conceito desconhecido para ela, uma vez que tinha transado com metade do país.

— Exatamente! — Jackie jogou a cabeça para trás. Não fazia o mesmo efeito, agora que ela havia alisado radicalmente o cabelo — bem "previsível", dissera Emma, mas e daí? Sua juba de leão tinha desaparecido, substituída pelo que o cabeleireiro garantira ser um sofisticado corte em camadas, mas que Jackie desconfiava ser na verdade apenas uma juba mais curta.

Ainda assim, era uma mudança. Era uma diferença. Era uma maneira de deixar a velha e desajeitada Jackie para trás. E, a partir daquele dia, era seria completamente livre!

Mas Michelle tinha que continuar estragando o momento: — Dá para esquecer isso de vez? Essa história de confiança? Agora você já sabe que ele não estava transando com ninguém.

— Não é assim tão simples.

— Por que não?

Com Michelle, tudo tinha que ser preto no branco! Afinal, não fora ela quem fizera pose no sofá, noite após noite, usando seu *negligée* de recém-casada, com seu marido trancado no sótão resmungando sozinho. Ao que parece, compondo poemas sobre sentimentos que jamais tivera coragem de assumir na sua cara. E ela morrendo por um pouco de romance. Sendo obrigada a vivê-lo por tabela, acompanhando as desventuras dos médicos em plantão na tevê.

Mas aquilo era típico dela e de Henry: nenhuma sintonia. Um sempre destoando do outro. Não tinha motivos para esperar que as coisas pudessem mudar um dia.

Reclamou com Michelle: — Você está tentando me convencer a *não* me divorciar dele?

— De jeito nenhum. Você sabe que eu não o suporto. Sem contar que você vai se divertir muito mais solteira. — Ela olhou para Jackie. — Só estou te achando tranquila demais.

— O que você queria? Que eu estivesse rolando no chão de desespero? Olha, estou preparada para isso, está bem?

— Está bem. — Então ela jogou seu guardanapo sobre a mesa, enérgica, e disse: — Divórcio de Henry Hart, aí vamos nós! — Mas ela olhou para baixo e disse: — Ops.

Jackie acompanhou seu olhar. Havia um líquido escorrendo pelas pernas de Michelle.

— Você derramou um copo de água ou algo assim? — perguntou ela.

— Não — confirmou Michelle. — Foi você?

— Não. — Refletiram por um momento. Jackie perguntou: — Tem a ver com... idas ao banheiro? — Era um assunto delicado, devido à quantidade de misteriosas manchas úmidas descobertas pela casa nas últimas semanas. Mas com dois bebês alojados sobre sua bexiga, não era de se admirar que ela estivesse frouxa, argumentara Michelle.

— Acho que não. — Ela estava muito constrangida. — Sinto muito, Jackie. Você vai achar que fiz isso de propósito. Talvez se eu tivesse cruzado as pernas, pudesse ter esperado você terminar seu compromisso com Velma.

— Não seja boba — disse Jackie, com o coração aos pulos. Estava pensando se deveria ligar logo para a companheira de parto de Michelle: a sra. Ball. Mas então se lembrou que ela estava no curso de golfe. Decidira se matricular depois que alguém lhe disse que era ótimo para esvaziar a mente e que ela dormiria como um bebê depois. Mas, em vez de surtir um efeito calmante, o curso lhe trouxera uma nova série de preocupações, de regras do jogo a boas calças xadrez. O sr. Ball, por sua vez, aderira ao golfe muito além de qualquer expectativa e tornara-se ainda mais distante e sereno.

Jackie respirou fundo e disse: — Acho que está na hora de irmos para o hospital.

Michelle fez um gesto negativo com a mão. — Pode demorar horas até que eu entre em trabalho de parto. Temos tempo de sobra para a sobremesa.

— Não. Acho que precisamos ir já. — Ela fez sinal para o garçom, autoritária. — Vou pedir para chamarem uma ambulância.

Mas o gerente do restaurante relutou diante da ideia de ter uma ambulância estacionada na frente do seu estabelecimento. Fingiu não saber o telefone, embora Jackie tivesse lhe dito duas vezes que era 999. Ele sugeriu um táxi ou, melhor ainda, uma van, que não teria nenhuma marca e poderia parar na entrada dos fundos. Ele se ofereceu para ligar.

— O senhor poderia me arrumar um recipiente para o fluido? — perguntou Michelle. — Eles dizem para tentar catar e levar para o hospital. Pode ser um desses copos de café.

Ele apressou o passo rumo à recepção.

— Vergonhoso — disse Jackie. — Não recomendaria esse lugar a nenhum amigo meu!

—Você ficou bem animada de repente — comentou Michelle, desconfiada.

— É uma ocasião importante, Michelle. Você está prestes a dar à luz.

— E você escapou de encontrar Velma.

— Isso nem me passou pela cabeça.

— Para falar a verdade, estou me sentindo meio esquisita — admitiu Michelle, com a mão na barriga. — Acho que chegou mesmo a hora. Quem diria! Vou ser mãe. — E ela assumiu uma expressão doce e eufórica.

Expressão que o gerente do restaurante tratou de remover do seu rosto com a notícia de que não havia nenhum carro disponível por pelo menos meia hora. Quando souberam que era para uma mulher grávida que parecia estar entrando em trabalho de parto, mudaram a história e disseram que podia levar até duas horas. Neste meio-tempo, o gerente ofereceu para que elas aguardassem dentro do restaurante.

Então Michelle anunciou de repente, apertando a barriga: — Acho que preciso chegar lá antes do esperado.

—Vou chamar uma ambulância — cedeu o gerente, relutante.

— Espere — disse Jackie. Em se tratando de viagens rápidas por cidades intransitáveis, havia somente uma pessoa a cogitar. Emma iria matá-la, mas era uma emergência.

— Ei, Jackie! Aqui!

Lech parou uma limusine novinha em folha, buzinando pendurado no vidro fosco da janela.

Ela mal o reconheceu. Estava de terno e gravata e usava óculos escuros. Parecia um executivo extravagante.

—Você não disse que ele era entregador de pizza? — perguntou Michelle. Ela estava com uma fatia de *cheesecake* na mão. A pontada de dor no restaurante não passara de indigestão e, assim que os sintomas aliviaram, ela se sentiu relaxada o bastante para pedir a sobremesa.

345

— Quieta — disse Jackie, enquanto Lech descia do carro e dava a volta.

—Vocês querem uma carona até o hospital?

— Sim, mas... — Ela olhou para o carro tinindo a sua frente. — Não queremos arruinar o seu carro.

— Não tem problema, entrem, por favor. — Ela abriu a porta de trás.

O cheiro de couro novo atingiu-as em cheio. O interior do carro era creme e impecável.

—Vou sentar numa folha de jornal — assegurou Michelle. Ele recusou, mas ela insistiu: — Não, sério, vou mesmo.

Mostrou-se eficiente e cortês, conduzindo-as aos seus assentos e garantindo-se que estavam confortáveis. Michelle preferiu sentar sozinha no banco traseiro. Disse que assim podia se esticar melhor. Jackie acomodou-se na frente, com Lech ao seu lado.

— Carrão, hein? Dá de mil no meu Ford com a pizza na lateral.

— Lech, você não faz ideia de como estou agradecida por isso.

— Qualquer coisa pelos amigos. Além do mais, eu estava mesmo nas redondezas.

Ele ligou o motor e partiu sem sequer hesitar. Os outros carros imediatamente abriram caminho para ele passar. — Estão intimidados com meu sucesso — explicou ele para Jackie.

Ela se virou para Michelle. —Tudo bem aí atrás?

—Acabei de encontrar um minibar aqui — disse Michelle, fascinada. O carro era tão grande que ela parecia longe. — Com amendoins e tudo.

Ela ficou quieta, mas ouviram o som de pacotes sendo abertos.

— Como você está, Lech? — perguntou Jackie.

— Muito bem, como você pode ver.

—Você obviamente não está mais fazendo entregas.

— Estou. De certo modo — disse ele, enigmático. — Mas não para a pizzaria. Pizza é uma droga. E aquele cheiro! Você pode tomar quantos banhos quiser que o cheiro não sai nunca. É um verdadeiro repelente para as mulheres, vou te contar. — A última frase foi dita num tom muito viril, que não convenceu Jackie completamente. — Mas fiz amigos lá — disse ele, de maneira significativa. — Contatos. Gente que conhece gente. E quando eu dei por mim, já estava subindo na vida e dirigindo essa beleza! — Para se exibir, ele esticou o braço e apertou vários botões no painel. As janelas desceram, o volume do rádio aumentou e o encosto de cabeça de Jackie se inclinou para a frente fazendo um suave ruído. — Está confortável para você? — perguntou ele, educado.

— Está, obrigada. — Então ela agarrou as laterais do assento enquanto ele cruzou um sinal vermelho, gritando algo em polonês para um motorista que ousou buzinar.

— Fico feliz por você estar se dando bem, Lech — disse ela.

— E você, Jackie?

— Eu? Ah, está tudo bem. Tudo ótimo! Emma e eu acabamos de abrir outra loja.

Ele não demonstrou nenhum sinal de desconforto à menção do nome dela.

— Parabéns. E você cortou o cabelo. — Ela ficou esperando que ele elogiasse seu novo visual liso, mas ele não disse nada. Talvez não devesse ter acreditado em nada do que lhe dissera o cabeleireiro. A começar no quanto era fácil manter o penteado em casa. Uma mentira deslavada.

— E Henry? — indagou ele. — Como andam as coisas com ele?

— Ainda estamos tentando o divórcio. — Ela deu uma risadinha.

— Um dia ele sai. — Assim que ela remarcasse seu compromisso com Velma.

Lech assentiu firmemente. — Talvez seja bom. Colocar um ponto final, de vez.

— Com certeza. Assim, nós dois podemos continuar nossas vidas. — Estava repetindo todos os lugares-comuns, as coisas que deixavam Emma enojada e que, por um momento, a enojaram também.

347

Finalmente, quando não havia mais ninguém por quem perguntar, Lech perguntou, despretensioso: — Como vai Emma?

— Emma? Está bem. Ótima!

— Ótima? — perguntou ele, interessado.

— Ótima, *ótima*, não. — Não queria dar a impressão de que Emma não estava nem aí. — Está mais ou menos. — Seria suficiente? — Engordou cinco quilos. Está comendo para se consolar. — Aquilo era o máximo que podia fazer, pensou ela, sem que Emma a ameaçasse de morte depois.

Ele continuou olhando para a frente, sem fazer um comentário. Era difícil imaginar o que estava sentindo.

Ela acrescentou: — Nós sentimos muito a sua falta, Lech. Nós duas. — Enfatizou bem o plural.

— As coisas mudam, né?

— É.

Então, quando ela estava começando a acreditar que ele realmente não se importava, Lech disse: — Você vai contar a ela, não vai? Que nos encontramos?

— Se você quiser.

— Não esqueça de falar sobre o carro. Só existem cinco desses no país inteiro. Diga isso a ela. E esse terno, é um Armani.

Como ele esperava que ficasse admirada, ela demonstrou admiração.

— Ela não teria mais vergonha de mim — declarou ele, com certa amargura.

— Por que não passa lá e fala isso pessoalmente, Lech?

— Não.

— Está quase no horário de almoço dela. Talvez vocês pudessem conversar.

Ele não cedeu. — Talvez eu já esteja em outra.

Jackie não acreditava naquilo, mas precisou de toda a sua energia para se manter ereta no assento enquanto ele furava outro sinal e entrava numa rua que ela tinha certeza de que era contramão.

348

Ele as deixou no hospital em tempo recorde e estacionou, cheio de confiança, numa vaga bem na entrada, sob um letreiro vermelho que indicava claramente que aquele espaço era apenas para emergências.

Jackie encontrou um enfermeiro para Michelle e eles suaram um pouco para colocá-la numa cadeira de rodas.

— Nunca mais saio daqui — declarou Michelle enquanto a levavam. Jackie colocou a mão no braço de Lech. — Muito obrigada.

— De nada. Boa sorte com a sua irmã — disse ele.

Enquanto ela subia as escadas do hospital depressa, atrás de Michelle, Lech buzinou e gritou pela janela: — Não esquece de contar para Emma que agora eu sou o cara, ok?

Capítulo Vinte e Um

Enquanto Jackie estava ocupada preenchendo formulários na recepção, Michelle entrou em trabalho de parto junto à máquina de lanches do segundo andar — mais tarde, ela insistiria que a culpa fora de um chocolate Twix tamanho família — e foi imediatamente transportada para a sala de parto.

O pior é que não deixaram Jackie entrar. A enfermeira bloqueando a entrada disse que Michelle estava sendo examinada por uma equipe médica, incluindo o diretor do hospital, e que ela teria que esperar.

— Mas eu sou a irmã dela! — explicou Jackie. — Pelo amor de Deus, somos até parecidas.

— Ninguém está olhando para o rosto dela lá dentro — garantiu a enfermeira.

—Você pode pelo menos me dizer se ela está bem?

— Eu te aviso assim que os médicos me informarem — disse a enfermeira. — Por que a senhora não faz companhia para o seu pai e aguarda ali?

O sr. Ball estava no hospital? Teriam voltado do curso de golfe antes da hora? Jackie acabara de falar com eles no telefone, quando ainda estava no carro.

Olhou à sua volta. O único homem à vista estava escondido perto dos telefones públicos, usando um casaco comprido e um chapéu enterrado na cabeça, embora fizesse um calor tremendo. Também estava de óculos escuros. Quando percebeu que Jackie estava olhando para ele, rapidamente ergueu um jornal para cobrir o rosto.

Jackie marchou na sua direção e puxou o jornal. — Juiz Gerard Fortune!

— Quieta! — disse ele.

— Que cara de pau do senhor se passar pelo pai de Michelle. Ainda que tenha idade para isso.

— Pelo amor de Deus, fale baixo — implorou ele. — Ninguém sabe que estou aqui.

Jackie cruzou os braços. — Ora, você realmente mudou de ideia. Pensei que quisesse ficar ao lado de Michelle. Ser um pai de verdade para esses bebês, sem se importar com as consequências.

Uma enfermeira, de passagem, olhou para eles, curiosa. Ele enterrou mais ainda o chapéu na cabeça.

— E quero — disse ele. — De certa forma.

— O que quer dizer com isso?

— É que, bem, minha situação se complicou um pouco mais. Minha mulher se rebaixou e me aceitou de volta.

Aquilo explicava o disfarce. — E ela sabe que você está aqui?

— Não — admitiu ele.

—Você é um covarde canalha e sem-vergonha — declarou Jackie, em alto e bom som.

— Completamente — sussurrou ele. — Mas pelo menos vim até aqui. Com o meu talão de cheques. Paguei para ela ir direto para um quarto particular. Ela vai ficar mais confortável lá.

— E você pode visitá-la sem que ninguém o veja.

— Isso também.

Jackie sentia-se tremendamente protetora em relação a pobre Michelle, na sala de cirurgia com um bando de médicos assistindo enquanto ela tentava empurrar dois bebês para fora do corpo. E a culpa toda era daquele homem ardiloso. Ela se levantou e disse: — Acho melhor o senhor ir embora agora. Nem sei como descobriu que ela estava dando à luz!

— Ela me ligou — respondeu ele. — Nós mantemos contato, sabe?

Jackie bem que ouvira Michelle sussurrando no banco de trás, mas achara que ela estava lendo os ingredientes de um chocolate suíço em voz alta. Ela murchou.

Ele espiou por cima do ombro dela e deu um suspiro. — E lá vem o resto do circo.

A sra. Ball avançou depressa pelo corredor na direção deles, dando pulinhos nervosos no caminho. O sr. Ball vinha atrás, andando rápido para o padrão dele, e arrastando dois sacos de golfe. O juiz Fortune parecia resignado diante da possibilidade de um novo confronto e não saiu do lugar.

—Você! — exclamou a sra. Ball. Estava usando uma calça branca e uma viseira, embora o sol não desse as caras há mais de dois meses.

— Sr. e sra. Ball — cumprimentou o juiz. — Então nos encontramos novamente!

— Onde está ela? — perguntou a sra. Ball, com a testa mapeada por uma centena de rugas de preocupação.

— Na sala de parto. A última notícia que tive foi que ela estava com quatro centímetros de dilatação — informou o juiz, educado.

O sr. Ball lançou-lhe um olhar feroz. — Não se atreva a se referir à minha filha nesses termos.

— O quê?

— O senhor não tem nenhum respeito?

Então um grito agudo, vindo da sala de parto, ecoou no corredor. A sra. Ball empalideceu.

— Foi Michelle?

— Não — respondeu o juiz Fortune, convicto.

Ela se virou para ele. — E como o senhor reconheceria a minha filha pelo grito? — Então, uma explicação provável lhe ocorreu e ela ficou ruborizada. — O senhor é um sem-vergonha imundo, sabia disso?

— Sra. Ball, só porque tive uma relação sexual consensual com a sua filha, não quer dizer que sou um sem-vergonha imundo.

— Quer, sim — retrucou ela. — Ah, minha pobre Michelle! Como vamos suportar, Jackie, se algo der errado?

— Pare com isso, mãe. Não vai dar nada errado.

— Mas nunca se sabe!

Ela parecia ter perdoado Michelle por ter dormido com praticamente todo mundo que conhecia, por ter abandonado o curso de Direito e por ter engravidado de um juiz gordo, calvo e casado. Quando finalmente parisse os gêmeos, ela na certa voltaria a ocupar seu posto de menina de ouro, enquanto Jackie ficaria à sombra, como a divorciada fracassada.

Ela se detestava por pensar coisas assim, sobretudo naquela situação. Além do mais, podia ser uma divorciada fracassada, mas acabara de abrir uma filial da Flower Power e não restava nada para à sra. Ball a não ser engolir mais essa!

A sra. Ball estava remexendo na bolsa. Sacou um pacote de lenços, fechou a bolsa e a atirou para o sr. Ball. — Segure para mim. Eu vou entrar.

A pergunta que não queria calar era qual seria, na cabeça dela, a utilidade de um pacote de lencinhos para uma mulher dando à luz. Mas ela seguiu em frente, confiante, em direção à sala de parto. Jackie precisou agir depressa para detê-la.

— Mãe, você não pode entrar lá.

— Sou a companheira de parto dela. Vim direto do golfe especialmente para isso.

Chegara atrasada demais para ser útil, mas tudo bem. — Estão executando procedimentos com ela lá dentro, mãe.

— Que procedimentos? — perguntou ela, alarmada.

— Ora, deixe-os fazer o seu trabalho — interveio o sr. Ball.

Ela se virou para ele. — É a minha filha lá dentro, sabia? Prestes a dar à luz.

— Eu sei. Mas ela não está sozinha. Está recebendo cuidados profissionais. Deixe-os fazer o trabalho deles.

— Só estava tentando ajudar!

— E ficar parada lá dentro, preocupada, ajuda em quê?

— Veja só! — disse ela para Jackie. — Ele agora está todo metido, desde o episódio com a furadeira. Acha que sabe tudo. De uma hora para outra, virou o senhor Machão! O senhor Herói.

O sr. Ball parecia arrependido por ter aberto a boca. Lançou um olhar suplicante para Jackie. Mas fora poupado durante toda sua vida. Ela não disse nada.

Ele foi obrigado a retrucar: — Ora, veja só você! Já está querendo deixar todo mundo apavorado, com medo de algo dar errado!

— Calma, calma — murmurou o juiz.

— Pode dar errado mesmo! — gritou a sra. Ball.

— Ou não — retorquiu o sr. Ball. — Na verdade, há uma chance muito maior de dar tudo certo! Como sempre, você está tendo um chilique à toa.

Mas a sra. Ball não dedicara quarenta e dois anos da sua vida a preocupações intermináveis e noites insones para que tudo fosse descartado tão facilmente. De maneira tão rude. Por um homem que passara a maior parte da vida na garagem, e não em casa com a família.

— E o que você sabe sobre preocupação? — perguntou ela, com a voz trêmula. — Com todas essas crianças, a única coisa que você soube fazer foi o que o juiz aqui fez com Michelle, e depois esquecer o assunto! Como se elas fossem se criar sozinhas e nem pai nem mãe precisassem se preocupar com a possibilidade de piolhos, salas de aula úmidas ou aquele... hábito que Dylan pegou e que chegamos a pensar em levá-lo num especialista!

O sr. Ball disse: — Ele só estava fazendo o que os garotos fazem naquela idade. Ele não tinha nenhum problema, como você cismou que tinha.

A sra. Ball, toda de branco, parecia uma verdadeira mártir. — Você tinha justo que escolher esse exemplo, não é mesmo, para me fazer passar por lunática!

— Eu não escolhi nada, quem escolheu foi você...

— Não vi você aparecendo com sua furadeira elétrica no dia em que aquela pinta preta apareceu nas costas de Eamon e eu tive que correr com ele de médico em médico até que um limpou o sujo com um lenço molhado. Ou quando todos eles pareciam estar prestes a ser reprovados na escola ou serem incapazes de manter relacionamentos estáveis.

— E isso tudo aconteceu, mesmo assim — retrucou ele. — Ter me preocupado não teria evitado os problemas.

— Mas você teria mostrado que se importava! Você acha que eles não percebem? Que você nunca tem nada a dizer quando é realmente importante? Quando foi a última vez em que você perdeu o sono por causa de um dos seus filhos?

O sr. Ball parecia um pouco abalado.

— Hein? — perguntou ela, com as mãos no quadril.

Por fim, ele contra-atacou: — Sempre que eu me levantava para ir vê-los durante a noite, você já estava lá! Assumindo o comando e expulsando todo mundo, agitada e nervosa! Imagina se eu tivesse começado a me preocupar também? Teríamos todos terminado num hospício!

— Talvez se você tivesse se preocupado um pouquinho mais, eu poderia ter me preocupado um pouquinho menos! — retrucou ela. — Mas, não, nunca! Porque, para você, a vida estava muito boa assim! É muito fácil virar agora, que eles já estão todos criados, e reclamar! — Ela estava realmente chateada. — Queria eu ter a coragem da nossa Jackie. Decidir que não ia mais me contentar em estar em segundo plano. Se eu tivesse metade da coragem e do senso de autopreservação dessa menina, já teria me divorciado de você há muitos anos!

Aquilo foi, provavelmente, o melhor elogio que ela fizera a Jackie. Enquanto isso, o sr. Ball empalidecera.

O juiz olhou para ele. — Alguma contestação?

— Não consigo pensar em nada agora — disse o sr. Ball, arrasado.

— Sendo assim, posso encerrar a questão — disse o juiz para a sra. Ball.

A sra. Ball assentiu com a cabeça. Ela apontou para a sala de parto, com a mão trêmula. — Nossa caçula está lá dentro nesse minuto, sem marido e sem diploma, tendo gêmeos prematuros. Se você tem um pingo de preocupação pelos nossos filhos, vai ficar aqui e se preocupar. Porque eu já fiz o bastante e estou indo para casa. — Ela apanhou a bolsa de volta num puxão e partiu pisando firme pelo corredor, as luzes fluorescentes refletindo em sua viseira.

A cena foi tão teatral que ninguém prestou muita atenção quando as portas da sala de parto se abriram. A obstetra teve que pigarrear de maneira deliberada para chamar a atenção deles.

— Michelle está passando bem — disse ela. — E a boa notícia é que seu companheiro de parto pode entrar agora!

A sra. Ball apertou o passo, dobrou o corredor e desapareceu de vista.

Por fim, Jackie disse: — A companheira de parto dela não pôde vir.

— Oh. Então? Alguém pode ir?

O sr. Ball deu um passo à frente, corajoso. Engoliu seco e disse: — Eu vou. — E então, começou a dobrar as mangas da camisa.

— O senhor é...? — perguntou a obstetra.

— O pai dela.

A obstetra olhou para o juiz, obviamente confusa. Ele se encolheu ainda mais dentro do casaco e continuou em silêncio.

Jackie lançou-lhe um olhar severo, mas ele fingiu não ver. Ela disse para o sr. Ball: — Sem querer te ofender, pai, acho que ela vai se sentir mais à vontade com uma mulher.

—Você acha? — Ele começou a desenrolar as mangas da camisa. — Mas diga à sua mãe que eu me ofereci, está bem? Eu vou ficar aqui esperando, não vou sair para tomar café nem nada.

A obstetra conduziu Jackie até a sala de parto. — Ela está sendo muito corajosa — disse ela. — É sempre mais difícil quando não se tem um parceiro.

Por algum motivo, isso despertou a consciência do juiz, que resistira a todo o resto: ele se mexeu, suspirou e logo depois apareceu ao lado delas. E anunciou, não orgulhoso, mas em alto e bom som: — Eu sou o pai biológico desses gêmeos. Quem vai entrar sou eu!

E, enterrando um pouco mais o chapéu na cabeça, ele entrou.

Henry estava tentando encontrar uma palavra que rimasse com "mãe". Não era simples como parecia. O dicionário não o ajudara em nada. Pensou que talvez, se lesse em voz alta novamente, alguma lhe ocorresse.

Ergueu a página e pigarreou: Feliz Aniversário, querida mãe! Amor extraordinário, amor...? — perguntou ele para Shirley, que nem se dignou a levantar a cabeça. Já estava acostumada com aquela nova rotina: seus dias outrora pacíficos agora eram perturbados pelos versos horrendos de Henry. Na verdade, ele até tinha jeito para aquela história de cartões festivos. Já fizera cinco para aniversário de crianças naquela manhã e terminado um de aniversário de casamento — tente encontrar uma palavra que rime como *isso*.

Sabia que não iria ganhar grandes prêmios de poesia com aquele trabalho. Mas pagava as contas enquanto ele escrevia sua grande obra durante a noite.

358

Para falar a verdade, não pagava as contas. Pagava algumas contas. As mais baratinhas. Enquanto isso, sobrevivia de feijão com pão e exibia um anúncio de VENDE-SE no jardim da sua casa. Desde que pagara a Jackie a sua metade, a hipoteca tinha aumentado, quase na mesma época em que seu salário fora abruptamente cortado. O gerente do banco acabou ficando alarmado com a situação e telefonou para ter "uma conversa muito séria", cujo desdobramento foi que sua bela casa estava à venda e que ele teria que encontrar outro lugar para morar. Provavelmente um quarto e sala minúsculo em uma parte nada chique da cidade, onde seria assaltado com regularidade quando saísse para tomar um copo de leite no bar. E onde não aceitariam animais domésticos.

— Não se preocupe — garantiu a Shirley. — Não vou te abandonar.

A cadela parecia preferir ser abandonada. Ele parecia bastante imprevisível naquela época, sempre cantarolando alegremente, sem reclamar de nada. Ela passara a ter medo dele.

Henry se forçou a terminar o cartão de aniversário para as mães antes de se permitir outra espiada na carta. Estava vaidoso, tinha consciência disso, mas não era todo dia que obtinha uma resposta positiva. Bem, mais ou menos positiva.

Ainda tenho dúvidas sobre o último poema, "Coração Mutilado", por transmitir tamanha angústia. Na verdade, de modo geral, a coletânea podia ser um pouco menos sofrida. Se o senhor quiser alterá-la e enviá-la novamente, talvez exista a possibilidade de, quem sabe, dependendo do nosso cronograma e da escolha de títulos, considerarmos — sem nenhuma obrigatoriedade — a publicação do seu livro.

O telefone tocou. Oh, droga! Tinha esquecido de ligar a secretária eletrônica e ele tocou várias vezes. Decidiu que não iria mais instalar nenhum telefone no seu quarto e sala: iria apenas criar um casal de pombos-correio para quando quisesse mandar algum recado.

— Alô? — atendeu ele.

— Henry? Sou eu, Adrienne!

— Eu não te demiti? — perguntou ele. — Meses atrás?

—Você sabe muito bem que eu gosto de saber notícias suas de tempos em tempos. Como sua amiga, me preocupo com você. Porque toda essa atividade solitária não pode te fazer bem. Estou com medo de você acabar deprimido. — Ela soava esperançosa.

— Na verdade, Adrienne, ando muito feliz. — Estava louco para contar que ia ser publicado. Talvez. Dependendo do cronograma. E tendo que escrever tudo de novo.

Adrienne disse: — Não seja ridículo. Você não é o tipo de homem que se contenta em ser apenas *feliz*. Isso é para gentinha, Henry. Não para alguém tão talentoso quanto você.

— O mundo está se virando bem sem mim.

— Sim, mas carente! Do seu humor. Seus conhecimentos. Seus palavrões. Não fique muito tempo sumido, está bem?

Ele sentiu que precisava esclarecer mais uma vez: — Adrienne, não sou mais seu cliente.

— Meu bem, você sabe que eu não consigo me afastar de nenhum. Vocês são como meus filhos.

Henry teve vontade de vomitar. Mais dez segundos e ele diria que alguém estava tocando a campainha.

Ela prosseguiu: — O *Globe* não serviu para você, tudo bem. Não te deram o devido valor. Não te culpo nem um pouquinho por ter abandonado aquela gente. — Na verdade, fora demitido, mas reescrever histórias não era um problema para ela. — Mas não deixe que uma experiência ruim azede todas as opções que você tem. Fiquei sabendo que o *Herald* te contrataria fácil. Para falar a verdade, eu podia começar algumas negociações preliminares...

— É a campainha — mentiu Henry.

— Pense nisso. É só o que te peço.

—Tenho que ir.

360

— Tá, tudo bem, conversamos mais a respeito na semana que vem.

Henry não se preocupou. Ainda faltavam sete dias para a próxima semana. Ultimamente, não pensava além do dia seguinte. Era uma maneira boa de viver. Mas ficou um pouco curioso e acabou perguntando: — O que tem semana que vem?

— Ora, não finja que esqueceu — ralhou Adrienne. — É o lançamento, Henry. Do guia de restaurantes.

No fim das contas, haviam usado uma foto do arquivo do jornal e Adrienne fizera a revisão das provas para ele.

— Olha, Adrienne, eu provavelmente não vou. — Agora ia direto ao assunto. Outra mudança bem-vinda em sua vida.

—Trezentos convites foram enviados para comemorar o lançamento desse livro, Henry. Ouça o que estou te dizendo, seria péssimo se o autor não comparecesse. — Ela disse, num tom de voz mandão: — Eu passo aí para te pegar. Tente se vestir de acordo com a ocasião. Algo limpo cairia bem. — Ainda bem que ela não o vira de barba crescida. — E torça pela história da televisão. Eles vão esperar para ver como o livro se sai.

— Que história da televisão?

— Tenho que ir, a campainha está tocando! — disse ela, antes de desligar.

Francamente. A mulher estava delirando se achava mesmo que ele ia voltar a trabalhar com qualquer tipo de mídia. Não, Henry Hart finalmente encontrara o seu nicho e estava feliz. Felicíssimo! Não podia estar mais satisfeito.

Até Dave dissera que mal o reconhecia, e não foi só pela barba. Que, se fosse franco, concordaria que não combinava com ele e a qual só deixara crescer numa tentativa de economizar as contas do aquecedor. O lado ruim é que era complicado para lavar; devia usar xampu ou sabão? Pentear depois? E mesmo assim continuava a encontrar restos de comida mofada nela. As mulheres também não suportavam barba, o que não o preocupava no momento, mas poderia vir a preocupar no futuro. Não queria ganhar reputação de esquisito, artista de música tradicional ou algo assim. Iria raspar a barba para o lançamento, decidiu. Se resolvesse ir. E daí que trezentas pessoas iam aparecer? Com tanta gente assim, ninguém ia dar por falta dele. Ele poderia simplesmente esquecer e viajar para o interior para passar o dia, levando uma quentinha. Contemplar sebes, pássaros, coisas do tipo. E, quem sabe, não escrevesse uma série de poemas sobre a natureza. Por que não? O mundo era sua ostra.

Ah, a vida de poeta era muito satisfatória. Mas ninguém lhe dava o devido valor naqueles tempos de consumismo e portfólios, como tentara explicar a Dave. Dave não conseguira entender direito. Não lia um poema desde o vestibular e ficara ruborizado quando Henry lhe dera um dos seus para ler.

— Eu tenho que decorar?

— O quê? Não.

— O que você quer que eu faça com ele então?

— Apenas leia. Desfrute.

Dave olhou para ele como se estivesse fazendo uma safadeza.

Mas ficou bem impressionado com o lance dos cartões comemorativos. — É incrível! Você realmente sabe escrever essas coisas! Rimando e tudo! Você faz aqueles de sacanagem também?

Henry achava que, com o tempo, conseguiria fazer Dave apreciar o resto. Era apenas uma questão de expandir a sua mente e eliminar o medo. Nunca se dera conta antes do quão intimidadas as pessoas ficavam com poesia. Elas a encaravam com o mesmo nível de desconfiança de um filme legendado ou um documentário da BBC2: muito trabalhoso e incompreensível.

Henry descobrira a poesia com vinte e poucos anos, mas conseguira manter-se apenas leitor. A vontade de escrever veio mais tarde, na casa dos trinta, quando fizera a transição de *chef* para colunista. Escrevia um de vez em quando e se convencia de que era o bastante. Quando conheceu Jackie, estava mantendo sessões regulares e furtivas — só mais um, dizia para si mesmo, febril — na privacidade do seu lar. Mas ela o fizera mergulhar no mundo do relacionamento a dois, da paixão, sentimentos que nunca experimentara antes. Ele só queria saber de rir e dançar e escrever resmas de poemas de amor; quentes, eróticos, poemas que deixariam qualquer homem constrangido ao reler.

Sobretudo um homem como ele. Do tipo blasé, espirituoso e reservado com o qual ela se casara. Então, tinha de fazê-lo escondido. No sótão. Sem dizer nada a ela. Muito embora a maioria fosse sobre ela.

A maioria continuava sendo sobre ela, mesmo agora. Mas pelo menos podia escrevê-los abertamente. Não precisava mais se esconder, inventar mentiras, e aquilo era um tremendo alívio. Ele finalmente se assumira.

— Posso dizer que estou muito feliz, de verdade — dissera a Dave naquela tarde, enquanto tomavam uma cerveja no jardim de Henry.

— Que bom — disse Dave, que de fato não duvidara de sua felicidade. — Tudo que você precisa agora é do amor de uma boa mulher.

Ele tinha que baixar o nível da conversa, é claro. Não pensava em outra coisa a não ser mulheres e cerveja.

— Não quero o amor de uma boa mulher agora, muito obrigado — disse Henry, altivo. — Estou na fase mais criativa da minha vida e quero aproveitá-la sem ser tragado pela convivência.

— Sei — disse Dave, que estava lá exatamente para fugir daquilo. Ficaram sentados, em silêncio, tomando suas cervejas e ouvindo os pássaros cantando. Paraíso, pensou Henry.

— E como está indo o lance do divórcio? — perguntou Dave.

—Você está tentando estragar a noite?

— Só estava puxando assunto.

—Você não pode ficar quieto ouvindo o canto dos pássaros?

— Foi mal.

— É lindo para cacete! Escute só!

—Você ficou bem pretensioso desde que se tornou poeta, sabia? — reclamou Dave. — Houve uma época em que você não prestaria atenção num pássaro nem que ele cagasse na sua cabeça.

363

Mas ouviram por um tempo, até Dave ficar inquieto e confessar: — Olha, tenho que ir embora daqui a pouco e Dawn vai me matar se eu não tiver apurado nenhum detalhe sórdido sobre o divórcio.

—Você pode dizer a ela que está tudo caminhando nos conformes — disse Henry, sem parecer se importar. — Mais dia, menos dia, serei um homem livre. — Ele ergueu sua garrafa de cerveja. — Saúde!

— Saúde — respondeu Dave, mas o brinde foi tão desajeitado que eles logo desistiram. E os pássaros se calaram justo quando ambos precisavam de uma distração.

— E ela vai se casar logo em seguida, não é? — comentou Dave, especialista em elevar ânimos.

— Acho que sim — respondeu Henry, com suprema indiferença. Sentiu-se na obrigação de acrescentar: — Posso me casar também.

—Você? Com quem?

— Não sei. Mas provavelmente vou conhecer alguém. Ainda sou jovem. Mais ou menos.

— É, mas agora você está usando barba. E desempregado. Quer dizer, sem aquele trabalho sedutor que você tinha antes. Está sem dinheiro e, daqui a algumas semanas, vai estar sem casa. E você também deu uma engordada, né.

—Vai à merda, cara!

— Mas é verdade. Já ela é uma mulher linda; sempre a achei parecida com Kate Bush, cheguei a comentar isso com você? Eu era apaixonado por Kate Bush. Enfim, e ela ainda abriu uma filial da loja.

— Como assim?

— Da floricultura. Dawn ficou sabendo pela melhor amiga da cunhada do primo dela, que trabalha na mesma área. A mesma que nos contou da loja, lembra?

— Sei. — A vaca mais intrometida da Europa.

— Dawn disse para não te contar, pois podia te deixar chateado.

— Mas você me contou mesmo assim — disse Henry, sarcástico. — Seja como for, não estou nem aí. Não estou chateado, por que ficaria chateado? — Ele lançou um olhar intenso e poético para as árvores, para que Dave não percebesse como se importava.

Uma filial! Como ela conseguira expandir seus negócios no meio de um divórcio traumático? Ele imaginara que ela estivesse passando pelo mesmo tipo de mudanças de vida profundas como ele, reavaliando as coisas, introvertida, deixando a barba crescer. Que nada. Estava ocupada demais comercializando sentimento barato em forma de flores para as massas. Ela realmente havia mudado.

Mas ele também. Na verdade, se tornara mais parecido com ela. Mais sentimental, acendendo velas aromáticas de noite. Seria possível que estivessem um se transformando no outro? Mais um ano e ele estaria chorando com os seriados sobre médicos na tevê e usando sapatos esquisitos?

—Você ficou meio estranho — comentou Dave.— Está tendo inspiração para um poema?

— Fique quieto.

— Foi mal ter te contado sobre a filial. Eu não devia ter dito nada.

— Não, não, tudo bem.— Queria encerrar o assunto.— Boa sorte para ela.

Dave estava impressionado. — Mesmo depois de ter te acusado injustamente de transar com outra pessoa?

—Aquilo foi um mal-entendido — disse Henry, com ares de superioridade.— A verdade, Dave, é que já superei tudo isso.

— Até parece. Nunca vi ninguém tão amargo com uma separação.

— Eu sei, mas não dá para ficar assim para sempre. E cheguei à conclusão, não sem relutância, de que a maior parte foi culpa minha.

— Sério? — perguntou Dave, de olhos arregalados, ansioso para contar tudo aquilo para Dawn. Ela não ia acreditar. Uma confissão de culpa! Ela ia ficar louca por não ter testemunhado a cena pessoalmente.

— E você vai dizer isso a ela?

—Jackie?

—É.

— Por quê?

— *Por quê?* Porque... porque... Na verdade, você tem razão. Não faz sentido mesmo, vocês estão divorciados.

— Ainda não — disse Henry, um tanto irritado por Dave não ter discutido com ele ou tentado convencê-lo de que ainda havia uma chance. O que, é claro, era ridículo.

— Seja como for, ela sabe como me sinto — disse ele, breve. Não que ela tenha dado alguma indicação de que lera os poemas dedicados a ela no jornal. Talvez tivesse amassado as folhas e usado para acender fogueiras, limpar os pés, enfim. Ou então mostrado aos seus amigos, em meio a uma estrondosa gargalhada, provando como ele era patético por estar lhe escrevendo poemas de amor em pleno divórcio.

Ou então não tinha visto. Mas sabia que ela ainda lia sua coluna no jornal, ou, pelo menos, o fazia há seis meses. Ele raspara com uma faca o trecho escondido com corretivo da primeira carta que ela o enviara. E vislumbrou uma chance, ainda que mínima. Então lhe enviara as edições do jornal, anonimamente. Os poemas no correio sentimental eram o único modo de dizer que não a odiava sem comprometer sua posição. Que ainda a amava, apesar de tudo. E que era o maior imbecil do mundo por não ter ido atrás dela naquela noite. Embora, na verdade, não tivesse percebido que ela fora embora até descer com seu poema novo nas mãos.

Pretendia lê-lo durante o jantar no restaurante, estilo matar dois coelhos com uma cajadada só. Seria um gesto romântico bem significativo, em seu aniversário de casamento, após um ano que, na melhor das hipóteses, poderia ser descrito como turbulento. E também uma maneira de contar a ela que pretendia mudar de carreira. Que plano! Agora lhe parecia ridículo, mas na época achara uma ótima ideia. De todo modo, não fazia diferença, pois tudo que ela deixara foram pegadas molhadas na casa inteira e uma bagunça horrorosa no banheiro. E o bilhete na cozinha, escrito com lápis de sobrancelha: "Adeus". Parecera quase alegre, debochado, como se tivesse coisas melhores para fazer. E depois ele ainda descobriu que ela havia partido toda arrumada. Outro sinal.

Sua mágoa fora tão grande, assim como seu choque, que ele simplesmente pensara: deixe. Fora tudo um erro, desde o começo. Deixe-a ir embora.

Perguntava-se o que teria acontecido se tivesse ido atrás dela. Não importava. Era tarde demais.

— Você está esquisito de novo — disse Dave. — Quer que eu pegue uma folha de papel?

—Vá à merda.

Capítulo Vinte e Dois

Michelle reclamou que estava tão dolorida que não sabia se um dia voltaria a conseguir ficar em pé direito. Disse que estava condenada a andar como o Corcunda de Notre-Dame para o resto da vida e as gêmeas iam ter tanta vergonha dela que fugiriam de casa aos dez anos, deixando-a sozinha na velhice.

— Nem olhe para mim — disse a sra. Ball. — Estarei na Espanha.

Michelle acusara a sra. Ball de roubar a cena com sua compra impulsiva de uma casa de repouso, que estava sendo construída na Espanha. As gêmeas ainda sequer tinham nome (Sabrina e Jill, em homenagem às Panteras) quando a sra. Ball anunciou que fizera um gordo depósito por conta de um folheto no qual se via uma serena velhinha dormindo em uma cadeira de praia, à beira da piscina. O resort tinha um nome espanhol lindo que ninguém sabia pronunciar, mas a tradução era mais ou menos "Lugar para Definhar e Morrer".

—Tem um mercado, um salão e uma piscina no lugar — gabava-se a sra. Ball. E um cemitério logo ao lado, onde os residentes idosos que já tivessem dormido bastante à beira da piscina poderiam encontrar descanso permanente. Mas a sra. Ball não estava pensando em se mandar; era mais uma estratégia antes que outro filho decidisse voltar para casa. Dylan finalmente rompera com a mulher casada — como já imaginava — e Eamon estava com umas ideias de mostrar aos filhos as suas raízes.

— Não no meu quintal — declarara a sra. Ball, displicente. Ela se tornara preocupadamente despreocupada desde que o sr. Ball a acusara de monopolizar os filhos. Ela parecia ter perdido todas as rugas também e tinha mesmo remoçado. Em contraste, suas roupas ficaram mais adultas. Dera adeus aos vestidos avental e aos macacões e abandonara tons pastel e rosa-bebê, dando preferência aos mais maduros verdes e vermelhos escuros.

Dissera a Jackie que estava cansada de se desgastar por causa dos outros. No Lugar para Definhar e Morrer ela não teria outra preocupação a não ser descansar mais do que todos os outros à beira da piscina pelas manhãs. É claro que ela não partiria logo, por causa das gêmeas. Estavam apenas com duas semanas de vida, mas felizmente graças ao apetite compulsivo de Michelle durante a gravidez cada uma pesava quatro quilos.

Assim que conseguissem se sentar sem cair, declarara a sra. Ball, ela faria as malas e partiria rumo a sua nova vida sem estresse, onde passaria os dias cochilando ao sol e as noites dormindo como uma pedra.

O único problema era a maldita comida. Uma amiga que já tinha passado as férias lá informara que os espanhóis tinham hábitos alimentares terríveis — *tortilla* isso, *tortilla* aquilo e azeitonas em tudo que é prato. E os supermercados também não ajudavam muito. Ao que parecia, não era possível reconhecer nenhum produto e havia todo tipo de coisas nojentas penduradas no teto, como salsichas gigantes mofadas. Também fora aconselhada a levar seus saquinhos de chá e seus frios, para não morrer de fome.

De acordo com o projeto, um novo campo de golfe seria construído ao lado. O sr. Ball ficaria bem à vontade. Mas, havia uma semana, ele tivera o desplante de declarar que não sabia se ficaria tanto tempo na Espanha, por causa das gêmeas. Que talvez sequer se mudasse para lá com a sra. Ball!

É claro que era uma desculpa. Nenhum homem teria tamanho interesse em bebês. Ele estava apenas querendo lhe dar o troco pelas coisas que ela lhe dissera no hospital. Estava certa de que mais umas duas semanas e a novidade de "ser participativo" acabaria bem depressa e ele voltaria correndo para suas ferramentas.

— Não sei, não. Ele parece estar realmente gostando — disse Jackie. — Olhe só para ele!

Ele estava com Sabrina apoiada em um dos ombros, de maneira bastante profissional. — Ela está com fome — informou ele a Michelle. — E acho que Jill também deve estar precisando mamar. E eu verifiquei as manchinhas que você falou e acho que é brotoeja, por causa das fraldas.

A sra. Ball bufou bem alto, mas ele a ignorou.

— Obrigada, pai — agradeceu Michelle. Ela apanhou suas almofadas para amamentar, suspendeu a blusa, segurou os dois bebês nos braços e os amamentou ao mesmo tempo. Jackie não parava de se surpreender.

—Você está de parabéns — disse ela.

— Eu sei, mas meus peitos jamais serão os mesmos — disse ela, alegremente.

— Bem, eu acho que você devia passar para as mamadeiras — disse o sr. Ball com firmeza. Ele andara lendo seus livros sobre bebês. — Assim, todos nós podemos ajudar durante a noite·

371

A sra. Ball deixou escapar um som de incredulidade.

— Ninguém está te pedindo nada — disse ele, muito humilde. — Estava falando de mim.

— Eu não contaria com isso — murmurou a sra. Ball para Michelle. — E pelo menos amamentando você larga a bebida e as drogas. — Depois do que ela passara na sala de parto, nem era preciso mencionar sexo.

— Não vou voltar para bebida e drogas, mãe.

—Você diz isso agora. Ainda deve estar alta com a peridural. E antes mesmo da injeção, fiquei sabendo que você extrapolou no oxigênio. É um passo.

Michelle a ignorou, ocupada em fazer barulhinhos de mãe para as gêmeas — oh! e ah! E "isso, assim, assim". As gêmeas estavam mamando bastante. O sr. Ball contemplava a cena, sorrindo satisfeito. Quando Jill deixou escapulir o bico do seio e chorou, todos exclamaram "Ah!" antes de Michelle ajeitá-la novamente.

Às vezes era como morar em uma creche, pensou Jackie. Mais de uma vez, sentiu um aperto no peito ao ver as duas cestinhas lado a lado na cozinha. Como Michelle era sortuda! Era mãe agora. Tinha sua pequena família. Pertencia a alguém.

Jackie sentia-se um pouco aérea. Como se apenas suas lojas pudessem ancorá-la. Em algumas noites, depois de fechar a loja e partir, tinha a impressão de que sua vida só recomeçaria novamente na manhã seguinte.

O que era uma bobagem. Tinha amigos, uma família, era tia. Acabara de se matricular em uma aula de salsa, ora, ainda que fosse apenas uma desculpa para comprar um novo par de sapatos.

Mas às vezes se perguntava, não sem algum drama, quem haveria de sentir sua falta se deixasse de existir. Se o seu carro saísse da estrada e caísse numa vala, por exemplo, na calada da noite (não sabia por que na calada da noite, mas em plena manhã também não fazia muita diferença).

Ou se encostasse nos fios expostos que os pedreiros haviam deixado em sua nova loja, que segundo Emma eram inofensivos, mas podiam gerar energia para abastecer a cidade inteira.

É claro que as pessoas *sentiriam* a sua falta. Mas não como se suas vidas gravitassem ao seu redor.

Jackie não era mais o centro da vida de alguém.

Talvez estivesse habituada a estar sempre namorando e tivesse se tornado uma daquelas mulheres que não suportam ficar solteiras. Mas quando estava com Dan também não se sentia o centro da vida dele.

E quanto à Henry, era inegável que o único centro da vida dele era ele mesmo. Jackie não podia dizer que se sentia valorizada ao seu lado. Ao mesmo tempo, em nenhum outro relacionamento experimentara tamanho entusiasmo. Era de enlouquecer: estavam divorciados e, mesmo assim, continuava pensando nele, mais ainda do que antes. Era mais do que de enlouquecer. Era bizarro.

Talvez sua expressão tenha ficado um pouco mórbida, pois Michelle perguntou naquela noite:

— Tudo bem com você?

— Comigo? Tudo ótimo.

— Os bebês estão te enlouquecendo?

— Não, não. — E acrescentou, determinada: — Vou me mudar em breve mesmo. Encontrar um lugar para mim. Agora que estou solteira de novo.

— Solteira, mas ainda não divorciada — arriscou Michelle.

— O quê?

— Não se faça de inocente. Velma Murphy ligou para cá ontem. Você não voltou mais lá depois de cancelar naquele dia.

Jackie olhou para ela. — Ah, aí está você, nos enganando que ficou doce e melosa e que só sabe falar com voz de bebê.

— Só porque me tornei mãe não quer dizer que tenha perdido metade do meu cérebro. — Ela fez uma pausa e continuou: — Esqueci

373

o que ia dizer. Por sinal, recomendo a maternidade, se um dia você conseguir se livrar de Henry e encontrar alguém. Toma, experimenta.

E ela empurrou Sabrina no colo de Jackie. Jackie já experimentara várias vezes, é claro, mas era mais difícil com o sr. Ball por perto, já que ele tendia a monopolizar os bebês.

— Ela não se parece em nada com o Gostosão — admirou-se Jackie.

— Eu sei, não é fantástico? Estou começando a achar que ele nem é o pai no fim das contas.

— Michelle! Você tem que dizer isso a ele.

— Por quê? — perguntou ela. — Ele já está acostumado com a ideia agora. Sem contar com a grana que ele está me dando. — Ela ficou séria, acariciando a cabeça de Sabrina. — Acho que gosto assim. Só eu e as meninas, sabe? Com Gostosão no canto dele. Lembra quando eu achava que nunca ia me sentir assim por alguém? Agora eu sinto. Em dobro.

E eu não tenho ninguém, queria gritar Jackie. Mas apenas sorriu e fez um gesto afirmativo com a cabeça. E justo quando pensava que Michelle já tinha esquecido a história do divórcio, ela perguntou: — E então? Você e Henry? O que está pegando, Jackie?

— Ora, você sabe o quanto ando ocupada com a nova loja. Não tenho tempo para marcar outro horário com Velma. — Era uma desculpa tão esfarrapada que ela chegou a perder a voz.

— Você só precisa assinar um mísero documento.

— Está bem — admitiu Jackie. — Confesso que estou sofrendo um impasse mental. Assinar é colocar um ponto mais do que final em tudo. Preciso de um tempo para me acostumar.

— Você e Henry já estão separados há dois anos, Jackie. Não me diga que você só se deu conta agora.

Colocado dessa maneira, parecia mesmo um pouco ridículo. Afinal, o que ela estava esperando?

— Jackie, você ainda gosta dele?

— Não. Não! — Ela riu, nervosa. — Pelo amor de Deus, Michelle. Eu abandonei o cara, lembra?

— Por causa de um caso que ele sequer tinha.

Jackie ficou irritada de verdade e retrucou: — Não foi só por isso. Havia outras coisas. Várias coisas.

— E você não pode tentar consertá-las?

— Acho que não.

— Mesmo vocês ainda gostando um do outro?

— Não gostamos. *Eu* não gosto. E tenho certeza de que ele também não.

— Mesmo te escrevendo aqueles poemas melosos? Eu ia ficar com vontade de vomitar lendo aquilo, mas sei que você adora essas coisas.

— Se ele sentia mesmo tudo isso, por que nunca me disse? Por que esperou para publicar no jornal justo quando estávamos nos divorciando?

— Vai ver precisava desabafar.

— E eu tenho que achar isso louvável?

— Não. Só estou dizendo que talvez ele quisesse te deixar a par dos seus sentimentos. Desabafar antes de vocês concretizarem a separação.

— Bom, de todo modo, não faz diferença, até porque obviamente ele não deve mais sentir essas coisas por mim.

— Como você sabe?

Porque ele não tinha mais escrito nenhum poema dedicado a ela, para começar. Verificava toda semana. Ao que parecia, havia abandonado o jornal completamente. E então, no último domingo, havia uma crítica espalhafatosa sobre seu novo guia de restaurantes na sessão de livros. Não era de se admirar que não tivesse tido mais tempo para ela. Estava ocupado demais investindo na carreira.

— Porque estamos nos divorciando, Michelle. E, mesmo com todos seus versinhos floreados, ele não tomou nenhuma atitude para me impedir.

— Isso é — concordou Michelle. — Meio estranho mesmo.

— Muito estranho. Sabe, durante todo tempo em que estivemos casados, eu vivi tentando adivinhar o que ele sentia. E, eis-me aqui novamente, fazendo a mesmíssima coisa. Estou cansada disso.

— Por que você não o procura? Para tentar esclarecer as coisas.

— Não.

— Jackie, é sua última chance.

Era tentador, é claro. Por diversos motivos. E ia definir as coisas de uma vez por todas. Finalmente.

E ela não era perfeita para aventuras transatlânticas, usando glamorosos saltos altos e descuidadamente aberta a possibilidades românticas com homens de cabelo preto e olhar angustiado? E, melhor ainda, que escrevia poemas de amor? Não *nascera* para isso? Voltar correndo para os braços de Henry era a cara dela, e ela poderia sucumbir ao romantismo do reencontro enquanto seu cabelo se libertava sozinho do prendedor. Sim, ela podia visualizar a cena, parada diante da porta dele: um maldito desastre.

Para começar, ele na certa teria que se controlar para se manter impassível, especialmente diante do seu novo corte de cabelo. Depois se perguntaria — não sem razão — que diabos estava fazendo em Londres, em vez de estar agitando as burocracias do divórcio como era de se esperar.

Pior ainda, podia achar graça. Por ela ter lido meia dúzia de poemas descartados que ele publicara no jornal por pura diversão!

Ou, outra possibilidade, a porta poderia não ser atendida por Henry, e sim por uma loira varapau chamada Penélope. Ou Mandy, a fiel escudeira. Henry podia ter arrumado uma namorada. Por que não? Era um homem muito atraente, pelo menos na superfície, e não deviam faltar mulheres loucas para tomar o seu lugar. Ele poderia estar torcendo para que o divórcio saísse logo para poder se casar novamente.

Isso não, decidiu Jackie, aliviada; ele não era o tipo que se casaria de novo. Continuaria simplesmente a fazer piadas debochadas sobre o assunto com seus colegas no bar. Mandy, coitada, ia esperar em vão que ele pedisse sua mão em casamento.

Ou então, os poemas eram sérios e ele podia aceitá-la de volta.

E aí é que estava o verdadeiro problema. Porque ela não queria ser aceita de volta. Já correra muito atrás de Henry Hart. Largara tudo por ele. Se fosse atrás dele novamente, as coisas se repetiriam. Se ele a queria de volta, teria que fazer muito mais do que declarações poéticas e anônimas em um jornal. Estava na vez de ele tomar uma atitude.

Mas não fora atrás dela, há dois anos. E não havia sinal dele agora também.

— Sabe, você tem razão — disse ela para Michelle.

—Você vai atrás dele?

— Digo sobre eu estar parada demais, me arrastando.

— Jackie, não vá tomar nenhuma atitude precipitada — advertiu Michelle. Justo ela que a criticara por estar passiva demais!

Jackie viu-se subitamente exausta com toda aquela situação. —Vou fazer o que precisa ser feito — declarou, em uma caprichada voz de programa de reabilitação. Emma ficaria orgulhosa.

A sra. Ball apareceu agitada para avisar que havia um carro estacionando do lado de fora da casa.

— Deve ser Gerard — disse Michelle, cordata. As coisas andavam bastante civilizadas entre eles. Ele começara a aparecer algumas vezes por semana, a caminho de casa após ter julgado assassinos e extorsionistas, para corujar seus bebês e trocar uma fralda ou outra enquanto Michelle lhe preparava uma xícara de chá. Haviam combinado de naquela noite conversar sobre escolas particulares para as gêmeas — a serem pagas pelo juiz, naturalmente.

Até mesmo a mulher dele havia abrandado um pouco, e o deixado colocar seu nome na certidão de nascimento das crianças. E foram até mesmo poupados de escândalos e fofocas quando a notícia chegou aos ouvidos de seus colegas magistrados. O juiz West inclusive aparecera para uma simpática visita em uma tarde, para compartilhar as fotos do seu próprio bebê ilegítimo — e olha que ele devia estar na casa dos setenta anos.

Chegaram até mesmo a cogitar a volta de Michelle para a faculdade, para obter seu diploma de advogada. Gerard disse que providenciaria uma babá e, diante da reclamação da sra. Ball, esclarecera que apenas pagaria uma.

Mas Michelle dissera que não pretendia voltar, certamente não naquele momento. E que nunca se imaginara dizendo isso, mas que não se incomodaria se jamais visse um livro ou uma vodca tripla na vida novamente e que seria mãe em tempo integral de bom grado.

— Não é o carro do Gerard — disse a sra. Ball preocupada, espiando pela cortina. E então exclamou: — Meu Deus do céu! — Virando-se para Jackie, o rosto iluminado por um beatífico sorriso, ela disse: — É o Dan!

Foi como a volta do filho pródigo. A sra. Ball tirou uma torta de pera do congelador especialmente para a ocasião, embora Dan tivesse insistido que não iria demorar muito, e em seguida mandou o sr. Ball tirar o cortador de grama da garagem e colocá-lo, como quem não quer nada, ao lado do carro de Dan — caso ele quisesse dar uma geral no jardim antes de ir embora.

Dissera para Jackie na cozinha: — Arrume esse cabelo. E não se esqueça de mencionar que abriu uma segunda loja. Que é uma mulher de posses agora. Pedi para Michelle ir na frente e conversar com ele sobre o divórcio.

— O quê?

— Só deixar que ele saiba que está quase resolvido, de vez. Que você só está aguardando a sentença final e que, depois disso, será uma mulher desimpedida. — Estava quase tremendo de entusiasmo enquanto revirava o congelador. — Será que pegar aquela garrafa de champanhe seria exagero? Aquela que abrimos para comemorar o nascimento das gêmeas e não bebemos até o final?

— Para que champanhe? — perguntou Jackie, desconfiada.

— Ora, o motivo da visita dele está na cara.

— E qual seria, exatamente? — Jackie estava curiosa, de verdade.

— Ele veio te oferecer uma nova chance, Jackie!

— Ah, *mãe*.

— Não me venha com aquela história de que você ia terminar com ele primeiro. Ninguém aqui em casa engoliu isso. Apenas agradeça aos céus por ele ter caído em si e voltado.

— Pare com isso. Por favor. E pensar que a senhora estava se comportando tão bem ultimamente!

—Você não pode esperar que eu abandone minhas preocupações a essa altura do campeonato — disse a sra. Ball. Ela deu uma espiada em Dan. — Ele está com um terno muito elegante. E com perfume de pósbarba.

Bom, aquilo era verdade, mas não havia motivo para supor que se arrumara para Jackie.

— Ele deve ter vindo me devolver algumas coisas. Ou pedir a aliança de volta, algo assim. — Ela ainda estava com a aliança. Ia devolvê-la na noite do restaurante, antes de ele terminar o noivado e humilhá-la.

— Bobagem — garantiu a sra. Ball. — Dá para perceber o quanto ele está nervoso.

Verdade, mas Jackie atribuíra o nervosismo ao mal-estar do reencontro. Poderia ser mesmo por causa dela?

A sra. Ball entregou a torta de pera para ela. — Ainda está congelada em alguns pedaços. Mas tenho certeza de que vai derreter assim que a temperatura subir lá na sala.

— Não acredito que ouvi isso.

A sra. Ball deu uma risadinha. — Eu sei, parece desesperado, né? Olha, eu não ligo se vocês vão reatar ou não. Mas é ou não é uma mudança na nossa rotina? — Ela puxou Jackie para a porta da sala de estar, sussurrando uma última instrução: — E, faça o que fizer, não toque no nome de Henry.

Na sala de estar, Michelle estava exibindo os bebês para ele.

— Muito lindas — dizia Dan. Ele ergueu os olhos para conferir a entrada de Jackie. Estava definitivamente nervoso.

— E elas estão dando muito menos trabalho do que o esperado, nessa idade — prosseguiu Michelle. A verdade é que era preciso muito pouco para que ela desatasse a falar. — Elas só pensam em três coisas: mamar, dormir e fazer cocô.

— Hum, interessante. Bem, nunca se sabe. Pode ser que um dia eu também tenha os meus, não é? — disse Dan, olhando para Jackie e esperando uma reação. Deus do céu! Será que a sra. Ball estava certa?

— Michelle! — interrompeu a sra. Ball da cozinha. — Telefone para você!

O telefone jazia inerte em plena mesa de centro, diante deles. Foi constrangedor, mas Michelle suspirou, ficou de pé e se dirigiu à porta.

Voltou logo em seguida.

— Desculpe. Esqueci uma. — Ela ergueu Sabrina no colo e saiu novamente, fechando a porta com firmeza.

Jackie deu um sorriso irônico e disse: — Minha mãe cismou que você quer ficar a sós comigo. Ela colocou na cabeça que você quer reatar nosso noivado.

Ele retribuiu o sorriso. — Não quero.

— Eu sei que não. — Bem, alimentara alguma esperança. Teria adorado! Imaginara Dan implorando outra chance, só para ter a satisfação de negá-la. Não, não e não!

Deve ter deixado seus pensamentos transparecerem em seu rosto, em uma expressão levemente torturada, pois ele se apressou em dizer: — Meu Deus, Jackie! Sinto muito. A última coisa que eu queria era vir aqui hoje e te magoar ainda mais!

— Não se preocupe com isso. Você não me magoou da outra vez, está bem? Eu juro! Não estou chateada por não estarmos mais juntos. — Mas sua voz parecia falsa e ela decidiu desistir de se defender. Em vez disso, ofereceu: — Quer torta de pera?

— Aceito, obrigado. Adoro a torta de pera da sua mãe.

Por despeito, ela cortou uma fatia bem fina e serviu em um pires.

— Então! — exclamou ela, uma vez arruinadas em definitivo as esperanças de sua mãe. — Como vão as Fionas?

— Estão ótimas, obrigada. — Não ofereceu nenhum chavão, como "elas te mandaram um abraço". Jackie também não mandou notícias.

— E Taig e Big Connell e... — Não conseguiu lembrar o nome dos outros, nem sequer se esforçou para tentar. Sequer podia se sentir na obrigação de fazê-lo, já que ele não tinha ido até lá para se prostrar aos seus pés.

— Bem, bem. — Também não estava interessado em falar sobre seus irmãos. Terminou de comer sua fatia de torta e pigarreou. — Jackie, preciso te contar uma coisa. Prefiro que você saiba por mim do que por outra pessoa.

Palavras que provocam absoluto pavor no coração de qualquer ex-noiva. Palavras que cheiram a triunfo de um e humilhação do outro.

Tinha conhecido alguém.

Mas ela continuou sorrindo, serena — caso contrário, ele pensaria que ela estava arrasada —, e disse: — Ah, é?

—Vou me casar — completou ele.

Que golpe! Dose dupla de triunfo — e dose dupla de humilhação. E isso porque ela nem gostava mais dele. Imagine se tivesse ficado mesmo inconsolável há quatro meses!

— Bem — disse ela. Dan estava à espera. — Suponho que devo te parabenizar. — A sra. Ball teria de fato motivo para abrir o champanhe, ainda que não aquele que tinha em mente.

— Sério? — perguntou ele, desconfiado.

— Sério.

—Você não se incomoda?

— Não, Dan.

— De verdade?

— De verdade — repetiu ela, ainda que cerrando os dentes.

Mas, pensando bem, ele se enganara achando que o "correto" era ir dar a notícia pessoalmente. Era preferível tomar conhecimento desse tipo de notícia por terceiros, especialmente por alguém solidário com quem se pudesse engatar uma sessão de reclamações sobre o quão rápido ele havia arrumado outra, sobre como estavam fadados ao fracasso e sobre o belo canalha que ele era.

Naquelas circunstâncias, era obrigada a digerir as surpreendentes notícias na frente dele, diante da torta de pera de sua mãe, sem ensaio nenhum.

— E quem é a sortuda? — Dera um tom meio debochado ao "sortuda", mas ele não percebera, é claro.

Ele se empertigou e disse, cheio de orgulho: — Yvonne Toomey.

Deve ser feia, pensou Jackie, de má vontade. — Não me lembro de ter tido o prazer de...

— Teve, sim — garantiu Dan. — Foi a policial que esteve lá em casa no dia em que Henry foi atacado. — Ele apressou-se em acrescentar: — Mas não estávamos juntos naquela época, é claro.

O fato de o nome de Henry ter sido pronunciado por ele com tanta displicência e facilidade incomodou mais Jackie do que a revelação de que estivera sob o mesmo teto que a tal Yvonne. E pensar que este mesmo homem, agora tão desinteressado, encomendara uma surra no seu ex-marido! Dan era muito volúvel, decidiu Jackie.

— Claro — disse ela. — Ela se fantasia de policial para você?

— Bem, obviamente ela volta para casa usando uniforme depois do trabalho... — Então, deu-se conta do que Jackie realmente quisera dizer e olhou para ela, surpreso e magoado. Não podia acreditar que Jackie, normalmente tão entusiasta e bacana, pudesse tratá-lo com tamanho desrespeito!

Ela se arrependeu na hora. Não fazia sentido ser desagradável com ele. Dan era um cara legal e não tinha culpa se ela não gostava mais dele. Se bem que podia ter esperado um pouco antes de se arranjar com alguém.

— Então, quando vai ser o grande dia? — perguntou ela, moderando o tom para soar mais simpática.

— Em abril — respondeu ele. — Talvez você queira ir. — Ele fez uma pausa. — Ou é ridículo da minha parte te convidar?

— É ridículo me convidar, sim — garantiu ela.

— Desculpe — pediu ele, humilde.

—Vamos parar de uma vez com isso, Dan. Estou feliz por você, está bem? Achei muito cedo, só isso.

Não devia tê-lo encorajado; bastou isso para que ele disparasse: — Eu sei! Disse isso para Yvonne. Eu disse: Não quero estragar tudo me apressando, como fiz da última vez. Talvez seja melhor esperarmos um pouco. Irmos com calma. Termos certeza absoluta de que combinamos de verdade. Mas ela não quis nem saber. Uma noite ela me disse que ia me prender se eu não fizesse o pedido e, bem, não teve outro jeito!

Ele ruborizou e Jackie ficou um pouco constrangida.

— Espero que vocês sejam felizes — disse ela, torcendo para encerrar naturalmente a conversa.

Mas ele se inclinou em sua direção, ansioso. — Temos tanto em comum, Jackie. Gostamos de correr, para começar. Ela é muito esportiva, a Yvonne. Ela tem que treinar para o trabalho, é claro; semana passada ela conseguiu alcançar um ladrão. Ela também é membro do clube de vela e nos fins de semana acordamos cedo e corremos no campo.

— Ótimo — murmurou Jackie, consultando as horas em seu relógio.

— Estamos pensando em treinar para a maratona de Londres. Mas ficamos preocupados de a data coincidir com o nosso casamento, é claro. Aí Yvonne teve uma ideia fantástica: nos casarmos logo depois da maratona, pois estaríamos literalmente correndo para o casamento! Ela é muito espirituosa.

Ele ficara com os olhos marejados ao falar nela. E Jackie percebeu que ele havia finalmente encontrado sua alma gêmea. A mulher dos seus sonhos. Alguém para ficar suada junto com ele, para usar roupas esportivas combinando e criar filhos musculosos ao ar livre.

— Boa sorte, Dan — disse ela. — De coração.

— Obrigado, Jackie. — Ele se levantou e passou a mão no paletó. — Melhor eu ir andando. Vou encontrar Yvonne. Vamos dar a notícia aos pais dela esta noite.

— Maravilha — disse ela. — De todo modo, tenho certeza de que minha mãe gostaria de se despedir de você. — Enquanto reclamava que não havia sido *ela* a ficar noiva novamente. A vida não era justa.

Mas Dan continuou parado no mesmo lugar. — Peça desculpas a Henry em meu nome? Você sabe, por ter encomendado aquela surra. Isso não me sai da cabeça.

Ela olhou para ele. — O que te faz pensar que mantenho contato com Henry?

— Desculpe, é que achei...

— Achou o quê? Que, assim que nós terminamos o noivado, eu não fosse mais querer me divorciar? — Que juízo ele fazia dela?

— Então você *está* divorciada?

— Não, ainda não — ela foi obrigada a admitir. Ao ver a expressão no rosto dele, ela acrescentou: — Só falta um detalhezinho. Para colocar um ponto final, por assim dizer.

Ele assentiu com a cabeça. — Espero que dê tudo certo, Jackie.

Por que ele simplesmente não lhe dava um tapinha solidário nas costas, garantindo que, na hora certa, ela encontraria um homem tão triste, solitário e desesperado quanto ela?

— Obrigada, Dan — disse ela, com certa rigidez na voz.

— Porque você merece, sabe? — disse ele, veemente.

— Não está na sua hora? Você não pode deixar os pais de Yvonne esperando, não é?

Ao ouvir isso, ele pareceu preocupado, conferiu as horas no relógio e disse: — Meu Deus, de jeito nenhum — antes de partir apressado.

Capítulo Vinte e Três

Há meses Velma Murphy se via no centro de um conflito de interesses. Por um lado, seus serviços profissionais haviam sido contratados por Jackie Ball para acabar com a raça de Henry Hart. Por outro lado, estava transando loucamente com o advogado dele todo fim de semana. Apesar de ter revirado todo o site de Direito Americano, não encontrara nenhuma cláusula exclusiva ou circunstância atenuante. Nem mesmo a sua consciência, quando ela a consultava, lhe dava algum alívio.

Precisava encarar os fatos: dormir com a oposição era errado e ponto final.

Tom também estava a par da situação. — Posso ser demitido por isso — murmurara ele nas dobrinhas do pescoço dela há apenas duas noites, seus joelhos ossudos afundados sobre os dela. Velma, obviamente, não corria o risco de ser demitida, e o fato de ele estar arriscando tudo fazia com que se sentisse amada e plena.

Ele a chamava de Peaches. Dizia que ela era como uma fruta madura, com a pele mais macia que ele tocara na vida. Que tinha cheiro de mel e que o som de sua voz arrepiava os pelos de sua nuca.

— Não sou idiota, sabe? — reclamara ela, no início. O exagero dos elogios dele, naturalmente, a deixara desconfiada.

Mas a ideia de que ele poderia a estar passando para trás parecia absurda para Tom. E depois, sua voz sussurrada e doce rendia uma seriedade aos seus elogios que Velma não podia ignorar.

No início, concordara em deixá-lo visitá-la de duas em duas semanas. Experiências desastrosas não eram novidade para ela — tanto as suas quanto as de seus clientes — e acreditava que romances que começam bem demais para ser verdade raramente duravam. Mas logo ele já estava indo vê-la toda semana. Hospedava-se no Holiday Inn e eles passeavam pelo canal, saíam para jantar em um restaurante onde Velma comia o triplo dele e falavam sobre Direito. Ele se mostrara muito instruído, sincero e normal, ainda que deixasse a desejar no quesito autoestima. Aos poucos, sentiu sua resistência afrouxando. Foi um alívio.

Uma noite, ela o convidara para ir até a sua casa e deixara que ele tirasse as suas roupas. Se fosse um tarado por gordinhas, ela saberia de imediato. Mas não notou nada estranho. Ele apenas a tomara em seus braços compridos e desengonçados e, desde então, ela nunca mais se arrependera.

O único empecilho no caminho deles era Jackie Ball. A cliente de Velma. Que, naquele momento, estava sentada diante dela em seu escritório.

Velma sorriu, culpada. — Durante algumas semanas, cheguei a pensar que você estava amarelando. — A desgraçada os atrasara quase cinco semanas além do necessário.

— Eu? Não. Só andei muito ocupada com a loja nova.

Aquilo não passava de uma desculpa — e Velma sabia disso. Passara metade da noite acordada, angustiada com aquela etapa final, e tinha olheiras profundas para provar. Mas manteve a farsa. — E como andam as coisas?

— Ótimas. Na verdade, melhor do que imaginávamos. Começamos devagar, mas agora quase não estamos conseguindo dar conta!

— Que bom — disse Velma, distraída. Estava com o documento prontinho, esperando. Junto com o total dos seus honorários. Não gostava de colocar um ponto final até terem acertado as contas. Segundo sua experiência, os desiludidos no amor ficavam extremamente gratos por qualquer ajuda que ela pudesse dar para livrá-los de seus parceiros, mas essa gratidão tendia a diminuir bem depressa após a conclusão do trabalho e a emissão da cobrança. Costumavam reclamar e, às vezes, sequer pagavam o que deviam.

— Então! — disse para Jackie. Não via a hora de se livrar dela. A ideia de poder ficar abertamente com Tom a deixava extasiada. — Aqui estamos. O último passo. O pedido para a sentença final. — Então, caso Jackie pudesse se desanimar com termos jurídicos deprimentes, ela adotou um tom de voz brando e animado, como o dos funcionários do Burger King. — Como já expliquei, o decreto expedido há dois meses é apenas uma licença temporária, por assim dizer. Para que as partes possam fazer um *test drive*, dando continuidade à metáfora! Descobrir se querem mesmo se divorciar. — Droga, não queria que Jackie pensasse que tinha alguma escolha. — O que, obviamente, eles querem. Não faz sentido ter todo esse trabalho para mudar de ideia na última hora, não é? Agora, para que um divórcio produza efeitos legais, você, a autora, deve solicitar a sentença definitiva ao tribunal. Só então, você e Henry Hart estarão divorciados.

— Está bem — respondeu Jackie, muito calma.

Velma ficou ainda mais relaxada. Seria mais fácil do que imaginara. Provavelmente Jackie estivesse até mesmo contente por poder se livrar de uma vez por todas de Henry Hart. Que, no fundo, no fundo, era um sujeito legal, segundo Tom. Mas aquilo era parte das conversas íntimas que tinham e ela, obviamente, não podia deixar transparecer que sabia mais do que devia. Ah, como era tenso! Ficava o tempo todo com medo de revelar alguma coisa. Não via a hora de dar adeus àquele caso. Só então, ela e Tom poderiam transar sem culpa.

Tom insistira para que ela contasse tudo a Jackie. Para que confessasse, avisando que não mais poderia representá-la e que ela deveria procurar outro advogado.

Para ele, era fácil! Naquela firma chique em Londres! Velma ficara um pouco sem graça ao descobrir como o patrão dele era ilustre e, consequentemente, relutara para revelar suas parcas circunstâncias profissionais. A verdade nua e crua é que precisava do dinheiro de Jackie.

— Onde devo assinar? — perguntou Jackie, ainda calma. Velma a admirava.

— Aqui. Mas leia primeiro. Preciso ter certeza de que você está ciente de tudo escrito aí. — Do valor dos honorários, inclusive.

— Parece tudo ok — disse Jackie, sem hesitação ou pausa dramática.

Velma estava se sentindo cada vez melhor. Tom chegaria num voo noturno. Poderia ir encontrá-lo no desembarque, audaciosa, em vez de espera no cantinho escuro do terceiro andar ou no estacionamento.

— Ótimo — confidenciou ela, em tom acolhedor, enquanto procurava a conta —, porque às vezes as pessoas perdem o controle. Começam a ficar sentimentais, lembrando de todas as qualidades dos seus ex, suas peculiaridades mais fofinhas. Já não importa se eles quebraram a porta da varanda num acesso de raiva ou se recusaram a encarar um dia de trabalho honesto na vida. Já vi muita gente sentada aí chorando, dizendo que, de repente, não conseguiam parar de pensar em como o ex era engraçado, em como as faziam gargalhar... — Ela sacudiu a cabeça, em sinal de reprovação. — O meu lema é: uma vez babaca, sempre babaca. O melhor a fazer é concluir o divórcio e extirpá-los de sua vida.

— Ele não é um babaca — contradisse Jackie, educada. — Henry.
Velma percebeu que tinha ido longe demais. — Claro que não —
acudiu ela, depressa. — Estava apenas dando um exemplo, só isso. — Rapidamente, ela apresentou sua conta. — Os impostos já estão incluídos.

Jackie sequer examinou. Não que isso incomodasse Velma; era um
valor justo, em sua opinião, e ela não se dera ao trabalho de habilmente inflacionar suas despesas, como sugeriu o curso de Direito Americano *online*.

Jackie simplesmente sacou o talão de cheques. Velma sentiu que
devia dizer alguma coisa, à guisa de encerramento. Alguma coisa animadora. — Bem, nos vemos no casamento, então!

Aquilo não provocou a reação que ela esperava.

— Dan e eu não estamos mais juntos.

— Ai, Meu Deus, eu sinto muito! Não tive intenção de... — Então,
percebeu que não estava nem um pouco surpresa. Dan e Jackie eram
um exemplo típico de falta de química. Tinha previsto dois anos para
eles, no máximo, até Jackie Ball estar de volta ao seu escritório, doida
para se livrar do Marido Número Dois.

— Tudo bem. Eu já devia ter te contado. — Sorriu para Velma. —
Não tenho tido muita sorte com os homens ultimamente, como você
pode ver.

Velma se viu dizendo: — Você é a cliente mais legal que eu já tive.
De verdade. E merece alguém à sua altura. Tenho certeza de que ele está
aí, em algum lugar, neste exato momento, esperando por você.

Era raríssimo para Velma mostrar-se tão efusiva — estar apaixonada
a deixara de miolo mole —, mas Jackie retribuiu com uma expressão
cética, apanhando o documento para assinar.

— Acabou? — perguntou ela.

— Acabou.

Sentiu-se estranha ao sair do escritório de Velma, caminhando pela rua.
Um pouco deslocada. Estava realmente deslocada, de Henry para ser

exata, e tudo parecia meio esquisito, muito embora não o visse há mais de dois anos. A única coisa que os mantinha unidos era a lei, mas agora que se desvinculara em definitivo tinha a impressão de que uma rajada mais forte de vento seria capaz de arremessá-la no ar.

Estava na dúvida se devia ou não sair para encher a cara ou algo do tipo. Não era o que as pessoas costumavam fazer? Sentar em um bar para afogar as lembranças. Mas ainda eram três da tarde e, se começasse a beber àquela hora, estaria embriagada antes das cinco. Ainda assim, tinha plena consciência de que algo marcante acabara de acontecer com ela. Era a última semana de novembro e tinha acabado de se divorciar. Não sabia se ria ou chorava.

Desse modo, ficou parada na calçada, do lado de fora do escritório de Velma, perdida e sozinha, com o vento sacudindo seu cabelo.

— Meu Deus — disse Dave, às gargalhas. — Isso aqui é seu?

Ele ergueu uma camisa de náilon com uma estampa do Bay City Rollers.

Henry a puxou da mão dele. — Isso já tem muito tempo, está bem? Olha, por que você não vai até a estante, começa a empacotar os livros e deixa as roupas comigo?

Dave já havia segurado o riso diante da coleção de coletes com motivos natalinos de Henry e da roupa de mergulho e do *snorkel* que ele comprara durante um breve flerte com esportes aquáticos.

—Você tem coisas demais — reclamou Dave. — Nunca joga nada fora, não?

A resposta era óbvia, a julgar pelas pilhas de sacos de lixo e caixas já empilhadas no corredor do primeiro andar. O caminhão de mudança estava marcado para as dez — horário indecente, principalmente para ele que não costumava estar acordado naquela hora, muito menos arrumando malas. Tivera que apelar para Dave e Dawn, para quem ligara bem cedo pedindo socorro.

Dawn estava no andar de baixo, encarregando-se da cozinha, e pela expressão em seu rosto dava para perceber que já notara que há muito aquela cozinha não via uma boa faxina. Mas ela não reclamou de nada: apenas perguntou algumas vezes a Henry se ele estava bem. Como se mudar de casa fosse algo muito significativo! Tudo bem que ele morara naquele lugar por dez anos, mas seria igualmente feliz em seu novo apartamento do outro lado da cidade — branco, moderno e despido de personalidade. E Shirley ia aproveitar sua estadia no canil até que ele decidisse a melhor maneira de acomodá-la; seria uma espécie de férias, ele procurava convencer a si mesmo.

— Pornô! — exclamou Dave, encantado diante da estante. Mais um pouco e Henry iria colocá-lo para fora. Ele parecia um abutre, deleitando-se com as ruínas alheias. Pensando bem, aquilo dava um poema.

— É arte erótica — disse ele, apanhando o livro da mão de Dave e o colocando em uma caixa.

— Não tem ninguém te julgando aqui — disse Dave, solidário. — Você deve ter precisado, depois da fuga de Jackie.

— Você não resiste à tentação de mencionar o nome dela, né? — Como se não tivesse pensado nela a manhã inteira. Cada gaveta que abria, lá estava ela. Por que não tivera o bom-senso de separar e lhe enviar os pertences antes, quando ela o deixou? Havia pelo menos cinco caixas no andar de baixo lotadas com coisas de Jackie. Que diabos faria com elas agora? Levaria na mudança, para o apartamento onde pretendia começar uma vida nova? Mas também não queria descartá-las, embora algumas roupas merecessem a lata do lixo. Sem contar com o brinco, filho único, que encontrara debaixo da cama: dois dados em miniatura suspensos por uma corrente dourada. Jogá-lo em uma fogueira seria fazer um bem para a humanidade.

— Leva as coisas de Jackie, vai — implorou a Dave.

— O quê? Eu, não.

— Não custa nada. Você tem espaço de sobra na garagem.

— Não sei onde.

— No sótão, então.

— Não! Dawn vai me matar. Vai dizer que eu não devia ter me metido.

— Não conte a ela.

—Vai que ela sobe lá e descobre caixas cheias de roupa de mulher? Me bota pra fora de casa.

— Ela vai saber que eram de Jackie. A maioria é para lá de inesquecível.

— Interessa o que você vai fazer com elas? — arriscou Dave. — Quer dizer, ela passou bem sem isso durante dois anos. Nem deve querer mais. — Ele não precisou completar "porque já está em outra, abriu uma segunda loja e vai se casar de novo assim que sair o divórcio, amigão". Não era preciso, pensou Henry. E se ele continuasse se preocupando com as roupas de Jackie, Dave iria achar que ele não tinha superado. E ele tinha. Sim, senhor. Em poucas horas, estaria abrigado em seu novo cafofo, que, convenientemente, ficava no andar superior, de modo que poderia referir-se a ele para seus amigos como um sótão artístico.

A mera ideia de ficar lá era tão solitária que, em questão de dias, estaria ligando para o CVV.

—Tudo bem? — perguntou Dave.

— Será que dá para parar de me perguntar se estou bem? Tenho um livro entre os cinco mais vendidos de não ficção, ora. — Era uma coisa um pouco arrogante para se dizer, mas disfarçava bem seus sentimentos. E não deixava de ser verdade. Adrienne não cabia em si de felicidade. "Terceiro lugar essa semana, queridinho, primeiro lugar semana que vem!" Como ela previa essas coisas, ninguém sabia. Henry anotou mentalmente: não dar o endereço novo para ela.

— O jornal quer você de volta — disse Dave.

— Posso imaginar. — Adrienne já havia cantado aquela pedra. Agora que ele estava por cima, viriam correndo atrás dele. Então, foi com tremenda satisfação que respondeu: — Bem, pode dizer que não estou nem aí. Agora, sou poeta em tempo integral.

— Isso vai acabar mal — disse ele, emendando: — Ih! Rimou! Vai ver tenho jeito para poesia também.

— Concentre-se na mudança.

— Você podia fazer uns freelas para o jornal. Posso conversar com eles.

— Não tenho tempo para freelas — desdenhou Henry. Até mesmo porque a empresa de cartões comemorativos estava montando sua coleção de cartões para o Dia dos Namorados e Henry estava até o pescoço com trovinhas de amor. E ele não recebia adicional por declarações melosas. Estava pensando seriamente em mudar de empresa. Ora, era o bom o bastante para tentar até mesmo a Hallmark!

E seu livro de poesias também estava indo de vento em popa. Bem, após algumas discussões inflamadas com o editor sobre o tom. O sujeito queria tudo engraçado e leve. No fim, Henry teve que fazer várias concessões em seus poemas mais sombrios. O editor contemporizou um pouco, afirmando que ele poderia ser umas das vozes mais originais da poesia recente — desde que controlasse um pouco sua tendência a ser por demais autoindulgente. Henry sabia que aquilo não passava de bajulação, mas, mesmo assim, saltitou pela cozinha de meias gritando "Sou original! Sou original!".

— *O Guia Completo para Auto-Hipnose* — leu Dave, examinando outro livro.

— É de Jackie.

— Ah, tá. Imaginei. Devo empacotar ou...?

— Joga no lixo — disse Henry, sem hesitar. Nem que ainda estivesse apaixonado por Jackie — o que, é claro, não estava —, jamais guardaria um livro daqueles.

Dave jogou no lixo. — Acho que terminei.

Henry também havia terminado de empacotar suas roupas.

— Parece meio vazio, né? — comentou Dave.

— *Está* vazio.

— Sabe como dizem que as casas têm memória? Que dá para sentir no ar o que aconteceu dentro delas? Eu me pergunto se as pessoas que vão se mudar para cá hoje vão sentir o que se passou aqui.

— Ninguém foi assassinado aqui, Dave. Eu e Jackie apenas nos separamos, nada mais. Meu Deus! Se ninguém se mudasse para casas onde um casal se separou, Londres ficaria cheia de casas vazias! O país inteiro!

— Está bem, calma, calma.

Dawn apareceu. Ela disse para Dave, num tom severo. — Já está você aí se metendo de novo, né? — Estava se portando de maneira bastante protetora com Henry naquele dia. E ele estava adorando, como Dave pôde conferir só de olhar para ele.

— Não! Eu só estava falando que...

— O caminhão de mudança chegou — interrompeu ela. — Vá lá embaixo para ajudar.

Dave desceu, humilhado. Dawn virou-se para Henry.

Ele disse: — Antes que você pergunte, estou bem.

Ela sorriu. — Eu só ia dizer que, ao contrário de Dave, sempre achei que você e Jackie compartilharam bons momentos aqui.

— Obrigado. — Era ridículo, mas ficou comovido. Talvez a mudança de casa o estivesse deixando mais emotivo do que imaginara.

— E outra coisa — prosseguiu ela —, acho que você talvez tenha que descartar a geladeira. O mofo não sai de jeito nenhum. E você é um *chef* qualificado!

— Foi mal — disse ele, humilde.

— Vou dar um jeito — prometeu ela.

Henry observou ela se afastando. Atenciosa *e* prática! O idiota do Dave não sabia a sorte que tinha.

Podia-se dizer o mesmo sobre ele. Henry também tivera uma mulher maravilhosa debaixo do seu nariz aquele tempo todo, mas estava muito ocupado tentando "se encontrar" para perceber. E agora que ele havia se encontrado de verdade, ela estava com outro cara.

Não esperava que ela fosse querê-lo novamente. Um poeta sem um tostão, cujo círculo glamouroso de amigos o abandonara num estalar de dedos? Um sujeito que não tinha mais casa nem carro e que teria que preparar uma boa e velha lentilha quando o dinheiro estivesse curto?

Ainda tinha uma bela aparência, consolava-se. Por mais um ou dois anos. Se não exagerasse na bebida.

— Henry! — gritou Dave do andar de baixo. — O pessoal da mudança quer saber se o consolo da lareira é solto ou se está quebrado.

— Estou indo — gritou ele de volta.

Deu uma última olhada no quarto. Os melhores momentos do casamento haviam sido ali, bem no meio da cama de casal. Perguntava-se se Dave estaria certo; se as casas tinham memória, ou fantasmas, ou seja lá o que for. Se fosse verdade, aquele quarto teria a risada de Jackie (quase todas as brigas foram no andar de baixo).

Ficou imóvel, escutando. Os pelos da sua nuca se eriçaram: ouviu um som longínquo e tilintante no recinto. Agudo e estridente, como a voz de Jackie.

Então percebeu que o barulho estava vindo da sua calça. Era o celular, com o maldito toque do qual não conseguia se livrar.

— Alô?

— Henry? Tom. — O sujeito ainda falava tão baixo que era preciso prender a respiração para escutá-lo. — Não quis ligar para o fixo porque não sabia se você já tinha se mudado.

— Não. Ainda estou aqui. — Era melhor manter um tom alegre na voz, caso Tom também quisesse saber se ele estava bem. Aquilo seria a gota d'água e perigava dele despencar no chão aos prantos, ou algo igualmente constrangedor.

— Não vou tomar o seu tempo, você deve estar empacotando suas coisas. — Estava bastante direto ao telefone ultimamente, como se alguém tivesse lhe dito para ser mais assertivo, que ele não era tão pateta assim, afinal. Uma namorada, será? Não, pensou Henry. Era muito improvável.

— O que houve? — perguntou ele.

— Só queria te contar que acabei de receber um telefonema da advogada de Jackie. Aquela tal de Velma, hum, como é mesmo o nome dela, está na ponta da língua...

Ultimamente, ele vivia esquecendo o nome dela, Henry havia notado. Sempre se esforçava para parecer desmemoriado.

— Murphy — disse Henry.

— Ah! Isso mesmo. Então, ao que parece, a petição para a sentença definitiva foi assinada hoje de manhã.

Henry sentiu o estômago revirar. Não entendia o motivo; sabia que aquilo iria acontecer. Mas, com o passar das semanas, tinha conseguido enterrar o assunto no fundo de sua mente e chegara mesmo a acreditar que jamais aconteceria. Ele e Jackie permaneceriam parcialmente divorciados, o que ele achava bastante confortável, na verdade. Era como ter uma rede de segurança.

Tom prosseguiu: — Já não era sem tempo, eu disse para a senhorita, hum, Murphy. Podiam ter dado entrada há semanas! De qualquer maneira, o tribunal deve levar alguns dias para julgar a petição após de recebê-la. Depois, você estará livre.

Tão rápido assim? Pensara que a maldita engrenagem burocrática girasse um pouco mais devagar do que isso.

— Oh — disse ele. Então, emendou num tom animado: — Ótimo. Excelente. Obrigado, Tom.

— Imaginei mesmo que você fosse ficar satisfeito.

Como ele pode ter achado isso?, pensou Henry, irracional. Até parecia que ele estava enchendo o saco do cara todo dia, ligando toda hora para cobrar o divórcio! Ou desfilando com um sorriso de expectativa no rosto. Ora, não o via há quatro meses e, de repente, se tornara um especialista nos sentimentos de Henry?

Tom arriscou: — Você está be...

— Se você me perguntar se estou bem, vou desligar na sua cara, ouviu?

Após uma pausa surpresa, ele disse: — Ouvi.

Henry tentou se controlar. Não fazia sentido descontar em Tom. Principalmente porque ele, em breve, mandaria sua conta e Henry sequer tinha dinheiro para pagá-la. Droga, por que o Dia dos Namorados não era comemorado duas vezes ao ano? — Então, é isso? Não temos que fazer mais nada?

— Não. Acho que me despeço também. Obrigado por ser meu primeiro cliente.

— Sem problemas. — Esperava que não fosse ficar sentimental com Tom também.

— E tem certeza de que não quer mesmo entrar com uma ação civil contra o ex dela? Ainda está em tempo. E eu realmente preciso de um pouco de prática forense.

— Tenho — respondeu Henry, com firmeza. E então, perguntou: — Ex?

— Sim. Dan Lewis.

— Sei quem é. Só não sabia que não estavam mais noivos.

Ficou esperando Tom confirmar que havia cometido um erro; que fora apenas um ato falho em meio a toda aquela conversa sobre divórcio. Mas ele não disse nada. — Eu fiquei sabendo hoje de manhã. Enfim, vamos encaminhar a cobrança dos honorários até o fim do mês.

— Não vejo a hora.

Ficou parado, imóvel, após desligar o telefone. Seu cérebro parecia ter se desligado e se depois alguém lhe perguntasse o que passara pela sua cabeça naquele momento, a resposta sincera seria: cachorro-quente. Mas, na certa, algo bastante profundo estava acontecendo em um nível subconsciente, pois sua primeira atitude foi pegar o casaco e procurar freneticamente por sua carteira.

Dave apareceu na porta, com um martelo nas mãos. — Não estou conseguindo remover o consolo da lareira da parede.

— Escuta, vou ter que te deixar no comando aqui, está bem? — perguntou Henry, olhando-se no espelho. Deixara a barba crescer um pouco novamente, por pura preguiça. Mas não havia tempo para se barbear. Uma rápida fungada nas axilas confirmou que a situação naquela área também estava periclitante.

— Como assim? — perguntou Dave, alarmado.

— Passe o endereço novo para o pessoal da mudança, junto com as chaves. Daí em diante, é com eles.

— Você vai *sair*?

— Vou. Ah, você tem algum dinheiro aí?

— Uns duzentos, mas vou precisar para...

— Valeu, duzentos está ótimo.

— Henry! Que diabos está acontecendo?

Emocionado, Henry o abraçou com força. — Você é o máximo, já te falei isso, Dave? — perguntou ele, com a cabeça enterrada no peito do amigo. Então, soltou-o bruscamente e saiu correndo.

Capítulo Vinte e Quatro

Naquela manhã, Emma havia passado sua blusa marrom mais sisuda e a combinara com calças da mesma cor e sapatos sem salto, prudentes, igualmente marrons. Não havia um fio fora do lugar em sua cabeleira recém-lavada e impiedosamente escovada. Nenhuma joia ou echarpe aliviava sua severidade — sequer um sorriso. Protegido por aquela armadura marrom, seu coração pulsava a calmas 62 batidas por minuto. Até mesmo Morticia Adams ficaria assustada com ela.

A porta da loja tilintou às onze horas em ponto. Ela ergueu sua delicada cabeça marrom do balcão.

Lá estava Lech. Usava um terno vistoso, uma gravata, e trazia no rosto uma expressão tão sóbria quanto a dela.

—Você está atrasado — Emma disse.

— Não estou, não. Você marcou às onze. — Emma reparou que ele conferira as horas em um Rolex.

— Marquei cinco para as onze. Minha pausa para o café é às onze.

Fez uma pausa, para que o sentido por trás da frase ficasse claro. Teve sucesso. Ele ficou ainda mais desconfiado e na defensiva.

— Então eu só tenho cinco minutos?

— Quatro, agora.

—Você não existe mesmo. Me liga meia-noite e me manda aparecer aqui na loja...

— Eu pedi para você vir aqui na loja. Você não era obrigado.

— Para depois me falar que só tenho cinco minutos? — Ele a encarou, cínico. — Bem, sinto muito em desapontá-la, mas, como você sabe, eu demoro bem mais do que isso.

Emma sentiu o rubor queimando seu rosto, mas permaneceu impassível.

— Então, onde vai ser? No balcão? No quarto dos fundos? Ou vamos para a sua casa? — perguntou ele.

— Lech, eu te chamei aqui hoje para conversar.

— Conversar? Essa é nova.

Ela ignorou o comentário. — Como uma amiga que se importa com você.

— E desde quando você é minha amiga? — explodiu ele. — Amigos mantêm contato! Eles se ligam, se apoiam, ajudam um ao outro. Você, Emma, não fez nada disso. A única coisa que você fez foi acabar comigo!

O coração dela acelerou em uma batida. Mas não podia se deixar levar pelos problemas do seu ex-amante. Não quando havia outros assuntos mais sérios em pauta.

— Então a culpa é minha, Lech — disse ela, baixinho. — E peço desculpas. Talvez se eu tivesse sido mais sua amiga, você não teria se metido nessa confusão.

Ele pareceu confuso. — Como assim?

— Ora, olhe só para você!

— O que há de errado comigo? — Conferiu a braguilha da calça, só para se certificar.

— Este carro estacionado aí fora, o terno, os óculos escuros... O que aconteceu com você, Lech?

Ele retesou os ombros, na defensiva. — Arrumei um emprego novo, só isso.

— Que tipo de emprego?

— Um bom emprego.

Esperou que ele continuasse a falar, mas Lech se calou. — Fazendo entregas?

— Sim.

— Que tipo de entregas você faz para manter um carro desses?

— Não tenho obrigação nenhuma de te contar. — Era óbvio para Emma que ele estava fugindo do assunto.

— Pare com isso, Lech. Eu sei muito bem com o que você se meteu! — O coração pulsava freneticamente, mas ela não notava. — Assim que Jackie me contou, eu entendi. Ninguém pode passar de entregador de pizza e flores a dono de limusine em apenas quatro meses. A não ser que tenha se metido com algum negócio escuso. Você virou traficante de drogas, né, pode falar!

— Traficante de drogas? — A expressão no rosto dele era de absoluta incredulidade, mas ela imaginou que ele deve ter se especializado em fazer cara de inocente de tanto mentir para a Divisão de Narcóticos.

— Confessa — disse ela.

— Não tenho nada para confessar — respondeu ele, num tom derrotado.

— Então é isso? — perguntou ela. — Essa é sua defesa?

Ele parecia um pouco acuado dentro do seu terno caro. E ela sentiu que qualquer ilusão que pudesse ter nutrido a seu respeito — não havia muitas, é bem verdade — desvanecera.

— Não é nenhum magnata, não é mesmo? — disse ela, amarga. — O que você faz, afinal? O trajeto de Dublin até Varsóvia? Levando... — Precisava pensar depressa no nome de uma droga. — Cocaína! — Eca.

— Não.

— Heroína, então. — Esperava não ser obrigada a listar muitas, porque depois de maconha não conhecia mais nenhuma. Como ele não respondeu, ela disse: — Para alguém que gosta de falar, você está bem calado hoje, Lech.

Ele olhou para ela e disse: — Estou tentando decidir o que é melhor. Deixar você pensar que sou traficante de drogas ou contar o que eu realmente faço.

Então ele não era traficante de drogas. Que alívio! Mas ela manteve sua postura sisuda e disse: — A verdade.

— Veja bem, eu estava tentando te impressionar — disse ele. — Deixando Jackie pensar que eu era um executivo. Achando que você ia ver que eu não era mais um entregador e, quem sabe, me dar uma chance. Porque sempre ficou muito claro que não sou bom o bastante para você. Você quer um homem com conteúdo. Um homem de posses, que tenha classe, que seja refinado. Então, pensei que assim poderia me tornar o que você queria que eu fosse. — Ele a olhou direto nos olhos. — O carro não é meu. É de outra pessoa. Eu dirijo para ele.

Emma ficou paralisada. — Você é chofer?

— Isso mesmo. Como você pode ver, continuo sendo entregador, Emma. Dirijo para um cara que é dono de 22 filiais da Pound Universe, levo ele de loja em loja. Muito chique, não é? Mas, pelo menos agora, tenho um carro melhor. — Ele ergueu o pulso. — E meu Rolex é falso. É de uma das lojas dele. Você deve estar adorando tudo isso. Vai dizer para Jackie: "é a cara de Lech"!

— Lech...

— Não. — Ele ergueu a mão. — E agora que já me expliquei, Emma, agora que me humilhei na sua frente pela última vez, estou indo embora. Seja feliz na sua vida. Você nunca mais vai me ver novamente. — Fechou o botão do paletó num gesto teatral e acenou para ela com a cabeça. Depois, virou de costas e andou em direção à porta.

Ao vê-lo partir, Emma ficou atormentada. Travou uma batalha contra sua razão. Enterrou as unhas no balcão e retorceu os dedos do pé, em plena angústia.

Então, no momento em que ele alcançou a porta, ela não pôde mais se conter: — Fiquei com medo de você levar um tiro!

Lech estacou.

— Ou ser esfaqueado. Ou ter as partes do corpo removidas e ainda ser obrigado a engolir os pedaços. Eu leio os jornais, sabe? Sei o que acontece com os traficantes quando as coisas dão errado!

Ele se virou. A expressão em seu rosto era de máxima surpresa.

Emma imediatamente arrependeu-se por ter aberto a boca. Tinha feito papel de boba.

— De qualquer forma, não importa mais. Você não é traficante de drogas. Ótimo! Passar bem.

— Você se importa comigo — disse ele.

— Não muito.

— Ficou preocupada comigo.

— Está bem, fiquei! Precisa fazer todo esse estardalhaço?

— Minha querida Emma.

— Sabia que você ia ficar assim. Todo piegas e romântico...

Mas ele já a estava envolvendo em um abraço consentido e encostando a cabeça dela na lapela do seu terno Armani novo, que ela logo percebeu ser falsificado também. Ele ainda tinha cheiro de loção pósbarba barata, o que era bom. Quando Jackie lhe contara que ele estava rico e importante, Emma temeu que ele fosse perder suas arestas. Pessoas bem-sucedidas sempre perdem. Teve medo de que ele se tornasse circunspecto e hábil, não cometesse mais aquelas terríveis gafes e que as mulheres começassem a cair aos seus pés. Mulheres bem mais atraentes e empolgantes do que ela, o que faria com que ele a esquecesse em questão de semanas. Ainda bem que ele continuava o mesmo!

— É só sexo, você sabe, né? — disse ela, com a voz abafada em seu peito, num tom contrariado.

— Não é, não — respondeu ele, satisfeito.

— Não vamos nos casar ou algo assim.

— Por enquanto, não — disse ele. — Você ainda nem conhece a minha família.

— O quê?

— Vamos para a Polônia, o quanto antes — declarou ele. Olhou para ela. — É bom que você saiba de uma vez que eles esperavam que eu fosse me casar com uma boa moça polonesa. Então, não fique chateada se acharem que você não serve para mim. A gente acaba convencendo eles.

— Meu Deus! — Tinha certeza de que ele a estava enrolando, só para reatar o relacionamento. Mas ele parecia sério até demais.

— Podemos fechar a loja por cinco minutos? — perguntou ele.

— Por dez — respondeu ela.

Henry conseguiu lugar num voo para Dublin, partindo do aeroporto de Heathrow, por um preço exorbitante. O assento também não poderia ser pior: bem na asa do avião e entre um sujeito que fedia a alho e uma mulher que não parava de se benzer, como se o avião fosse despencar a qualquer momento. Como se ele próprio já não estivesse nervoso o suficiente.

— Catálogo de bordo, senhor? — ofereceu a aeromoça.

— Só se coragem estiver à venda! — respondeu ele, espirituoso. A intenção era fazer uma piadinha intrigante para amenizar o clima, mas a aeromoça fechou a cara e ele podia imaginar o que se passava pela cabeça dela: "Ai, meu Deus, mais um maluco". — Não, obrigado

— respondeu, como mandava o figurino. Teria se enterrado, morto de vergonha, atrás de um jornal, mas depois de pagar a passagem não tinha dinheiro nem para um jornal. As terríveis palavras do balcão de vendas não saíam da sua cabeça: — Ida e volta ou só ida?

— Como é?

— O senhor quer uma passagem de ida e volta, ou só de ida?

— Bem, é um pouco complicado, na verdade estou meio que... — O quê? Esperando que sua mulher — ex-mulher agora, repetia para si mesmo — pudesse encarar uma visita surpresa exatamente da forma como ele gostaria e exclamasse: "Fique para sempre, meu amor!", enroscando suas pernas brancas no corpo dele.

— Ida e volta, por favor.

— E para quando seria a passagem de volta, senhor?

— Provavelmente, hoje mesmo — reconheceu ele.

Mais cedo, a adrenalina o conduzira por toda a cidade, no metrô até o aeroporto. Lá dentro, saiu correndo aos pulos pelo chão encerado, o coração pulsando frenético de esperança. A realidade só começou a se impor no balcão de passagens, com o enigma da ida e volta ou só ida. Depois, a revista constrangedora na área de segurança, tudo por ser um homem sozinho barbado e todas aquelas perguntas visando sondar o motivo de sua viagem e por que não tinha nenhuma bagagem.

— Estou indo a trabalho — mentiu ele.

— Aonde?

Ia responder IBM ou Banco Central, mas lembrou-se de que estava usando sandálias. Assim como os seguranças.

— Está bem. Vocês me pegaram. A verdade é que ainda sou apaixonado pela minha ex-mulher e vou lá ver se ela me aceita de volta.

Os dois seguranças parrudos trocaram um olhar e imediatamente fizeram um sinal para Henry prosseguir, murmurando: — Pode passar, cara. Boa sorte.

Depois, a espera torturante na área de embarque, quando a loucura da ideia o atingiu de vez. Que tipo de insanidade o possuíra para largar sua mudança e ir atrás de uma mulher que, alegremente, se divorciara dele naquela mesma manhã? Bem, talvez não 'alegremente', mas sem dúvida, com intento. E satisfação? Na verdade, por que não 'alegremente'? Podia ter se divertido horrores ao longo do divórcio.

Quando seu voo foi anunciado, já estava certo de que Jackie devia estar — naquele exato momento — dando uma festa louca para comemorar o fim do casamento, com dezenas de mulheres bêbadas e raivosas atirando fogo em uma imagem dele e gritando: "Abaixo os homens!"

E lá estava ele, preso em um avião cruzando o céu, rumo a uma mulher que, provavelmente, não o suportava.

Iria visitar um museu, ou algo assim, decidiu ele. Fazer hora até o momento de voltar para o aeroporto. Ou então, ficar por lá mesmo. Na certa encontraria algo para comer em um dos quiosques e alguém sempre descartava um jornal aqui ou ali quando em trânsito. Depois diria a Dave e a Dawn que não se lembrava de nada, que devia ter sofrido uma amnésia causada pelo trauma da mudança. Ninguém, além dele próprio, precisaria saber da sua estupidez.

E sempre teria a poesia, disse para si mesmo. Poderia passar todos os longos e solitários anos à sua frente compondo odes para Jackie, que seriam depois publicadas em uma coletânea chamada "Odes para Tammy" ou algo parecido, para não deixá-la desconfiada. E na modesta noite de autógrafos, ele bancaria o poeta solitário e trágico e todos se perguntariam quem afinal era Tammy.

A voz do comandante ressoou como um estalo na cabine:

— Apertem os cintos, por favor.

Maravilha. O avião ia cair. Isso é que era absoluta falta de sorte. No fim das contas, Jackie sequer precisava ter se dado ao trabalho de se divorciar; a equipe de resgate passaria as próximas três semanas pescando seus restos mortais.

Mas não. O comandante informou que estavam se preparando para a aterrissagem e queria apenas desejar uma boa estada aos passageiros.

Duvido muito, pensou Henry, calculando se tinha dinheiro para um café no aeroporto. Podia fazê-lo render durante as próximas sete horas.

Encontrou 87 centavos e o brinco de dados de Jackie, que encontrara debaixo da cama. Guardara no bolso, em vez de jogá-lo no lixo.

Girou-o entre os dedos. Uma afronta ao bom gosto, sem dúvida, mas notou que o pequeno dado tinha números idênticos voltados para ele: dois seis.

Jackie diria que era um sinal. Henry sabia que era apenas a posição em que haviam ficado dentro do bolso de sua calça. Mas se tinha ido tão longe movido apenas por fantasia e pensamento positivo, o que havia de errado em deixar que um acessório de moda o conduzisse pelo resto do caminho?

Estava passando a reprise de um drama de hospital na televisão. Era um bem trágico, perfeito para o astral de Jackie naquela tarde.

— *Sinto muito, mas não creio que ela vá resistir.*

— *Mas, Dr. Raymondo, o senhor não disse que removeu todas as balas?*

— *Sim, mas não havia muito a ser feito pelo ferimento na cabeça.*

— *Ela tem que resistir! Temos sete filhos.*

Neste momento, outro médico entrou em cena.

— *Dr. Raymondo! Ela está tendo uma parada cardíaca!*

Eu sei exatamente como ela se sente, pensou Jackie, chorando baixinho com um lenço no nariz. Tirando as balas, o ferimento na cabeça e os sete filhos, é claro.

Eram 14h10 e ela estava sentada, com as cortinas fechadas, equilibrando um pote imenso de sorvete no colo. Por sorte, estava usando sua calça de moletom com elástico frouxo, de modo que não seria difícil arrumar espaço para a barra gigante de chocolate que estava guardando para mais tarde.

Ligara para Emma e avisara que não tinha condições de voltar ao trabalho depois do encontro com Velma. Mas Emma devia estar atarefada com as coroas, porque a ligação de Jackie foi atendida pela secretária eletrônica e ela teve que deixar um recado. Talvez ela tivesse ido até a loja nova; Daphne, a nova florista, ainda não pegara o jeito da coisa.

Jackie assoou o nariz com vontade e tomou outra colherada de sorvete. Não imaginara que iria ficar tão mal. Ora, deveria estar caindo na farra, em vez de ficar num quarto escuro vendo o Dr. Raymondo fazendo massagem cardíaca numa pobre coitada, numa maca manchada de sangue, e gritando "Coloque-a no saco!" para uma enfermeira.

— Ela resistiu? — perguntou Michelle, alguns minutos depois.

— Não — respondeu Jackie, soluçando. — Desculpe.

— É uma reação natural — consolou Michelle, delicada. — Você vai se identificar com outras pessoas sofridas, marginalizadas e fracassadas por algum tempo após o divórcio.

— Valeu.

— E se ninguém mais quiser casar com você de novo e você terminar sozinha e sem filhos, eu divido as gêmeas com você. Você pode ser uma espécie de mãe de aluguel para elas.

Jackie havia parado de chorar e estava prostrada. Parecia que a casa inteira fora tomada pelas gêmeas. Havia tubos de pomada para assaduras em todos os aquecedores e um fedor longínquo de fraldas sujas em todas as lixeiras da casa. E durante a noite, então! Uma gêmea acordava e se esgoelava, de propósito, até acordar a outra. Então, depois de estarem devidamente amamentadas, tendo arrotado e sido aconchegadas de volta ao berço — o que levava, no mínimo, uma hora —, faziam cocô e era preciso trocar a fralda. Logo em seguida, uma delas decidia que estava com fome novamente e o ciclo inteiro recomeçava.

— Me dá um pedaço desse chocolate — pediu Michelle.

— Não.

— Ah, deixa disso. As gêmeas estão mamando o equivalente a umas trezentas calorias por dia. Estou um caco. Você viu como estão os meus peitos?

— Você não os exibe a cada duas horas?

— Parecem duas pedras socadas dentro de uma meia. Jamais serei atraente para um cara de novo.

— Pensei que você não quisesse mais namorar ninguém.

— Não quero mesmo. Já você...

— Eu também não quero — disse Jackie, sem muita convicção.

Acabara de se divorciar do único de quem realmente gostara. Paciência. Ia acabar superando, mesmo que levasse alguns anos. Ou algumas décadas. E poderia sempre contar com a poesia dele para lhe aquecer de noite. Não era assim tão ruim.

O sr. Ball apareceu na sala. Estava usando um dos aventais da sra. Ball e tinha um pano de prato pendurado no ombro. Se colocasse um arco na cabeça, a transformação seria completa.

Estava até mesmo dando um tempo no golfe; alcançara uma boa pontuação recentemente e sentia que havia atingido seu ápice. Mas todo mundo sabia que, na verdade, queria mesmo era poder voltar para casa e ficar com as gêmeas. Eamon, nos Estados Unidos, comentara ironicamente que o sr. Ball nunca se mostrara tão interessado em seus outros netos. Mas o sr. Ball não se deixou abater. Em vez disso, exibia, orgulhoso, os fios grisalhos em suas têmporas, resultado — puro e simples — da sua preocupação. E começara a ler *O Guia Completo das Mais Pavorosas Doenças Infantis*. E pensar que a sra. Ball guardara tudo aquilo em segredo durante os últimos quarenta anos! Que mulher egoísta, pensava ele. A Espanha era boa demais para ela.

— Sabrina não sossega — disse ele, alarmado, para Michelle. — Acho que está tentando puxar o cabelo de Jill.

— Pai, ela só tem cinco semanas de vida. Ainda nem sabe que tem mãos.

— Nunca é cedo demais para disciplina — aconselhou ele, seguindo-a para fora do quarto.

A sra. Ball estava na Espanha, inspecionando o Lugar para Definhar e Morrer. Ligara na véspera para dizer que nunca se sentira tão relaxada na vida. E a vila de descanso era linda, planejava se mudar no mês seguinte, assim que instalassem a unidade de atendimento ao ataque cardíaco — uma insistência da seguradora, ao examinar a faixa etária dos moradores. Depois, adormecera no meio da ligação.

Todos tinham um objetivo na vida, exceto Jackie. Todos sabiam onde deveriam estar e com quem. Sua família estava seguindo em frente ou criando raízes, mas, pelo menos, tinha um propósito.

Ela também encontraria o seu, é claro. Porque, no fim das contas, as pessoas sobrevivem. Segunda-feira, decidiu ela. Encontraria um objetivo na segunda. Enquanto isso, tinha direito a um dia de sofrimento, *junk food* e vinho barato, antes de reunir energias novamente.

A lembrança do vinho barato a deixou com sede e ela resolveu começar a beber logo, embora ainda fossem três da tarde.

A campainha tocou. Vá embora, pensou ela. Devia ser alguma criança da vizinhança tentando depená-la, fingindo pedir contribuições para a caminhada beneficente. Michelle tinha razão em exigir documentos de identidade, mesmo dos menorezinhos.

Tocou mais uma vez. Será que não sabiam que estava na fossa, com o coração partido?

— Michelle! Campainha! — gritou ela. — Pai!

Mas as gêmeas deviam estar saindo no tapa, pois ninguém apareceu. No fim, Jackie se levantou fazendo esforço, resmungando e xingando baixinho, erguendo sua imensa bunda. Ia apanhar a garrafa de vinho no caminho.

Com a garrafa na mão, dirigiu-se à porta da sala. Escancarando-a, perguntou mal-humorada: — O que é?

Lá estava Henry. Na porta da casa da sra. Ball. Era como se tivesse sido transportado magicamente de algum lugar.

Seu coração bateu acelerado no peito. Fechou os olhos por um instante, com receio de tudo não passar de uma alucinação, causada pela overdose de açúcar. Mas, ao abri-los novamente, ele continuava parado no mesmo lugar.

— Henry? — disse ela.

— Jackie? — Parecia surpreso em vê-la naquela casa. Na verdade, mal parecia reconhecê-la. E ela rapidamente se lembrou do seu péssimo corte de cabelo, dos olhos inchados (graças ao Dr. Raymondo), de suas calças largonas e da garrafa de vinho que trazia na mão.

— Sou eu — respondeu ela, na defensiva.

— Eu sei, eu sei, só não esperava encontrá-la aqui — explicou ele. —Vim perguntar à sua mãe onde é que você estava morando.

— Bem, estou... — Então, sem querer admitir que estava temporariamente de volta à casa dos pais, como uma divorciada fracassada, ela respondeu, ríspida: — Estou de visita. — Pelo menos aquilo explicava o vinho. Mas não o fato de estar com apenas um copo na mão.

E, de qualquer maneira, ele também não estava grande coisa, observou ela, satisfeita. Usava uma barba falhada, estava com aparência de desmazelo e calçava o que pareciam ser sandálias. Mas a voz continuava a mesma, bem como os olhos azuis, que a encaravam profundamente. Fazendo com que ela ruborizasse. E acelerando ainda mais o seu coração...

— Então! — disse ela, um pouco ofegante.

— Então — disse ele, com a voz rouca.

Ele enfiou a mão no bolso da calça e começou a apalpá-lo. Será que ia apanhar o celular, ou algo assim? Não. A operação demorou tanto que estava começando a ficar mais e mais inconveniente.

— Desculpe — disse ele, mergulhando a mão ainda mais fundo e fazendo uma careta. Francamente.

—Você quer dar um pulinho no banheiro? — perguntou ela, friamente. O drama da situação estava evanescendo e seu coração desacelerou. Ficou feliz por isso. Porque aquele era o seu maior defeito: a ânsia de querer transformar todos os momentos em perfeitos, quando a vida simplesmente não funcionava assim.

— Não, não — disse ele.

Finalmente, a mão surgiu das profundezas do bolso. Ele segurava algo entre os dedos. — Isso aqui é seu.

Ela apertou os olhos para enxergar melhor. — O que é isso?

— Um brinco.

E não é que era mesmo? Com dois dados pendurados numa corrente.

—Você... veio devolver meu brinco?

—Vim.

—Você veio de Londres só para me devolver um *brinco*? — Não era nem um dos bons, de ouro, dos quais ela dera por falta, mas uma bijuteria que ultrapassava até mesmo seus próprios limites de bom gosto.

— Sim — respondeu ele. E, em seguida, confessou: — Bem, na verdade, não. Estou usando isso como pretexto.

— Ah!

— Eu devia ter pensado em algo melhor, mas não tive tempo.

—Tudo bem — ela se viu dizendo. Por dentro, estava cantarolando. Não tinha aparecido só para devolver um mísero brinco. Tinha vindo para... bem, ainda não sabia. Mas tinha outro *motivo*.

— Não quer entrar? — perguntou ela, sentindo a temperatura aumentar consideravelmente.

Ele hesitou. — A sua família está toda em casa?

— Não. Bem, minha mãe está na Espanha.

— Neste caso, aceito...

Um choro alto ecoou pela sala. Sabrina. Outro lamento juntou-se ao primeiro. Jill. Parecia que estavam sendo torturadas.

— Não são seus, são? — perguntou ele.

— Não — respondeu ela, educadamente. — São da Michelle.

—Ah! — Ele parecia aliviado, mas ela não pôde ter certeza.— Não sabia que ela havia se casado.

— Não casou.

—Ah! — repetiu ele.

Foi então que atinou: talvez ele ainda não soubesse. Aquilo poderia mudar as coisas. Mudar o motivo da sua visita, o qual, até o momento, ele guardava a sete chaves. Era melhor falar de uma vez.

— Henry, eu me divorciei de você hoje pela manhã.

— Eu sei.

—Você sabe?

— Foi por isso que eu vim.

—Você poderia ser um pouquinho mais específico? Estou começando a sentir frio, parada aqui.

— Sim, desculpa, é claro. — Ele desviou o olhar, desconfortável. Estaria um pouco atormentado? Definitivamente. Era só reparar como sua mandíbula se contraía! Suas narinas também se dilatavam. Estava tão angustiado que chegou até mesmo a morder o lábio inferior, de maneira bem sexy. Dava para derreter até uma pedra!

Mas não a Jackie. Não naquele dia. Não depois de tudo.

—Tive um trabalhão para me divorciar de você, Henry — disse ela. — E você contestando cada passo. Você infernizou a minha vida e, nos intervalos, ainda encontrou tempo para me dedicar poemas cifrados no jornal. E agora que eu finalmente consegui, finalmente me divorciei de você, você surge na minha porta e nem sequer me diz o porquê?

—Você tem razão — concordou ele, suspirando.

Os bebês pararam de chorar. O cortador de grama do vizinho parou. Até mesmo o tráfego na estrada parecia ter diminuído, à espera.

Henry, na certa, deve ter sentido a pressão se acumulando, porque pôs-se a dizer: — Bem, eu... — Fez uma pausa, pigarreou. — Eu só queria... — Então, explodiu: — Ah, droga, eu te amo, Jackie! — Rapidamente, voltou atrás. — Desculpa. Desculpa, eu devia ter feito uma declaração decente, sobretudo por ser um escritor e tudo mais, agora poeta também. Tenho que te explicar tudo isso, não é tão romântico quanto parece, especialmente a parte financeira, e é dificílimo de ser publicado. Mas você deve estar ainda pensando: aí está ele, falando sobre si mesmo, um idiota autocentrado, então vou parar por aqui. E organizar minhas ideias.

Assim ele fez. E recomeçou, mais devagar: —Você deve estar se perguntando por que estou te falando isso agora. Ainda mais depois de

413

tudo. Mas quando fiquei sabendo hoje de manhã que você tinha terminado com aquela besta quadrada, digo, com Dan, pensei: bem, por que não? Por que não contar que ainda amo você? O pior que você pode fazer é cuspir na minha cara e me mandar embora. — Ele ficou quieto por um instante, caso ela quisesse fazer aquilo mesmo. Mas, como ela não disse nada, ele continuou: — E eu queria pedir desculpas. Pelo casamento. Pelo divórcio. — Ele levou a mão ao queixo. — E pela barba, obviamente.

— Oh, Henry.

— Pronto, falei tudo que queria falar. — Ele deu uma risadinha nervosa. — Devo ter feito papel de bobo, mas agora já era. Já falei o que queria falar. E agora tudo que eu te peço é um trocado para o ônibus, para voltar até o aeroporto, se você não se importar — pediu ele, humilde.

— Não — disse ela.

—Você me odeia tanto assim? — Ele parecia chocado.

— Não te odeio nem um pouquinho. — E novamente pintou um clima no ar.

— Desta vez, você poderia ser um pouquinho mais específica? — arriscou ele.

— Fica — disse ela. — Um pouco, pelo menos.

E ela o envolveu em seus braços, com a garrafa de vinho e tudo na mão.

Capítulo Vinte e Cinco

Acabaram indo beber o vinho na estreita cama de solteiro de Jackie, no andar de cima. - Meu Deus - disse Henry. - Esse deve ser o pior vinho que você já comprou até hoje. E olha que foram vários.

—Viu só? Não tem nem cinco minutos que reatamos e você já está bancando o crítico gastronômico novamente. Embora tenha me dito que deixou isso para trás.

— E deixei! Agora sou poeta.

— Prove — disse ela.

— O quê?

— Quero que você componha um poema para mim agora.

— Não consigo me apresentar sob pressão. — No fim das contas, fora o que ele acabara de fazer. Duas vezes. E fora ótimo.

— Nem sobre mergulhar na piscina dos meus olhos ou algo assim?

— Estava muito decepcionada. Qual era a graça de estar com um poeta se ele não conseguia cortejá-la em estrofes rimadas enquanto faziam amor?

— Sabia que você ia achar tudo isso incrivelmente romântico — reclamou ele. — Mas, na verdade, não é.

— Ah, é sim, é maravilhoso! Muito melhor do que crítico gastronômico.

— Sério? Você está falando sério?

— Claro que estou.

— Pensei que fosse ficar muito decepcionada por eu ter mudado de carreira.

— Por quê? — perguntou Jackie, incrédula. Será que ele achava que ela sentia falta daquelas coisas?

— Bem, a vida de um poeta não é como deveria ser. — E ele coçou a barba, fazendo uma cara pensativa. Aquela barba ia ser a primeira coisa a mudar, decidiu Jackie. Ainda não conseguira examiná-la de perto, com medo de flagrar algo se mexendo. O resto, estava bom. Muito gostoso, para falar a verdade. Sentia uma vontade constante de se esfregar nele, como um cachorro. O que a fez se lembrar: precisava perguntar sobre Shirley, assim que terminassem de falar sobre poesia.

— E como deveria ser? — perguntou ela. — Você trancado durante horas no sótão? — Não sabia se ia ter estômago para mais resmungos angustiados no sótão. Mas se a vida de poeta tivesse a ver com bebericar vinho branco em um jardim ensolarado enquanto ele lia trechos de seu mais novo poema em um tom de voz espirituoso, então definitivamente ela estava dentro.

Ele a advertiu: — Tive que abrir mão de muita coisa, Jackie. Um ótimo trabalho, para começar. Meus amigos superficiais. Bem, na verdade foram eles que abriram mão de mim. E todos os benefícios, as estreias, as festas.

— Eu detestava tudo isso mesmo — disse ela, com suprema displicência.

— E a casa, o dinheiro, o carro.

Está bem, aquilo era um pouco mais fatídico. — Você perdeu o carro?

— Mas estou com uma bicicleta agora. É ótima, vermelha. Tem até uma buzina.

Jackie olhou para ele, especulando se estaria com algum parafuso solto. Mas parecia bastante são. Calmo e até mesmo feliz. Não lembrava em nada o antigo e temperamental Henry, que podia arrancar a sua cabeça só por ter olhado na direção dele.

— Você está falando sério, sobre tudo isso? — perguntou ela.

— Estou. Minha vida é bem simples agora, Jackie. Nada de festas ou eventos sociais. Nada de idas a shoppings gigantes. — E, olhando para ela de modo significativo, completou: — De vez em quando, vou ao pub tomar uma cervejinha domingo à noite, mas é só.

Obviamente, julgara necessário deixar bem claro que sua vida agora não era nada glamourosa. Jackie ficou um pouco ofendida. Será que ele achava que ela vivia só para fazer compras e ir a festas? Será que a considerava tão superficial assim? Só embarcara naquele estilo de vida porque fazia parte da carreira dele!

Estava tão zangada que teve vontade de se afastar dele na cama, mas a droga era tão estreita que teria caído no chão. E então ele veria como a sua bunda engordara desde que se separaram. Melhor ficar parada onde estava mesmo.

Ele notou que ela estava chateada. — Eu disse que essa vida de poeta não era glamourosa nem romântica.

— Ótimo! — exclamou ela, decidida. — Porque vivi a parte glamourosa e romântica com você e, francamente, ela não foi satisfatória!

— Sério? — Ele parecia bastante ofendido agora, para a satisfação de Jackie.

— Nem de longe! Preferia mil vezes um marido que me desse atenção, que se fizesse presente, do que uma semicelebridade que me levava a festas de vez em quando.

Henry estava bufando de raiva. — Não me lembro de te ouvir reclamando na época!

— Lógico, você nunca me ouvia — respondeu ela, rápida no gatilho. — Estava muito ocupado, escondendo coisas de mim, Henry. Indo para o sótão e me deixando de fora.

Ele se ergueu em um dos cotovelos, para olhar melhor para ela. — Jackie, tínhamos acabado de nos casar. Como é que eu podia virar para você e confessar que eu não passava de uma fraude?

— E como eu podia adivinhar o que estava te atormentando se você não me contava? Pensei que o problema fosse *comigo*! Que você estava arrependido de ter se casado comigo.

— Sinto muito, Jackie.

— Não quero mais segredos entre nós.

— Está bem. De qualquer maneira, não existem mais. Era só o lance da poesia. Não faço cerâmica escondido também.

— Estou falando sério, Henry.

— Eu sei. Também não quero mais segredos. Vamos ser completamente honestos um com o outro. Sobre tudo! Bem, até certo ponto. Não quero saber com detalhes o que você faz no banheiro, por exemplo.

Já haviam conversado bastante sobre ele, na opinião de Jackie, e ela estava guardando suas novidades para o final, ansiosa por anunciá-las. — Também andei mudando algumas coisas na minha vida, sabe? Na verdade, acabei de abrir minha segunda loja!

— Eu sei — disse ele.

Aquilo foi um balde de água fria, em certa medida. Por sorte, tinha outro trunfo. — E em um dos jornais daqui, a Flower Power foi descrita como expoente em coroas funerárias no norte de Dublin!

— Uau — comentou Henry.

— Não debocha — disse ela.

— Ei, Jackie, deixa disso.

— Não ria de mim. — Ela o cutucou no peito com força. Henry ficou surpreso. — Batalhei muito por isso, Henry. Teria acontecido antes, mas eu me mandei para Londres atrás de você. E meus esforços foram recompensados. Então, acho bom você começar a respeitar minhas flores, ok?

— Ok — respondeu ele, obediente.

Ela não havia terminado ainda. — E me mandar alguns buquês de vez em quando, é claro. Não vá pensando que você vai poder se enterrar no trabalho e me dedicar um poema uma vez na vida, outra na morte e que isso vai me contentar. Isso não me basta mais.

— Desde que você não espere que eu passe o tempo todo taciturno pelos cantos — reclamou ele. — Me dá enxaqueca.

Então ela se lembrou de uma coisa. — Acabo de me tocar! A gente pode se casar de novo!

— Estou falando com as paredes — comentou Henry, em voz alta.

Ela ficou constrangida. Talvez aquilo fosse um pouco pretensioso. — Quer dizer, se você, se nós, se a gente quiser.

Ele fez uma longa pausa, provavelmente só para irritá-la, antes de dizer: — Nada me faria mais feliz.

— Oh, Henry!

— Exceto não termos nos divorciado, para começo de conversa, é claro.

— Bem, não podemos fazer nada a respeito. — Já estava com a cabeça lotada de preparativos para o seu terceiro casamento.

— Quando você assinou os papéis? — perguntou ele, de repente. — Foi hoje de manhã, não foi?

— Foi.

— E que horas são agora?

— Não sei. Umas seis... Henry, aonde é que você vai?

Ele se levantou da cama num pulo e começou a se vestir.

— Me diz mais ou menos onde fica o escritório da Velma.

— O quê? Você enlouqueceu? E, de qualquer maneira, ela já deve ter colocado no correio, a caminho de casa.

— Por isso mesmo — disse ele.

— Henry, por favor, me diga o que está se passando na sua cabeça.

— Confia em mim — disse ele. —Volto daqui a uma hora.

— Espero que ele não esteja te enrolando de novo, Jackie — disse a sra. Ball, agitada. Tinha voltado da Espanha e estava um pouco bronzeada após dezoito horas seguidas na pérgula da piscina. Usava um vestido estiloso de verão e parecia incrivelmente relaxada. O taxista que a trouxera do aeroporto lhe lançara um olhar tão incisivo que o sr. Ball teve que dar um passo à frente, agressivo, ainda usando seu avental.

— Enrolando como? — perguntou Jackie, toda alegre. Nada podia tirá-la do sério. Sentia-se flutuando, rente ao teto, suspensa no ar de tanta felicidade. Ela e Henry estavam novamente juntos. Era só isso que importava.

A sra. Ball olhou para o sr. Ball, pedindo ajuda. Ele pigarreou rapidamente e disse: — A sua mãe tem razão. Pegar um avião até aqui num gesto dramático e correr para escangalhar a cama lá em cima com você é uma coisa, mas agora quero saber: o que vocês estão planejando?

Voltar para a cama, pensou Jackie, assim que ele voltar do seu compromisso, seja ele qual for. E ficar lá durante todo o fim de semana, falando sacanagens. Talvez devessem ir para um hotel, onde poderiam matar as saudades longe das vistas de sua família.

Lá estavam eles, todos a observando, à espera. Até mesmo as gêmeas.

— Não sei exatamente quais serão os nossos planos — respondeu Jackie, com firmeza. — Termos reatado não é o bastante? Pensei que vocês fossem vibrar!

— E vibramos — garantiu a sra. Ball. E, sem poder se conter, acrescentou: — Mas, naturalmente, estamos preocupados.

— Por que, mãe?

— Há um mês, você queria fazer picadinho dele.

— Mas agora as coisas mudaram — respondeu Jackie, com ares de superioridade. — Tudo não passou de um mal-entendido.

— *Tudo* o quê? A esta altura do campeonato, não sei do que você está falando.

Jackie começou a ficar na defensiva. — Para começar, ele não frequenta mais a alta roda de Londres. Vamos ter uma vida normal, como duas pessoas comuns. — Parecia tão agradável que ela queria subir depressa e fazer as malas.

— Onde? — perguntou a sra. Ball.

— Ainda vamos decidir — disse Jackie. — Não tivemos tempo de conversar tudo isso. Mas não somos mais as mesmas pessoas que éramos há dois anos. Agora, sou uma empresária. E ele, um poeta.

O sr. Ball, que passara a se preocupar com as coisas recentemente, ponderou a situação. — Não estou gostando nada disso. Que quer dizer esse negócio de poeta?

— Quer dizer que ele escreve poesia, pai.

— Não vai durar — retrucou o sr. Ball, convicto. — Sem querer ofender, mas sempre comentamos que ele tem um ego gigantesco. Como é que vai viver sem aquele empregão?

— Boa, Larry — murmurou a sra. Ball, em tom de aprovação.

— Ele já está vivendo — respondeu Jackie, impaciente. — Há quatro meses. Ou vocês acham que ele largou tudo para se dedicar à poesia, andar de bicicleta vermelha e ficar sem um centavo sequer por um simples capricho?

Houve um breve silêncio na sala.

— Ele está sem um centavo? — perguntou o sr. Ball.

— E tem uma *bicicleta* vermelha? — perguntou Michelle.

Jackie tentou disfarçar sua frustração. — O que importa é que ele está bem decidido. E eu estou adorando! Pouco me importa se não temos dinheiro!

— Ela também não vai aguentar muito tempo — comentou o sr. Ball para a sra. Ball. — Nada mata o amor mais depressa do que a falta de recursos para comprar sapatos. — Estava começando a falar igual à sra. Ball.

— Posso comprar meus sapatos! — retorquiu Jackie. Por que estavam todos tão céticos? Tão duros com Henry? — Vocês não gostavam de como ele era dois anos atrás — disse ela, erguendo a voz. — Agora que ele mudou totalmente, também não estão satisfeitos!

— Para falar a verdade, ele está me parecendo bem legal agora — disse Michelle. — E sempre tive uma queda por homens com barba. Bem, por qualquer tipo de homem.

— Obrigada! — agradeceu Jackie, disposta a aceitar o comentário da irmã como um elogio.

— E se as coisas mudaram tanto mesmo, desejo boa sorte a vocês — concluiu ela.

Mas Jackie detectou uma pontinha de dúvida na voz de Michelle. Como se não conseguisse de fato acreditar na transformação de Henry.

Ora, era bastante radical: de crítico gastronômico quase celebridade a poeta duro e desconhecido. Mas ele se declarara feliz. E insistira que não gostaria de voltar à sua vida antiga. Por que não podiam simplesmente acreditar na palavra dele?

Pareciam não acreditar na dela também; acreditar que ela, finalmente, havia descido das nuvens e que estava lidando com a situação de maneira lúcida, em vez de sua típica precipitação entusiasta.

A sra. Ball bocejou. Todo aquele estresse estava começando a cobrar o seu preço. — Desde que você tenha certeza de que está fazendo a coisa certa. Jackie.

— A sua confiança em mim é impressionante — disse Jackie.

— E para onde ele foi, afinal? — perguntou o sr. Ball.

— Não sei — Jackie foi obrigada a admitir.

—Você não *sabe*?

— Não. Ele foi... fazer alguma coisa.

— Não é um bom começo — disse o sr. Ball, num muxoxo. — Vocês reataram há poucas horas e ele já está te ludibriando. Você não disse que ele prometeu que não ia mais guardar segredos?

A sra. Ball, ao lado do marido, acenava vigorosamente com a cabeça, concordando.

Era mais fácil atirarem logo um balde de água fria em cima dela de uma vez!

—Vai ver que nem vai voltar — prosseguiu o sr. Ball. — Agora que já conseguiu o que queria.

Aquilo foi a gota d'água. — Não acredito que você disse isso.

A sra. Ball deu um passo à frente para socorrê-lo; a preocupação os unira de um jeito que mais de quarenta anos de casamento não conseguiram unir. — Telefone! Telefone! Tem um telefone tocando aqui em algum lugar! — gritou ela.

Tinha mesmo. Mas não era o telefone da casa. Todos buscaram seus celulares e, finalmente, a sra. Ball apontou para o teto.

— Está vindo do seu quarto, Jackie.

Por fim, conseguiu localizá-lo sob o lençol cor-de-rosa de náilon da sua cama. Era o celular de Henry. Ele o esquecera, na pressa de ir sabe-se lá para onde.

Atendeu, sem pensar. Bem, estavam juntos novamente. E, de qualquer maneira, poderia ser ele mesmo, dizendo que tinha se perdido ou sido atingido por um ônibus — algo assim. Meu Deus, por favor, não, implorou ela: tinham acabado de se reencontrar.

— Alô? — disse ela, engolindo em seco.

Do outro lado da linha, uma voz feminina perguntou: — Henry, é você?

— Não — respondeu Jackie. Como alguém podia confundir sua voz estridente com a de Henry? — Ele não está no momento.

— Hum. — A mulher pareceu ter perdido o interesse de imediato.
— Diga a ele que eu liguei. Quem fala é Adrienne, a agente dele.

— Sou eu, Jackie — retrucou ela, recusando-se a ser tratada como uma secretária. — A mulher dele. — A partícula "ex" não fazia mais sentido. Só serviria para diluir sua autoridade.

Mas Adrienne não se deu por vencida. — Pensei que vocês já estivessem divorciados há séculos.

— E eu pensei que você não trabalhasse mais para ele — revidou Jackie.

Pelo menos foi o que Henry lhe dissera, há menos de uma hora, naquela mesma cama. Mas para alguém que havia sido dispensada há vários meses, Adrienne estava bem por dentro da vida pessoal dele.

Adrienne percebeu que não ganharia nada irritando a mulher, ou ex-mulher, e disse, simpática: — Tenho ótimas notícias para ele. Maravilhosas! — Então, incapaz de se conter e sem se importar com a cláusula de confidencialidade do cliente, ela revelou: — Diga a ele que o lance da televisão foi aceito.

— Que lance da televisão?

— Vai ver ele só queria te contar depois de recebermos o sinal verde. Mas estou há semanas correndo atrás e eles finalmente aceitaram! Provisoriamente, fechamos oito programas de meia hora e deve se chamar *O Prato Cheio de Henry Hart*.

— O quê?

— Eu sei, eu sei, é meio comprido. Eu preferia algo como *Henry Bites*, mais malvado, mas Nigella ia ter um chilique. Por outro lado, acho que tem um quê de tabloide. E, vamos combinar, Henry realmente tem um apelo popular. E é tão fotogênico! Sempre achei que ele estava sendo desperdiçado no jornal. Agora, vamos tê-lo arrasando os restaurantes nas nossas telinhas!

— Parece muito interessante. — Para falar a verdade, parecia estarrecedor. — Mas acho que ele não está mais nessa. — Não suportava ter que bancar a mulher que tenta proteger seu maridinho do sucesso.

— Não me diga que ele ainda está naquela fase poeta? — Adrienne suspirou. — Pensei que estivesse passando. E ele se divertiu tanto na noite de autógrafos do livro. Está em segundo lugar esta semana, conte a ele, foi isso que convenceu o pessoal da emissora no fim das contas. — Ela ficou em silêncio. — Não me lembro de você na noite de autógrafos.

— É porque eu não estava lá — respondeu Jackie, sem delongas.

— Enfim, peça para ele me ligar. É meio urgente. Vamos ter que reprogramar a agenda dele, o que não vai ser muito difícil, já que as gravações começam mês que vem. Eles querem começar ao norte e ir descendo pelas Midlands, até chegar em Londres, onde ele vai detonar com alguns dos restaurantes mais famosos da Grã-Bretanha. — Ela terminou, sem ar. — Você deve estar muito orgulhosa.

Jackie ficou confusa. — De você?

— Não, não, de Henry. Sejamos honestas, ele fez péssimas escolhas profissionais nos últimos tempos. Mas acho que está começando a se tocar. Ai, ele vai ficar louco com a novidade!

— Eu realmente não acho que...

— Minha campainha, tenho que ir. Você deve voltar com ele, não é mesmo? Nos vemos em breve, então! — exclamou ela, antes de desligar.

Henry saltitou com suas sandálias, murmurando baixinho uma música. Levou um instante para descobrir qual era, até que lhe ocorreu: *Love is All Around*, do Wet Wet Wet. Sempre a considerara, sem dúvida, a música mais odiosa já composta e gravada, daquele tipo que só servia para aumentar as vendas de chocolates e champanhe barato. Somente agora compreendia sua beleza e significado: agora que tinha reatado com Jackie.

O amor *estava* mesmo por toda parte, pensou ele, dramático. Ele é que andara deprimido demais para se dar conta. Ocupado demais com o próprio umbigo para acreditar que tudo aquilo poderia ter um final feliz!

Henry nunca acreditara muito em finais felizes. Nem quando era criança; se bem que fora uma criança peculiarmente infeliz, sempre se arrastando pelos cantos com seu longo cabelo comprido caindo nos olhos, convencido de que o mundo era um lugar ameaçador. Para ele, tudo era concessão fracassada; por exemplo, ou você se casava com alguém sem ter certeza de estar apaixonado ou ficava solteiro, o que significava passar o resto da vida com alguém de quem definitivamente você não gostava. A felicidade surgia em mínimas doses, que precisavam ser aproveitadas depressa, já que nunca duravam muito.

E olhe só para ele agora! Realizado em todos os sentidos: seus versos melosos em milhares de cartões e uma tarde bebendo vinho barato com a mulher dos seus sonhos. A vida era boa, pensou ele, sonhador.

No bolso do seu jeans havia um envelope endereçado ao Tribunal com a caligrafia horrenda de Velma Murphy. Tivera que rasgá-lo para se certificar de que era o certo. Naturalmente, fizera isso na esquina, quando recuperara o fôlego depois de tê-lo roubado do carteiro e saído correndo como um louco. Tudo estava correndo como o planejado, assim como da última vez, exceto pelo fato de o carteiro ter partido no seu encalço, o que Henry não esperava. Henry tivera a astúcia de tirar a carta do casaco, que fora arrancado pelo carteiro, e saíra correndo só de camisa pela rua, para a surpresa de um amontoado de pessoas que esperavam o ônibus.

Estava congelando. E era o seu melhor casaco. Perguntava-se se podia escrever para o serviço de achados e perdidos do correio, pedindo-o de volta.

Mesmo assim, o mais importante era que, legalmente, Jackie e ele ainda eram marido e mulher. Quando voltasse para a casa da sra. Ball, fariam uma pequena cerimônia rasgando a carta e a jogando no fogo, ou algo assim, antes de fazerem sexo selvagem.

Não via a hora de contar a Dave e Dawn. Ficariam felizes por ele — assim que o perdoassem por tê-los deixado na mão, é claro. Gostaria de saber a quantas ia sua mudança. Não que realmente se importasse.

Não poderia mais morar naquele apartamento novo e estéril, no fim das contas. Ele e Jackie iriam construir um lar de verdade, Shirley ficaria contente por finalmente poder morar com alguém de quem gostasse e todos seriam felizes para sempre.

Estava se aproximando da casa e tateou em busca do envelope mais uma vez, só para ter certeza de que não o tinha perdido. Estava ansioso para ver a cara dela quando ele lhe mostrasse. E lá estava Jackie! Parada na porta, o cabelo formando um amontoado de volume e *frizz*. Devia ter sua parcela de culpa naquilo, pensou constrangido.

Mais uma vez pensou em como tivera sorte das coisas terem se resolvido daquela maneira; de terem se reencontrado depois de todo aquele tempo. Só acontecia nos romances e, às vezes, nos poemas dele.

Ele abriu um sorriso e acenou para ela. Ela não sorriu de volta. Foi então que viu que estava de braços cruzados, pronta para uma briga. E então a sra. Ball (ela não estava na Espanha?) apareceu logo atrás. Tinha uma expressão igualmente agressiva, embora parecesse dez anos mais jovem do que da última vez em que a vira. Podia ver Michelle pairando atrás delas, segurando um punhado de bebês — pelo menos dois — e ela lhe lançou um olhar de advertência.

Mas Henry teve mesmo certeza de que estava em apuros quando o sr. Ball apareceu na porta também. Era preciso algo sério para fazer com que o sr. Ball entrasse em ação. E ele estava com uma furadeira enorme na mão, apontada na direção de Henry. Por sorte, ouviu Jackie pedir: Abaixa isso, pai.

— Eu, não — teimou ele, decidido.

Henry estacou a uma distância segura e perguntou: — O que houve? O que está acontecendo?

— Ora, ora, se não é Gordon Ramsay em pessoa! — disse o sr. Ball.

Henry jurava ter ouvido a sra. Ball prendendo o riso.

— Gordon Ramsay é um *chef*, pai — disse Jackie, irritada. — Não um crítico gastronômico.

427

— Mas tem um programa de tevê, não tem? — retrucou o sr. Ball.

— No qual se vale de um linguajar bem chulo. — E disse para Henry, em tom acusador: — O que imagino que você vá fazer também. Vai ser palavrão atrás de palavrão e sua audiência, com certeza, vai aumentar cada vez mais! Eu sabia que essa história de poesia não passava de um truque. Para convencer Jackie de que estava mudado.

— Pai, deixa isso comigo, por favor? — pediu Jackie.

— Mudou coisa nenhuma! Estava atrás do seu próprio *reality show*!

Naquele momento, a sra. Ball abraçou o sr. Ball, aconchegando-se. Ele parecia até mesmo estar mais alto.

Henry viu-se em ampla desvantagem. Estava mais do que acostumado com a antipatia da família Ball, mas costumava saber por que o odiavam. — Jackie, do que ele está falando?

— Adrienne ligou — disse ela. Fria. Acusadora. O que ele deveria fazer?

— E daí?

— E daí? — repetiu Jackie, irritada.

— Eu só gostaria que vocês pensassem no dinheiro antes de tomar alguma decisão precipitada — interveio Michelle.

— Será que alguém pode me dizer o que está acontecendo? — perguntou Henry.

No fim, ela sugeriu que fossem conversar no carro. Era a única maneira de terem alguma privacidade. Para garantir, ela trancou todas as portas, caso seus pais decidissem entrar também.

Ele continuava admiravelmente calmo, ao passo que ela, é claro, estava toda nervosa e afogueada. Nada havia mudado entre eles!

Com todos os detalhes, ela contou a Henry sobre Adrienne e o programa de televisão que ele, ao que parecia, iria estrelar.

— Hum — disse ele.

Como se já estivesse sabendo! Depois de tudo que conversaram. — Você não parece nem um pouco surpreso.

— Não estou — confessou ele. — Ela está cismada com isso há algum tempo. Só não consigo acreditar que tenha conseguido. — Ele balançou a cabeça, levemente surpreso.

Jackie ficou ainda mais tensa. — Eu não vou com você, Henry.

— Como assim?

—Tomei minha decisão, está bem? Nada do que você disser vai me fazer mudar de ideia. Porque seria um desastre. Eu estaria fazendo a mesmíssima coisa de dois anos atrás, só que agora ainda tenho mais a perder! Sabe quanto estou devendo ao banco? — perguntou ela.

— Muito? — conjecturou ele.

— Mais do que muito! Mas, quer saber, estou contente, Henry. Satisfeita por estar com dívidas até o pescoço. Porque cada centavo que pago a eles de volta é sinal do meu sucesso! — Sentia que estava perdendo Henry. Tentou se recompor e limpou um pedacinho de chocolate da roupa — tivera que terminar a barra inteira depois da ligação de Adrienne. — E não vou largar minhas duas lojas para ir atrás de você de Manchester a Sheffield até...

— Birmingham?

— Exatamente!

—Você bem que ia gostar do *curry* de lá. O melhor do mundo.

— Bem, isso é... — Ela gostava de um bom *curry*. — Está vendo? Você já está tentando me convencer. Achando que vou largar tudo por um bom *curry* e uma boa trepada, para ser bem direta!

— É verdade — concordou Henry.

— Não dessa vez, Henry. Não vou ficar à sua disposição novamente. Isso ficou para trás. E você nem ia querer que eu ficasse, para começar. Ia me chamar de carente, falar que exijo demais e, quando víssemos, estaríamos nos separando de novo.

— Tem razão — disse ele.

— Hein?

—Você descreveu a situação muito bem. — Não esperava que ele fosse concordar tão sinceramente com ela. Tinha se preparado para uma discussão. Para ser franca, depois da tarde que tiveram, com direito a sexo e promessas, era o mínimo que ele podia fazer. Em vez de ficar ali sentado, como se tivessem terminado, mais uma vez, e ele não se importasse nem um pouco!

Ela esticou o braço e ligou o motor.

— O que você está fazendo?

—Vou te levar até o aeroporto. — E acrescentou, mecanicamente: — Coloque o cinto.

— Jackie, não quero ir para o aeroporto.

— Que chato, né — disse ela, em tom rude, para disfarçar sua tristeza. Não podia acreditar que as coisas tivessem tomado aquele rumo. Da próxima vez que me divorciar, decidiu ela, irritada, vou fazer tudo direitinho.

— Espera — disse ele. — Quero te entregar uma coisa.

Mas ela não desligou o motor. Deixou ligado e esperou, impaciente, enquanto ele mergulhava mais uma vez a mão no bolso. E onde fora parar seu casaco?

— Peguei para você. Para nós dois, na verdade.

Era um envelope rasgado. Como ela não se precipitou sobre ele, encantada como ele esperava que fosse ficar, ele próprio removeu o conteúdo do envelope.

— Sua petição para a sentença definitiva. Peguei de volta. Não me pergunte como, mas aí está.

Jackie contemplou o documento e depois desviou os olhos. — Melhor arrumar outro envelope e enviar de vez.

— Jackie!

— Não me venha com essa de 'Jackie'! Volte para casa, para Adrienne e sua carreira.

— Não me obrigue a isso, eu não a suporto, vivo dispensando seus serviços e ela não me deixa em paz. Parece um pesadelo!

— Não brinque comigo, Henry.

— Não estou brincando. Não vou fazer o programa de tevê, Jackie. Pelo amor de Deus. Você acha que a perspectiva de milhões de espectadores e de uma montanha de dinheiro seria suficiente para me convencer?

— Michelle implorou para que considerássemos a oferta. Mesmo que custasse nosso casamento — admitiu Jackie.

— Bem, ela sempre foi superficial — argumentou Henry. — Nós somos menos. Temos noção do que é importante.

— Temos? — perguntou Jackie.

— Temos, sim. E acho melhor você desligar o motor antes que a gente morra intoxicado com monóxido de carbono.

Ela obedeceu.

— Então você não quer largar tudo por minha causa e ir para Birmigham? — perguntou ele.

— Não.

— Ótimo. Porque estou pensando seriamente em largar tudo por sua causa e vir morar aqui.

— Mas você não *tem* mais nada. — Ela estava sorrindo. — A não ser Shirley. Como ela está, afinal?

— Bem — disse ele, cauteloso.

— Henry, o que você fez com ela?

— Nada! Ela está segura no canil.

— Ela detesta o canil. Você sabe disso.

— Estou falando em agir de maneira altruísta e me mudar para cá e você aí, preocupada com o cachorro.

— Temos que incluí-la nos nossos planos.

— Por que você sempre fala dela como se fosse uma pessoa de verdade?

Quando deram por si, estavam abraçados sobre a marcha do carro, embora ela não estivesse muita certa sobre quem dera o primeiro passo.

Provavelmente ela, né.

— Você acha que vamos acabar nos divorciando de novo? — perguntou Jackie.

— Não sei — admitiu ele. — Mas vai ser uma delícia descobrir.

Impresso no Brasil pelo
Sistema Cameron da Divisão Gráfica da
DISTRIBUIDORA RECORD DE SERVIÇOS DE IMPRENSA S.A.
Rua Argentina 171 – Rio de Janeiro, RJ – 20921-380 – Tel.: 2585-2000